mtb

FAM SCHAPER

CATCHING UP WITH THE CARTERS

In your arms

Roman

mtb

1. Auflage 2022
Originalausgabe

Gesetzt aus der Stempel Garamond
von GGP Media GmbH, Pößneck
Druck und Bindung von GGP Media GmbH, Pößneck
Printed in Germany
ISBN 978-3-7457-0315-3
www.harpercollins.de

Klimaneutral
Druckprodukt
ClimatePartner.com/15109-2009-1001

MIX
Papier
FSC FSC® C014496

Für Julie und Adrienn.
Danke, dass ihr Teil meiner Familie seid!

PLAYLIST

Can't Pretend – Tom Odell
Oceans – Seafret
Lost for Words – Plested
Shiver – Mike Waters
Son – Brolly
Safe and Sound – Electric President
Changes – Hayd
See You Through My Eyes – The Head and the Heart
Clean Eyes – SYML
Something Has to Change – Jack Vallier
If You Were Mine – Joe Dolman
Hoping – X Ambassadors
Best Fake Smile – James Bay
island – Will Heggadon
Tired Eyes – Ryan Keen
entertainment – Corey Harper
The Only Living Thing – Adam French
How to Be Yours – Chris Renzema
I Need You Now – Mighty Oaks
Fever – Mark Ambor
Something To Hold On To – Emily Warren

1. KAPITEL

Athena

Soll ich gehen oder bleiben? Schon mein ganzes Leben stelle ich mir diese Frage, aber eine Antwort scheint es nicht zu geben. Zumindest kann ich sie nicht finden.

Ich habe mich auf den Dachvorsprung unter meinem Fenster zurückgezogen, weil es wegen der Vorbereitungen für den Drehbeginn der nächsten Staffel *Catching up with the Carters* so unerträglich laut in der Villa ist. Doch nun, während ich hier sitze, vor einer Wand aus undurchdringlichen Bäumen, umgeben von Dunkelheit, kann ich die Stille nicht mehr ertragen. Dieses Dach war mein Rückzugsort. Aber ich war nie allein hier.

Wenn mein Bruder nicht bei mir ist, fühlt sich die Stille, die hier herrscht, wie ein schwarzes Loch an, in das ich zu fallen drohe. Doch vielleicht ist es ja besser, von einem schwarzen Loch verschluckt zu werden, als in das Haus zurückzukehren, das hinter mir liegt.

Ich winkle meine Beine an, damit ich meine Arme um sie schlingen kann. Schon seit Monaten fühle ich mich, als würde ich jeden Moment auseinanderfallen. Vielleicht kann ich es so verhindern. Wenn ich meine Arme nur fest genug gegen meinen Körper presse, wird er schon halten.

Oder?

Noch einige Minuten verharre ich in dieser Position. Der Ort hat seine tröstliche Wirkung verloren, trotzdem kann ich mich nicht dazu bringen, aufzustehen.

Soll ich gehen oder bleiben? Vielleicht ist das Problem nicht, dass ich keine Antwort finden kann. Vielleicht habe ich einfach nur Angst vor dem, was passieren könnte, wenn ich sie mir endlich gebe.

Soll ich gehen oder bleiben? Ich rede mir ein, dass sich diese Frage nur auf diesen Moment bezieht. Ob ich noch ein wenig länger auf dem Dach verweilen oder reingehen soll. Aber die Frage ist so viel komplizierter als das.

Nur langsam löse ich die Arme von meinem Körper. Ich zögere einen Moment. Als würde ich tatsächlich damit rechnen, in meine Einzelteile zu zerfallen. Tue ich nicht. Doch ich weiß nicht, ob ich erleichtert darüber sein soll.

Endlich schaffe ich es, aufzustehen und durch das Fenster zurück in mein Zimmer zu klettern. Ich habe mich zwar bewegt, bin der Antwort auf meine Frage allerdings keinen Schritt näher gekommen. Das Fenster quietscht in seinen Angeln, als ich es hinter mir wieder schließe.

Auf meinem Kingsize-Bett mit der cremefarbenen Bettwäsche steht eine große Tasche. Ich habe sie schon vor Wochen gepackt. Ständig hole ich sie unterm Bett hervor, wo ich sie verstaut habe. Ich starre sie stundenlang an, nur um sie dann doch wieder wegzupacken. Und jedes Mal, wenn ich sie erneut unterm Bett hervorziehe, hängen mehr Staubmäuse an ihr. Mein Mut muss genauso aussehen. Er ist bestimmt von einer dicken Staubschicht überzogen, weil ich ihn so lange nicht mehr benutzt habe.

Adrian und Aphrodite hatten den Mut. Sie sind gegangen. Und was ist mir ohne sie hier noch geblieben außer lähmender Einsamkeit?

Adrian und ich haben früher immer ein Spiel gespielt. Wir haben versucht, das Positive in jeder Situation zu finden. Auch in den besonders verkorksten.

Doch jetzt fällt mir einfach nichts ein.

Wie oft soll ich diese Tasche noch hervorholen und dann unverrichteter Dinge wieder wegpacken? Wie oft soll ich noch von Unabhängigkeit träumen und sie mir doch nicht holen?

Auf einmal kommt Bewegung in meinen Körper. Ich schnappe mir die Tasche, stecke mein Handy in meine Hosentasche und verlasse mit zügigen Schritten mein Zimmer. Sofort empfängt mich wieder der Lärm, der mich an das Summen eines geschäftigen Bienenstocks erinnert. Erst denke ich, dass die vielen fremden Menschen, an denen ich vorbeikomme, meine Flucht vereiteln könnten. Doch niemand sieht mich. In dem Gewusel gehe ich einfach unter. Das sind wohl die Vorteile, wenn man das langweiligste Mitglied der Familie Carter ist, wie die Umfrage einer Klatschzeitschrift ergeben hat.

Ich bin schon fast im Erdgeschoss angekommen, als mich der Klang von Stimmen auf der Treppe innehalten lässt. Ich kann die Personen nicht sehen, trotzdem erkenne ich sofort, wer sich da unterhält.

Ganz langsam wage ich mich weiter voran, bis die Treppe einen leichten Knick macht. Ich stelle die Tasche vor mir ab und werfe einen vorsichtigen Blick um die Ecke.

Mom steht vor ihrem Büro, doch sie ist nicht allein. Meine älteste Schwester Demeter, ihr Ehemann Frederik und ihre Tochter Persephone, die eigentlich alle Poppy nennen, sind bei ihr. Und sie streiten sich lautstark.

»Ich habe gesagt, ich will die Scheidung«, ruft Frederik aus. Dass er in einem Haus voller Menschen ist, die ihn dank seines lauten Organs sehr deutlich verstehen können, scheint ihn nicht zu kümmern.

»Und ich habe gesagt, dass ich vorher mit meiner Mutter sprechen will«, hält Demeter dagegen.

»Ich habe keine Ahnung, was deine Mutter unsere Ehe angeht«, fährt er sie an. Die beiden scheinen nicht nur vergessen zu haben, dass eine gesamte Crew ihnen zuhören kann, sondern auch, dass ihre eigene Tochter direkt neben ihnen steht. Poppy zwirbelt ihre schwarzen Haare zwischen ihren Fingern. Ihr Blick ist starr auf den Boden gerichtet, als könnte sie nicht hören, was ihre Eltern sagen, wenn sie sie nicht anschaut. Poppy ist schon zwölf Jahre alt, aber in diesem Moment, in sich zusammengesunken und kurz davor, in Tränen auszubrechen, sieht sie viel jünger aus. Mein Herz zieht sich bei ihrem Anblick schmerzhaft zusammen.

»Meine Mutter geht alles etwas an, was diese Familie betrifft. Das war dir bewusst, als du mich geheiratet hast«, faucht Demeter. Ich verdrehe die Augen. Seit Aphrodite fort und die Rolle der Lieblingstochter wieder unbesetzt ist, hat sich Demeter voller Enthusiasmus auf diesen Posten gestürzt und will ihn sich jetzt von niemandem mehr streitig machen lassen.

»Dieses Gespräch sollten wir wohl besser in meinem Büro führen. Meint ihr nicht?«, fragt meine Mutter. Sie klingt zwar wesentlich beherrschter als die beiden, allerdings sollte man niemals den Fehler machen, ihren ruhigen Tonfall mit Gelassenheit zu verwechseln. Nur weil Evelyn Carter ihre Befehle selten schreien muss, heißt das noch lange nicht, dass sie deswegen weniger Wirkung zeigen. Ganz im Gegenteil.

Ich mustere Frederik und warte darauf, dass er ihr widerspricht. Aber natürlich tut er das nicht. Gerade eben mag er wütend genug gewesen sein, um die Regeln, die in dieser Familie gelten, kurz zu vergessen. Doch inzwischen scheint er sich wieder besonnen zu haben. Der Ehemann meiner ältesten Schwester senkt sogar leicht den Kopf, als er das Büro meiner Mutter betritt.

Demeter dreht sich noch einmal zu Poppy um, bevor sie ihrem Noch-Ehemann beziehungsweise Fast-Ex-Mann folgt. Wenigstens erinnert sie sich daran, dass ihre Tochter noch da ist. Wenn auch ein bisschen spät.

»Hör auf, an deinen Haaren herumzuspielen«, ermahnt sie Poppy mit einem schneidenden Tonfall, der droht, mich in meine eigene Kindheit zurückzuversetzen. Als Poppy nicht sofort reagiert, schlägt sie ihr auf die Finger. Nun lässt Poppy ihre Strähnen los und sieht ihre Mutter aus großen Augen an. Sie schwimmen in Tränen. Das sehe ich auch aus dieser Entfernung.

»Und steh endlich gerade«, sagt Demeter und richtet Poppys Bluse, die vorher auch schon perfekt gesessen hat. Poppy sagt gar nichts, sie nickt nur mechanisch.

Solche Aussagen sind mir schmerzlich vertraut. Der Klang dieser Worte zupft an einer Saite in mir, die früher immer meine eigene Mutter angeschlagen hat.

»Warte hier auf uns. Mach keinen Unsinn und komm der Filmcrew nicht in die Quere«, sagt Demeter noch, bevor sie ihrer Tochter den Rücken zukehrt und im Büro unserer Mutter verschwindet. Der Knall der zuschlagenden Tür hallt einen Moment nach und wird auch nicht von all den Stimmen, die zu hören sind, verschluckt.

Poppy starrt die geschlossene Tür an. Sie bewegt sich gar nicht. Sie blinzelt nicht einmal. Dann löst sich eine einzelne Träne aus ihrem rechten Auge, die sie sofort fortwischt. Doch das macht auch keinen Unterschied mehr, denn ich habe sie gesehen.

Ich wollte gehen. Ich hatte endlich eine Entscheidung getroffen. Aber wie zur Hölle soll ich es jetzt noch schaffen, meine Tasche zu nehmen und einfach an Poppy vorbeizulaufen, als hätte ich diese Träne niemals gesehen?

Meine Geschwister sind abgehauen, ohne zurückzublicken. Aber was wird aus meiner Familie, wenn ich das Gleiche tue?

Poppy wird genauso aufwachsen wie ich. Nichts wird sich ändern, weil niemand in dieser Villa zurückbleibt, der etwas ändern will. Eine Mutter wird ihre Komplexe an ihre Tochter weitergeben, diese wiederum an ihre Tochter. Wie ein Familienerbstück wird diese Unzufriedenheit von einer Generation an die nächste weitergereicht. Und wo wird es enden?

Mein Herz zieht sich noch enger zusammen, wie ein Schwamm, den mein Körper auswringen will. Vielleicht versucht er so, all den Schmerz loszuwerden, den ich in diesem Moment wieder so deutlich spüre, als würde ich all die Situationen, die ihn ausgelöst haben, noch einmal erleben.

Ich könnte hierbleiben und den Entschluss fassen, etwas zu ändern. Doch das würde nicht leicht werden. Meine Mutter führt dieses Business nach ihren Vorstellungen. Sie wird ihre

Einstellungen nicht überdenken, nur weil ich das möchte. Doch sollte ich es deshalb gar nicht erst versuchen?

Unsere Familie hat schon vor langer Zeit aufgehört, eine richtige Familie zu sein. Aber bedeutet das auch, dass sie es nie wieder sein kann?

Vor meinem inneren Auge laufen tausend Szenen gleichzeitig ab, als wäre ich eine Datenbank, in der alle Aufnahmen von *Catching up with the Carters* gespeichert sind. Meine Geschwister streiten sich heftig über Dinge, die eigentlich keine Rolle spielen. Unsere Mutter zeigt das Foto von Aphrodite und Garett und macht ihre Beziehung ohne Rücksicht auf Verluste öffentlich. Adrian geht, während unsere Mutter ihn anschreit.

Ist diese Familie es überhaupt wert, zusammengehalten zu werden?

Ein stiller Schluchzer ruckt durch Poppys Körper, und dieses Beben findet in meinem ein Echo. Ich stehe schon neben Poppy, bevor ich mich dazu entschieden habe, mein Versteck aufzugeben. Ich habe keine Antwort auf meine tausend Fragen. Aber gerade ist das auch nicht wichtig.

»Hey«, sage ich mit sanfter Stimme. Trotzdem zuckt meine Nichte leicht zusammen. Langsam hebt sie den Blick und sieht zu mir auf.

»Hey«, gibt sie zittrig zurück.

In ihren Augen schimmern noch immer Tränen, aber Poppy hält sie in sich verschlossen, obwohl sie in ihrem Alter noch nicht gelernt haben sollte, dass man seine Tränen nicht jedem anvertrauen darf.

»Deine Eltern streiten viel?«

Sie nickt nur. Ich versuche, ihr ein Lächeln zu schenken, doch es will mir nicht so ganz gelingen. Auch wenn ihr Schmerz viel frischer ist als meiner, ist er doch da und lähmt meine Mundwinkel. Mancher Schmerz verjährt nicht. Er verblasst vielleicht, seine Intensität nimmt ab, doch er lässt so viel von sich zurück, dass man ihn niemals vergessen kann.

»Willst du vielleicht in meinem Zimmer warten, bis sie fertig sind?«, schlage ich vor. »Da ist es ein bisschen ruhiger als hier.«

Poppy wirft einen unsicheren Blick auf die Tür, als könnte ihre Mutter es körperlich spüren, wenn sie nur einen Schritt zur Seite macht.

»Oder wir gucken uns im Wohnzimmer ein bisschen die Vorbereitungen an«, sage ich. »Wenn man alle Leute auf einmal ansieht, wirkt das alles wie ein heilloses Chaos. Aber glaub mir: Wenn du einer Person mit dem Blick folgst, erkennst du, dass die Leute nicht nur durch diese Villa spazieren, um uns auf die Nerven zu gehen.«

»Das weiß ich.« Für den Bruchteil einer Sekunde erscheint ein kleines schüchternes Grinsen auf Poppys Lippen. Obwohl es sofort wieder verschwunden ist, weiß ich doch, dass ich es mir nicht nur eingebildet habe. Also lasse ich nicht locker.

»Was sagst du? Wollen wir raten, wer welche Aufgabe hat? Ich wette, ich kann besser raten als du«, fordere ich sie heraus.

Ein kleines Funkeln taucht in Poppys Augen auf. Sie ist ihrer Mutter wie aus dem Gesicht geschnitten. So funktionieren die Gene in dieser Familie. Meine Geschwister und ich sehen auch wie Kopien unserer Mutter aus, die so genau sind, dass sie uns nach ihrem Vorbild ausgedruckt haben muss. Poppy ist genauso wie wir alle unverkennbar eine Carter. Aber die blauen Augen hat sie von ihrem Vater. Und in denen leuchtet nun ganz deutlich ihr Enthusiasmus auf.

»Das wollen wir ja mal sehen«, entgegnet sie. »In meinem Alter hattest du gerade mal ein paar Staffeln der Show gedreht. Ich bin an diesem Set zur Welt gekommen.«

Ich lache auf. »Das stimmt. Du hast das Reality-TV mit der Muttermilch verabreicht bekommen.«

»Eben.« Die tadelnden Worte ihrer Mutter scheint sie vergessen zu haben. Sie werden zurückkommen. Das weiß ich.

Aber wenn sie wenigstens für einen kurzen Moment nicht daran denken muss, bin ich schon zufrieden.

»Okay, dann zeig mal, was du draufhast«, sage ich und bedeute ihr, ins Wohnzimmer zu gehen. Wir lassen den Flur hinter uns und treten direkt hinein in das Gewusel. Hier halten sich die meisten Menschen auf. Kabel werden getragen, Möbel verrückt, Absprachen gehalten. Poppy lässt sich aufs Sofa fallen, und ich setze mich neben sie, die gepackte Tasche stelle ich zu meinen Füßen ab.

»Ganz klar ein Set-Runner«, sagt Poppy und deutet auf einen jungen Mann, der kurz ins Wohnzimmer kommt, nur um es eine Sekunde später wieder zu verlassen.

»Wie kommst du darauf?«

»Weil ihm der Schweiß auf der Stirn steht und er sich am schnellsten bewegt. Set-Runner müssen immer jeden Mist besorgen, und zwar sofort, und deswegen sehen sie immer so hektisch aus.«

»Ganz klar ein Punkt für dich«, gestehe ich ein und grinse.

Poppy ruht sich nicht lange auf ihrer Führung aus. Sie deutet gleich auf die nächste Person. Eine Frau, die ich auf Mitte dreißig schätzen würde. »Das ist eine Aufnahmeleiterin«, behauptet Poppy.

»Wieso?«

»Zu ihr kommen alle, um ihr Fragen zu stellen. Alle paar Sekunden. Das liegt daran, dass sie weiß, wo jeder hinmuss.«

»Noch ein Punkt für dich.«

»Du versuchst ja auch gar nicht, einen Punkt zu machen«, erwidert Poppy. Ihr Blick wird ernster, als sie sich mir zuwendet. »Ich weiß, was du hier tust.«

»Was tue ich denn?«, frage ich unschuldig.

Poppy schnaubt. »Du willst mich ablenken, weil du mitbekommen hast, dass meine Eltern sich streiten. Du bist nicht gerade unauffällig.«

Ich verkneife mir ein Grinsen. »Offensichtlich nicht, wenn man mich so leicht durchschauen kann.«

»Kann man«, bestätigt Poppy, doch dann sehe ich, dass auch sie ein Grinsen zu unterdrücken versucht. »Aber ich bin trotzdem froh, dass du mich ablenkst. Es tut gut.«

Ich lächle sie schief an. »Sehr gut. Dann ist mein offensichtlicher Plan ja aufgegangen.« Ich lasse meinen Blick kurz schweifen. »Das Einzige, was wir jetzt noch brauchen, um uns optimal ablenken zu können, sind Süßigkeiten.«

»Viel Erfolg dabei, die in diese Villa zu kriegen«, sagt Poppy. »Deine Mutter hält die vermutlich genauso strikt von diesem Haus fern wie meine Mutter von unserem.«

»Das stimmt«, antworte ich. »Aber es gibt Mittel und Wege.«

Poppy zieht kritisch die Augenbrauen hoch. Als ihre Eltern sich gestritten haben, wirkte sie jünger, als sie ist. Doch jetzt erkenne ich, dass sie ihrem Alter voraus ist. Wenn man in dieser Familie, in dieser Welt, mit so vielen Kameras und noch mehr Erwartungen aufwächst, wird man viel zu schnell erwachsen. »Und die wären?«

»Ich habe ein Geheimnis«, flüstere ich und lehne mich verschwörerisch an sie, obwohl uns sowieso niemand zuhört. »Seit Jahren schnappe ich mir beim Drehbeginn der neuen Staffel einen Produktionsassistenten, flirte mit ihm und lasse mir dann von ihm Süßigkeiten ans Set schmuggeln. Das ist überlebenswichtig. Ohne meine Gummibärchen sind die Drehs unerträglich.«

»Gute Taktik«, sagt Poppy anerkennend. »Hast du sie heute schon angewandt?«

Ich schüttle den Kopf, und Poppy zieht enttäuscht die Mundwinkel nach unten. »Aber das könnte ich jetzt tun.«

Sofort grinst sie wieder.

»Ich brauche nur noch das perfekte Opfer«, stelle ich fest. »Du hast doch bewiesen, dass du einen guten Blick hast. Wen soll ich dazu bringen, uns Gummibärchen zu holen?«

Poppy hat mir gerade noch vorgeworfen, dass sie meinen Versuch, sie abzulenken, durchschaut hat. Doch als sie ihren Blick nun mit konzentriert zusammengekniffenen Augen durch den Raum wandern lässt, bin ich mir ziemlich sicher, dass sie nicht erkannt hat, dass ich sie schon wieder erfolgreich ablenke.

»Der da vorn ist schicker angezogen als alle anderen«, sagt Poppy, nachdem sie sich die Zeit genommen hat, jedes Crewmitglied eingehend zu mustern. »Alle tragen Jeans und T-Shirt, aber er trägt ein weißes Hemd. Er wirkt ein bisschen bemüht.«

Ich folge ihrem Blick und entdecke den Mann, von dem sie spricht. Seine blonden Haare sind ein bisschen durcheinander. Vielleicht weil er nervös ist und sie sich heute schon öfter gerauft hat?

»Er ist auf jeden Fall neu am Set«, meine ich. »Der hat noch nie für die Show gearbeitet.«

»Bist du dir sicher?«, fragt Poppy kritisch. »Hier haben schon sehr viele Menschen gearbeitet.«

Das stimmt. Doch so ein markantes Gesicht wäre mir definitiv aufgefallen.

Das sage ich meiner Nichte aber natürlich nicht.

»Ich bin mir sicher«, sage ich stattdessen nur. »Ich glaube, du hast das perfekte Opfer für unsere Mission ausgewählt.«

»Natürlich habe ich das«, entgegnet Poppy. »Meine Aufgabe ist getan. Nun bist du dran. Hol uns unsere Gummibärchen.«

Ich zwinkere ihr zu und stehe auf. Unser »Opfer« verschwindet gerade aus dem Wohnzimmer, und ich folge ihm. Er läuft durch den Flur und schließlich nach draußen. Auf dem großflächigen Platz vorm Eingang bleibt er stehen. Hier parken auch die Wagen, in denen das Equipment gelagert wird. Doch er macht keine Anstalten, irgendwas auszupacken. Er zieht nur sein Handy aus seiner hinteren Hosentasche und schreibt eine Nachricht.

»Hey«, sage ich, als ich neben ihm zum Stehen komme.

Irritiert blickt er auf und mir ins Gesicht. Wenn man direkt vor ihm steht, sehen seine Züge noch markanter aus. Seine Wangenknochen zeichnen sich deutlich ab, seine Nase ist ein bisschen schief. Erst denke ich, sein Gesicht besteht nur aus

Ecken und Kanten. Doch dann muss ich diesen ersten Eindruck revidieren. Seine Lippen sind voll, ein bisschen voller als bei den meisten Männern, die ich kenne. Einzelne Strähnen seiner leicht lockigen Haare hängen ihm in die Stirn und durchbrechen die geraden Linien mit einem sanften Schwung. Und seine Augen haben einen intensiven grünen Farbton, der mich an ruhige, weite Flächen denken lässt, obwohl ich mich nicht daran erinnern kann, solche in meinem Leben schon mal gesehen zu haben.

»Hey«, erwidert er nach einem kurzen Zögern. Es klingt mehr wie eine Frage als eine Begrüßung. Aber das kann ich ihm nicht verübeln. Ich bin schließlich auf einmal unangekündigt vor ihm aufgetaucht und habe ihn dann einen Moment zu lange und eine Spur zu intensiv betrachtet. Und da wäre natürlich auch noch der Faktor, dass die meisten Menschen mich schon mal auf irgendwelchen Online-Promiseiten gesehen haben, bevor sie mir das erste Mal begegnen.

»Du bist neu hier, oder?«, frage ich so locker wie möglich. Der Tonfall gelingt mir, obwohl meine Gedanken sich noch immer um die Linien und Kreise drehen, die ich in seinem Gesicht entdecken kann.

»Ja.« Wieder klingt seine Antwort wie eine Frage, die er nur zögerlich stellen kann, weil sie so heikel ist. Mit sehr langsamen Bewegungen steckt er sein Handy wieder weg.

»Du bist einer der Produktionsassistenten, oder?«, frage ich weiter. Poppy scheint sich den Richtigen ausgesucht zu haben. Dass er in meiner Nähe kaum ein Wort rauskriegt, spricht dafür, dass ich ihn nervös mache. Und das ist in meiner Erfahrung die beste Ausgangssituation, um von ihm zu bekommen, was ich will. Doch wenn ich der Stille die Möglichkeit gebe, sich zwischen uns auszudehnen, fürchte ich, dass er nicht mehr der Einzige sein wird, der nervös ist. Seine Wangenknochen sind einfach zu definiert, um bei seinem Anblick entspannt zu bleiben.

»Ja, bin ich«, erwidert er. Jetzt klingt seine Stimme schon wesentlich fester, und er ist von einsilbigen Antworten auf dreisilbige übergegangen. Er scheint den ersten Schock, den meine Anwesenheit ausgelöst hat, überwunden zu haben.

»Ich bin Athena. Wie heißt du?« Da er an diesem Set arbeitet, ist es mehr als überflüssig, mich vorzustellen. Aber nur weil ich weiß, dass die meisten Menschen meinen Namen kennen, würde es mich nicht weniger egozentrisch machen, wenn ich mich nicht richtig vorstellen würde, wie jeder andere es auch tut.

»Samuel Henderson.« Er nennt mir seinen Vor- und Nachnamen und klingt dabei sehr förmlich. Dieser Tonfall passt auf jeden Fall einwandfrei zu dem weißen, perfekt gebügelten Hemd, das er trägt.

»Freut mich, Samuel Henderson«, sage ich. Nachdem ich seinen Namen ausgesprochen habe, kommt es mir kurz so vor, als würde ich irgendwas damit verbinden. Aber vermutlich bin ich nur schon einmal jemandem begegnet, der so ähnlich heißt. Ihn habe ich noch nie getroffen. Dessen bin ich mir nach wie vor sehr sicher. »Gefällt es dir denn bisher am Set?«

Ich fühle mich ein bisschen so, als würde ich ein Interview mit Samuel Henderson, dem neuen Produktionsassistenten, führen. Aber ich kann ihn nicht direkt darum bitten, Süßigkeiten an das Set zu schmuggeln. Ich weiß nicht, was der Filmcrew gesagt wird, bevor sie hier anfangen. Aber ich bin mir ziemlich sicher, dass jedem schnell klar wird, dass hier Regeln gelten, die meine Mutter vorgibt und gegen die man nicht verstoßen sollte. Und ihren Kindern, die perfekte Figuren haben müssen, zuckerhaltige Nahrungsmittel zu beschaffen, ist für Evelyn Carter kein kleines Vergehen.

Aber wenn er neu ist, weiß er vielleicht noch nicht, vor wem er sich fürchten muss.

»Ich bin noch nicht lange genug hier, um das beantworten zu können«, antwortet er und zieht die Augenbrauen zusammen. Inzwischen wirkt er nicht mehr eingeschüchtert. Er wirkt eher … misstrauisch. Seine Haltung verändert sich auch langsam. Auf einmal scheint er aufrechter vor mir zu stehen. Musste ich gerade auch schon aufsehen, um ihm ins Gesicht blicken zu können? Vermutlich. Aber es fällt mir erst jetzt auf. Und ich bin mir nicht mehr ganz sicher, ob ich dieses Gespräch noch so unter Kontrolle habe wie vor einigen Sekunden.

»Gute Antwort«, erwidere ich und versuche weiterhin, freundlich zu lächeln, aber irgendwie fällt es mir auf einmal schwerer. Er mustert mich, als könnte er nicht nur meine Lippen sehen, sondern auch deutlich erkennen, warum ich dieses Lächeln aufgesetzt habe.

»Dann kann ich ja erleichtert sein.« Den Sarkasmus kann ich deutlich aus seiner Stimme heraushören.

»Was?«, frage ich irritiert. Ich bin mir nicht ganz sicher, ob ich seine Aussage nicht verstehe, weil er sich missverständlich ausgedrückt hat oder weil mich sein Gesichtsausdruck so irritiert hat, dass ich meine Gedanken nicht mehr ordnen kann.

»Ich kann erleichtert sein, weil du meine Antwort für gut befindest«, erklärt er. Der Sarkasmus dominiert noch immer unmissverständlich seine Tonlage.

»Okay«, setze ich mit einem lang gezogenen *O* an. Ich habe keine Ahnung, wie ich auf diesen definitiv ironisch gemeinten Satz reagieren soll. Also entscheide ich mich, ihn einfach zu ignorieren. »Ich wollte dich um einen Gefallen bitten.« Eigentlich hatte ich nicht vor, so schnell auf den Punkt zu kommen. Doch dieses Gespräch läuft so gar nicht, wie ich erwartet habe. Ich weiß nicht mehr, was ich sagen soll, weil der Kerl mich ansieht, als könnte ich nur das Falsche sagen. Also sage ich am besten nur noch das Nötigste.

»Einen Gefallen?«, fragt er. Das Misstrauen, das ich schon an seinem Gesichtsausdruck ablesen konnte, liegt jetzt auch in seiner Stimme. Wenn er die Augenbrauen so zusammenzieht und den Mund zu einer schmalen Linie zusammenpresst wie jetzt, sind die Kanten in seinem Gesicht noch schärfer. Inzwischen sehen sie aus, als könnte man sich an ihnen schneiden.

»Einen Gefallen«, wiederhole ich und verschränke die Arme vor der Brust, weil ich es einfach nicht lassen kann. Mit Flirten hat unsere Unterhaltung ohnehin schon längst nichts mehr zu tun. Aber was schiefgelaufen ist, obwohl ich diese Routine schon seit Jahren durchziehe, kann ich noch nicht eindeutig sagen. Und das lässt die Unsicherheit in mir weiter wachsen. Bevor sie so groß ist, dass ich keinen geraden Satz mehr herausbekomme, setze ich zu einer Erklärung an. Doch ich kann nicht mal meinen Mund öffnen, da fällt er mir schon ins Wort.

»Warum sollte ich dir einen Gefallen tun? Wir kennen uns gerade mal seit ein paar Minuten.«

»Warum nicht?«, halte ich dagegen. »Du wirst in den nächsten Monaten an diesem Set arbeiten. Willst du dich nicht mit einer Carter gut stellen?«

»Vielleicht. Aber wenn dann mit der richtigen.«

Ich kann meinen Mund gerade noch daran hindern, aufzuklappen. Ich möchte es vermeiden, dass man mir meine Überraschung so deutlich ansehen kann wie einem Cartoon-Charakter.

»Der richtigen?«, frage ich kritisch nach und ziehe die Worte dabei in die Länge.

»Um was für einen Gefallen handelt es sich denn?«, stellt er eine Gegenfrage, als hätte er mich gar nicht gehört.

»Ich wollte dich fragen, ob du mir Gummibärchen mitbringst.« Ich fixiere ihn und sehe ihm direkt in die Augen. Blickkontakt bringt die meisten Menschen aus dem Konzept. Aber ihn nicht. Er hält meinem Blick, ohne mit der Wimper zu zucken, stand. »Also gar nicht so ein großer Gefallen«, füge ich hinzu und hasse es, dass ich dabei ein bisschen wie ein störrisches Kind klinge.

Seine Lippen verziehen sich zu einem spöttischen Grinsen und offenbaren mir, dass ihm mein Unterton nicht entgangen ist. Dann verschränkt auch er die Arme vor der Brust. »Wenn es keine große Sache wäre, müsstest du mich nicht fragen. Du könntest sie dir einfach selbst holen beziehungsweise holen lassen. Athena Carter geht ja vermutlich nicht selbst in den Supermarkt.«

Er sagt nicht direkt, was er denkt, aber das muss er auch nicht. Ich kann so deutlich hören, dass er mich für eine verwöhnte Göre hält, als hätte er es tatsächlich ausgesprochen.

Ich würde ihm ja gern klarmachen, dass er ein völlig falsches Bild von mir hat. Aber ich kann mich tatsächlich nicht daran erinnern, wann ich das letzte Mal einen Fuß in einen Supermarkt gesetzt habe. Das liegt vor allem daran, dass einkaufen zu gehen nicht gerade entspannend ist, wenn einem hinter dem Regal mit der Milch gleich mehrere Papparazzi mit gezückten Kameras auflauern oder Fans einen verfolgen, während man nach den richtigen Tampons sucht. Aber das ändert nichts an der Tatsache, dass meine Mutter Leute dafür bezahlt, für uns einkaufen zu gehen. Ich schreibe alles, was ich brauche – solange es nicht ungesund ist –, auf einen Zettel in der Küche, und am nächsten Tag ist es da. Ihm das zu erklären würde sein Bild von mir aber sicherlich nicht ändern.

»Ich nehme an, irgendjemand in diesem Haus will nicht, dass Süßigkeiten gekauft werden. Und ich kann mir vorstellen, wer das ist.«

»Die richtige Carter«, sage ich, obwohl ich es gar nicht aussprechen wollte.

»Und mit der werde ich mich in meiner ersten Woche ganz sicher nicht anlegen. Daran wird dein Wimpernaufschlag auch nichts ändern können.«

»Wimpernaufschlag?« Ich ziehe meine Augenbrauen hoch.

»Du brauchst nicht so zu tun, als wüsstest du nicht, worauf ich hinauswill. Dich interessiert es doch nicht im Geringsten, wie ich heiße, was ich am Set mache und ob es mir hier gefällt. Du wolltest mir nur das Gefühl geben, es würde dich interessieren, damit ich tue, was du willst.«

Er hat recht. Trotzdem will ich ihm widersprechen. Seine ganze Ausstrahlung löst diesen Impuls aus.

»Du scheinst es nicht zu mögen, wenn du nicht bekommst, was du willst«, stellt er nüchtern fest. Komischerweise ärgert mich dieser Tonfall noch mehr als der sarkastische. Es kommt mir so vor, als würden seine Sätze über meine Haut fahren und sie aufkratzen, meine Nerven freilegen. Schon das leichte Zucken seiner Mundwinkel reicht aus, um eine explosive Mischung aus Wut, Gereiztheit und Unbehagen in meinem Inneren hervorzurufen. »Du bist es vielleicht auch nicht gewöhnt.«

Ich schnaube. Ich konnte es einfach nicht mehr unterdrücken. »Ich weiß ehrlich gesagt nicht, was ich darauf erwidern soll.« Ich habe es längst aufgegeben, eine Rolle zu spielen. Ich versuche, nicht mehr zu lächeln, besonders freundlich zu klingen – oder mit den Wimpern zu klimpern. Er würde es sowieso durchschauen. Und ich habe auch keine Lust mehr, so zu tun, als würde ich mit ihm flirten wollen.

»Überrascht mich nicht«, murmelt Samuel Henderson in sich hinein. Trotzdem spricht er immer noch deutlich genug, dass ich jedes Wort verstehen kann.

»Entschuldigung?«, entfährt es mir. Die explosive Mischung in meinem Inneren lässt meine Stimme anschwellen. »Ich bestreite nicht, dass ich nett zu dir war, weil ich dich darum bitten wollte, mir Süßigkeiten ans Set zu schmuggeln. Das ist aber noch lange kein Grund, so verdammt unfreundlich zu sein.«

»Nicht?« Ich weiß auch nicht mehr, warum mich seine Augen mal an ruhige, weite Flächen haben denken lassen. Gerade lösen sie alles andere als ruhige Gefühle in mir aus. »Warum sollte ich freundlich zu einem Menschen sein, der mich benutzen will?«

»Benutzen?« Gemeinsam mit dem Wort stoße ich auch ein kleines, gehässiges Lachen aus. »Ich wollte dich um eine Tüte Gummibärchen bitten. Nicht um Kokain.«

Ich mache einen Schritt zurück. Erst jetzt wird mir klar, dass wir die ganze Zeit viel zu nah voreinander gestanden haben.

»Vielleicht hättest du mich als Nächstes nach Kokain gefragt«, stellt er fest.

»Weil Gummibärchen eine Einstiegsdroge sind?« Ich schüttle den Kopf. »Glaub nicht alles, was du über diese Familie in den

Medien liest. Du könntest einen falschen Eindruck bekommen.«

»Bisher scheint mein Eindruck der Wahrheit zu entsprechen«, erwidert er. Erneut spricht er das, was er denkt, nicht direkt aus. Trotzdem kann ich es deutlich hören.

»Dein Eindruck von *mir*«, sage ich und versuche, dabei so nüchtern zu klingen wie er, obwohl mir das schwerfällt, wenn ich daran denke, wie mich die Welt sieht – Samuel Henderson eingeschlossen. »Vielleicht wird dich ja die Arbeit an diesem Set lehren, dass der Schein trügen kann. Menschen, die sich von dem täuschen lassen, sind blind.«

Diesmal antwortet er nicht sofort. Er starrt mich einen Moment an, als würde auf einmal ein anderer Mensch vor ihm stehen. Aber vielleicht bilde ich mir das auch nur ein. Ich kenne ihn gerade mal ein paar qualvolle Minuten. Seinen Gesichtsausdruck kann ich noch nicht richtig einschätzen.

»Und noch ein Tipp für deine Arbeit am Set«, sage ich und deute dabei auf seinen Oberkörper, weil ich es einfach nicht lassen kann. »Ich bin nur zu dir gekommen, um dich nach Gummibärchen zu fragen, weil ich dachte, dass du ein leichtes Opfer wärst. Dein Outfit lässt dich viel zu bemüht aussehen. Wenn alle anderen Crewmitglieder T-Shirt tragen, wirkt der Kerl im Hemd nicht professioneller, sondern nur unsicherer. Mit schicker Kleidung macht man erst Eindruck, wenn sie zur eigenen Position passt.«

Ich setze ein Lächeln auf, das so zuckersüß ist, dass es meine Zähne schmerzen lässt. Dann drehe ich mich um und laufe ins Haus zurück. Samuel Henderson lasse ich einfach auf dem Parkplatz stehen.

Erst als ich ihn nicht mehr ansehe, spüre ich, dass mein Herz rast. Und das scheint es schon eine ganze Weile zu tun, denn es fühlt sich so seltsam verkrampft, fast schon überanstrengt an. Adrenalin vermischt sich in meinen Adern mit meinem Blut. Mein Körper stellt sich an, als wäre ich gerade vor einem wütenden Bären davongerannt. Diese Reaktion ist mehr als übertrieben. Ich habe mich nur mit einem Kerl gestritten, mit dem ich mich vermutlich nie wieder unterhalten werde. Und weil ich eine Carter bin, ist mir schon vor Jahren klar geworden, dass die meisten Menschen mir viele Vorurteile entgegenbringen, ohne mich jemals getroffen zu haben. Das gehört dazu. Es ist nichts Neues. Wieso fühlt es sich dann so an?

Poppy sitzt immer noch auf dem Sofa, genau dort, wo ich sie zurückgelassen habe, und sieht mich mit einem breiten Lächeln an. »Und?«, fragt sie, sobald ich in Hörweite bin.

»Wir haben uns das falsche Opfer ausgesucht«, sage ich so gelassen, wie ich mit wild schlagendem Herzen zustande bringe. »Er hat vielleicht noch nie hier gearbeitet, aber er weiß schon, dass er sich mit Evelyn Carter anlegen würde, wenn er mir hilft.«

»Mist«, stößt Poppy aus und sieht ehrlich enttäuscht aus. »Ich habe mich darauf gefreut, endlich mal wieder Zucker zu essen.«

Ich zwinge mich, aufmunternd zu lächeln, und versuche, nicht darüber nachzudenken, wie traurig es ist, dass ein zwölfjähriges Mädchen Süßigkeiten vermisst, weil sie nie welche bekommt. »Komm, wir gehen in mein Zimmer«, schlage ich vor. »Vielleicht finden wir noch eine Packung, die von der letzten Staffel übrig geblieben ist.«

Vorhin war Poppy noch nicht bereit, in mein Zimmer zu gehen. Nun steht sie ohne Zögern auf. Mein Versuch, Süßigkeiten zu beschaffen, ist vielleicht kläglich gescheitert, aber mein Plan, Poppy abzulenken, ist aufgegangen. Und das ist definitiv wichtiger.

Sie läuft die Treppe in den ersten Stock hinauf. Ich schnappe mir meine Tasche und folge ihr. Sobald wir in meinem Zimmer sind und ich die Tür hinter mir schließe, fühle ich mich gleich wohler. Hier können mich Produktionsassistenten nicht sehen und beurteilen.

»Wo könntest du noch eine Packung versteckt haben?«, fragt Poppy.

»Guck mal in dem Regal. In den Schubladen müsste noch was sein. Ich esse eigentlich nur die hellen Gummibärchen, also bleiben die roten immer übrig. Wenn du die magst, findest du bestimmt irgendwo was.«

Poppy nickt und macht sich dann auf die Suche. Systematisch arbeitet sie sich von einer Schublade zur nächsten.

Während sie beschäftigt ist, stelle ich die Tasche, über die ich in den letzten Wochen ständig nachgedacht habe, auf mein Bett und starre sie an. Wie ich es immer tue. Inzwischen fühlt es sich so an, als würde sie zurückstarren.

»Ich hab was!«, ruft Poppy aus und zieht eine zerknüllte Packung aus der Ecke einer Schublade hervor. Sie dreht sie um und lässt ihren Inhalt auf ihre offene Handfläche fallen. Es sind höchstens ein Dutzend Gummibärchen, die inzwischen vermutlich ziemlich hart sind, doch Poppys Augen leuchten, als hätte sie einen wahren Schatz gefunden.

Sie hält mir ihre Hand hin, doch ich winke ab. Und das liegt nicht nur daran, dass ich die roten Gummibärchen am wenigsten mag.

»Was hattest du eigentlich mit der Tasche vor?«, fragt Poppy, während sie auf dem ersten harten Gummibärchen herumkaut. Ihre Zähne müssen viel Arbeit leisten, das vertrocknete Gelee gibt kaum unter ihnen nach. Aber Poppy grinst immer noch zufrieden.

Ich wende den Blick von ihr ab und starre wieder die Tasche an.

Soll ich gehen oder bleiben? Ich dachte, ich hätte mir diese Frage beantwortet, als ich mit der Tasche die Treppe hinuntergelaufen bin. Doch das stimmt gar nicht. Die Frage, die so lange offengeblieben ist, hat eine sehr simple Antwort, die ich mir, als es darauf ankam, ohne Zögern geben konnte. Das realisiere ich aber erst jetzt.

Ich lächle Poppy matt an, öffne den Reißverschluss der Tasche und beginne auszupacken.

»Das spielt jetzt keine Rolle mehr.«

2. KAPITEL

Sam

Ich habe gerade erst die Tür zur Wohnung meines Vaters aufgeschlossen, da kommt mir schon seine Stimme entgegen.

»Ich bin in meinem Büro!«

Als ob ich das nicht wüsste. Ich bin ja der Meinung, dass mein Dad eigentlich gar kein so großes Apartment braucht. Schlaf- und Wohnzimmer hätte man sich sparen können. Ich habe ihn noch nie in einem anderen Raum als seinem Büro vorgefunden. Wenn er mir sagen würde, dass er zusammengerollt auf seinem Schreibtisch schläft, würde ich es nicht eine Sekunde infrage stellen.

»Bin gleich da«, rufe ich zurück, weil ich genau weiß, dass ihm schon die wenigen Augenblicke, die ich brauche, um die Tür hinter mir zu schließen und meine Jacke an die Garderobe zu hängen, zu lange dauern.

Mit schnellen Schritten durchquere ich den Flur. Wie im Rest der Wohnung sind die Wände hier kahl. Natürlich nimmt mein Dad sich keine Zeit dafür, sein Apartment einzurichten. Er hat das, was er zum Überleben braucht, der Rest wäre nur Geldverschwendung.

Manchmal weiß ich nicht, ob ich über seine extremen Einstellungen die Augen verdrehen oder doch lieber grinsen soll.

»Wie war dein erster Tag am Set?«, fragt er mich ohne Umschweife, sobald ich einen Fuß in sein Büro gesetzt habe. Es ist nur ein bisschen weniger spärlich eingerichtet als der Rest der Wohnung. Auf einem Regalbrett stehen Fotos, die ihn an den

Sets der Shows zeigen, die er produziert hat. Und daneben eines von uns beiden bei meinem Highschoolabschluss. Das restliche Regal ist voll mit Aktenordnern.

Sein Schreibtisch nimmt den halben Raum ein und ist bedeckt mit Unterlagen. Und trotzdem nicht unordentlich. Auf den ersten Blick erkennt man, dass mein Vater ein System hat.

Gerade steht er hinter dem Schreibtisch und stützt sich darauf ab. Sein bohrender Blick ruht auf mir. Er scheint Dinge zu sehen, die den meisten Menschen entgehen. Ich glaube, dass mein Vater es diesem zu verdanken hat, dass er zu einem der erfolgreichsten Executive Producer im Reality-TV geworden ist.

»Interessant«, antworte ich verzögert. Obwohl ich seinen messerscharfen Blick schon kenne, seitdem ich ein Kind bin, fühle ich mich doch jedes Mal unwohl. Wenn ich seine stechenden Augen auf mir spüre, erinnere ich mich daran zurück, wie ich versucht habe, die schlechten Noten meiner Matheklausuren vor ihm zu verstecken, und doch jedes Mal kläglich gescheitert bin.

»Interessant?«, hakt mein Vater nach, ohne mich aus den Augen zu lassen. »Wenn wir unsere Arbeit gut machen wollen, brauche ich ein bisschen ausführlichere Antworten von dir. Die Einschaltquoten der Show leiden unter dem Ausstieg von Hadrian und Aphrodite. Und ihr Video über die angeblich so schrecklichen Erfahrungen, die sie in ihrer schicken Villa mit Zugriff auf die Millionen ihrer Eltern gemacht hat, hat definitiv nicht geholfen. Um das Image der Familie steht es nicht gut. Die zwei Geschwister, die für die unterhaltsamsten Inhalte gesorgt haben, sind weg. Und die Öffentlichkeit will noch mehr Details erfahren, warum die zwei gegangen sind. Aber die meisten ahnen, dass sie die Antworten nicht bekommen werden, wenn sie die Show gucken. Also warum überhaupt einschalten?« Er fährt sich übers Gesicht.

Auf den ersten Blick sehen wir uns nicht ähnlich. Aber das liegt daran, dass die meisten Menschen zuerst bemerken, dass ich blonde Locken habe und er kurze braune Haare. Wenn man das ausblendet, erkennt man, dass sich unsere Gesichtszüge ähneln, auch wenn die meines Vaters wesentlich strenger wirken als meine eigenen. Wir sind ungefähr gleich groß, und unsere Augen haben fast die gleiche Farbe.

»Meine Aufgabe ist es, diese Probleme zu lösen. Deswegen hat Evelyn mich in dieser Staffel dazugeholt.«

»Und weil du in den anderen Shows, die ihrer Produktionsfirma gehören, so gute Arbeit geleistet hast«, füge ich hinzu, weil ich sehe, wie stark sich seine Hände um die Kante seines Schreibtischs krampfen. »Das darfst du nicht vergessen.«

Eines seiner nur selten auftauchenden Lächeln erscheint in seinem Gesicht. »Das vergesse ich nicht«, versichert er. »Aber das ändert nichts an der Tatsache, dass diese Staffel extrem wichtig für meine Karriere ist. Für uns beide.«

Das Lächeln verschwindet, und seine Augen fixieren mich wieder. Manchmal denke ich, dass er einen Regler hat, mit dem er sie scharf stellen kann wie ein Fernrohr.

»Du bist mein persönlicher Assistent. Aber das musst du nicht für immer bleiben. Wenn du mir hilfst, kannst du schnell aufsteigen. Aber nur weil du mein Sohn bist ...«

»... wirst du mir meinen Erfolg nicht schenken. Das weiß ich, Dad. Das wusste ich schon immer«, unterbreche ich ihn. Diese Worte sagt er schon zu mir, seit ich denken kann.

Mein Vater hat sich alles, was er erreicht hat, selbst erarbeitet. Seine Eltern hatten kein Geld, er hatte keine Kontakte. Er ist jung Vater geworden und hat mich allein großgezogen, weil ihm meine Mutter keine andere Wahl gelassen hat. Trotzdem ist er heute dort, wo er ist. Er glaubt daran, dass Erfolg nur etwas wert ist, wenn man ihn sich hart erarbeitet hat. Für jeden Schritt, den er in seinem Leben nach vorn gemacht hat, musste er kämpfen. Und ich respektiere das. Das bedeutet aber nicht, dass ich diesen Satz, der auch immer ein bisschen wie ein Vorwurf klingt, jeden Tag hören muss.

Er hat sich viel erarbeitet und kann mir deswegen sehr viele Chancen bieten, die er selbst nie hatte. Aber manchmal fühlt es sich so an, als könnte ich ihn deswegen mit meinen Erfolgen nie ganz zufriedenstellen. Er will nicht, dass ich es so schwer habe wie er. Gleichzeitig wird das, was ich erreiche, immer weniger bedeuten als seine Verdienste. Er hat das zwar noch nie direkt ausgesprochen, aber das macht diese Erkenntnis nicht weniger wahr. Oder weniger schmerzhaft.

»Ich will damit nur sagen«, setzt er jetzt versöhnlicher an, »dass du dich beweisen sollst. Du sollst mir zeigen, dass wir in Zukunft irgendwann gleichberechtigte Partner sein können. Oder du deine eigene Show leiten kannst, ohne meine Hilfe.«

»Das weiß ich«, erwidere ich ebenfalls in einem versöhnlichen Tonfall. »Und ich werde dir helfen. Das hatte ich dir schon versprochen.«

Mein Dad nickt. »Der Druck ist diesmal nur enorm.«

Ich horche auf. Mein Vater gibt selten zu, dass ihn etwas unter Druck setzt. Das würde bedeuten, dass er sich seine Schwächen eingesteht. Und das will so gar nicht zu dem stoischen Mann passen, der mich großgezogen hat.

»Evelyn erwartet ein Wunder von mir. Und wenn ich ihr keins liefere, könnte ich meine Position verlieren. Mein Ruf ist gerade gut. Aber in Los Angeles verändert sich so was schlagartig.«

Ich würde ihm gern widersprechen, um ihn zu beruhigen, aber das kann ich nicht. Mein Dad spricht nur die harten Realitäten aus. Und er hat mir nie beigebracht, diese zu beschönigen. Also werde ich heute auch nicht damit anfangen.

»Ich muss alles wissen, was am Set vor sich geht«, fährt mein Vater fort. »Ich brauche deine Augen. Du wirst mehr mitbekommen als ich. Ich bin der Boss. Und obwohl wir verwandt sind, wird die Crew in deiner Gegenwart unvorsichtiger sein.«

Ich nicke nur.

»Was sind deine ersten Eindrücke?«

Komischerweise lässt mich diese Frage zuerst an Athenas Worte denken. Das ärgert mich. Und was mich eigentlich noch mehr ärgert als ihre gehässigen Worte, ist der Blick, den sie mir zugeworfen hat, als sie mir gesagt hat, dass mein Hemd zu gewollt wirkt. Sie wusste genau, dass mich ihre Worte nerven würden. Das war der Grund, warum sie sie so selbstgerecht ausgesprochen hat. Sofort wandern meine Gedanken zu einer Person, die ich eigentlich schon vor sehr langer Zeit aus meinem Kopf verbannt habe. Die Ähnlichkeiten zu Athena sind zu groß, um sie ignorieren zu können.

Ich räuspere mich und hoffe, dass mein Vater nicht bemerkt hat, dass ich kurz abgelenkt war. Ich will ihm sicherlich nicht erklären müssen, wer mich aus dem Konzept gebracht hat.

»Die meisten Crewmitglieder arbeiten schon eine Weile am Set und kennen die Familie ziemlich gut. Ich habe nur ein paar Sachen aufgeschnappt, die sie sich erzählt haben. Aber alle waren sich in einem Punkt sehr einig: Die ganze Familie hört auf Evelyn Carter.«

»Das macht meine Arbeit definitiv leichter. Wenn alles so läuft, wie Evelyn und ich es wollen, haben wir keine Probleme.«

Ich überlege, das so stehen zu lassen. Eigentlich habe ich keine Lust, Athena mehr Raum in meinem Kopf zu geben, als sie ohnehin schon gegen meinen Willen eingenommen hat. Aber dieser Dreh ist wichtig für meinen Vater. Und wenn er schon freiwillig zugibt, dass er Druck spürt, dann muss die Lage wirklich kritisch sein.

»Aber …«, setze ich zögerlich an. Ich habe ihren Namen noch nicht einmal laut ausgesprochen, und schon habe ich das Gefühl, sie auf einmal noch deutlicher vor meinem inneren Auge zu sehen. Dieses verfluchte gehässige Grinsen.

»Ja?«, fragt mein Vater und verengt die Augen leicht. Er stellt sie noch schärfer, damit ihm nicht ein Zucken in meiner Mimik entgeht.

»Aber denkst du, dass die Crew das richtig einschätzt? Zwei Kinder sind bereits abgehauen. Wie stehen die Carter-Geschwister wirklich zu ihrer Mutter? Hören Demeter, Hera, Octavian, Caesar und … Athena auf sie?« Ich glaube, das ist das erste Mal, dass ich ihren Namen laut ausspreche. Und ich habe keine Ahnung, warum mir das so bewusst auffällt. Mein Kopf müsste mich auf so etwas definitiv nicht hinweisen. Ich habe schließlich auch die Namen ihrer Geschwister gesagt. Aber mein Kopf scheint mir heute sowieso vor allem unnötige und wenig hilfreiche Informationen zu übermitteln. Als er mir während meines Gesprächs mit Athena mitgeteilt hat, dass sie sehr hübsch ist, hätte ich ihn am liebsten direkt abgeschaltet. Es ist ziemlich irrelevant, ob ich sie attraktiv finde oder nicht. Das ändert auch nichts an der Tatsache, dass ich sie nicht leiden kann.

Mein Vater nickt. »Eigentlich hat Evelyn ihre Kinder gut unter Kontrolle.«

»Aber zwei sind abgehauen«, betone ich erneut.

»Die, die geblieben sind, haben noch nie Probleme gemacht«, erwidert mein Vater.

Ich überlege, ob ich ihn direkt auf Athena ansprechen soll, aber ich bringe es einfach nicht über mich. Ich kann ja nicht einmal in Worte fassen, warum ich denke, dass Athena zur Gefahr für den Dreh werden könnte. Es ist nur ein diffuses Gefühl, das vermutlich alten Wunden entspringt. Trotzdem hält mein Gehirn es immer noch für notwendig, mich darauf hinzuweisen, dass sie schöne braune Augen und ein sehr anziehendes Lächeln hat, wenn sie mich nicht gerade gehässig angrinst.

»Okay, wenn du meinst«, sage ich also und versuche, mich wieder aufs Wesentliche zu konzentrieren. Und ihre Augen und Lippen gehören definitiv nicht zum Wesentlichen.

»Halt deine Ohren und Augen weiterhin offen«, meint mein Vater.

Ich nicke nur, weil mir keine Erwiderung darauf einfallen will. Ich bin mir zwar sicher, dass es eine simple zweisilbige Antwort auf Dads Forderung gibt, die vermutlich auch nicht schwer auszusprechen wäre. Aber gerade kann ich nicht richtig denken.

Athena Carter ist immer noch zu präsent in meinem Kopf. Ich kann einfach nicht aufhören, über ihr Verhalten nachzudenken, das mich mehr verwirrt hat, als ich mir eingestehen will.

Dass sie mich arrogant angesehen und etwas Herablassendes über meine Kleidung gesagt hat, hat mich nicht überrascht. Mit so einem Verhalten habe ich bei einem Mitglied der Familie Carter gerechnet. Wenn man es gewohnt ist, alles geschenkt zu bekommen, hat man nie gelernt, mit einem Nein umzugehen. Ob man jetzt nur eine Tüte Gummibärchen oder doch Kokain haben wollte.

Auf Starallüren war ich vorbereitet. Aber nicht auf diesen rohen, fast schon wunden Blick, mit dem sie mich für den Bruchteil einer Sekunde angesehen hat.

Solange ich mich auf ihre Beleidigungen konzentriert habe, konnte ich die anderen Worte ausblenden, die sie zu mir gesagt hat. Doch nun erinnere ich mich an sie und spüre, dass ich sie nicht so schnell wieder vergessen werde.

»Vielleicht wird dich ja die Arbeit an diesem Set lehren, dass der Schein trügen kann. Menschen, die sich von dem täuschen lassen, sind blind.«

Mein Vater redet weiter über seine Pläne für die Show, doch ich höre ihn kaum. Ihre Worte sind lauter, obwohl sie gar nicht hier ist. Und ich weiß nicht genau, wie ich mit der Bedeutung, die ich hinter jedem Buchstaben erahne, umgehen soll.

3. KAPITEL

Athena

Ich sitze jetzt schon einige unendlich lang erscheinende Sekunden vor dem Schreibtisch meiner Mutter, ihren kritischen Blick auf mir, und warte darauf, dass sie mir endlich sagt, warum sie mich in ihr Büro zitiert hat. Natürlich warte ich vergeblich.

»Was gibt's?«, frage ich so leichthin, wie ich zustande kriege, während sich jede Sehne in meinem Körper gespannt anfühlt.

Auf den Lippen meiner Mutter liegt das für sie typische Halblächeln, das sie immer trägt, weil sie dabei nicht so viele Falten riskiert wie mit einem normalen. Sie sieht mich an und lässt sich auch jetzt unerträglich lange Zeit, bis sie reagiert. Ist das eine neue Taktik? Macht es ihr Freude, zu beobachten, wie sich Schweißperlen auf meiner Stirn sammeln? Überraschen würde es mich nicht. Nach all den Dingen, die in den letzten Jahren passiert sind, gibt es eigentlich nichts mehr, was meine Mutter tun könnte, was mich noch überraschen würde.

Sobald ich das gedacht habe, würde ich am liebsten direkt zur Decke gucken und dem Universum versichern, dass ich das nicht als Herausforderung gemeint habe. Ich möchte wirklich nicht erfahren müssen, ob meine Mutter vielleicht doch noch in der Lage ist, mich zu überraschen.

»Ich wollte mit dir über deine Rolle in dieser Familie sprechen«, setzt sie an.

Sofort ziehen sich alle meine Organe synchron zusammen.

Ein solches Gespräch führe ich nicht zum ersten Mal mit meiner Mutter. Jedes Mitglied dieser Familie kennt sie. Immer wenn sie mit unserem Auftritt vor der Kamera nicht zufrieden ist oder wir nicht genug Geld verdienen, beordert sie uns zu einem Gespräch in dieses Büro und beginnt immer mit den gleichen Worten. Adrian und ich haben uns immer darüber lustig gemacht, weil ein schlechter Witz nun mal jede Situation erträglicher macht. Deswegen weiß ich auch, dass sie diesen Einleitungssatz nicht nur bei mir anwendet, sondern auch bei den anderen.

Das letzte Mal, als Adrian ein solches Gespräch führen musste, war er danach der Fake-Freund von Rachel Hanson. Und wie toll das geendet hat, wissen wir alle, aber niemand spricht es an.

»Du hast in den letzten Jahren zu wenige Werbedeals abgeschlossen. Da du noch so jung warst, konnte ich das durchgehen lassen. Aber du bist inzwischen zwanzig Jahre alt. Es ist an der Zeit, dass du dich richtig einbringst.«

Ich halte all die giftigen Bemerkungen zurück, die mir sofort auf der Zunge liegen. Sie lässt es so klingen, als hätte ich gemütlich Karibikurlaub gemacht, während meine Familie jahrelang geschuftet hat. Dass ich schon für diese Show arbeite, seit ich ein Kind bin, das nie jemand gefragt hat, was es eigentlich lieber mit seiner Zeit tun würde, lässt sie aus. Vermutlich, weil sie es einfach nicht so sieht. Obwohl bereits zwei ihrer Kinder vor ihr weggelaufen sind.

Wenn ein Kind abhaut, kann man seine Schuld vielleicht noch ignorieren, aber wenn zwei gehen, sollte man doch langsam mal ein Muster erkennen. Aber als Carter wird man anscheinend nicht nur mit schwarzen Haaren geboren, sondern auch mit der Gabe, die hässlichen Wahrheiten auszublenden.

»Also soll ich mehr Werbung für Produkte machen, an deren Effizienz ich eigentlich gar nicht glaube?«, frage ich. Mein herausfordernder Ton lässt sich nicht mehr rechtzeitig unterdrücken.

»Genau«, sagt meine Mutter. An ihren zusammengekniffenen Lippen erkenne ich, dass ihr mein Seitenhieb nicht entgangen ist, aber sie entscheidet sich bewusst dazu, diese Frechheit zu ignorieren. »Ich wollte dir ein paar von den Werbedeals geben, die früher Aphrodite gemacht hat.«

Sie hält inne, und ich starre sie aus großen Augen an. Ich kann mich nicht daran erinnern, dass sie Aphrodites Namen auch nur ein Mal laut ausgesprochen hat, seitdem die Umzugswagen eines Tages vor der Tür standen und ihre Sachen abgeholt haben. Bis zu diesem Moment hat sie wohl noch daran geglaubt, dass ihre Lieblingstochter zu ihr zurückkehren würde. Als die Wagen voll beladen mit Aphrodites Sachen wieder durchs Tor gefahren sind, konnte sie sich dieser Illusion nicht länger hingeben.

Die Spannung zwischen uns wird mit jeder Sekunde, die Aphrodites Name ausklingt, ohne von einem neuen Satz unterbrochen zu werden, unerträglicher.

»Welche soll ich denn übernehmen?«, frage ich, um die Stille zu durchbrechen. Je schneller ich dieses Gespräch hinter mich bringe, desto schneller kann ich dieses Büro auch wieder verlassen.

Aphrodite hat uns neben der andauernden schlechten Laune unserer Mutter und ihrer noch erdrückenderen Enttäuschung auch noch eine tolle Auswahl an Werbedeals zurückgelassen. Ich könnte also demnächst das Gesicht für ein Parfum sein, das so süß riecht, dass man Gefahr läuft, von einem Schwarm hungriger Wespen verfolgt zu werden, sollte man den Fehler begehen, es tatsächlich auf den eigenen Körper aufzutragen. Eine andere Option wäre irgendein Diät-Shake, der so schlecht schmeckt, dass ich ihn nicht einmal runterschlucken könnte, wenn ich mir beim Trinken die Nase zuhalte. Oder vielleicht soll ich ja auch die Sportleggins bewerben, deren Nähte im Schritt reißen, wenn man es riskiert, mehr als drei Squats am Stück zu machen.

Ob die Produkte wirklich gut sind, spielt keine Rolle. Worauf es ankommt, ist, wie viele Millionen die Firmen auf das Konto meiner Mutter spülen können.

»Keine«, erwidert Mom.

»Keine?«, wiederhole ich zögerlich. »Wie meinst du das?«

Sie seufzt. »Das, was ich als Nächstes sagen werde, sage ich nicht gern, glaub mir.« Ich glaube ihr schon lange nicht mehr. Und der Glaube in meine Mutter wurde leider nicht nur von der Tatsache erschüttert, dass der Weihnachtsmann doch nicht real ist. Diese Familie steht für Extreme. Und das gilt leider auch für das Ausmaß der Vertrauensbrüche. »Aber die Firmen waren nicht an einer Kooperation interessiert.«

Ich ziehe die Augenbrauen nach oben. Ich hatte wirklich nicht die geringste Lust, Werbung für schlechte Produkte zu machen. Aber von den Firmen, die diese schlechten Produkte herstellen, eine Abfuhr zu bekommen, darauf hatte ich sicherlich noch wesentlich weniger Lust.

»Wenn sie Deals mit einer Carter machen wollen, dann nicht mit dir«, fährt meine Mutter so ungerührt fort, als könnte sie sich nicht denken, was diese Worte in meinem Inneren anrichten. »Die Umfrage, die dich zur langweiligsten Carter erklärt hat, hat definitiv nicht geholfen. Und Firmen für Sportprodukte wollen, dass die Stars, die für sie werben, einem gewissen Ideal entsprechen.«

»Was im Klartext bedeutet, dass ich nicht dünn genug bin.« Meine Stimme klingt emotionslos. Das habe ich mir angewöhnt. Wenn ich emotionslos klinge, kann ich mir wenigstens kurz vormachen, dass ich auch nichts empfinde. Nicht lange. Trotzdem heiße ich jede Sekunde, die ich von dem Schmerz verschont bleibe, den ich immer empfinde, wenn mich meine Mutter mal ganz nebenbei fragt, wie viel ich denn gerade wiege, ob ich wirklich noch eine zweite Portion essen will, ob ich denn auch regelmäßig Sport treibe, willkommen.

Ich habe schon vor langer Zeit – damals hatte ich bestimmt noch Milchzähne im Mund – aufgehört, sie darum zu bitten, diese Kommentare nicht mehr zu machen. Es ist ja nichts dabei. Es sind ja nur Fragen. Die sind doch harmlos.

Und vielleicht wäre eine von ihnen, nur für sich formuliert, tatsächlich harmlos. Aber diese Bemerkungen treffen einen

Punkt, der über Jahre wund gerieben wurde. Er wurde zerkratzt von spitzen, perfekt manikürten Fingernägeln. Und aufgeschürfte Haut ist empfindlicher. Die Aussagen meiner Mutter müssen gar nicht mehr so spitz sein, um wehzutun. Alle Aussagen, die davor kamen, haben Vorarbeit geleistet. Und jetzt gibt es da einen Punkt in meinem Inneren, der freigelegt ist, und obwohl er schon blutet, hört sie doch nicht auf, ihn anzugreifen.

»Nicht für diese Produkte«, sagt meine Mutter. »Aber das kann sich ja noch ändern.«

Du kannst dich ja noch ändern.

Sie sagt es nicht. Aber das ist Evelyn Carters große Gabe. Das meiste, was sie will, muss sie gar nicht aussprechen, um es zu bekommen.

»Sollte ich also in dein Büro kommen, damit du mir sagen kannst, dass meine Figur nicht gut fürs Business ist?«, frage ich direkt, weil ich sie dazu bringen will, es auch zu sein.

Aber den Gefallen wird sie mir natürlich nicht tun. Wenn sie meinen Körper zu direkt beurteilt, könnte sie sich ja selbst angreifbar machen. Eine gute Mutter kritisiert nicht. Sie gibt hilfreiche und natürlich nur nett gemeinte Ratschläge.

Wie ich diese Fassade verabscheue. Nach dem, was mit Aphrodite und Adrian passiert ist, könnte sie dieses Schauspiel doch endlich mal sein lassen. Aber vielleicht braucht sie das, um ihr Selbstbild aufrechtzuerhalten. Es scheint auf jeden Fall noch stabiler zu sein als die Mauern dieses Hauses. Egal, wie viele Schläge es abbekommt, es gerät nicht mal ins Wanken. Ich würde sie vermutlich darum beneiden, wenn es mich nicht so wütend machen würde.

»Wir stehen für einen gewissen Standard, ein Schönheitsideal, und das muss jedes Mitglied der Familie erfüllen«, sagt sie.

»Also warum bin ich hier?«, hake ich nach, weil ich dieses Gespräch kaum noch ertragen kann. Wie befreiend es sich anfühlen würde, jetzt einfach aufzustehen und zu gehen. Doch ich werde nicht gehen. Ich habe eine Entscheidung getroffen.

Und auch in diesem fast unerträglichen Moment merke ich, dass diese Entscheidung endgültig ist.

»Wenn du erst mal nur wenig Geld durch Werbedeals einnimmst«, setzt sie an – mit wenig meint sie vermutlich »nur« fünfstellige Beträge –, »… musst du mehr Content für die Show generieren. Du hast doch in letzter Zeit öfter mal was mit den anderen Mädels aus Beverly Hills gemacht, oder?«

Sie meint Aphrodites alte Clique, aber vermutlich ist sie nur bereit, ihren Namen einmal im Monat laut auszusprechen.

»Habe ich«, bestätige ich. Seit Aphrodite weg ist, haben sich ihre »Freundinnen« so oft bei mir gemeldet, bis ich nachgegeben und mich mit ihnen getroffen habe. Wir sind nicht befreundet. Nicht wirklich. Aber inzwischen verstehe ich, warum Aphrodite Zeit mit ihnen verbracht hat. Manchmal ist ein lauter Club der einzige Ort, an den man sich flüchten kann, wenn man seine eigenen Gedanken nicht mehr hören will.

Doch mit ihnen unterwegs zu sein fühlt sich seltsam an. Aphrodite war schon immer alles, was ich nie sein konnte. Und auch für ihre ehemaligen Freundinnen bin ich nur ein Ersatz, der niemals so gut sein kann wie das Original.

»Sehr gut. Einige von ihnen haben sehr viele Follower auf Social Media. Das bringt der Show eine höhere Einschaltquote. Lad sie zu allen wichtigen Partys ein, die in dieser Staffel stattfinden.«

»Mache ich«, sage ich ohne Umschweife, weil ich schneller aus dem Büro abhauen kann, wenn ich einfach zustimme. »Darf ich jetzt gehen?«

Die Augen meiner Mutter werden gefährlich schmal. »Nein.«

Ich nicke nur. Was soll ich auch dazu sagen? Alle Menschen vor den Toren dieser Villa mögen in einer Demokratie leben. Für jeden, der den Fehler begeht, einen Fuß auf dieses Grundstück zu setzen, gilt das nicht.

»Du selbst musst der Show auch mehr Inhalt bieten. Du wurdest zur langweiligsten Carter gewählt, weil du am wenigsten erlebst.« Damit meint sie, dass ich noch nie verheiratet, geschieden oder in einen Faustkampf involviert war. »Du brauchst eine Beziehung. Und ich hätte da auch schon den perfekten Kandidaten im Auge.«

»Weil Fake-Beziehungen in dieser Familie ja so ein gutes Ende nehmen«, murmle ich in mich hinein und erinnere mich unwillkürlich an den Morgen zurück, als ich an Adrians Zimmertür geklopft habe und er einfach spurlos verschwunden war. In meiner Brust spüre ich noch immer den Schmerz, der mich nicht mehr losgelassen hat, seit ich realisiert habe, dass er fort ist.

»Was hast du gesagt?«, fragt meine Mutter bedrohlich leise. Ich kann ihr anhören, dass sie jedes Wort verstanden hat. Aber sie gibt mir die Chance, meine Worte noch zurückzunehmen. Und ich ergreife sie.

»Nichts«, murmle ich nur.

»Gut«, erwidert sie. »Wie dem auch sei. Bei Caesars Hauseinweihungsparty wirst du Nolan Andrews kennenlernen und ihn dann für den Verlauf der restlichen Staffel daten.«

»Nolan Andrews?«, frage ich ungläubig.

»Du weißt schon. Er war früher Mitglied der Boyband *DreamFive*.«

»Das weiß ich«, sage ich, traue mich aber nicht, zu erklären, warum ich so überrascht war, seinen Namen zu hören. Einer von Nolan Andrews' ehemaligen Boyband-Kollegen ist Henry Lloyd, und der wiederum ist bekannterweise der beste Freund von Garett. Und da meine Mutter die Tatsache leugnet, dass sie nicht nur fünf Kinder, sondern eigentlich sieben hat, hätte ich nicht damit gerechnet, dass ich ausgerechnet mit einem Kerl ausgehen soll, der so eng mit Aphrodite zusammenhängt. Aber vermutlich lassen sich solche Zusammenhänge in einer Stadt wie Los Angeles nicht vermeiden. Und meine Mutter ist pragmatisch genug, um sich von solchen Umständen keine Chance entgehen zu lassen.

»Und du wirst in ein paar Wochen ein Fotoshooting machen«, fährt sie fort.

»Okay«, setze ich an und ziehe das *O* mal wieder viel länger als notwendig. »Wir machen ständig Shootings. Wieso willst du ausgerechnet dieses mit mir besprechen?«

Meine Mutter räuspert sich. »Es ist ein Nacktshooting.«

»Entschuldigung?«, entfährt es mir.

»Im Magazin wird man nichts sehen, was man nicht auch sieht, wenn du einen Bikini trägst.«

»Aber während des Fotoshootings würde ich keine Kleidung tragen und die entscheidenden Körperteile nicht mit Stoff, sondern mit meinen Armen und unbequemen Posen verdecken müssen.« Meine Stimme klingt brüchig.

»Genau«, sagt meine Mutter ungerührt. Mein leicht panischer Unterton scheint ihr entgangen zu sein. Oder sie entscheidet sich bewusst dafür, ihn nicht zu hören.

»Ganz sicher nicht«, sage ich heftig. Ich habe mich vermutlich noch nie getraut, so viel Nachdruck in meine Stimme zu legen, wenn ich mit meiner Mutter geredet habe. Aber bei der Vorstellung, meinen Körper so bloßzustellen und all den Klatschreportern noch mehr Bilder und damit mehr Munition zu liefern, mit deren Hilfe sie mich bewerten, mein Aussehen kritisieren und gleichzeitig sexualisieren können, wird mir so übel, dass ich bezweifle, jemals wieder etwas essen zu können.

So ein beschissenes Gespräch führen kann auch nur meine Mutter. Sie beginnt damit, dass mein Körper nicht gut genug ist, um damit Werbedeals zu kriegen, und beendet es dann mit dem Vorschlag, genau diesen Körper nackt und öffentlich zu präsentieren.

Wie genau soll ich mich denn fühlen? Welche Reaktion erwartet sie von mir?

»Athena«, beginnt sie mit einem besonders strengen Ich-bin-deine-Mutter-und-du-ein-undankbares-Kind-Tonfall. Doch ich lasse sie das erste Mal in meinem Leben nicht aussprechen.

»Ich werde kein Nacktshooting machen. Du kannst mich anschreien, beleidigen, was auch immer. Ich werde mich trotzdem nicht vor einer Kamera ausziehen.«

Erst jetzt realisiere ich, dass ich irgendwann im Laufe dieses Schlagabtauschs aufgesprungen bin. Keine Ahnung, wann. Auf jeden Fall stehe ich jetzt direkt vor dem Schreibtisch und sehe auf meine Mutter hinab. Das ist angenehmer. Wenn ich körperlich höher stehe als sie, kann ich mich wenigstens kurz der Illusion hingeben, dass sie nicht mein ganzes Leben kontrolliert.

»Ist dir diese Familie etwa egal?«

»Ich wüsste nicht, was meine Brüste mit meiner Liebe für diese Familie zu tun haben«, entgegne ich.

Meine Mutter schnaubt wütend. »Das egoistische Verhalten einiger Familienmitglieder hat uns schon genug geschadet. Willst du dein eigenes Wohl etwa auch über das deiner Familie stellen?«

Ich würde mich ja gern über diese Aussage lustig machen. Sie klingt ein bisschen so, als würde unsere Mutter denken, wir wären eine Königsfamilie im Mittelalter, die ihr Fortbestehen mit strategischen Ehen sichern muss. Aber der strenge Ausdruck in den Augen meiner Mutter lässt aus mir wieder ein kleines Mädchen werden, das sich nicht traut, den Mund aufzumachen. Dass ich eigentlich schon zwanzig Jahre alt bin, kann daran auch nichts ändern.

»Die Edwards mussten die Konsequenzen eines solchen Verhaltens schon tragen«, fährt meine Mutter bedeutungsschwanger fort.

»Wie meinst du das?«, flüstere ich.

»*At Home with the Edwards* wird abgesetzt. Die Sendung hat Garetts Austritt nicht überlebt. Es ist noch nicht offiziell, aber die Entscheidung ist schon gefallen. Harold hat mir Bescheid gegeben.«

Damit habe ich wirklich nicht gerechnet, aber traurig kann ich nicht sein. Es gibt nur wenige Arschlöcher auf der Welt, die so furchtbar sind wie Harold Edwards. Er hat vieles verdient. Erfolg gehört sicherlich nicht dazu.

Wir beide sehen uns eine Weile nur schweigend an. Ich

wüsste nicht, was ich zu all dem, was ich in diesem Büro gehört habe, noch sagen soll.

Was würde ich fühlen, wenn unsere Show ebenfalls abgesetzt werden würde? Erleichterung? Oder vielleicht doch Trauer?

Vielleicht ist das eine dieser Fragen, die man sich lieber nicht beantwortet. Und das muss ich auch nicht.

Das Einzige, was ich wissen muss, ist, dass meine Mutter und ich für verschiedene Ziele kämpfen. Sie will diese Show am Leben halten, koste es, was es wolle. Ich will, dass, wenn all das eines Tages vorbei ist, noch etwas von uns übrig bleibt, das man vielleicht, wenn man die Augen zusammenkneift und sich die fehlenden Stücke dazudenkt, noch als Familie bezeichnen kann. Und das, was wir dann noch sein werden, als menschlich.

Meine Mom seufzt einmal sehr schwer, dann redet sie endlich weiter. »Du hast schon viele Fake-Beziehungen für die Show geführt. Also stell dich nicht so an. Die Dates mit Nolan Andrews sind nicht verhandelbar. Über das Shooting reden wir noch mal.«

Kaum hat sie die Worte ausgesprochen, nimmt sie schon ihr Handy zur Hand und wählt eine Nummer. Ich bin wohl entlassen. Doch obwohl ich das Ende dieses Gesprächs schon herbeisehne, seitdem es angefangen hat, fühle ich mich jetzt seltsam gelähmt. Es kostet mich viel Kraft, das Büro zu verlassen. Rede ich mir nur ein, dass ich bleibe, weil ich für Poppy da sein will, damit ich mich besser fühlen kann und mir nicht eingestehen muss, dass ich zu schwach bin, um zu gehen?

☆

Ich habe keine Ahnung, wie lange ich schon an die Decke starre, als es vorsichtig an meiner Tür klopft.

Das Gespräch mit meiner Mutter steckt mir immer noch in den Knochen. Ich kann das Gewicht ihrer Worte deutlich auf mir spüren.

Langsam setze ich mich auf und zerknittere dabei die neuen Essens- und Trainingspläne, die bereits in meinem Zimmer auf mich gewartet haben, als ich zurückgekehrt bin. Einen Moment starre ich meine Tür an, als wüsste ich nicht, was ein Klopfen bedeutet und was als Nächstes von mir erwartet wird.

Kein Mitglied meiner Familie würde klopfen. So viel steht schon mal fest. Die meisten würden einfach ungefragt in mein Zimmer stürmen.

»Ja?«, frage ich ein bisschen verspätet.

Nun zögert auch die Person, die vor meiner Zimmertür steht. Es dauert ewig, bis sich meine Klinke endlich bewegt und die Tür dann ganz zögerlich geöffnet wird. Nur einen Spaltbreit. Skeptisch kneife ich die Augen zusammen, bis ich den dunklen Haarschopf erkenne, der sich hinter der Tür verbirgt.

»Levi!«, entfährt es mir, und sofort springe ich auf. Er hat gerade mal einen Schritt in mein Zimmer gemacht, da falle ich ihm auch schon ungestüm in die Arme. Ich pralle mit viel zu viel Geschwindigkeit gegen ihn, und ihm entfahren ein schwedischer Fluch und ein Stöhnen, das überrascht, belustigt und schmerzhaft zugleich klingt.

Er zögert nur eine Sekunde, dann erwidert er die Umarmung auf seine für ihn typische rippengefährdende, Luft aus den Lungen drückende Weise. Irgendwas ganz tief in mir erzittert. Ich weiß nicht, wann mich das letzte Mal ein anderer Mensch mit seinen Armen davon abgehalten hat, auseinanderzufallen. Bis zu diesem Moment habe ich mir nicht gestattet, mir einzugestehen, wie einsam ich wirklich war. Jetzt, da die Nähe und Wärme einer bekannten Person reicht, um mir Tränen in die Augen zu treiben, kann ich es nicht länger leugnen.

Genauso ungestüm, wie ich mich auf ihn gestürzt habe, löse ich mich wieder von ihm und mache einen Schritt zurück. Ich werde weinen, wenn ich ihn noch länger berühre, das weiß ich. Und ich will nicht, dass es so weit kommt.

»Levi Nyberg, der erfahrene Produktionsassistent«, kriege ich hervor. »Nein, warte. Ab dieser Staffel bist du doch Levi Nyberg, der Kameramann, oder?«

Sein Grinsen wird so breit, wie ich es von ihm gewohnt bin, und meine Tränen, die wieder in mir hochsteigen wollen, versuchen, mir weiszumachen, dass das Grund genug ist, sie jetzt endlich zu weinen.

»Der bin ich«, sagt er und schließt meine Zimmertür hinter sich. »Der erste richtige Job nach meinem Studium.«

»Noch mal herzlichen Glückwunsch zum Abschluss.« Ich laufe zu meinem Bett zurück und lasse mich daraufplumpsen.

Levi setzt sich auf den Stuhl, auf dem sich so viele Klamotten stapeln, dass er darauf kaum noch Platz findet.

»Danke dir.« Der aufrichtige Klang seiner Stimme hat noch nie in dieses Haus gepasst. Aber nach den beißenden Worten meiner Mutter scheinen seine ruhigen noch fremder zu klingen. »Und danke für das neue Weitwinkelobjektiv für meine Kamera. Ich habe mich sehr über dein Geschenk gefreut. Und mich ein bisschen gewundert, dass du mir eins geschickt hast.«

Ich ziehe kritisch die Augenbrauen zusammen. »Was soll das denn heißen?«

Levi hebt abwehrend die Hände, deren Nägel bunt sind, was bedeutet, dass ihm erst vor Kurzem eine seiner unzähligen Schwestern einen Besuch abgestattet hat. »Ich will damit nicht sagen, dass du eine schlechte Freundin bist.«

»Nicht?«, frage ich und ziehe die Augenbrauen noch höher, damit er deutlich sieht, dass ich ihm das gerade nicht glaube.

»Ich dachte nur, dass du noch sauer wärst, weil ich dir damals nicht verraten habe, dass Adrian ein paar Tage bei mir geschlafen hat.« Er sieht mich ein bisschen so an, als wäre er ein Hundewelpe, der gerade die Lieblingsschuhe seines Frauchens zerbissen hat.

»Ich war sauer«, bestätige ich. Ich hatte keine Möglichkeit, Adrian zu kontaktieren, nachdem er abgehauen war, weil er auch sein Handy zerstört hatte. Nur wenige Tage nach seinem

Verschwinden rief ich Levi an und bat ihn immer wieder, mir Bescheid zu geben, sollte Adrian bei ihm auftauchen. Was er schließlich nicht getan hat.

»Das weiß ich. Du hast mich mehrere Wochen ignoriert«, stellt Levi fest.

»Nicht die reifste Reaktion, das gebe ich zu.« Ich gestatte einem kleinen Lächeln, an meinen Mundwinkeln zu ziehen, damit Levi mich nicht mehr so ansieht, als würde er auf eine Strafe warten. »Aber du warst schon immer mit uns beiden befreundet, und Adrian wollte nicht, dass du es mir erzählst. Das war eine schwierige Situation für dich. Das weiß ich.«

Levi grinst wieder breiter.

»Bist du deswegen so zögerlich in mein Zimmer gekommen? Dachtest du wirklich, ich wäre immer noch wütend?«

»Natürlich dachte ich das. Ich habe damit gerechnet, dass du mich einen Kopf kürzer machst, sollte ich es wagen, mich dir zu nähern.«

Ich verdrehe die Augen. »Es tut verdammt gut, dich zu sehen.« Kurz werde ich ganz ernst. »Ehrlich.«

»Finde ich auch.« Levi wird ebenfalls ernst. »Wie geht es dir?«

In dieser Frage schwingt vieles mit, auf das ich wirklich nicht eingehen will.

»Sag mir nicht, dass du einer der Spione bist, die meine Geschwister geschickt haben, um sicherzugehen, dass ich auch ohne sie klarkomme. Wenn du einer bist, muss ich mir noch mal überlegen, ob ich nicht doch wütend auf dich sein sollte.«

»Spione?«, fragt Levi, und der irritierte Tonfall in seiner Stimme verrät mir, dass er tatsächlich nicht weiß, wovon ich spreche.

»Ach, Adrian und Aphrodite halten es für angebracht, ihre Freunde auf mich anzusetzen.«

Levi sieht mich fragend an.

»Seit Wochen kriege ich Nachrichten von Katherine O'Connell und Alice' bester Freundin Hien. Sie wollen sich ständig mit mir treffen. Wer wohl dahintersteckt?«, frage ich gespielt ahnungslos.

»Und du hast dich nicht mit ihnen getroffen?« Levis Worte klingen genauso zögerlich wie vorhin sein Klopfen an meiner Tür.

»Ich brauche keine Babysitter und schon gar nicht Mitleids-Freunde.«

»Mitleids-Freunde?«

»Ja, Menschen eben, die von den eigenen Geschwistern auf einen angesetzt werden, damit sie ihre riesigen Schuldgefühle erleichtern können.«

An Levis sanftem Blick erkenne ich, dass ich ein bisschen zu heftig geklungen habe, um noch als gleichgültig durchzugehen.

»Schuldgefühle?«

»Du weißt schon. Diese lästigen Gefühle, die keiner haben will, die man aber bekommt, wenn man seine kleine Schwester allein bei der bösen Hexe von Beverly Hills zurücklässt.«

Levi versucht, es zu unterdrücken, aber ihm entfährt ein prustendes Lachen. »Die böse Hexe von Beverly Hills? Gefällt mir.«

»Danke«, sage ich knapp und schlinge unwillkürlich die Arme um meinen Oberkörper. Ich habe ihm viel mehr gesagt, als ich wollte.

»Hast du mal auf die Nachrichten deiner Geschwister reagiert?«

Ich seufze. Ich hatte gehofft, dass Levi das Thema fallen lassen würde. Aber ich sollte ihn nach all den Jahren doch besser kennen. Levi lässt Dinge erst auf sich beruhen, wenn er alles ausgesprochen hat, von dem er denkt, dass es gesagt werden muss. Das war schon immer so.

»Selten«, gebe ich zu, weil es sinnlos wäre, Levi zu belügen. Er wüsste es, wenn ich ihm etwas vorenthalte. Und wenn ich ehrlich bin, will ich vor ihm auch gar nicht so tun, als wäre mir alles egal. Es gibt nur wenige Menschen, bei denen ich mir gestatte, ganz ich selbst zu sein. Und der Kreis ist erheblich geschrumpft, seitdem meine Geschwister ihre Sachen gepackt haben und abgehauen sind. »Aber was genau soll ich denn auf das hundertste Hundefoto antworten? Der Hund verändert sich von einem Tag auf den anderen auch nicht so sehr.«

Levi entfährt wieder ein prustendes Lachen. »Das stimmt. Adrian schickt mir auch ständig Fotos. Wenn er noch so viel Freizeit hat, dass er seinem Hund so viele Kunststücke beibringen kann, nimmt er sein Studium vielleicht nicht so ernst, wie er sollte.«

Ich durchschaue Levi sofort. Er wirft mir diesen verschwörerischen Blick zu und macht sich über meinen Bruder lustig, damit ich mich besser fühle. Doch obwohl ich es durchschaue, muss ich zugeben, dass es hervorragend funktioniert. Wenn auch nur kurz.

Dann erinnere ich mich daran, dass auch die Bilder von einem süßen Dalmatinerwelpen namens Peter nichts an der Tatsache ändern, dass ich seit Monaten allein auf meinem Dach sitze.

Eigentlich sollte ich dankbar sein, dass Adrian mir schreibt. Damals, als er abgehauen war, hatte ich nicht mal seine Nummer und habe mir jeden Tag gewünscht, ich könnte ihn erreichen. Jetzt schaffe ich es nicht einmal, auf seine Nachrichten zu antworten. Es ist zu schmerzhaft. Worte auf einem Handydisplay kommen nun einmal nicht gegen die Leere an, die Adrians Abwesenheit in mir hinterlassen hat.

Levi scheint sofort zu merken, dass meine Laune umschwingt. Er rückt mit dem Stuhl näher an mich heran, bis er seine Hände auf meine legen kann.

»Gehst du zu Aphrodites und Garetts Filmpremiere?«

»Ich hab mich noch nicht entschieden.«

»Du hast ja noch ein paar Wochen Zeit, dich zu entscheiden. Guck einfach, wie du dich fühlst.« Er lächelt verhalten. »Und ich verspreche dir hiermit, dass ich deinem Bruder nicht Bericht über dich erstatten werde, egal, wie oft er nachfragt. Du hast die gleiche Verschwiegenheit verdient, die ich damals ihm zugesichert habe.«

Ein so dicker Kloß bildet sich in meinem Hals, dass ich mehrmals schlucken muss, bevor ich Levi antworten kann.

»Klingt fair«, sage ich. »Dann kann ich dich ja in meinen Plan einweihen, bei dessen Umsetzung ich dringend noch Hilfe von einer Person brauche, die hinter der Kamera agiert.«

Levi zögert keine Sekunde, er drückt nur meine Hände und sagt: »Egal, was du vorhast, ich bin dabei.«

4. KAPITEL

Sam

Mit jeder Sekunde, die verstreicht, während ich vor dem Spiegel stehe und mich selbst anstarre, werde ich ein bisschen wütender. Auf mich selbst. Und vor allem auf Athena Carter.

»Fuck it«, entfährt es mir. Ich knöpfe das Hemd wieder auf und schmeiße es dann mit ein bisschen zu viel Schwung in eine Ecke meines Schlafzimmers. Dort lasse ich es zusammengeknüllt liegen, obwohl es so lange gedauert hat, es zu bügeln.

»Alles klar bei dir?« Masons Stimme dringt durch meine geschlossene Zimmertür. Eine Sekunde später hat er sie auch schon geöffnet. Er wirft einen skeptischen Blick auf mich und dann das Hemd. »Was hat das Hemd dir denn getan?«

»Gar nichts«, brumme ich, ziehe ein schlichtes schwarzes Shirt aus meinem Schrank und streife es mir über.

Als ich Masons Blick begegne, entfährt mir ein genervtes Schnauben. »Was?«, frage ich gereizt. »Wieso guckst du mich so seltsam an?«

»Ich gucke nicht seltsam«, widerspricht Mason, doch ich kenne diesen Gesichtsausdruck. So zieht er seine dichten Augenbrauen schon seit der Grundschule zusammen, wenn er besorgt ist.

»Maze«, sage ich vorwurfsvoll.

»Schon gut«, erwidert er. »Ich gucke so, weil es nun mal nicht deine Art ist, Kleidung auf den Boden zu pfeffern. Dein Zimmer ist so ordentlich, dass es mich manchmal beängstigt.«

»Wenn ich mir dein Zimmer ansehe, glaube ich dir, dass dir Ordnung Angst macht.«

Er verdreht nur die Augen und verlässt mein Zimmer. Ich werfe noch einen Blick zurück. Das Bett ist gemacht, die Decke an den Seiten unter die Matratze gesteckt. Die Bücher im Regal sind alphabetisch sortiert. Auf dem Schreibtisch steht nur ein Computer, dessen Desktop genauso gut sortiert ist. Ich habe gestern erst gestaubsaugt und Staub gewischt. Nur Mason habe ich es zu verdanken, dass in meinem Zimmer ein bisschen mehr als das Nötigste steht. Den roten Vorhang hat er ungefragt an meinem Fenster angebracht. Genauso wie die kleine Topfpflanze, die an Seilen von der Decke hängt. Er meinte, er konnte es einfach nicht ertragen, dass mein Zimmer so leer ist.

Das Geräusch der brummenden Kaffeemaschine dringt aus der Küche zu mir herüber, und ich will Mason schon folgen. Doch ich kann einfach nicht.

Ich fluche wieder in mich hinein, als ich das Hemd aufhebe, es glatt streiche und auf einen Kleiderbügel hänge. Erst dann kann ich mein Zimmer auch verlassen.

Okay, vielleicht hatte Mason einen Punkt.

Aber ich brauche diese Ordnung. Dann ist auch das Chaos in meinem Kopf übersichtlicher.

Mason hat schon eine Kaffeetasse in der Hand, als ich in die Küche komme, und schiebt mir schief grinsend ebenfalls eine entgegen.

»Und? Hängt das Hemd wieder im Schrank?«

»Ach, halt doch die Klappe«, entfährt es mir, während ich den Kaffee entgegennehme.

Mason lacht in sich hinein und fährt sich durch seine roten Haare, bevor er mit seiner Kaffeetasse gegen meine stößt. Das ist seine Art, mir zu sagen, dass er mich doch nur ärgern will und ich es nicht so ernst nehmen soll.

Schon seit der Grundschule zieht er mich gern auf, aber das beruht auf Gegenseitigkeit. Vielleicht ist dieser Chaot ja mein bester Freund geworden, weil ich einen Ausgleich für die Ordnung gebraucht habe, die mein Vater mir von klein auf beigebracht hat.

»Und?«

»Was und?«, frage ich, als ich mich an den Küchentisch setze und Mason es mir gleichtut. Während ich in Ruhe meinen Kaffee trinke, spielt er an den zahlreichen goldenen Ringen herum, die er an beiden Händen trägt. Er hat sie alle selbst gemacht, mit den unzähligen Werkzeugen, die überall in seinem Zimmer verteilt herumliegen. Seine Finger muss er ständig beschäftigen. Sie sind immer in Bewegung. Und wenn er sie nicht dafür nutzt, neue Ringe zu machen, muss er an den alten rumspielen.

»Willst du mir erzählen, was los ist?«

»Nein, das hatte ich nicht vor«, sage ich trocken, was Mason nur ein schnaubendes Lachen und ein Kopfschütteln entlockt.

»Warum überrascht mich das nicht?«

»Weil du mich schon so lange kennst?«, schlage ich vor.

»Nein, das kann es nicht sein«, scherzt er und hört kurz auf, die Ringe an- und auszuziehen, um den nächsten Schluck seines Kaffees zu trinken. »Bist du aufgeregt, weil heute der erste Drehtag ansteht und dein Vater dich unter Druck setzt?«

»Er setzt mich nicht unter Druck.« Ich verteidige meinen Vater ganz automatisch. Ich kann nichts gegen den Impuls tun. Und Mason sieht mich so an, als hätte er mit genau dieser Reaktion gerechnet. Ist es normal, dass mich seine wissenden Blicke im gleichen Maße nerven wie beruhigen? Einen Menschen so gut zu kennen wie wir uns, hat sowohl Vor- als auch Nachteile. Man kann kaum etwas vor der anderen Person verstecken, weil sie in jedem verräterischen Zucken eines Gesichtsmuskels eine Lüge erkennt. Aber manchmal ist es auch tröstlich zu wissen, dass man gewisse Dinge nicht vor jedem Menschen auf dieser Welt verstecken kann.

»Wie auch immer«, setzt Mason an. Diese drei Worte sagt er jedes Mal, wenn es um meinen Vater geht und wir unterschiedliche Meinungen haben. »Bist du aufgeregt?«

»Ein bisschen«, gebe ich schulterzuckend zu.

»Du bist mir immer noch Details schuldig«, stellt er fest. »Du warst schon ein paarmal in dem Haus der Carters, und du musst mir alles erzählen, was du dort gesehen hast.«

Ich unterdrücke ein Augenrollen. Masons Faszination von Stars konnte ich noch nie verstehen. Schon mehr als einmal hat Mason versucht, sich auf eine exklusive Hollywoodparty zu schleichen, und ist mehr als einmal an den stoischen Türstehern gescheitert. Diese Erfahrungen haben ihm aber nicht seine Entschlossenheit nehmen können. Er hat gelobt, es so oft zu versuchen, bis es klappt. Ich bin der Meinung, dass das nur ein böses Ende nehmen kann.

Früher hat er mich angefleht, ihn an die Sets mitzunehmen, an denen ich für meinen Vater arbeite. Aber weil er inzwischen eingesehen hat, dass der das nie erlauben wird, hat er wenigstens das irgendwann aufgegeben. Jetzt will er nur alles wissen, was ich am Set einer Reality-TV-Show über alle möglichen C-Promis erfahren konnte.

Meistens gebe ich ihm die Infos, die er haben will, weil ich weiß, dass es ihm Freude macht, von Dingen zu hören, die man in keiner Klatschzeitschrift – die er so treu ergeben liest, als wären sie seine persönliche Bibel – erfahren kann. Aber diesmal fällt es mir irgendwie schwerer als sonst, ihm den Gefallen zu tun.

»Ich war ja nur kurz da. Noch habe ich nicht viel zu erzählen«, sage ich ausweichend.

»Bullshit. Natürlich hast du schon was zu erzählen.« Er stützt seine Ellbogen auf dem Tisch ab und legt seinen Kopf in die Hände. »Rück schon raus mit der Sprache. Hast du einen Carter getroffen?« Ich zögere. Und genau das war mein Fehler, denn Mason durchschaut mich sofort. »Du hast jemanden kennengelernt! Du hast mit einem Mitglied der Familie gesprochen? Mit wem?« Seine Stimme wird vor Euphorie immer lauter.

»Athena Carter«, sage ich widerwillig.

»Oh. Mein. Gott«, stößt er aus, und ich bereue es sofort, so ehrlich gewesen zu sein. »Das ist ja der Hammer.«

»So würde ich unsere Begegnung nicht gerade bezeichnen.«

»Eure Begegnung? Erzähl mir davon. Ich will alles wissen.«

»Natürlich willst du das«, sage ich und stehe auf. Seinen erwartungsvollen Blick ignoriere ich einfach, während ich zur Spüle gehe und meine Tasse abspüle, bevor ich sie zum Trocknen auf der Anrichte abstelle. Mason ist natürlich nicht sitzen geblieben, sondern mir gefolgt und steht nun so dicht neben mir, dass ich ihn kaum noch ignorieren kann. Trotzdem tue ich weiterhin so, als würde mir nicht auffallen, dass seine Augen mindestens so stark leuchten wie die eines Kindes am Weihnachtsmorgen.

»Ich muss los. Ich kann es mir nicht leisten, gleich am ersten Tag zu spät zu kommen.« Ich laufe in den Flur, schlüpfe in meine weißen Sneakers und schließe die Wohnungstür auf.

»Du willst nicht darüber reden. Wieso willst du nicht darüber reden?«, fragt Mason. Seine Augen weiten sich weiter.

»Ich will nur nicht zu spät kommen«, erwidere ich. »Bis heute Abend.«

Mason grinst mich immer noch an, und ich erwarte schon fast, dass er mir bis zu meinem Auto folgt, das ich vor dem Haus geparkt habe. Überraschenderweise bleibt er in der offenen Wohnungstür stehen, als ich hinaustrete. »Dieses Gespräch ist noch nicht vorbei«, stellt er fest.

»Das klingt wie eine Drohung«, murmle ich in mich hinein und laufe die vier Stockwerke ohne Aufzug hinunter. Schnell steige ich in mein Auto und schließe mein Handy an, um während der Fahrt einen Podcast zu hören. Auf meinem Handybildschirm wartet schon eine Nachricht von Mason auf mich.

Dieses Gespräch ist wirklich noch nicht vorbei. Nur damit das klar ist.

Ich schnaube. Das wusste ich schon. Die Mühe, diese Worte extra noch mal zu tippen, hätte er sich auch sparen können.

Ich antworte nicht und starte den Motor. Zügig fahre ich einmal quer durch die Stadt. Je weiter ich mich von meiner Wohnung entferne und je näher ich der Carter-Villa komme, desto größer werden die Häuser und desto teurer die Autos, an denen ich vorbeifahre.

Viele andere Menschen sehen vermutlich ein Ideal, das sie selbst anstreben, wenn sie durch Beverly Hills fahren. Ich sehe nur Oberflächlichkeit. Die Menschen, die hier leben, bilden sich zu viel darauf ein, reich und konventionell schön zu sein. Wenn das die einzigen Werte sind, für die man lebt, ist das Leben dann nicht sehr leer? Ich möchte nicht hier wohnen, und ich möchte mit solchen Personen nichts zu tun haben. Ich spüre einen Stich in meiner Brust, weil ich ein Gesicht vor mir sehe, das erschreckende Ähnlichkeit mit meinem hat. Eine Stimme in meinem Kopf will mir sagen, dass ich mir das nur einrede, um mir nicht eingestehen zu müssen, dass es nicht darum geht, mit wem ich nichts zu tun haben will, sondern wer mit mir.

Vehement schüttle ich den Kopf. Nein, mein Bild ist nicht von persönlichen Gefühlen gefärbt. Ich sehe diese falsche Welt, durch die ich gerade fahre, sehr klar.

»Vielleicht wird dich ja die Arbeit an diesem Set lehren, dass der Schein trügen kann. Menschen, die sich von dem blenden lassen, sind blind.«

Ich zucke unwillkürlich zusammen, als mir diese lästigen Worte schon wieder durch den Kopf gehen. Laut trommle ich auf mein Lenkrad, um meine Gedanken zu übertönen. Es ist viel zu früh am Morgen, um schon so viele bittere ertragen zu können.

Ich parke mein Auto und trete mit entschlossenen Schritten durch das Tor der Carter-Villa, das offen steht. Auf dem Vorplatz tummeln sich einige Menschen. Mein Vater ist auch schon dort und steht neben Evelyn Carter im Eingang zum Haus. Aus dieser Entfernung kann ich unmöglich hören, was sie sagen, aber ich bin mir sicher, dass sie die letzten Details absprechen.

Als mein Vater mich entdeckt, winkt er mich zu sich herüber.

»Evelyn, darf ich dir meinen Sohn vorstellen? Das ist Samuel«, sagt er, sobald ich die beiden erreicht habe.

»Freut mich, dich kennenzulernen«, sagt Evelyn Carter förmlich und hält mir ihre Hand hin.

»Mich auch«, gebe ich zurück und fühle komischerweise Erleichterung, als sie meine Hand wieder loslässt. Ich kann noch nicht sagen, woran es liegt, aber Evelyn Carter strahlt etwas aus, was mich beunruhigt.

»Können wir kurz in mein Büro gehen?«, fragt Evelyn meinen Vater. »Ein paar Dinge will ich in Ruhe besprechen.«

Dad nickt nur und verschwindet im Haus. Ich folge ihm mit dem Blick. Und entdecke Athena, die im Flur an der Wand lehnt und mich aufmerksam mustert. An der Art, wie sie mich ansieht, meine ich zu erkennen, dass sie mich schon eine Weile beobachtet. Sofort kribbelt meine Haut. Was mir mein Körper damit sagen will, weiß ich nicht. Und wenn ich ehrlich bin, will ich es auch gar nicht wissen.

»Samuel Henderson«, setzt sie an, stößt sich von der Wand ab und kommt mit langen Schritten auf mich zu. »Ich wusste, dein Nachname kam mir irgendwie bekannt vor.« Sie schüttelt leicht den Kopf, und ihre Haare fallen ihr in Wellen über die Schultern. »Du bist also der Sohn vom neuen Executive Producer.«

Sie bleibt einen Schritt vor mir stehen und sieht zu mir hoch. Der Ausdruck in ihren Augen ist so intensiv, als wäre ich ein Rätsel, das sie lösen will. Warum zur Hölle kribbelt meine Haut eigentlich schon wieder?

Sie lässt ihren Blick über meinen Körper wandern. Ein schadenfrohes Grinsen legt sich dabei auf ihre Lippen. »Nettes Outfit, *Samuel*«, sagt sie noch, bevor sie an mir vorbeigeht. Obwohl ich dem Impuls widerstehen will, drehe ich mich um und sehe ihr nach, während sie auf einen Typen zugeht, der ihr eine Packung Gummibärchen in die Hand drückt. Als hätte sie genau gewusst, dass ich ihr nachsehen würde, blickt sie über ihre Schulter, und ihr Grinsen wird noch breiter.

Erst in dem Moment wird mir klar, dass ich seit ihrem Auftauchen keinen Ton mehr über meine Lippen bekommen habe.

Ich werfe ihr einen wütenden Blick zu, zwinge mich dann aber, tief durchzuatmen. Ich bin nicht hier, um mich von Athena Carter provozieren zu lassen. Ich bin hier, um einen guten Job zu machen, und das werde ich verdammt noch mal tun. Dieser Dreh wird reibungslos ablaufen, und daran werden auch ihre bissigen Kommentare nichts ändern.

☆

Ich kann mich nicht daran erinnern, in meinem Leben jemals eine so beschissene Woche erlebt zu haben.

Okay, das stimmt vielleicht nicht ganz. Aber diese Woche schafft es unter die Top Ten. Und das mit Leichtigkeit.

Nichts, was hätte reibungslos ablaufen sollen, ist reibungslos abgelaufen.

»Wo zur Hölle sind diese Kleider?«, schreit nicht die erste Person quer über den Parkplatz vor der Carter-Villa.

»Keine Ahnung«, schreie ich zurück, obwohl die Frage vermutlich gar nicht an mich gerichtet war.

An einem Set herrscht immer Hektik. Die gehört genauso fest zum Equipment wie die Kameras und die Beleuchtung. Aber heute ist die Hektik schlimmer als sonst.

Wenn die restliche Woche alles so gelaufen wäre, wie es hätte laufen sollen, würden jetzt vermutlich nicht alle Menschen am Set rumschreien. Aber diese fehlenden Kleider sind nur der krönende Abschluss für eine Reihe von fehlgeschlagenen Tagen.

Am ersten Tag war das Maskottchenkostüm unauffindbar, das Persephone tragen sollte, um zu zeigen, wie sehr sie hinter dem Footballteam steht, für das ihr Vater einmal gespielt hat. Am zweiten Tag sind alle Mitglieder der Carter-Familie nicht am Drehort, sondern irgendwo anders gelandet, weil alle Fahrer verschiedene Versionen der Dispo bekommen haben. Und so ging es immer weiter.

Heute sind die Kleider verschwunden, die Persephone anprobieren sollte. Am Ende dieser Staffel wollen Evelyn und Mike Carter eine zweite Hochzeit feiern und ihre Ehegelübde erneuern. Auf dieses Finale laufen alle Folgen hinaus. Die Anprobe für die Outfits der anderen Familienmitglieder sollte heute stattfinden. Aber die Blumenmädchenkleider für Persephone fehlen.

Ich habe schon mit jeder Person telefoniert, die wissen könnte, wo diese Kleider abgeblieben sind. Der Designer, der sie entworfen hat. Das Geschäft, wo sie verkauft werden. Der Fahrer, der sie hätte herbringen sollen. Doch niemand wusste irgendwas.

Ich will gerade die nächste Nummer wählen, obwohl mir jetzt schon klar ist, dass das vermutlich nichts bringen wird, da klingelt mein Handy von allein. Mein Magen zieht sich schmerzhaft zusammen, als ich den Namen auf dem Display erkenne. Trotzdem zwinge ich mich ohne Zögern ranzugehen.

»Ja, Dad?«, frage ich, sobald ich den Anruf angenommen habe.

»Ja, Dad?«, wiederholt er fassungslos. »So gehst du ans Telefon nach allem, was in den letzten Tagen los war? Willst du mir vielleicht erklären, was zur Hölle bei diesem Dreh schiefläuft?«

Ich schlucke schwer, erst dann schaffe ich es zu antworten. »Ich habe jede Person angerufen, die mir eingefallen ist. Niemand weiß, wo diese Kleider sind.«

»Ausreden«, tadelt mich mein Vater mit einem Tonfall, der mir seit frühester Kindheit sehr bekannt ist. »Ich habe dir doch schon oft gesagt, dass ich mit Ausreden nichts anfangen kann. Wir brauchen keine Ausreden, sondern Lösungen.«

»Ja, Dad«, sage ich und hasse es, dass meine Stimme sofort diesen kleinlauten Tonfall annimmt. »Ich habe aber keine.«

Er schnauft. Ich weiß genau, wie er gerade aussieht. Die Augenbrauen zusammengezogen, die Stirn in Falten, die Augen fest zusammengepresst und eine Hand an der Schläfe, die er sich in kleinen Kreisen massiert.

Ich will mich nicht so nutzlos und unfähig fühlen, wie ich es gerade tue, aber ich habe keine Ahnung, wie ich dieses Gefühl loswerden soll.

»Jetzt macht es ohnehin keinen Unterschied mehr. Der Dreh ist für heute gelaufen. Evelyn hat ihn schon abgeblasen. Aber in Zukunft muss das besser laufen.«

Mein Vater hält mir einen Vortrag darüber, dass ich besser vorbereitet hätte sein müssen. Auch auf alle Eventualitäten muss man reagieren können. Man muss nur die richtigen Vorkehrungen treffen. Und so weiter und so fort. Ich könnte mir die Rede vermutlich auch ohne Probleme selbst halten. In Gedanken vervollständige ich seine Sätze schon, bevor er sie ausgesprochen hat.

Doch dann lenkt eine Bewegung meine Aufmerksamkeit auf sich. In den Bäumen neben der Auffahrt hat es geraschelt. Ich bin mir sicher, dass ich mir das nicht nur eingebildet habe.

»Dad, ich muss leider auflegen. Wir wollen den Dreh für morgen vorbereiten, damit da nicht ähnliche Probleme auftreten.«

Mein Vater schnauft wieder. Vermutlich weiß er nicht, wie er auf diese Aussage reagieren soll. Einerseits will er natürlich, dass ich das Problem löse, andererseits will er auch nicht mitten in einem Vortrag unterbrochen werden.

»Okay«, sagt er schließlich. »Aber wir müssen das unter Kontrolle bekommen. Diese ganze erste Woche hat vermutlich nicht mal zwei Minuten brauchbares Filmmaterial gebracht. Der Dreh hat gerade erst angefangen, und wir hängen schon eine Woche im Zeitplan hinterher.«

»Mh«, mache ich nur und lege dann auf. Ich habe ihm nur mit halbem Ohr zugehört. Denn ich habe erneut eine Bewegung zwischen den Bäumen wahrgenommen. Und diesmal so deutlich, dass ich es mir unmöglich nur eingebildet haben kann.

Ich stecke mein Handy in meine hintere Hosentasche, überquere die Auffahrt und steuere auf die Bäume zu, die so dicht stehen, dass ich weder auf der einen Seite die Mauer noch auf der anderen Seite das Haus ausmachen kann.

Unter den größten Ästen ducke ich mich durch. Die kleineren schiebe ich zur Seite. Auf dem Boden entdecke ich Fußspuren. Ich folge ihnen und bleibe kurz darauf wie angewurzelt stehen. Zu meiner Linken höre ich Stimmen, von mindestens zwei Personen. Wenn ich mich nicht täusche, müsste dort das Haus liegen.

Ich schleiche weiter und versuche, nicht zu sehr darüber nachzudenken, was ich hier gerade eigentlich tue. Mein Job ist es, sicherzugehen, dass der Dreh genau so läuft, wie mein Vater es möchte. Nicht, durch den Garten der Carters zu schleichen. Aber wenn mir meine eigentliche Aufgabe nicht gelingt, muss ich mir vielleicht eine andere suchen.

Die Bäume lichten sich, und ich erkenne Umrisse. Ich mache noch zwei Schritte nach vorn, dann ducke ich mich zwischen zwei Bäumen. Ich stehe hinter dem Haus. Ein Fenster im ersten Stock ist offen. Und davor, auf einer Dachschräge, hockt jemand. Gegen die Fassade lehnt eine Leiter, die auf die Dachschräge führt. Und auf der Leiter steht auch jemand.

»Habt ihr sie?« Ein Kopf taucht im geöffneten Fenster auf. Es ist Persephone.

»Natürlich. Hast du an uns gezweifelt?« Die Person, die auf der Dachschräge hockt, ist Athena. Und von der Person auf der Leiter, die ich nur von hinten sehen kann, nimmt sie weißen, bauschigen Stoff entgegen.

Meine Augen verengen sich. Seelenruhig hält Athena die Kleider, die ich seit Stunden suche und die mich viele Nerven gekostet haben, in den Händen und reicht sie ihrer Nichte durch ein Fenster.

»Natürlich habe ich nicht an euch gezweifelt«, sagt Persephone. »Zumindest nur kurz«, korrigiert sie sich dann.

Athena lacht auf. Vielleicht würde ich mir gestatten, einzugestehen, dass ihr Lachen einen schönen Klang hat, wenn sie nicht auf meine Kosten lachen würde.

Die Person, die auf der Leiter steht und mitlacht, kann ich zwar immer noch nicht erkennen, aber ich erkenne genug, um festzustellen, dass es ein Kerl ist. Vermutlich ein Produktionsassistent, bei dem ihre Annährungsversuche besser funktioniert haben.

Ich unterdrücke ein Schnauben, weil ich nicht vorhabe, mich erwischen zu lassen. Hat Athena Carter wirklich nichts Besseres zu tun, als Menschen, die ihr Geld mit richtiger Arbeit verdienen müssen, das Leben schwer zu machen? Sie ist wirklich das klassische, verwöhnte, reiche Mädchen, dem Konsequenzen egal sind. Vor allem dann, wenn nicht sie selbst sie ausbaden muss.

Der Typ steigt die Leiter hoch, bis er neben Athena auf der Dachschräge steht. Dann klettern die beiden durchs Fenster zurück ins Haus. Erst jetzt wird mir klar, dass ich meine Chance, ein Beweisfoto zu machen, habe verstreichen lassen. Am liebsten würde ich laut fluchen, aber ich unterdrücke den Impuls.

Was soll ich jetzt tun? Hätte ich ein Foto gemacht, während sie die Kleider durchs Fenster reichen, könnte ich damit direkt zu meinem Vater gehen. Aber so bleibt nur mein Wort, und er hat mir gerade erst am Telefon gesagt, dass er keine Zeit für Ausreden hat. Und bei unserem Gespräch über die Carter-Geschwister hat er mir klargemacht, dass er sich nicht vorstellen kann, dass sie sich gegen ihre Mutter wenden würden. Wenn ich ihm jetzt erzählen würde, dass Athena für das Verschwinden der Kleider verantwortlich ist, wird er nur denken, ich will damit meinen eigenen Kopf aus der Schlinge ziehen. Und ihn zu überzeugen wäre immer noch leichter, als die anderen Carters dazu zu bringen, mir zu glauben. Ich bin neu am Set. Ich bin ein Niemand. Eine Carter ohne Beweise zu beschuldigen ist heikel.

Und wie soll ich erklären, warum ich zwischen den Bäumen hinterm Haus herumgelungert habe? Wird man mir die Wahrheit glauben oder denken, dass ich ein Stalker bin, der durch Athena Carters Schlafzimmerfenster linsen wollte?

Fuck, das klingt wirklich nicht gut.

Diesmal kann ich das Schnauben nicht unterdrücken. Aber da die Täter wieder im Haus verschwunden sind, werden sie es sicherlich nicht gehört haben.

Ich werde mein Wissen erst mal für mich behalten müssen. Der Dreh ist ohnehin gelaufen, wir brauchen die Kleider nicht mehr. Aber jetzt weiß ich wenigstens, wen ich für die Sabotage am Set verantwortlich machen muss. Ich werde Athena im Auge behalten und verhindern, dass sie dem Dreh in Zukunft in die Quere kommt. Und das nächste Mal, wenn ich sie in flagranti erwische, werde ich schneller sein und ein Beweisfoto machen. Dann wird man mir glauben müssen. Und vielleicht, nur vielleicht, muss sie dann das erste Mal in ihrem extrem privilegierten Leben die Konsequenzen für ihr leichtsinniges Handeln selbst tragen.

5. KAPITEL

Athena

Caesars Villa war schon immer protzig. Er steht einfach auf goldene Ornamente und auffällige Farben und Möbelstücke, denen man ansehen kann, dass sie extrem teuer sind. Aber nach der Renovierung sieht sein Haus fast schon lächerlich aus. Als ich im Eingangsbereich über ein Tigerfell laufe, weiß ich nicht, ob ich lachen oder weinen soll.

Die Türklinken sind geschliffen wie riesige Diamanten. Selbst die Wasserhähne hat er vergoldet. Wenn wir ihn nicht daran hindern, ist sein Haus nach der nächsten Renovierung komplett golden. Und betrachtet man manche glänzenden Oberflächen zu lange, verliert man ja jetzt schon fast sein Augenlicht.

»Wie gefällt es euch?«, fragt Caesar und bleibt in seinem Wohnbereich stehen. Die Wand gegenüber besteht aus einer riesigen Fensterfront, durch die man direkt auf den Pool sehen kann, der von innen beleuchtet ist. Draußen ist es schon dunkel, aber die Lichter im Pool sind so stark, dass man fast vergessen könnte, dass es schon spät am Abend ist.

»Sehr gut«, sagen meine anderen Geschwister durcheinander. Ich bin mit ihnen bei Caesars Einweihungsparty aufgeschlagen. Ein Mitglied der Carter-Familie nimmt sogar eine Renovierung als Ausrede, um eine große Party zu schmeißen. Mit einer Feier kann man nämlich gut eine ganze Folge für die neue Staffel füllen. Und so eine Chance darf man sich natürlich nicht entgehen lassen. Nicht dass wir eine Wahl hätten. Unsere Mutter geht schon sicher, dass wir niemals eine Chance verstreichen lassen.

Sie selbst ist nicht anwesend. Dad und sie lassen sich nicht bei jeder Party filmen. Das gehört zu ihrem Image der coolen und verständnisvollen Eltern. Sie wollen damit zeigen, dass sie ihren Kindern auch Freiraum geben. Aber natürlich gibt es den nur vor der Kamera. Niemals dahinter.

Ich blicke mich weiter um. Ganz automatisch suche ich meine Umgebung nach den Crewmitgliedern ab. Ich will wissen, wann ein Objektiv auf mich gerichtet ist.

Ein Kamerateam ist hinter uns, eines vor uns, und im Garten kann ich ein weiteres entdecken. Die meisten Gäste sind schon hier. Egal, wohin ich meinen Kopf auch wende, überall entdecke ich bekannte Gesichter. Auf der frei stehenden Treppe, die in den ersten Stock führt, hat sich Aphrodites ehemalige Clique versammelt. Sie wissen, dass die Kameras sie oft einfangen werden, wenn sie an einer so zentralen Stelle im Raum stehen.

»Athena!« Hilary hat mich entdeckt, steigt mit eleganten Bewegungen die Treppe hinab und kommt auf mich zu. Ihre blonden Haare hat sie aufwendig aufgesteckt, und sie trägt ein hautenges, kurzes schwarzes Kleid, in dem sie einfach umwerfend aussieht. Das lässt mich sofort daran denken, wie unwohl ich mich in meinem eigenen Kleid fühle. Als sie mich erreicht, gibt sie mir zwei überschwängliche Luftküsschen. Sie ist die Tochter eines reichen CEOs einer Kosmetikfirma und einflussreiche Lifestyle-Influencerin. Sie führt Aphrodites ehemalige Clique an, seitdem meine Schwester von der Bildfläche verschwunden ist. Und sie war auch diejenige, die nicht lockergelassen hat, bis ich mich bereit erklärt habe, regelmäßig mit ihr und ihren Freundinnen feiern zu gehen und mich dabei auch mit ihnen ablichten zu lassen.

Wir tauschen ein paar überflüssige und inhaltslose Floskeln aus. Dabei fliegt ihr Blick immer wieder zur nächsten Kamera, hinter der Levi steht, um sicherzugehen, dass sie aus dem richtigen Winkel aufgezeichnet wird.

Als sie mich wieder entlässt, kann ich mir ein erleichtertes Seufzen nur knapp verkneifen. Sie ist einer dieser Menschen, deren Anwesenheit mir die Energie absaugt. Und davon gibt es auf solchen Partys immer viele. Ich muss meine Energie weise einteilen, wenn ich diesen Abend überleben will.

»Freust du dich schon, deinen neuen Boyfriend kennenzulernen?«, fragt Octavian und lehnt sich mir mit einem breiten Grinsen entgegen. Er hat schon einen Martini in der Hand. Keine Ahnung, wo er den so schnell herbekommen hat. Das ist seine Superkraft. Er findet sofort die guten Drinks, mit denen sich solche Drehs am besten überstehen lassen. Ich werfe einen fragenden Blick auf das Glas, und siehe da, eine Sekunde später hält er mir auch schon eines entgegen, das er von dem Tablett einer Kellnerin genommen hat, deren Outfit den gleichen cremeweißen Ton hat wie die Wände. Sie scheint mit ihnen zu verschmelzen wie ein Chamäleon.

»Danke«, murmle ich, als ich das Getränk entgegennehme. »Und nein, ich freue mich nicht. Ich finde das alles sehr albern. Wer wird uns so ein inszeniertes erstes Treffen überhaupt abkaufen?«

»Viele«, antwortet Hera an Octavians Stelle. Er hat auch ihr einen Martini organisiert, und wir stoßen an. »Und stell dich nicht so an. In deinem Alter war ich längst verheiratet und quasi das erste Mal schon wieder geschieden.«

»Und das ist erstrebenswert, weil …?«, frage ich und trinke einen großen Schluck.

Hera verdreht die Augen. »Mehr Skandale, mehr Inhalt für die Show. Das muss ich dir doch wirklich nicht erklären.«

»Musst du nicht, Hera«, sage ich. »Und pass mal lieber auf. Wenn du so redest, könnte man dich mit unserer Mutter verwechseln.«

Octavian versucht, ein Lachen zu unterdrücken, doch es gelingt ihm nicht, und er prustet in seinen Drink.

»Das ist eher Demeters Ding«, erwidert sie giftig. Vermutlich wollte sie, dass es so klingt, als würde sie sich über unsere älteste

Schwester lustig machen, aber ich kann die Bitterkeit in ihrer Stimme deutlich hören.

Ob Hera wohl die gleiche unangenehme Eifersucht spürt, wenn sie Demeter ansieht, die ich fühle, wenn ich Aphrodite betrachte? Ob diese Eifersucht den gleichen ekligen Geschmack auf ihrer Zunge hinterlässt, weil es ein Gefühl ist, das sie gar nicht fühlen will, gegen das sie sich aber trotzdem nicht wehren kann? Ich weiß es nicht. Aber ich habe auch nicht vor, sie zu fragen.

Wir sind vielleicht die Schwestern, von denen es auch eine bessere, glänzendere Version gibt, mit der wir ständig verglichen werden. Das heißt aber noch lange nicht, dass uns das zu Verbündeten macht. In unserer Familie sind Schwächen ein Makel. Und es gibt Makel, die man auch mit mehreren Schichten Make-up und einer Shape-Strumpfhose nicht vor dem kritischen Blick der Öffentlichkeit und – was noch viel entscheidender ist – vor dem unserer Mutter verstecken kann. Und hat sie diese erst gefunden, beleuchtet sie sie am liebsten mit unvorteilhaftem Licht, das mehr offenbart, als man jemals preisgeben wollte.

Wir können niemandem trauen. Am wenigstens einander.

Das weiß ich schon seit Jahren.

»Okay, dann starten wir mal in den Abend«, sagt Hera und streicht sich ihre langen schwarzen Haare aus dem Gesicht, die sie heute in sanften Wellen trägt.

»Machst du dich auf die Suche nach Ehemann Nummer fünf?«, frage ich herausfordernd.

Hera wirft mir nur einen vernichtenden Blick zu. Ich denke schon, dass sie mir nicht mehr antworten wird, als sie noch mal in sich hineinmurmelt: »Es wäre erst Ehemann Nummer vier.« Dann stampft sie los und lässt Octavian und mich einfach stehen.

Der prustet wieder, und sein Oberkörper wird von einem Lachen geschüttelt. »Bist du bereit für unseren großen Streit?«, fragt er und wirft mir einen verschwörerischen Blick zu.

Ich schnaube und trinke das Glas aus. Als ich es absetze, reicht er mir gleich das nächste. Diesmal ist es Weißwein.

»Es gibt heute nur helle Drinks, wie es aussieht«, stellt Octavian fest. »Vermutlich, damit wir Caesars schicke Teppiche nicht ruinieren.«

»Die armen Tiere haben sicherlich schon genug gelitten«, murmle ich und schwenke den Wein in meinem Glas. »Und ich habe keinen Bock auf unseren Streit.«

Unsere Mutter hat uns beiden ein sehr detailliertes Skript für den heutigen Abend gegeben. Octavian soll mein Outfit beleidigen. Ich soll dann total ausrasten, und nachdem wir mitten auf der Party eine Show abgezogen haben, soll ich wütend in Nolan Andrews hineinstolpern, der mir dann versichern kann, dass ich umwerfend aussehe. Damit unser erstes Treffen richtig schön romantisch wird.

Zum Glück kann ich ihn noch nirgendwo entdecken. Er wäre zwar nicht der erste Kerl, mit dem ich eine Beziehung gefakt habe. Das scheint in unserer Familie einfach dazuzugehören. Aber es ist egal, wie oft ich so ein Theater abziehe, es ist jedes Mal aufs Neue unangenehm, zu heucheln, dass man einen Kerl ganz toll findet, den man eigentlich nicht ausstehen kann.

»Ich finde dein Outfit schön, nur um das mal klarzustellen«, sagt Octavian. Ich lächle leicht, während ich den roten Stoff des für meinen Geschmack ein bisschen zu engen Kleides glatt streiche.

Gerade ist kein Kamerateam bei uns. Zwei positionieren sich schon mitten im Wohnbereich, damit sie unseren Streit aus allen Winkeln einfangen können. Ich weiß selbst nicht genau, warum, aber irgendwie macht es mich wütend, ihnen dabei zuzusehen, wie sie sich auf einen Streit von mir und meinem großen Bruder vorbereiten. Octavian und ich wissen vielleicht, dass der Streit nicht echt ist. Aber manchmal rutschen einem Sätze raus, die genug Wahrheit enthalten, dass sie wie Salz in einer offenen Wunde brennen. Alles in mir sträubt sich dagegen. Ich will das nicht.

»Octavian«, setze ich an, bevor ich darüber nachdenken kann. »Was ist, wenn wir etwas anderes machen?«

So einen Satz habe ich in meinem ganzen Leben noch nicht gesagt. Aber die letzte Woche, die ich damit verbracht habe, Requisiten und Dispos verschwinden zu lassen, scheint mir Mut verliehen zu haben. Eine Emotion, von der ich ganz vergessen hatte, dass ich fähig bin, sie zu fühlen. Ich habe sie mir Stück für Stück, Gegenstand für Gegenstand von meiner Familie zurückgeklaut. Und jetzt will ich sie auch nutzen.

»Was meinst du?«, fragt Octavian kritisch und öffnet einen weiteren Knopf seines bunt gemusterten Hemdes, das er zu einer ausgewaschenen Jeans trägt.

»Was ist, wenn wir uns nicht streiten? Was ist, wenn wir etwas ganz anderes machen?«

»Du willst rebellieren?«, fragt er und zieht die Augenbrauen hoch.

»Ich will meinem Bruder keine Beleidigungen an den Kopf werfen, wenn er sie nicht verdient hat.«

Octavian sieht mich auf eine Weise an, wie er es noch nie getan hat. Überrascht. Überfordert. Aber auch ... stolz?

Er kippt den Wein in einem Zug herunter und schnappt sich sofort das nächste Glas. »Vielleicht bin ich schon angetrunken. Das ist die einzige logische Erklärung dafür, dass ich das jetzt frage. Aber hast du eine Idee, was wir stattdessen machen sollen? Irgendwas müssen wir tun. Wenn wir keinen anderen Inhalt mitbringen, wirft uns Mom den Hunden zum Fraß vor.«

»Wir haben keine Hunde.«

»Für uns würde sie welche kaufen.«

Ich lache auf. Dann lasse ich wieder den Blick schweifen, bis er an einem Bier-Pong-Tisch hängen bleibt. Natürlich ist es kein normaler, wie man ihn aus College-Filmen kennt. Dieser besteht nicht aus einer zerkratzten Tischplatte und Pappbechern. Es ist ein massiver Marmortisch, und darauf stehen Kristallgläser. Was sonst? Aber er wird wohl den gleichen Zweck erfüllen.

»Wir treten gegeneinander an«, schlage ich vor und deute auf den Tisch. »Was sagst du?«

Octavian grinst breit, und statt zu antworten, läuft er mit zügigen Schritten an den anderen Gästen vorbei. Gerade will ein Kind zweier berühmter Schauspieler einen Ball werfen, der mit kleinen Brillanten besetzt ist. Octavian fängt ihn mitten in der Luft.

»Meine Schwester und ich sind zuerst dran«, stellt er fest, und niemand erhebt Einspruch. Die Gäste, die gerade gegeneinander antreten wollten, weichen sofort zur Seite. Octavian hat eine Ausstrahlung, die Widerrede unmöglich macht. Er grinst zwar ständig, was ihn harmlos aussehen lässt. Doch wenn sein Blick ernst wird und er sich vor einem aufbaut, kann er Furcht einflößend wirken. Das liegt vermutlich an seiner Körpergröße. Er ist mit Abstand das größte Mitglied der Familie Carter. Es gibt kaum Menschen, auf die er nicht herabblicken kann. Doch obwohl Octavian die arrogante Rolle, die unsere Mutter ihm zugeteilt hat, meist mit voller Überzeugung spielt, glaube ich doch, dass er nur wortwörtlich auf Menschen herabsieht und nicht im übertragenen Sinne. Aber vielleicht entspringt diese Einschätzung auch nur meinem Wunschdenken. Wer weiß?

Octavian und ich positionieren uns an beiden Seiten des Tisches. Er winkt die Kameraleute zu sich, die sich gerade die Mühe gemacht haben, sich in einem anderen Teil des Wohnbereichs einzurichten.

»Was macht ihr?«, flüstert Levi mir zu, als er zu mir herüberkommt und die Kamera vor mir aufbaut.

»Wir ändern das Skript.«

Er grinst wissend. »Heißt das, du gehst hiermit in die zweite Phase deines Plans?«

Kurz muss ich mir seine Worte durch den Kopf gehen lassen. Über eine zweite Phase hatte ich noch gar nicht nachgedacht. Das lächerliche Kostüm und die noch lächerlicheren Kleider, die Poppy tragen sollte, habe ich geklaut, weil sie sich nicht unwohl in ihrer Haut fühlen sollte. Aber eine zweite Phase, in der ich meine Eingriffe in die Show ausweite, scheint genau das zu sein, was meine Familie schon seit Jahren gebraucht hat.

»Ja«, antworte ich also, und Levi wirft mir noch ein Grinsen zu, bevor er sich hinter seine Kamera zurückzieht.

»Was soll das werden?«, fährt mich eine genervte Stimme von der Seite an.

»Wo kommst du denn auf einmal her?«, gebe ich zurück, reiße meinen Kopf herum und sehe dann in stechend grüne Augen. »*Samuel*«, setze ich noch lang gezogen hinzu. Ich sehe seiner Stirn viel zu gern dabei zu, wie sie sich wütend in Falten legt, wenn ich seinen Vornamen auf diese leicht herablassende Weise betone.

»Ihr sollt euch streiten«, bringt er zwischen zusammengebissenen Zähnen hervor.

»Es gab eine Planänderung«, sage ich leichthin und zucke mit den Schultern.

»Die du beschlossen hast?« Er trägt schon wieder nur ein schlichtes T-Shirt. Ich weiß, dass mein Kommentar über sein Hemd gemeiner war, als er hätte sein müssen. Aber dass er auf mich gehört hat, obwohl ich ihm ansehen kann, dass das eigentlich das Letzte ist, was er tun will, bringt mich dann doch zum Grinsen.

»Habe ich«, entgegne ich ungerührt. »Aber eigentlich ist es egal, wer es beschlossen hat. Ich werde es so oder so nicht machen, wie du willst. Auch wenn dein Daddy dann sauer auf dich ist.«

Seine Augen verengen sich. »Du bist unausstehlich, weißt du das?«

»Das kann ich nur zurückgeben«, entgegne ich. »Gib's zu. Ein Teil von dir wünscht sich, du hättest mir einfach die Gummibärchen geholt.«

Wenn Blicke töten könnten, würde ich bereits verblutend auf dem Boden liegen. Ich warte auf eine giftige Erwiderung. Doch Octavian kommt Samuel zuvor.

»Fangen wir jetzt endlich an?«, ruft mein Bruder mir zu. »Oder willst du doch kneifen, weil du weißt, dass ich gewinnen werde?«

Ich werfe Samuel ein letztes zuckersüßes Lächeln zu, dann drehe ich mich zu Octavian um und grinse ihn aufrichtig an. »Wirf endlich!«

6. KAPITEL

Athena

»Aufpassen«, entfährt es mir, als Octavian wieder fast mit jemandem zusammenstößt. Ich kann es gerade noch verhindern, indem ich ihn näher an mich heranziehe. Doch dann schwankt er bedrohlich und droht mich unter sich zu begraben. Ich kann mir auch eine schönere Art zu sterben vorstellen.

In der letzten Sekunde fängt er sich und stolpert weiter geradeaus.

Zusammen mit Octavian, der einen Arm um meine Schulter geschlungen hat, lasse ich mich auf das nächste Sofa fallen. Ich bilde mir ein, dass nicht nur ich, sondern auch die Couch ein gequältes Seufzen von sich gibt, als Octavians Gewicht auf uns landet.

Ich befreie mich von seinem Oberarm, der mir noch nie breiter vorgekommen ist, und rutsche ein bisschen von ihm weg, damit er nicht auf mich kippen kann.

»Du kannst wirklich gar nicht werfen«, sage ich.

Octavian gibt ein ersticktes Lachen von sich und vergräbt dann kurz das Gesicht in den Händen. Die Ellbogen stützt er auf seinen Oberschenkeln ab.

»Ist dir übel? Ich weiß zwar noch nicht, wie, aber ich kriege dich bestimmt noch in ein Bad, bevor du auf einen von Caesars Perserteppichen kotzt.«

Wieder gibt Octavian ein ersticktes Lachen von sich, das noch erstickter klingt als das letzte, weil seine Hände vor seinem Mund liegen. Er braucht einen Moment. Dann setzt er sich wieder auf und lehnt sich erschöpft gegen die Lehne der Couch. »Es geht schon wieder.«

»Bist du dir sicher?«

»Klar. Mir geht's bestens. Lalle ich etwa?«

»Ein bisschen«, sage ich schlicht.

»Kein Grund, so vorwurfsvoll zu gucken. Du bist doch für meinen Zustand verantwortlich. Woher hätte ich wissen sollen, dass meine kleine Schwester so gut werfen kann?«

»Ein bisschen mehr Interesse zeigen in den letzten zwanzig Jahren«, schlage ich vor.

»Autsch«, gibt Octavian von sich und greift sich getroffen an die Brust. »Wir älteren Geschwister hätten uns besser um unsere jüngeren kümmern sollen, was? Dann würde unsere Familie vielleicht nicht beständig weiter schrumpfen.«

Da ist der Schmerz in meiner Brust wieder. Ich versuche, ihn zu ignorieren, weil ich nicht will, dass es mir wehtut, an meine Geschwister zu denken. Aber es ist leider nicht so einfach. Vor allem dann nicht, wenn mich Octavians Aussage an ein Leben denken lässt, das wir nie leben konnten.

»Vielleicht«, sage ich ausweichend. »Aber das lässt sich jetzt auch nicht mehr ändern.«

»Das mag sein«, sagt Octavian, und sein ohnehin schon glasiger Blick wird noch glasiger, als er ihn in die Ferne richtet. »Ich hoffe, ich werde es jetzt besser machen.«

»Wie meinst du das?«, frage ich und sehe in die gleiche Richtung wie er, obwohl ich weiß, dass ich, egal, wie sehr ich meine Augen auch zusammenkneife, dort nie das entdecken werde, was er gerade erkennen kann.

»Ich …« Octavian bricht so abrupt ab, dass ich mich sofort wieder zu ihm umdrehe. Sein Gesichtsausdruck ist mit einem Mal so ernst, dass ich fast vergessen könnte, dass ich ihn gerade noch durchs Haus schleppen musste, weil er kaum noch gehen konnte. Welcher Gedanke ist so düster, dass er ihn so schnell nüchtern macht?

„Ist alles in Ordnung bei dir?“, frage ich zögerlich.

»Ja«, sagt er sofort und hält dann inne. »Nein. Ich weiß nicht.«

Schnell lasse ich den Blick über unsere Umgebung schweifen. In unserer Nähe sind weder Kameras noch Crewmitglieder. Die sind mehrere Meter von uns entfernt und filmen Hera und Demeter dabei, wie sie ihre Kleider ausziehen und in Unterwäsche in den Pool springen. Die zwei haben auch die Aufmerksamkeit der meisten Partygäste auf sich gelenkt. Also hört uns niemand zu. Erst als ich mich dessen versichert habe, wende ich mich wieder meinem Bruder zu. »Was ist los?«

»Ich sollte es dir vermutlich nicht erzählen«, sagt Octavian. Er wirkt so abwesend, als hätte er vollkommen vergessen, wo wir gerade sind. »Ich will nicht, dass Mom davon erfährt.«

»Ich werde dich nicht verpfeifen.«

»Das sagt sich so leicht.«

»Habe ich dich jemals verpetzt?«, halte ich dagegen.

Kurz schweigt er und scheint darüber nachzudenken. Er wirkt zwar wesentlich nüchterner als noch vor wenigen Minuten. Aber egal, wie ernst die Gedanken auch sein mögen, die ihm gerade durch den Kopf gehen, auch sie können den ganzen Alkohol, den er in den letzten Stunden getrunken hat, nicht einfach verdampfen lassen.

»Mir fällt tatsächlich nichts ein«, gibt er schließlich zu.

»Siehst du!«

»Es könnte aber auch daran liegen, dass ich gerade nicht klar denken kann«, wendet er ein.

Ich schnaube genervt. »Du musst nicht über das reden, was dich bedrückt. Aber tu nicht so, als würde das an mir liegen.«

Das erste Mal, seitdem wir hier sitzen, sieht Octavian mich richtig an. »Ich werde Vater«, sagt er unvermittelt. Sofort reißt er die Augen auf. Mit dieser Aussage scheint er nicht nur mich überrascht zu haben.

Im ersten Moment kann ich gar nicht reagieren. Ich starre ihn einfach an. Meine Augen sind vermutlich genauso weit aufgerissen wie seine. »Ich wusste nicht einmal, dass du gerade etwas mit jemandem am Laufen hast.« Ich muss meine Stimme zwingen, ruhig zu klingen.

»Ich wusste, Mom würde sie nicht mögen. Also habe ich es geheim gehalten«, gibt Octavian zu. Mit dieser einen, riesigen, weltverändernden Wahrheit scheint er ein Tor in sich geöffnet zu haben, durch das nun noch mehr Ehrlichkeit an die Oberfläche gelangen kann. Und auf einmal wirkt er, als falle es ihm gar nicht mehr so schwer, offen mit mir zu sein. »Ihre Eltern sind Steuerberater.«

»Okay, ja, das ist unserer Mutter definitiv nicht spannend genug«, stelle ich trocken fest. »Aber bist du glücklich mit ihr? Freust du dich, dass du Vater wirst? Wann ist es so weit?« Ich stoppe mich, bevor mir noch mehr Fragen rausrutschen können. Ich muss Octavian erst einmal genug Zeit lassen, diese drei zu beantworten.

»Es dauert noch sechs Monate«, sagt er, und ein kleines, fast schon vorsichtiges Lächeln schleicht sich auf seine Lippen. Es ist so liebevoll, dass sich irgendwas tief in meinem Inneren zusammenzieht. Dieses Gefühl ist nicht schmerzhaft. Es ist einfach nur echt. Und damit bin ich in meinem Leben viel zu selten konfrontiert worden. »Und ja, ich bin sehr glücklich mit ihr. Ich freue mich auch darauf, Vater zu werden. Aber ich glaube, ich würde mich mehr darüber freuen, wenn ich wüsste, wie ich unserer Mutter davon erzählen könnte, ohne von ihr zerfleischt zu werden. Ich will nicht, dass sie Annie in dieses ganze Chaos hineinzieht, was für unsere Familie schon viel zu normal geworden ist.«

»Sie heißt Annie«, sage ich bedächtig und lächle.

»Sie heißt Annie«, wiederholt Octavian.

»Ich freue mich für dich.« Ich ergreife seine Hand und drücke sie fest. »Ehrlich.«

»Danke.« Octavian spricht so leise, dass man es fast als Flüstern bezeichnen kann, was zu einem Mann von seiner riesigen Statur nicht so recht passen will. Komischerweise vertieft sich deswegen mein Lächeln noch mehr.

»Oh, ich glaube, dein Zukünftiger ist auch endlich mal aufgetaucht«, sagt Octavian und sieht über meine Schulter.

Ich widerstehe dem Impuls, mich umzudrehen, weil ich auch so weiß, von wem er spricht. Gequält verziehe ich das Gesicht. »Das hatte ich ja schon fast wieder vergessen.« Mir entfährt ein tiefer Seufzer. »Bitte sag mir, dass er nicht in unsere Richtung kommt. Ich bin noch nicht bereit, dieses Theater abzuziehen.«

Ich kann genau sehen, wie Octavians Augen jemanden durch den Raum verfolgen.

»Er kommt nicht auf uns zu. Er steuert den Flügel an.«

Ich verdrehe die Augen. »Ich weiß nicht, was ich lächerlicher finde. Dass Caesar sich einen weißen Flügel ins Haus stellt, obwohl er nicht einmal Klavier spielen kann. Oder dass Nolan Andrews direkt, sobald er bei einer Party ankommt, erst mal beweisen muss, was für ein toller Musiker er ist.«

»Es nimmt sich nicht viel«, kommentiert Octavian, als die ersten Töne durch den Raum hallen. Auf die Klavierklänge folgt auch schnell seine Stimme.

»Oh mein Gott. Er singt eine Liebesballade? Erschieß mich, Octavian. Bitte. Tu mir den Gefallen.«

Er lacht, während sich mein Gesicht noch gequälter verzieht.

»Gerade ist keine Kamera auf dich gerichtet, und er hat dich auch noch nicht entdeckt. Dir bleibt aber nicht mehr viel Zeit, bis es so weit ist. Noch könntest du über die Treppe hinter mir ins erste Stockwerk flüchten und dich in einem der tausend Gästezimmer verstecken.«

Ich blicke an Octavian vorbei und entdecke tatsächlich eine Treppe. Noch ist mein Fluchtweg frei.

»Du wirst mich nicht verpetzen?«, frage ich.

»Wenn du mich nicht verpetzt.«

Wir grinsen uns noch einmal an. Dann erhebe ich mich mit viel Schwung von der Couch, eile auf die Treppe zu und laufe so schnell, wie es meine High Heels erlauben, auf denen ich mich immer so instabil wie ein vom Einsturz bedrohtes Haus fühle, in den ersten Stock hinauf. Nolans Gesang verfolgt mich. Doch solange er singt, kann er mich nicht suchen.

Obwohl es im ersten Stock unendlich viele Türen zu geben scheint, halte ich mich nicht mit einer Entscheidung auf. Ich reiße einfach die erstbeste auf und betrete den Raum. Schnell schließe ich die Tür wieder hinter mir und taste die Wand neben mir ab, bis ich den Lichtschalter finde.

Ein Kronleuchter, der so groß wie ein Kinderwagen ist, geht an, und ich stelle fest, dass ich tatsächlich in einem der tausend Gästezimmer stehe. Auf den dunkelblauen Wänden prangen französische Lilien. Das Himmelbett, das in der Mitte des Raumes steht, ist gigantisch. Und ich bin mir ziemlich sicher, dass der Stoff, der es einrahmt, aus echter Seide ist.

Die Tür hinter mir knarzt. Ich fahre hektisch herum und stoße mir den Arm am Gestell des Himmelbettes. Ich rechne schon damit, dass Nolan Andrews mich gefunden und ein Kamerateam mitgebracht hat, um unser erstes Kennenlernen aufzeichnen zu können.

Doch es ist nicht Nolan Andrews, der sich in das Zimmer schiebt und die Tür sofort wieder hinter sich schließt. Es ist Samuel Henderson.

Ich habe keine Ahnung, wie ich auf sein plötzliches Auftreten reagieren soll. Also stehe ich einfach einen unendlich lang erscheinenden Moment bewegungslos an der Stelle und starre ihn so fassungslos an, als wäre er nicht gerade durch eine Tür getreten, sondern einfach aus dem Nichts aufgetaucht.

Ganz von allein wandert mein Blick über seinen ganzen Körper. Zu seinem schlichten Shirt, das seine breiten Schultern betont, trägt er eine dunkle, gut sitzende Jeans, in deren Hosentaschen er seine Hände vergraben hat. Seine Haare sind wieder leicht durcheinander, aber inzwischen glaube ich nicht mehr, dass es daran liegt, dass er sie sich zu oft rauft, sondern dass sich seine leichten Locken einfach nicht bändigen lassen.

Seine Augen sind auf mich gerichtet, und als ich sie betrachte, wird mir klar, dass er mich mindestens so gründlich mustert wie ich ihn. Ich kann seine Augen förmlich auf meinen Kurven spüren, die mein Kleid nicht mal ansatzweise versucht zu verstecken, sondern auch noch betont. Ich hätte mir dieses Kleid niemals freiwillig ausgesucht. Aber meine Mutter hat darauf bestanden, dass ich es heute Abend trage, und mir hat die Energie gefehlt, um mich mit ihr zu streiten.

Das bereue ich jetzt. Ich hasse es, so eingehend betrachtet zu werden, weil ich nicht weiß, was sich mein Gegenüber währenddessen denkt. Findet er genauso kritische Worte, um meinen Körper zu beschreiben, wie es meine Mutter, die Medien und auch ich selbst schon seit meiner Kindheit tun?

Als mir diese Frage durch den Kopf geht, schaffe ich es endlich, meine Sprache zurückzufinden.

»Verfolgst du mich?«, frage ich und verschränke die Arme vor der Brust.

»Ich will nur sichergehen, dass keine Kameras verloren gehen«, gibt er zurück, verschränkt ebenfalls die Arme vor der Brust und lehnt sich gegen die geschlossene Tür.

»Was soll das denn heißen?«

»Es soll heißen, dass ich weiß, wen ich für die fehlenden Requisiten am Set verantwortlich machen muss«, stellt er kühl fest.

Ich muss meine Gesichtsmuskeln dazu zwingen, sich nicht von der Stelle zu bewegen. Meine Überraschung darüber, dass er das herausgefunden hat, darf er mir nicht ansehen. Das käme einem Schuldeingeständnis gleich. »Ich habe keine Ahnung, wovon zu redest«, sage ich also mit einem Schulterzucken.

Samuel schnauft. »Natürlich nicht.« Er schüttelt den Kopf. »Wieso machst du das eigentlich? Du weißt schon, dass am Set auch Menschen arbeiten, die auf ihren Job angewiesen sind, oder? Für dich mag das alles nur ein Spiel sein, um deine Langeweile zu vertreiben. Aber für die, die ihren Lebensunterhalt mit ihrer Arbeit bestreiten müssen, ist das alles nicht ganz so witzig.«

Ich schlucke schwer, und wieder habe ich Mühe, meinen Gesichtsausdruck nicht entgleisen zu lassen. Samuel Henderson ist der letzte Mensch, der wissen darf, was seine Worte in meinem Inneren anrichten. Die Genugtuung, die er fühlen würde, wenn er wüsste, dass sich mein Herz schmerzhaft verkrampft, sobald ich seinen verurteilenden Tonfall höre, gönne ich ihm nicht.

»Stellst du immer Fragen, die du dir im nächsten Moment direkt selbst beantwortest, *Samuel*?«, frage ich und lege so viel Herausforderung in meine Stimme, dass sie die Bitterkeit dahinter übertönen kann. »Wieso anderen Leuten überhaupt eine Frage stellen, wenn du dir schon vorher so sicher bist, die Antwort zu kennen? Für mich klingt das nach Zeitverschwendung.«

Er reagiert nicht sofort. Kurz werden die Ecken und Kanten seines Gesichts weicher. Aber nur für den Bruchteil einer Sekunde. Dann werden sie wieder gefährlich scharf. »Also wirst du dir endlich eine andere Freizeitbeschäftigung suchen und mit dieser kindischen Sabotage aufhören, damit wir alle wieder unseren richtigen Jobs nachgehen können?«

Meine Miene bleibt hart. Aber auch diese Worte dringen viel tiefer in meine Brust ein, als sie sollten. Er ist nicht der erste Mensch, der mich verurteilt, und er wird sicherlich nicht der letzte sein. Eigentlich dürfte es mich nicht überraschen, dass er vermutet, ich würde das alles nur aus Langeweile tun.

Vielleicht kann man sich bis zu einem gewissen Grad an abschätzige Blicke und gehässige Tonlagen gewöhnen. Aber komplett spurlos werden sie nie an einem vorübergehen, auch wenn sie inzwischen zu einem festen Bestandteil des eigenen Lebens geworden sind.

»Bist du mir deswegen gefolgt? Weil du mich mit deinen Anschuldigungen dazu bringen wolltest, damit aufzuhören? Dir ist schon bewusst, dass das nicht die beste Taktik ist, um von Leuten das zu bekommen, was man will?«

Ich grinse überheblich, weil sich verletzte Gefühle viel besser verstecken lassen, wenn man seinem Gegenüber das zeigt, womit er ohnehin gerechnet hat. Soll er ruhig die verzogene Göre sehen, von der er annimmt, dass sie in mir steckt. Es ist mir lieber, er sieht sie, als das, was er in Wahrheit in mir ausgelöst hat.

»Wenn du mich jetzt entschuldigst«, sage ich kühl und laufe direkt auf ihn zu. Sobald ich ihn erreicht habe, drücke ich gegen seinen Oberarm, und er tritt zur Seite. Ich hoffe, er bemerkt nicht, dass meine Hand zittert. Ich verlasse den Raum und steuere die Treppe an, die zurück ins Erdgeschoss führt. Lieber fake-flirte ich mit Nolan Andrews, als mich von Samuel Henderson beschuldigen zu lassen. Doch ich komme nicht weit.

Levi und Hilary stehen ebenfalls im ersten Stock. Nah genug, dass ich ihre Gesichtsausdrücke erkennen kann. Weit genug weg, dass ich nicht hören kann, was sie zueinander sagen. Aber das muss ich auch nicht, um zu verstehen, was da gerade zwischen den beiden passiert. Hilary lächelt Levi kokett an und berührt ihn immer wieder am Arm. Levi sieht aus, wie Levi immer aussieht. Doch mir entgeht nicht, dass seine Augen über ihren Körper wandern.

Unwillkürlich bildet sich ein Knoten in meinem Magen, der dort schwer wie ein Gesteinsbrocken liegen bleibt.

»Hast du etwa was dagegen?« Samuel ist neben mich getreten und mustert die beiden, die so ins Flirten vertieft sind, dass sie uns nicht einmal bemerken. »Denkst du, ein Kameramann ist nicht gut genug für deine Influencer-Freundin?«

Ich denke genau das Gegenteil. Ich glaube nicht, dass Levi weniger wert ist, nur weil er keine reichen oder berühmten Eltern hat. Aber ich weiß, dass Hilary das glaubt. Und deswegen weiß ich, dass er sich an ihr nur verbrennen kann.

Aber nichts davon sage ich zu Samuel. Ich wende meinen Kopf nur leicht, bis ich ihm in seine dunkelgrünen Augen sehen kann. »Es ist doch eigentlich egal, was ich darauf erwidere. Es wird deine Meinung über mich sowieso nicht ändern.«

Und mit diesen Worten wende ich ihm endlich den Rücken zu und lasse ihn stehen.

7. KAPITEL

Athena

Wieder ruhen kritische Blicke auf mir. Ich weiß nicht, wie viele ich davon noch ertragen kann, bevor ich eines Tages einfach platze.

Unsere Mom hat in ihrem Büro einen Notfall-Familienrat einberufen. Da hier nicht genug Stühle sind, konnten sich nur Hera und Demeter setzen. Octavian, Caesar und ich stehen hinter ihnen.

Als wir angekommen sind, habe ich meinen Geschwistern deutlich angesehen, dass sie genauso große Angst davor hatten wie ich, dass hier eine Standpauke auf sie warten würde. Wenn es um unsere Mutter geht, scheinen die vier einfach zu vergessen, dass sie über dreißig Jahre alt sind und schon sehr lange nicht mehr im gleichen Haus leben. Aber ich werde mich vermutlich auch mein ganzes Leben lang klein und bedeutungslos fühlen, sobald meine Mutter mich prüfend ansieht.

Das spüre ich in diesem Moment besonders deutlich. Mom will mich einfach nicht aus den Augen lassen. Und ich scheine mit jeder Sekunde, die verstreicht, ein bisschen mehr zu schrumpfen.

»Es ist ja schon schlimm genug, dass wir uns in der ersten Woche mit fehlenden Requisiten und Pannen, die definitiv hätten verhindert werden können, rumschlagen mussten. Dann musst du nicht auch noch während eines Drehs entscheiden, dass du bessere Ideen hast als ich.«

Meine Geschwister sehen immer wieder zu mir herüber. Und wenn ich mich nicht täusche, liegt auf Demeters Lippen tatsächlich ein kleines schadenfrohes Lächeln.

Ich habe nicht damit gerechnet, dass meine Geschwister mich verteidigen würden. So funktioniert diese Familie schon seit Jahren nicht mehr, falls sie überhaupt jemals so funktioniert hat. Jeder ist einfach nur froh, wenn es einen nicht selbst trifft. Und Schadenfreude zu empfinden, wenn ein anderer eine Standpauke abkriegt, macht es leichter, wiederum die zu ertragen, die für einen selbst bestimmt sind.

»Du hättest dich mit Octavian streiten und dann Nolan Andrews treffen sollen. Das war ja wohl nicht zu viel verlangt.«

Mir wird heiß. Ich kann deutlich spüren, wie mir Wärme in die Wangen steigt, und ich beginne zu schwitzen. Aber ich empfinde nicht nur Scham, weil meine Geschwister jedes Wort mit anhören. Ich fühle Wut, weil ich mir diese Worte überhaupt anhören muss und dabei auch noch von mir erwartet wird, dass ich schweige und brav nicke.

»Wir haben wegen all der Pannen fast eine Woche Drehzeit verloren. Und anstatt zu helfen, machst du es mit deinem Verhalten nur noch schlimmer.«

Ein Rauschen legt sich über meine Ohren. Die Worte verschwimmen ineinander, bis sie klingen, als bestünde ein ganzer Satz nur noch aus einem einzigen Wort.

»Das ist nicht fair.«

Das Rauschen reißt auf, als es von einer Stimme unterbrochen wird, die nicht meiner Mutter gehört. Ich wende mich Octavian zu und sehe ihn ungläubig an. Meine Geschwister tun das Gleiche. Hera und Demeter verrenken sich fast die Nacken, weil sie ihre Köpfe so ruckartig um hundertachtzig Grad drehen, dass ihre Hälse kaum mitkommen.

»Was ist nicht fair?«, fragt Mom gereizt.

Obwohl es Octavian war, der sie unterbrochen hat, zucken ihre wütenden Augen immer wieder zu mir zurück.

Meine Mutter und ich hatten nie eine enge Beziehung. Zumindest solange ich zurückdenken kann. Ich kann mir vorstellen, dass wir irgendwann zwischen meiner Geburt und meinem ersten Wort bestimmt mal einen schönen Moment geteilt haben. Aber wenn es einen gab, liegt er so lange zurück, dass er eigentlich keine Rolle mehr spielt.

Ich habe schon immer das Gefühl gehabt, dass sie mich nicht so sieht, wie sie sollte. Sobald ich vor ihr stehe, scheine ich drei Kilo schwerer zu werden, und mein IQ scheint um zwanzig Punkte zu fallen. Kein Kleid passt mir richtig, mein Bauch ist zu dick, meine Oberschenkel sind zu breit. Ich bin nicht das, was sie sich gewünscht hat, und sobald ihre Augen mich finden, kneifen sie sich so eng zusammen, weil sie mit dem Wissen konfrontiert wird, dass sie mich nicht nach ihrem Willen formen konnte.

Kontrolle ist ihr wichtiger als alles andere. Über ihr Aussehen, ihr Image, ihre Kinder. Das war schon immer so. Aber seit Aphrodite und Adrian gegangen sind, klammert sie sich noch verzweifelter an diese Show und an ihre Rolle als Producerin. Und manchmal glaube ich, dass jedes noch so kleine Widerwort die Erinnerung daran zurückholt, dass sie zwei Kinder verloren hat. Deswegen will sie Widerworte gar nicht hören.

»Es ist nicht fair, dass du Athena kritisiert«, fährt Octavian unbeirrt fort, als wüsste er nicht, dass unsere Mutter nicht nachgefragt hat, weil sie ehrlich an seiner Meinung interessiert ist, sondern weil sie ihm damit eine letzte Chance geben wollte, seine Worte zurückzunehmen. Doch er hat sie nicht ergriffen. Und deswegen kann ich einfach nicht aufhören, ihn irritiert anzustarren.

»Athena und ich wollten uns nicht streiten. Auch nicht für die Show. Also haben wir anderen Content geliefert. Ich habe mich beim Bier-Pong lächerlich gemacht. Das war sicherlich unterhaltsam genug, dass man es auch verwenden kann, oder?«

Die Stille, die auf Octavians Worte folgt, lässt mir einen kalten Schauer den Rücken runterlaufen. Auf einmal scheinen wir nicht mehr in dem Büro unserer Mutter zu stehen, sondern auf einem Friedhof. Es herrscht nicht nur Stille. Es herrscht Grabesstille.

»Darum geht es nicht«, sagt unsere Mutter schließlich. »Wenn ein Dreh geplant ist, sollt ihr ihn nicht einfach umwerfen, wenn euch das passt. Ihr verhaltet euch, als wäre das alles neu für euch. Wir drehen diese Show schon seit über zehn Jahren. Das alles sollte ich doch nicht mehr erklären müssen, oder?« Ihre Stimme ist mit jedem Wort lauter geworden, und als das letzte verklungen ist, weiß ich, dass sich niemand mehr, nicht einmal Octavian, der für einen kurzen Moment zum Mutigsten von uns allen geworden ist, trauen wird, noch etwas zu erwidern. »So was darf nicht wieder vorkommen«, fügt Mom mit ruhigerer, aber nicht weniger bedrohlicher Stimme hinzu. Dann wedelt sie mit der Hand, um uns zu signalisieren, dass wir entlassen sind.

Keiner von uns zögert. Wir wenden uns sofort zum Ausgang und verlassen mit eiligen Schritten das Büro. Hera, Demeter und Caesar gehen zügig zum Parkplatz vorm Haus, aber Octavian und ich bleiben kurz im Wohnzimmer stehen.

»Ich kann nicht fassen, dass du mich verteidigt hast«, sage ich ehrlich. »So was hast du noch nie gemacht. Keiner von uns.«

»Das stimmt nicht«, widerspricht er. »Du und Hadrian habt es getan, als Aphrodite gegangen ist. Du bist die Erste von uns gewesen, die jemals für einen anderen aufgestanden ist. Im wahrsten Sinne des Wortes.«

Ich erinnere mich an den Moment zurück. Als Mom bei der Cross-over-Folge mit den Edwards Aphrodites und Garetts Beziehung gegen ihren Willen öffentlich gemacht hat, habe ich mich vor meine Schwester gestellt, damit die Kameras sie nicht filmen konnten. Aber es war keine bewusste Entscheidung. Ich stand schon vor ihr, bevor ich darüber hätte nachdenken können, dass unsere Mutter es nicht gutheißen würde.

»Die Mutigen in unserer Familie sind wohl die Jüngsten«, sagt Octavian und lächelt mich aufrichtig an. »Und du hast mir versprochen, mein Geheimnis zu wahren. Ich bin einfach nur froh darüber, dass es bei dir sicher ist.«

Ich würde gern etwas erwidern. Aber mir fällt nichts ein. Und Octavian lässt mir auch keine Zeit, mir eine passende Reaktion zu überlegen. Er drückt kurz meine Schulter, dann dreht er sich auch schon um und verlässt die Villa.

Ich bleibe noch eine Weile im Wohnzimmer stehen und sehe ihm einfach hinterher, obwohl er vermutlich schon längst vom Gelände gefahren ist. Meine Gedanken schwirren aufgehetzt durch meinen Kopf, doch dann werden sie wieder ruhiger und damit auch klarer. Ganz langsam breitet sich ein Lächeln auf meinen Lippen aus. Es ist so vorsichtig, als rechne es jeden Moment damit, von irgendwas oder irgendwem vertrieben zu werden. Es wird nicht ewig halten. Das weiß ich. Ein Lächeln und das Gefühl, das sich dahinter verbirgt, lassen sich leider nicht konservieren und für immer aufbewahren.

Aber ich glaube, dass der Entschluss, den ich in diesem Moment treffe, lange bei mir bleiben wird.

Octavian hat mir mit seinen Sätzen etwas sehr Wichtiges bewiesen: Wir haben als Geschwister zwar nie zusammengehalten. Aber das heißt nicht, dass wir es nicht lernen können.

Ein ehrlicher Moment zwischen uns konnte weitere ermöglichen. Und für genau diese Momente werde ich kämpfen.

☆

»Verstehe ich das richtig?«, setzt Levi an. Er hat den Blick auf die Straße gerichtet, während er das Auto durch den zähflüssigen Verkehr von Los Angeles lenkt. Aber immer wieder sieht er mich kurz von der Seite an. Auch jetzt, mit sehr weit hochgezogenen Augenbrauen. »Nach einer Standpauke deiner Mutter ist dein erster Impuls, wieder in einen Dreh einzugreifen?«

»Ja«, sage ich schlicht.

Er schüttelt den Kopf. Vielleicht beschwert er sich über meinen Plan, aber er fährt trotzdem den Fluchtwagen.

»Das passiert, wenn man so leichtsinnig ist, sich mit Mitgliedern der Familie Carter anzufreunden. Eigentlich will man nur als Kameramann arbeiten, aber auf einmal klaut man Dispos und hässliche Kleider«, sagt er drakonisch.

Ich grinse unschuldig, aber leider sieht er es nicht, weil er wieder auf die Straße blickt. »Du hast gerade sehr viel mehr Spaß, als du zugeben willst.«

Levi geht darauf gar nicht erst ein, aber an seinen zuckenden Mundwinkeln kann ich erkennen, dass ich recht habe.

»Wir müssen in Zukunft nur besser aufpassen«, sage ich. Mein auf einmal viel ernsterer Tonfall bringt Levi dazu, sich wieder zu mir umzudrehen. Diesmal mit einem fast schon besorgten Gesichtsausdruck. »Warum?«, fragt er.

»Samuel Henderson weiß, dass ich für die fehlenden Requisiten verantwortlich bin.«

»Der Sohn vom Executive Producer?« Levi lacht auf. »Wenn man von einem erwischt werden will, dann natürlich von dem.«

»Ich habe eben immer Glück«, stelle ich fest und schlucke schwer, als ich an unser Gespräch bei Caesars Party denken muss. Er hat mich nicht bedrängt, aber man kann nicht nur mit seinem Körper, sondern auch mit einem zu intensiven Blick in die persönliche Sphäre eines anderen Menschen eindringen. Vor allem, wenn man so durchdringende Augen hat.

»Athena?« Levi reißt mich aus meinen Gedanken. An seinen kritisch zusammengekniffenen Augenbrauen kann ich ablesen, dass er mich nicht zum ersten Mal angesprochen hat.

»Sorry«, murmle ich in mich hinein und versuche zu überspielen, dass ich an Samuels Augen gedacht habe. »Ich frage mich schon die ganze Zeit, warum er mich noch nicht verpfiffen hat. Wenn er es getan hätte, wüsste ich es. Meine Mutter hätte mir schon längst die Hölle heißgemacht. Hat sie aber nicht.«

»Vielleicht hat er keine Beweise?«, mutmaßt Levi. »Und du bist eine Carter. Dein Wort wiegt schwerer als seins.«

»Da wäre ich mir mal nicht so sicher. Weil ich nicht mit Nolan Andrews geflirtet habe, wie es geplant war, stehe ich auf dünnem Eis.« Ich blicke kurz aus dem Beifahrerfenster und versuche, die Menschen, die an uns vorbeiziehen, zu mustern. Wir fahren allerdings zu schnell, um einen Anblick festhalten zu können. »Aber vermutlich weiß Samuel Henderson das nicht.«

»Vermutlich«, gibt Levi mir recht.

»Trotzdem müssen wir in Zukunft vorsichtiger sein, wenn wir irgendwas klauen«, sage ich.

»Werden wir.«

»Und da wir schon darüber reden, in welchen Situationen wir vorsichtiger sein sollten ...«, setze ich an.

Irgendwas in meinem Tonfall bringt Levi schon wieder dazu, sich mir mit kritischem Blick zuzuwenden. »Wieso habe ich das Gefühl, dass mir nicht gefallen wird, was du mir als Nächstes sagen wirst?«

»Keine Ahnung«, erwidere ich, obwohl das nicht stimmt. »Ich habe dich auf der Party mit Hilary reden sehen.«

Sofort zuckt Levis Blick wieder auf die Straße, obwohl wir gerade an einer roten Ampel stehen und er den Verkehr gar nicht im Auge behalten muss.

»Ach ja?«, fragt er und versucht wohl, unbeteiligt zu klingen. Es gelingt ihm überhaupt nicht. Ich kann genau verfolgen, wie ihm Röte vom Kragen langsam den Hals hoch und schließlich in die Wangen kriecht.

»Natürlich kannst du machen, was du willst. Ich will dich einfach nur warnen. Hilary ist nicht der aufrichtigste Mensch. Und ich möchte nicht, dass du verletzt wirst.«

Als Levi sich jetzt doch dazu überwindet, mich anzusehen, ist sein Lächeln so aufrichtig, dass mir richtig warm wird. Unwillkürlich muss ich an unser erstes Treffen denken. Er war das erste Mal als Produktionsassistent am Set. Und er war der erste Kerl, den ich jemals gebeten habe, mir Gummibärchen ans Set zu schmuggeln. Ich war super aufgeregt. Aber auch er wurde fürchterlich nervös, sobald ihm klar wurde, wer mit ihm spricht. Wir haben beide kaum ein Wort rausbekommen. Das war bestimmt eines der peinlichsten Gespräche, die ich in meinem Leben geführt habe. Adrian hat uns schließlich erlöst. Er hat schallend gelacht und uns aufgezogen. Dann haben auch Levi und ich gelacht, und ab dem Moment waren wir Freunde. Wir haben gemeinsam mit Adrian auf der Dachschräge vor meinem Fenster Gummibärchen gegessen. Seitdem hat Levi jedes Mal, wenn er am Set gearbeitet hat, die Abende nach Drehschluss dort mit uns verbracht.

In dieser Staffel haben wir das noch nicht gemacht. Aber vermutlich, weil Levi, auch ohne dass ich es ihm erklären muss, bewusst ist, dass ich das ohne Adrian nicht will oder kann.

»Ich weiß es zu schätzen, dass du dich um mich sorgst«, sagt er ernst. »Aber das musst du mir gar nicht sagen. Mir ist auch so klar, dass es vermutlich keine gute Idee ist, sich auf sie einzulassen.«

»Aber nur, weil man weiß, dass etwas keine gute Idee ist, heißt das noch lange nicht, dass man es nicht tun wird«, halte ich dagegen.

Das Licht, das durchs Fenster fällt, bringt seine dunklen Haare und bronzefarbene Haut zum Leuchten. Die Sonne scheint zu wissen, dass ich viel zu oft im Rampenlicht stehe und Levi es wesentlich mehr verdient hat, davon getroffen zu werden. »Das mag sein.«

»Also bist du nicht abgeneigt, etwas mit ihr anzufangen?«, hake ich nach.

»Keine Ahnung. Ich kann nicht leugnen, dass ich sie attraktiv finde. Und dass sie mich nach meiner Nummer gefragt hat, hat mich geschmeichelt. So was fühlt sich gut an.«

Bis es sich nicht mehr gut anfühlt, denke ich, sage es aber nicht laut. »Ich habe dir meine Bedenken mitgeteilt. Was du als Nächstes tust, ist deine Sache.«

»Da wir schon über Dinge reden, die keine gute Idee sind …«, sagt er und lässt den Motor ersterben.

Mir war bis jetzt gar nicht aufgefallen, dass wir an unserem Ziel angekommen sind. Nun sehe ich durch die Frontscheibe und erblicke ein Hochhaus, an dessen Seite Seile angebracht sind.

»... was genau hast du jetzt vor?«, fragt Levi.

»Caesar soll an der Seite dieses Hochhauses runtergehen, weil er sich mit seiner Höhenangst konfrontieren soll. Das ist zumindest die Ausrede, die sich unsere Mutter ausgedacht hat, um diesen Dreh zu rechtfertigen. Aber Caesar hat wirklich Angst vor so was. Also werde ich ihn das nicht allein machen lassen. Ich habe schon angerufen. Es wurde ein zweites Seil vorbereitet.«

Levi wartet einen Moment, bevor er auf meine Aussage eingeht. Dann lächelt er wieder auf diese Weise, die einen daran zweifeln lässt, dass er irgendwas anderes als hundert Prozent aufrichtig sein kann. »Das ist sehr lieb von dir.«

»So bin ich eben.«

»Darüber lässt sich streiten.«

Wir grinsen uns an. Dann wird Levi wieder ernst. »Aber warum tust du das alles? Um was genau kämpfst du eigentlich?«

»Die Seele meiner Familie?« Ich verziehe das Gesicht. »Okay, das klingt für meinen Geschmack zu pathetisch. Ich weiß auch nicht so genau, wie ich es nennen soll.« Ich seufze. »Ich habe den Dreh sabotiert, weil ich Poppy Demütigungen ersparen wollte. Aber wenn ich wirklich möchte, dass sie anders aufwächst als ich, muss ich dafür sorgen, dass sich diese ganze Familie ändert. Ein paar fehlende Requisiten bekämpfen nur die Symptome, nicht die Ursache. Wir müssen uns daran erinnern, dass wir in erster Linie kein Business sein sollten, sondern eine Familie.« Abrupt halte ich inne. »Obwohl ich mir selbst nicht sicher bin, ob ich wirklich weiß, was das bedeutet.«

»Du weißt es«, sagt Levi. »Du und Adrian habt es immer gewusst. Die anderen müssen es eben noch lernen.«

Ja, Adrian und ich haben es gewusst. Wir waren Geschwister, obwohl es die anderen nicht waren. Aber ich bin mir nicht sicher, ob das auch jetzt noch gilt. Wie viele Nachrichten hat er mir geschrieben, die ich nie beantwortet habe? Wie viele meiner Organe schmerzen, weil er gegangen ist, ohne zurückzublicken?

Ich wollte, dass er geht. Ich wollte, dass er glücklich ist. Und ich freue mich über sein Glück. Ehrlich. Das heißt aber nicht, dass es mich nicht auch traurig machen kann, dass er mich zurücklassen musste, um sein Glück zu finden.

Ich schüttle die Gedanken an meinen Bruder ab. Er ist nicht mehr hier. Aber Caesar ist es. Und um den geht es jetzt.

»Wünsch mir Glück«, sage ich zu Levi. »Hast du die Kamera dabei?«

Zur Antwort steht er auf und steigt aus dem Auto. Ich tue es ihm gleich und folge ihm zum Kofferraum. Er öffnet ihn und holt eine Kamera heraus.

»Perfekt. Ich will auch einen Kameramann dabeihaben, der nicht nur das Hässliche filmt, was meine Mutter haben will. Sondern auch das Schöne.«

»Dann werde ich das tun.«

Wir nicken uns noch einmal zu. Dann setze ich mich in Bewegung, und Levi folgt mir. Gemeinsam steuern wir auf das Hochhaus zu und betreten den Fahrstuhl. Es geht immer weiter hinauf. Levi und ich wechseln kein Wort mehr. Alles, was wir sagen mussten, haben wir gesagt.

Das *Pling* kündigt unsere Ankunft an. Dann öffnen sich die Türen des Aufzugs. Das Stockwerk, das wir betreten, ist nicht möbliert. Ich entdecke nur die Sicherung am offenen Fenster und die Crewmitglieder und Menschen, die sich um die Sicherheit kümmern sollen. Auch Caesar muss ich nicht lange suchen. Er hockt an eine Wand gelehnt auf dem Boden und hat das Gesicht in den Händen vergraben. Ein Kamerateam hat sich vor ihm aufgebaut, während er mit seiner Fassung ringt.

Mit wenigen Schritten bin ich bei ihm und gehe vor ihm in die Hocke. »Hey«, sage ich vorsichtig.

Caesar lässt seine Hände sinken und sieht mich aus großen Augen an. »Athena? Was machst du denn hier?«

»Ich dachte mir, an einem Hochhaus runterzulaufen klingt lustig. Es spricht ja eigentlich nichts dagegen, dass wir es zusammen machen.«

Er würde mich vermutlich auch nicht verwirrter ansehen, wenn ich ihm erklärt hätte, dass ich vorhabe, ohne Sicherung aus diesem offenen Fenster zu springen.

»Gemeinsam macht so was doch mehr Spaß«, füge ich hinzu und lächle so unbefangen, wie ich kann. Caesar und ich haben kein schlechtes Verhältnis zueinander. Das war nie unser Problem. Unser Problem war immer, dass wir eigentlich gar keins haben. Aber wenn man von Geburt an lernt, in seinen Geschwistern in erster Linie Konkurrenten zu sehen, mit denen man um die Zuneigung der Eltern, die Liebe der Öffentlichkeit und die lukrativsten Werbedeals ringen muss, ist das vermutlich auch nicht überraschend.

»Und wenn du es nicht machen willst, dann tue ich es eben. Letztendlich ist es doch egal, welcher Carter diese Aufgabe übernimmt«, sage ich, obwohl wir beide wissen, dass das nicht stimmt. Caesar soll dieses Hochhaus hinuntergehen, weil er panische Angst vor Höhen hat. Und wenn er vorher ohnmächtig wird oder währenddessen einen Nervenzusammenbruch hat, ist das unserer Mutter vermutlich noch lieber, als wenn er es meistert.

Aber manchmal kann es extrem guttun, die hässlichen Wahrheiten, die schmerzen, zu leugnen. Auch wenn jeder sie kennt.

Caesars Blick klärt sich langsam auf. Mein Verhalten scheint ihn so zu erstaunen, dass er für einen kurzen Moment seine Höhenangst und den Abgrund, der auf ihn wartet, vergessen kann. »Das würdest du für mich tun?«

»Ja«, entgegne ich schlicht.

»Ich habe so was noch nie für dich getan.«

»Das weiß ich«, sage ich erneut sehr schlicht. »Ändert nichts an der Tatsache, dass ich es tun würde.«

»Wir machen es zusammen.« Seine Stimme zittert zwar, aber er erlaubt ihr nicht, zu brechen.

»Okay«, erwidere ich nur, stehe auf und halte ihm meine Hand hin. Einen Moment zögert er. Dann ergreift er sie und lässt sich von mir auf die Beine ziehen.

Nun, da er steht, kann ich auch sein extravagantes Outfit bewundern, das perfekt zu der Inneneinrichtung seines Hauses passt. Sein Hemd hat ein anderes Muster als seine Hose. Die Schweißflecken unter den Armen sind zwar deutlich sichtbar, aber die auffälligen Tierprints lenken davon ab.

»Lass uns gehen, bevor ich es mir anders überlegen kann«, sagt er und läuft zügig auf das offene Fenster zu. Er schnauft, als würde ihn jeder Schritt extrem viel Kraft kosten.

Wir beide bekommen Gurte angelegt. Die Kerle, die sicherstellen sollen, dass wir nicht in den Tod stürzen, erklären uns, wie wir vorgehen sollen, doch ich höre kaum zu, weil ich Caesar nicht aus den Augen lassen kann. Er reibt sich die Hände und fährt sich durch seine schulterlangen schwarzen Haare, die sich deswegen immer wieder aus seinem Dutt lösen.

Als er seine Frisur schon wieder zerstören will, greife ich nach seiner Hand. Er sieht mich so erstaunt an, als wäre alles, was ich tue, einfach nur unglaublich.

»Du schaffst das«, sage ich und erkenne in diesem Moment, dass ich die Wirkung simpler Worte mein ganzes Leben unterschätzt habe. Manche Sätze werden so oft gesagt, dass sie irgendwann zu wertlosen Phrasen verkommen. Aber der Wert geht nur verloren, wenn die Menschen, die sie aussprechen, sie nicht so meinen. Ist jeder Buchstabe aufrichtig, kann auch eine oft gesagte Phrase noch Wirkung haben.

Und dass diese Worte für Caesar nicht wertlos sind, erkenne ich an dem dankbaren Lächeln, das sich auf seinem Gesicht ausbreitet. »Sicher?«, fragt er und lacht nervös.

»Ganz sicher«, erwidere ich.

Und zum Beweis lasse ich seine Hand auch nicht los, als wir uns gemeinsam auf den Abgrund zubewegen.

8. KAPITEL

Sam

»Sie ist unausstehlich«, entfährt es mir definitiv nicht zum ersten Mal. »Kannst du das fassen?«

Mason weiß, dass das nur eine rhetorische Frage ist, also versucht er gar nicht erst, ein Wort dazwischenzukriegen, während ich mich in Rage rede. Er sitzt einfach seelenruhig auf einem Barhocker an unserer Küchenanrichte und sieht mich mit einem neutralen Gesichtsausdruck an.

Eigentlich sollte mich das überraschen, weil die Erwähnung eines Stars normalerweise schon reicht, um ihn hibbelig zu machen. Die meisten Geschichten, die ich ihm in den letzten Jahren über Stars erzählen konnte, waren nicht mal ansatzweise so detailliert wie das, was ich ihm gerade über Athena berichte. Trotzdem bleibt er jetzt beunruhigend ruhig.

Aber ich halte mich nicht lange mit diesem Gedanken auf. Es muss noch so viel Negatives über sie gesagt werden.

»Sie hat nicht einmal versucht, es zu leugnen. Wieso auch? So was hat sie sicherlich nicht nötig. Wenn man als Carter geboren wird, muss man sich vermutlich nie für sein Handeln rechtfertigen. Man macht, was man will, und scheißt auf die Konsequenzen. Auch wenn das bedeutet, dass andere Menschen den Mist, den man baut, ausbaden müssen.« Mir entfährt ein genervtes Schnauben. »Aber muss sie sich ihre Langeweile denn wirklich damit vertreiben, Requisiten vom Set zu klauen? Kann sie nicht auf Kosten ihrer Eltern shoppen gehen, oder so?«

Mason hat mich nur gefragt, wie es mir geht. Vermutlich hat er mit einem simplen »Gut« gerechnet und nicht mit so einem langen und wütenden Vortrag. Aber sicherlich bereut er es nicht, mich gefragt zu haben. Wenn ich nicht so aufgekratzt wäre, hätte ich ihm niemals so viel erzählt.

»Und dann lächelt sie auch noch immer so gehässig und hat diesen arroganten Blick drauf, der mich einfach wütend macht.«

Ich muss unwillkürlich an das unverschämt enge rote Kleid denken, das sie bei der Party getragen hat. Sie sah darin so umwerfend aus, dass ich einfach nicht in der Lage war, mir schlagfertige Erwiderungen auszudenken.

Entschlossen schiebe ich das Bild, das sich ungefragt in meinem Kopf breitgemacht hat, wieder fort. Wie sie aussieht, ist völlig irrelevant. Vermutlich ist sie nur so unausstehlich, weil sie genau weiß, wie schön sie ist.

Ich will gerade ansetzen, mich über ihre Kommentare zu meinem Hemd aufzuregen, als Masons neutrale Miene das erste Mal seit Beginn dieses Gesprächs – oder wohl eher meines Monologs – aufbricht.

Auf einmal grinst er mich wissend an. Sofort vergesse ich, was ich gerade sagen wollte, und erwidere verwirrt seinen Blick. »Was?«, entfährt es mir.

»Nichts«, sagt er unschuldig, aber sein Grinsen wird noch breiter und entlarvt seine halbherzige Lüge.

»Warum siehst du mich so an? Und sag bitte nicht wieder, dass mir dieses Grinsen nichts sagen soll. Denn es will mir ganz eindeutig sehr viel sagen.«

»Du glaubst das alles doch selbst nicht«, sagt er belustigt.

»Kannst du dich noch vager ausdrücken?«

»Denkst du ehrlich, dass sie nur eine verzogene Göre ist und nicht mehr dahintersteckt?«, hakt Mason nach, und langsam wird sein Gesichtsausdruck wieder ernster. Seine Finger kommen tatsächlich für einen kurzen Moment zur Ruhe, und er legt beide Hände auf der Anrichte ab, anstatt sich die Ringe aus-

und wieder anzuziehen. Ich kann mich nicht daran erinnern, dass er, seit ich ihn kenne, jemals so still dasaß, wie er es gerade tut. Ihn so zu sehen ist fast schon beängstigend.

»Das denke ich«, erwidere ich, klinge aber weniger überzeugt, als ich mich während meiner Tirade noch gefühlt habe.

Mason zieht seine buschigen roten Augenbrauen hoch. »Da du jemand bist, der sich gründlich auf seine Arbeit vorbereitet, gehe ich davon aus, dass du dich auch über Aphrodite und Hadrian Carter informiert hast.«

»Habe ich. Aber ich verstehe nicht, was das in diesem Zusammenhang für eine Rolle spielt.«

Mason übergeht meinen zweiten Satz einfach und fährt fort. »Du hast doch sicherlich auch Aphrodites Instagram-Video gesehen, oder?«

»Mh«, mache ich nur und lasse mich langsam auf den anderen Barhocker sinken.

»Dann wird dir ja wohl klar sein, dass bei dieser Familie hinter geschlossenen Türen sehr viel los ist.«

Sofort muss ich wieder an mein erstes Gespräch mit Athena denken. Hat sie vielleicht sogar von ihrem eigenen Schein gesprochen, der mich blendet?

»Du denkst, dass sie tieferreichende Gründe hat, als ich vermute?«, frage ich skeptisch.

Mason nickt.

»Aber natürlich denkst du das. Ich meine das nicht böse, aber deine Anbetung von Stars ist ungesund. Deine Perspektive ist vielleicht nicht die unbefangenste.«

»Und deine ist so unbefangen?«, fordert mich Mason heraus. Ich befürchte schon, dass er dieses Thema vertiefen wird. Doch das tut er zum Glück nicht. Ich muss ein erleichtertes Seufzen unterdrücken, als er wieder über Athena redet. »Ich sage dir nicht, dass du sie anbeten sollst, weil ihr Nachname Carter ist. Ich sage dir, dass du ihr eine gewisse charakterliche Tiefe zutrauen sollst, obwohl sie eine Carter ist.«

Ich schnaube. Aber diesmal klinge ich eher belustigt als wütend. »Wieso bist du manchmal so weise und in anderen Situationen der leichtsinnigste Mensch der Welt?«

»Ich bin vielseitig«, sagt Mason und zuckt mit den Schultern. Dabei guckt er so divenhaft, dass mir ein ersticktes Lachen entfährt.

»Diese Stadt tut dir nicht gut«, stelle ich trocken fest.

»Diese Stadt tut niemandem gut. Das macht es ja so spannend, hier zu leben.« Mal wieder sieht Mason aus, als würde er sich schon den nächsten Unsinn ausdenken, den er begehen könnte. Er hatte schon immer ein besonderes Talent, sich in Schwierigkeiten zu bringen.

Als wir noch Kinder waren, hat er den Lehrern Streiche gespielt, die ihm einen Besuch beim Rektor eingebracht haben. Und mir manchmal auch, wenn ich versucht habe, ihn davon abzuhalten, und stattdessen mit reingezogen wurde.

Aber statt erwachsener zu werden, zog Mason auch in den darauffolgenden Jahren weitere Schwierigkeiten an. Er trinkt zu viel, und er scheint immer nur Menschen kennenzulernen, die ihm nicht guttun und die ihn anstacheln, sich noch leichtsinniger und kopfloser zu benehmen.

Seine Versuche, sich auf Partys von Promis zu schleichen, mögen gut als Anekdoten herhalten, aber so ein Abend könnte eines Tages auch in einer Gefängniszelle enden. Und ich fühle mich hilflos, wenn ich daran denke, dass ich Mason vielleicht vor vielem bewahren, aber doch niemals vor sich selbst retten kann.

»Ich glaube übrigens, dass ich dir das alles gar nicht sagen muss«, reißt mich Mason aus meinen Gedanken.

»Wieso das?«, frage ich.

»Weil du es eigentlich schon längst weißt.«

»Wie kommst du denn schon wieder auf so einen Mist?«

»Du hast mir erzählt, dass du herausgefunden hast, dass Athena für die Sabotagen am Set verantwortlich ist. Richtig?«

»Richtig«, antworte ich. Man hört meiner Stimme deutlich an, dass ich skeptisch bin, wo dieses Gespräch noch hinführen wird.

»Und dein Vater macht dir schon seit Tagen die Hölle heiß, weil nichts so läuft, wie es soll, und du diese Probleme lösen sollst. Richtig?«

»Richtig«, sage ich wieder. Diesmal aber deutlich widerwilliger. Inzwischen meine ich zu wissen, worauf er hinauswill. Und er hat so schlau auf seinen Punkt hingeführt, dass es für mich extrem schwierig wird, ihm noch zu widersprechen.

»Wenn du wirklich glauben würdest, dass sie keine guten Gründe für ihre Taten hat, dann hättest du sie doch einfach direkt und ohne schlechtes Gewissen bei deinem Vater verpfeifen können, und deine Probleme wären alle mit einem Schlag gelöst gewesen.«

»Ich wusste nicht, ob mein Vater mir ohne Beweise glauben würde«, erwidere ich.

Mason zieht die Augenbrauen noch höher. »Das ist Bullshit«, sagt Mason mit Nachdruck. »Und das weißt du auch. Du hast dir das nur eingeredet, weil du dir nicht eingestehen wolltest, dass du sie nicht verpfeifen willst. Und vermutlich kannst du dir deine eigenen Lügen inzwischen so gut verkaufen, dass du sie selbst nicht mehr infrage stellst. Aber zum Glück hast du ja mich.«

Ich knirsche mit den Zähnen, als ich meine Kiefer ein bisschen zu fest aufeinanderpresse. »Wer sagt, dass ich sie nicht verpfeifen will?«

»Wieso hast du es dann nicht schon längst getan?« Wieder sieht Mason mich auf diese herausfordernde Weise an, als wollte er mir sagen: Los, beweis mir, dass ich unrecht habe.

»Ich werde dieses Versäumnis jetzt nachholen«, sage ich und ziehe mein Handy aus meiner Hosentasche.

»Na, dann mal los«, meint Mason und lehnt sich gegen die Wand hinter sich.

»Du denkst nicht, dass ich es tun werde.«

»Weil du es nicht tun wirst«, sagt Mason schlicht und verschränkt die Arme vor der Brust.

»Ich werde es tun.«

»Dann tu's doch.«

»Werde ich«, sage ich. Dass wir gerade klingen wie damals in der Grundschule, wenn wir uns gestritten haben, ignoriere ich einfach und drücke auf die Nummer meines Vaters. Ich halte das Handy an mein Ohr, während das Freizeichen tutet.

»Ich werde sie jetzt bei meinem Vater verpfeifen«, kündige ich an.

»Gut für dich«, sagt Mason nur.

Wir starren uns in die Augen, während ich darauf warte, dass mein Vater endlich rangeht.

»Ja, Samuel?«, fragt mein Vater, und ich zucke zusammen, als wäre es eine Überraschung für mich, dass er mit mir spricht, wenn ich ihn anrufe.

Mason zieht eine Augenbraue in die Höhe und wartet auf meine Reaktion.

»Samuel?«, fragt mein Vater erneut, diesmal wesentlich ungeduldiger.

Ich will Mason beweisen, dass alles, was er in diesem Gespräch gesagt hat, nicht wahr ist. Ich will ihm beweisen, dass ich Athena wirklich für ein It-Girl halte, das kaum Gehirn und viel zu viel Freizeit hat, die sie mit sinnlosen Streichen verbringt. Und vermutlich will ich es mir vor allem selbst beweisen.

Fuck.

Aber ich kann nicht. Weil ich es tatsächlich nicht glaube. Zumindest nicht mit genug Überzeugung, dass ich sie bei meinem Vater verpfeifen könnte, bevor ich die wahren Gründe erfahren habe.

»Sorry, Dad. Ich habe dich nur aus Versehen angerufen. Mach es gut«, sage ich verzögert. Masons Grinsen wird schon wieder unausstehlich breit. Ich warte darauf, dass er noch etwas sagt. Doch er reibt es mir nicht unter die Nase, dass er recht behalten hat. Aber vermutlich nur, weil er weiß, dass sein wissender Blick mehr aussagt, als tausend Worte jemals könnten.

☆

Als ich das Carter-Anwesen wieder betrete, habe ich das Gefühl, Mason würde wie mein Gewissen auf meiner Schulter sitzen und mir die Dinge zuflüstern, die ich als Nächstes tun soll. Es nervt mich. Aber ich habe keine Ahnung, wie ich ihn abschalten soll.

Schon vor meinem Gespräch mit ihm musste ich ständig an Athena denken. Seitdem geht sie mir aber gar nicht mehr aus dem Kopf. Und das nervt noch mehr als mein neues Gewissen namens Mason Hannigan.

Aber weil ich inzwischen eingesehen habe, dass weder er noch meine Gedanken über Athena die Klappe halten werden, bis ich mit ihr geredet habe, habe ich jetzt genau das vor. Ich werde zu ihr gehen und sie einfach direkt fragen, warum sie die Show sabotiert. Diesmal werde ich versuchen, freundlicher zu ihr zu sein, damit sie mir auch eine ehrliche Antwort gibt. Und wenn ich die gehört habe, kann ich immer noch entscheiden, ob ich sie bei meinem Vater verpfeife oder nicht.

Doch bevor ich überhaupt dazu komme, sie in der Villa zu suchen, werden meine Gedanken von lauten Stimmen übertönt. Mit zögerlichen Schritten durchquere ich das Wohnzimmer, bis ich den Flur erreiche, von dem eine Treppe in den ersten Stock führt und eine Tür zu Evelyn Carters Büro. Jedem neuen Crewmitglied wird als Erstes klargemacht, dass dieser Raum tabu ist. Trotzdem kann ich jetzt nicht anders, als direkt darauf zuzusteuern, weil ich meine, unter den erhobenen Stimmen auch die meines Vaters ausgemacht zu haben.

Im Flur vor der Tür zum Büro bleibe ich stehen. Mein Vater hat mir den Rücken zugekehrt. Evelyn stützt sich mit beiden Händen auf ihrem Schreibtisch ab. Sie hat sich aber nicht meinem Dad zugewendet, sondern zwei Frauen. Ich sehe sie zwar auch nur von hinten, aber weil eine von beiden ein junges Mädchen ist, gehe ich davon aus, dass es Demeter und ihre Tochter Persephone sind.

»Ich will das nicht machen!« Ihre Stimme ist schrill, laut, aber gebrochen von Tränen.

Ich sollte nicht lauschen. Das weiß ich. Aber ich kann mich auch nicht von der Stelle bewegen.

»Poppy«, setzt Evelyn ruhig, aber mit einem ungeduldigen Unterton an. »Ich verstehe nicht, warum du dich so anstellst.«

»Ich will das nicht machen!«, wiederholt das Mädchen. Noch ein bisschen schriller, noch ein bisschen verzweifelter.

Ich habe keine Ahnung, worum es geht, aber ihre zitternde Stimme löst etwas in mir aus. Meine Brust zieht sich unwillkürlich zusammen.

»Persephone!«, ermahnt ihre Mutter sie streng. »Jeder muss seinen Teil beitragen.« Der Klang ihrer Worte hat nichts Tröstliches. »Du tust so, als würden wir dich zu etwas ganz Schlimmem zwingen. Du sollst nur an einem Schönheitswettbewerb teilnehmen.«

»Aber für mich ist das schlimm«, stößt ihre Tochter aus. »Ich will nicht bewertet und mit anderen verglichen werden. Ich will nicht, dass mir eine Jury sagt, was nicht mit mir stimmt.«

Demeter wendet sich ihrer Tochter nun frontal zu, sodass ich sie aus dem Profil betrachten kann. »Persephone«, setzt sie an, doch die lässt sie nicht aussprechen. Das Mädchen schüttelt vehement den Kopf. Und sobald sie einmal damit angefangen hat, hört sie auch nicht mehr damit auf.

»Ich will mit Athena sprechen.«

»Mit Athena?«, stößt Demeter fassungslos aus und wirft ihrer Mutter einen Blick zu. Die zuckt nur verwirrt mit den Schultern.

»Ich will mit ihr sprechen«, beharrt Persephone. »Sie ist die Einzige, die mir wirklich zuhört.«

Jeder Muskel im Gesicht ihrer Mutter scheint sich zu verhärten. Sie zieht die Augenbrauen zusammen, runzelt die Stirn und presst die Lippen aufeinander. Ihre Züge wirken unnachgiebig.

»Sie ist also die Einzige, die dir zuhört?«

Persephone starrt ihrer Mutter in die Augen und erwidert nichts mehr. Langsam senkt sie den Kopf, als würde sie sich ihre Niederlage eingestehen.

In dem Moment höre ich polternde Schritte auf der Treppe und weiche kurz ins Wohnzimmer zurück, damit ich nicht entdeckt werde.

»Ich habe euch streiten gehört«, vernehme ich nun Athenas Stimme und sehe, wie sie im Büro verschwindet. Ich verlasse meine Deckung und schaue wieder in den Raum hinein, obwohl ich längst den Rückzug hätte antreten sollen. Ohne Umschweife geht Athena zu Persephone und nimmt ihre Hände in ihre. Sie ignoriert die bösen Blicke ihrer Schwester und Mutter. Sie sieht nur ihre Nichte an.

»Was ist los?«, fragt sie. Jedes Wort klingt so sanft, dass sich eine Gänsehaut auf meinen Armen bildet. Ich schlucke trocken und habe auf einmal gar keine Ahnung mehr, was ich denken soll.

»Ich soll an einem Schönheitswettbewerb teilnehmen, aber ich will nicht«, erklärt Persephone. »Ich will das nicht.« Ich kann aus dieser Entfernung sehen, dass sie zittert. Athena zögert keine Sekunde und schließt das Mädchen in die Arme, das daraufhin noch heftiger zittert. Athena drückt sie fester an sich.

»Ich glaube, Poppy hat deutlich gemacht, dass sie sich damit nicht wohlfühlt. Muss sie wirklich dazu gezwungen werden, etwas zu tun, das sie zum Weinen bringt? Sicherlich brauchen wir nicht so dringend Inhalte für die Sendung«, sagt Athena. Sie streicht ihrer Nichte immer wieder beruhigend übers Haar. Die gibt zwar keinen Ton von sich, doch an der Art, wie ihre Schultern zucken, kann man deutlich erkennen, dass sie weint. Sie versteckt ihre Tränen, indem sie ihren Kopf gegen Athenas Schulter drückt.

»Persephone ist meine Tochter. Ich wüsste nicht, was dich das angeht«, fährt ihre Schwester sie an. Doch Athena macht sich nicht einmal die Mühe, sich zu ihr umzudrehen. Sie fixiert nur ihre eigene Mutter und tut so, als wäre Demeter gar nicht da.

»Wir brauchen die Inhalte«, erklärt Evelyn. »In letzter Zeit scheinst du das vergessen zu haben, aber wir filmen unser Leben nicht nur zum Spaß.«

Athena entfährt ein freudloses Lachen. »Das könnte ich niemals vergessen. Keine Sorge.«

Evelyns Augen werden schmaler. »Dein Verhalten gefällt mir nicht.«

»Dass ihr ein junges Mädchen zum Weinen bringt, gefällt mir auch nicht.«

In dem Raum wird es für einen Moment beunruhigend still. Ein kalter Schauer läuft mir den Rücken runter. Die Spannung, die in der Luft liegt, ist so stark, dass auch ich sie spüren kann, obwohl ich gar nicht im Büro stehe.

»Wenn du doch alles besser weißt«, setzt Evelyn an, »dann nenn mir eine Alternative. Wenn Poppy nicht am Schönheitswettbewerb teilnimmt, fehlt uns Inhalt für die neue Staffel. Wie willst du diese Lücke füllen? Los, sag es mir.«

Nun zittert auch Athena, doch sie scheint einen anderen Grund zu haben als ihre Nichte. Sie wirkt nicht eingeschüchtert. Sie ist wütend. Sie atmet mehrmals hörbar ein und aus, bevor sie ihrer Mutter antwortet.

»Es geht nicht darum, Inhalte für die Show zu generieren. Es geht darum, dass Poppy sich wohlfühlt. Sie …«

»Doch, genau darum geht es«, schneidet Evelyn ihr das Wort ab. »Und wenn du das immer noch nicht verstanden hast, weiß ich nicht, ob du es jemals lernen wirst.«

Wieder atmet Athena tief durch. Ihr ist deutlich anzusehen, dass sie um Fassung ringt.

»Du willst eine Alternative?«

»Ja, die will ich«, sagt Evelyn ungerührt.

»Dann gebe ich dir eine. Aber im Gegenzug will ich, dass du versprichst, Poppy nicht zu zwingen, am Schönheitswettbewerb teilzunehmen.«

»Das Versprechen kriegst du, wenn mir die Alternative gefällt.«

»Okay.« Athena zögert, und der Moment erscheint mir unendlich lang. Dann spricht sie weiter. »Wenn Poppy nicht am Schönheitswettbewerb teilnehmen muss, mache ich das Nacktshooting. Genau wie du wolltest.«

Ich wünschte, ich könnte ihr Gesicht sehen. In ihrer Stimme liegen so viele Emotionen. Was würde ich in ihren Augen finden, wenn sie sie mir zuwenden würde?

Evelyn macht eine dramatische Pause. Sie lässt Athenas Vorschlag eine Weile nachklingen. Dann legt sich ein zufriedenes Lächeln auf ihre Lippen. »Darauf lasse ich mich ein.«

Athena nickt. Doch ihre Körperhaltung sieht nicht aus wie die einer Person, die gerade das bekommen hat, was sie wollte. Ganz im Gegenteil. Ihre Schultern hängen herunter, als würden sie auf einmal von nichts mehr gehalten werden. Nicht von Muskeln, nicht von Sehnen. Nicht von Entschlossenheit.

In dem Moment dreht sie sich um, und unsere Blicke begegnen sich. Gerade habe ich mir noch gewünscht, ihr Gesicht sehen zu können, um zu erfahren, was in ihr vorgeht. Nun merke ich, dass ich nicht auf das vorbereitet war, was in ihrer Miene auf mich gewartet hat. Ich sehe so viel auf einmal, so viele miteinander verwobene Gefühle, dass sie sich kaum entschlüsseln lassen. Doch eine Emotion erkenne ich so deutlich, als würde sie sie mir mit voller Lautstärke entgegenschreien: Angst.

Als ich hier stand, um eine Unterhaltung zu belauschen, die nicht für mich bestimmt war, habe ich mich nicht gefühlt, als würde ich in die Privatsphäre anderer Menschen eindringen. Dieses Gefühl habe ich erst jetzt. Sie anzuschauen fühlt sich fürchterlich übergriffig an. Ich habe etwas gesehen, was nicht für mich bestimmt war. Aber ich kann meinen Blick nicht zurücknehmen. Ich schaffe es ja nicht einmal, ihn von ihr zu lösen.

Denn ich blicke hinter den Schein. Ich werde nicht länger von ihm geblendet. Und nun erkenne ich, was eigentlich von Anfang an hätte offensichtlich sein sollen.

Athena Carter sabotiert die Show nicht aus Langeweile. Sie sabotiert sie für ihre Nichte.

Und ich habe absolut keine Ahnung, wie ich mit dieser Information umgehen soll.

9. KAPITEL

Athena

Egal, was ich auch versuche, meine Hände hören nicht auf zu zittern. Ich balle sie zu Fäusten, öffne sie wieder, strecke die Finger. Das Zittern lässt nicht nach. Und ich bezweifle inzwischen, dass es das jemals tun wird.

Ich sitze nur in einem dünnen Morgenmantel vor einem breiten Spiegel und starre mich selbst an. Das Warten quält mich. Gleich wird mich jemand abholen. Dann werde ich den Morgenmantel ablegen und mich vor die Kamera stellen müssen. Und ich weiß nicht, ob ich will, dass dieser Moment endlich kommt, damit er schneller wieder vorbei ist, oder ob ich für immer hier sitzen bleiben will. Keine Ahnung, was weniger schmerzhaft wäre. Ich habe keine Ahnung mehr von irgendwas.

Ich wurde bereits geschminkt und meine Haare frisiert. Locken rahmen jetzt mein Gesicht ein. Perfekte Lidstriche und goldener Lidschatten betonen meine Augen. Meine Lippen haben einen dunklen Violettton, der mir erstaunlich gut steht.

Besser hätte man mich nicht schminken oder stylen können. Aber diese Erkenntnis kann auch nichts gegen mein Unbehagen tun. Komischerweise scheint es deswegen noch schlimmer zu werden.

Egal, wie gut man mich in Szene setzt, ein Hauch Unwohlsein bleibt immer zurück. Und wenn selbst Photoshop und die besten Visagisten dieser Stadt meine Zweifel nicht vertreiben können, dann wird es niemand können. Und das macht mir Angst.

Ich glaube an Body Positivity. Ich glaube daran, dass jeder Mensch seinen Körper lieben sollte. Ich sehe Frauen, die ähnliche Figuren haben wie ich, und finde sie wunderschön. Ich weiß, dass meine Kurven kein Grund sind, mich zu schämen. Ich weiß, dass viele Menschen mich attraktiv finden. Es gibt schließlich Fanpages auf Instagram.

Aber ich kann mir all das so oft sagen, wie ich will, ich kann mir all die lieben Worte der Fans täglich durchlesen, es ändert nichts an diesem nagenden Gefühl, das so tief in meiner Magengrube sitzt, das ich es niemals erreichen und somit niemals loswerden kann.

Ich stehe trotzdem manchmal vor dem Spiegel und betrachte all die Körperteile, die ich nicht leiden kann. Ich fahre dann über meinen leicht gewölbten Bauch. Ich betrachte meine Oberschenkel aus besonders unvorteilhaften Winkeln und hasse mich für jedes Gramm Fett, wo feste Haut sein sollte.

An manchen Tagen fühle ich mich besser, an manchen schlechter. Und ich weiß, dass dieses Gefühl nicht von meinem Körper abhängt, weil er sich innerhalb von vierundzwanzig Stunden nicht grundlegend verändern kann. Ich weiß, dass es unmöglich ist, so schnell die drei Kilos zuzunehmen, die ich dann im Spiegel sehe.

Die Liste von all den Dingen, die ich eigentlich weiß, kann ich unendlich fortführen. Sie ist so lang, dass ich mich nicht einmal mehr erinnere, wie viele Punkte darauf stehen. Aber ich könnte noch Hunderte hinzufügen. Das würde auch keinen Unterschied machen. In meinem Körper fühle ich mich trotzdem nicht so wohl, wie ich es gern würde.

Selbstreflexion kann einen vor vielem bewahren, aber nicht vor Gefühlen, die nicht auf rationale Gründe hören, sondern nur auf irrationalen Ängsten basieren.

Selbst woher diese irrationalen Ängste kommen, weiß ich. Sie wurden mir vorgelebt. Und wie soll man als Tochter lernen, seinen Körper zu lieben, wenn es seine eigene Mutter, deren

Figur man wunderschön findet, nicht kann? Wenn jemand, der dünnere und längere Beine hat, mit seinem Körper nicht zufrieden ist, steht es einem dann überhaupt zu, es zu tun?

Mir wurde von frühester Kindheit an beigebracht, mich täglich auf die Waage zu stellen. Denn es kann natürlich nichts Schlimmeres geben, als ein paar Kilos zuzunehmen. Steigt das Gewicht, sinkt der eigene Wert. Das ist doch eigentlich eine sehr simple Formel.

Ich schnaube wütend, obwohl ich allein in diesem Zimmer sitze und die Person, die all meine Gedanken hören müsste, gar nicht hier ist.

Meine Mutter hat meine Probleme nie ernst genommen, weil sie keine sichtbaren Folgen nach sich gezogen haben. Ich habe meinen Körper gehasst, aber wie sollte sie mir das glauben, wenn ich nicht mal so dünn geworden bin, wie sie mich haben wollte? Hätte ich gar nicht mehr gegessen, mich nach dem Essen übergeben, viel Gewicht verloren, dann hätte sie mir vielleicht geglaubt, dass es mir nicht gut geht. Aber weil es keine äußerlichen Anzeichen für meine Gefühle gab, gab es für sie auch keinen Grund, Rücksicht auf diese zu nehmen.

Sie hat mich weiterhin nach meinem Gewicht gefragt, mir Komplimente gemacht, wenn ich ein paar Kilos abgenommen habe, kritisch die Augenbrauchen hochgezogen, wenn ich sie wieder zugenommen habe. Und ihre Entschuldigung für die Worte, die mich tief im Inneren getroffen haben, war immer die gleiche: mütterliche Fürsorge. Sie wollte doch nur das Beste für mich. Sie wollte doch nur, dass ich mich nicht unwohl fühle. Sie wollte doch nur, dass ich die beste Version war, die ich sein könnte.

Doch inzwischen glaube ich, dass unsere Definitionen davon so weit auseinandergehen, dass sie kaum miteinander vereinbar sind.

Ein Klopfen an der Tür lässt mich zusammenzucken. Sofort beginnt mein Herz zu rasen. Ich bin noch nicht bereit. Ich bin noch nicht bereit.

»Herein«, bringe ich hervor. Meine Stimme ist so leise, dass ich schon glaube, dass mich die Person, die auf der anderen Seite der Tür steht, unmöglich gehört haben kann.

Doch dann öffnet sie sich langsam. Mein Herz rast noch schneller.

»Was machst du hier?« Ich flüstere, obwohl ich eigentlich genervt klingen wollte. Ich räuspere mich, bezweifle aber, dass das irgendwas gebracht hat.

Samuel schiebt sich in den Raum und schließt die Tür hinter sich. Er sieht aus, als würde er sich gerade mindestens so unwohl in seiner Haut fühlen wie ich mich in meiner. Eigentlich hätte ich bezweifelt, dass das überhaupt möglich ist.

»Willst du mir wieder etwas besonders Charmantes sagen?«, frage ich und versuche, gleichgültiger zu klingen, als ich bin. Es gelingt mir nicht. »Ich bin nicht in der Stimmung, mich mit dir zu streiten, Samuel.«

Am liebsten würde ich ihn anflehen, einfach wieder zu gehen, weil ich mir ziemlich sicher bin, dass nicht mehr viel fehlt, bis meine mühsam aufrechterhaltene Fassade zusammenbricht. Aber diese Blöße kann ich mir auch nicht geben.

»Nein«, sagt Samuel schlicht, lehnt sich gegen die geschlossene Tür und verschränkt die Arme vor der Brust.

»Also bist du nicht hier, um dich mit mir zu streiten?«, hake ich skeptisch nach.

»Nein, heute nicht«, erwidert er.

»Du willst mir auch nicht wieder unterstellen, dass ich eine gelangweilte Göre bin?«

Ein kleines Grinsen huscht über sein Gesicht. Es ist aber so schnell wieder verschwunden, dass es mir schwerfällt, mir ins Gedächtnis zu rufen, wie es eigentlich aussah.

»Nein. Ich habe inzwischen verstanden, warum du in die Show eingegriffen hast.«

»Ach ja?«

»Du machst es für deine Nichte.«

Ich schlucke schwer. »Unter anderem«, murmle ich. Auf einmal fällt es mir extrem schwer, seinem Blick standzuhalten. Als wir uns das letzte Mal angesehen haben, scheint er viel mehr erkannt zu haben, als ich ihm eigentlich erlauben wollte. Ich will nicht, dass meine viel zu offene Miene wieder mehr über mich preisgibt, als er über mich wissen soll.

»Aber darüber will ich auch nicht reden«, sagt er. Nicht ein Hauch Sarkasmus liegt in seiner Stimme.

»Worüber dann?«

Samuel räuspert sich umständlich. »Ich weiß, dass ich nicht gerade dein Lieblingsmensch bin. Du bist ja auch nicht meiner.«

Mir entfährt ein trockenes Lachen. »Sehr charmant ausgedrückt.«

Samuel geht nicht darauf ein. »Ich soll den Dreh zwar beaufsichtigen, aber ich kann mir vorstellen, dass du bei so einem intimen Shooting lieber niemanden im Raum haben willst, den du nicht leiden kannst. Deswegen wollte ich dich fragen, ob du dich wohler fühlen würdest, wenn ich beim Dreh nicht dabei bin.«

Ich brauche einen Moment, um auf diesen Vorschlag zu reagieren. Ich kann Samuel nur anstarren. Auf einmal scheint ein ganz anderer Mensch vor mir zu stehen. Ich sehe ihn zumindest mit anderen Augen.

»Du sollst dich doch um den Dreh kümmern«, setze ich unsicher an. »Der Befehl kam von ganz oben.«

»Ich weiß«, erwidert er, ohne zu zögern. »Ich schlage dir das trotzdem vor.« Seine Worte klingen schlicht, seine Stimmlage und sein Gesichtsausdruck sind neutral. Trotzdem lösen sie viel in mir aus.

»Ich weiß ehrlich gesagt nicht, was ich darauf erwidern soll.«

Samuels Mundwinkel zucken. Vermutlich hat er auch erkannt, dass ich diese Worte nicht das erste Mal zu ihm sage. Aber diesmal sieht er davon ab, mit einem abschätzigen Kommentar auf meine Aussage zu reagieren.

»Du sollst mir nur sagen, was dir lieber ist.«

Ich schüttle leicht den Kopf, was meine Locken in Bewegung bringt. »Es wäre mir lieber, wenn du nicht im Raum wärst«, erwidere ich ehrlich.

Samuel nickt nur. Diese Worte scheinen ihn weder zu überraschen noch zu verletzen. »Dann werde ich nicht im Raum sein.«

Er hat alles gesagt, was er sagen wollte, also dreht er sich um und will die Tür schon wieder öffnen.

»Danke«, entfährt es mir. Mit diesem Wort halte ich ihn noch kurz zurück, bevor er aus dem Zimmer verschwinden kann.

Er wirft einen Blick über seine Schulter, findet meinen, hält ihn fest. Aber diesmal ist er dabei so sanft, als hätte er Angst, mich mit der Intensität seiner grünen Augen zu verletzen. »Bedank dich nicht dafür.« Und mit diesen Worten dreht er sich endgültig um, verlässt das Zimmer und schließt die Tür wieder hinter sich.

Ich habe immer noch nicht ganz verstanden, was gerade passiert ist, als sich die Tür wieder öffnet.

»Es geht los«, flüstert eine nervös lächelnde Produktionsassistentin, die es nicht schafft, mich direkt anzusehen.

Seufzend erhebe ich mich und folge ihr durch das Gebäude. Ich verbiete mir, langsamer zu werden, und versuche, nicht zu genau über das nachzudenken, was passieren wird, sobald ich stehen bleiben muss.

Wir betreten einen hellen großen Raum mit hohen Decken. Vor einer Leinwand sind eine Kamera auf einem Stativ und mehrere Lichter aufgebaut. Neben dem Equipment des Fotografen sehe ich auch noch das des Kamerateams, das filmen wird, wie die Fotos entstehen. Samuel kann ich nirgendwo entdecken. Er ist also wirklich nicht hier.

Ich weiß immer noch nicht, wie ich mit seinem inoffiziellen, vorübergehenden Friedensangebot umgehen soll.

Aber jetzt werde ich es auch nicht herausfinden, denn erst mal muss ich mich einem anderen Problem stellen.

Der Fotograf, ein netter Kerl namens Carlo, stellt sich mir vor und versichert mir, dass es ihm sehr wichtig ist, dass ich mich wohlfühle. Ich glaube ihm. Natürlich fühle ich mich trotzdem nicht viel wohler.

Ich spreche mich mit ihm ab und gehe dann zum Kamerateam der Show herüber. Als ich Levi hinter der großen Kamera stehen sehe, treten mir Tränen in die Augen, doch ich blinzle sie entschlossen weg.

»Du bist hier«, sage ich mit belegter Stimme.

»Ich bin hier«, erwidert er und drückt sanft meine Hand. »Samuel Henderson hat während der Planung des Shootings rumgefragt, mit welchem Kameramann oder welcher Kamerafrau du dich am wohlsten fühlen würdest, und mich eingeteilt.«

Ich kann auf einmal nicht mehr schlucken. »Hat er?«, presse ich hervor.

Levi nickt. »Anscheinend hat er doch ein Herz.«

Und anscheinend ist es nicht einmal ansatzweise so versteinert und klein, wie ich vermutet habe.

Ein Grinsen legt sich auf Levis Gesicht. »Wenn du willst, kann ich mich später auch noch mal vor dir ausziehen. Damit wir uns gegenseitig nackt gesehen haben und quitt sind.«

Mir entfährt ein Lachen, und ich schlage ihm gegen den Oberarm.

»Hey, ich weiß, dass du es nicht bereuen würdest«, erwidert er und wackelt mit seinen Augenbrauen.

Ich durchschaue ihn sofort. Er sagt das nur, um mich auf andere Gedanken zu bringen. Doch obwohl ich genau erkenne, was er tut, hilft es mir zumindest ein bisschen.

»Bist du so weit, Athena?«, fragt mich Carlo, als er an Levi und mich herantritt.

Ich seufze und nicke dann. Levi wirft mir noch einen aufmunternden Blick zu und baut sich dann hinter seiner Kamera auf.

Ich folge Carlo zur Leinwand und stelle mich genau ins Rampenlicht, obwohl das gerade der letzte Ort ist, wo ich sein will. Langsam löse ich die Schleife des Gürtels, der den Morgenmantel zusammenhält. Die Produktionsassistentin steht neben mir, um ihn entgegenzunehmen. Noch einen Moment zögere ich, dann schlüpfe ich aus der letzten Schicht schützenden Stoffs, die mich vor den Blicken anderer Menschen bewahrt hat. Und dann gibt es kein Zurück mehr.

10. KAPITEL

Sam

Ich hüpfe von einem Bein auf das andere, während ich vor der geschlossenen Bürotür warte. Ich arbeite vielleicht noch nicht lange an diesem Set, aber definitiv lang genug, um zu wissen, dass es niemals gut ist, von Evelyn Carter herbeizitiert zu werden.

Mein Vater hat mich kurz nach Feierabend angerufen, mir mitgeteilt, dass ich direkt in die Carter-Villa fahren soll, und wieder aufgelegt. Ich habe also keine Ahnung, warum ich jetzt hier bin. Und da ich heute gleich mehrere Dinge getan habe, die ich auf gar keinen Fall hätte tun sollen, gibt es auch mehrere Gründe, die mir das bestimmt sehr unangenehme Gespräch, das mir bevorsteht, eingebracht haben könnten.

Wieder will ich von einem Bein aufs andere hüpfen, zwinge mich aber, es zu lassen. Wenn mein Vater gleich die Tür öffnet, will ich nicht, dass er mir auf den ersten Blick ansehen kann, wie nervös ich bin. Ihm wird es höchstwahrscheinlich trotzdem auffallen. Aber leicht machen muss ich es ihm ja auch nicht.

Die Tür schwingt auf. Der Blick meines Vaters ist unlesbar, als er meinem begegnet. Mit einer knappen Kopfbewegung bedeutet er mir, den Raum zu betreten, und ich komme dem stummen Befehl ohne zu zögern nach.

Hinter mir schließt er die Tür wieder. Und sofort fühle ich mich eingesperrt. Die Möbel sind dunkel und massiv und die Fenster sehr klein. Vermutlich fällt durch sie nicht viel Tageslicht. Aber das kann ich nicht beurteilen, weil es draußen bereits stockfinster ist.

Evelyn Carter steht hinter ihrem Schreibtisch, wie sie es auch getan hat, während ich das Gespräch, das vor wenigen Tagen in diesem Raum stattgefunden hat, belauscht habe. Damals war ich nur ein unbeteiligter Zuschauer. Als ich gerade über die Schwelle getreten bin, musste ich diese Rolle abstreifen. Und nun, da ihre schützende Schicht fehlt, merke ich erst, wie ausgeliefert man sich ohne sie fühlt.

Wenn man mit meinem Vater aufgewachsen ist, müsste einem der Umgang mit stechenden Blicken eigentlich leichter fallen. Doch so ist es nicht. Ich bin vierundzwanzig Jahre alt, arbeite seit Jahren für meinen Dad und würde mich nicht als schnell eingeschüchterten Menschen bezeichnen, und trotzdem fühle ich mich wieder wie ein kleiner Junge, sobald Evelyn Carters Augen auf mir liegen.

Sie sind braun. Genauso wie Athenas. Doch sie sind wesentlich kälter. Sagt man nicht eigentlich immer, braune Augen wären so warm? Vielleicht stimmt das nur, wenn man genug emotionale Wärme hat, um auch einen Teil davon hineinlegen zu können.

Mein Vater steht neben dem Schreibtisch. In Evelyns Hälfte des Raums und nicht in meiner. Erst denke ich, dass das ein Detail ist, das nichts aussagt. Aber so etwas gibt es eigentlich gar nicht, wenn es um meinen Vater geht. Alles, was er tut, tut er so überlegt, dass jede noch so kleine Geste sehr viel mehr Bedeutung in sich trägt, als man auf den ersten Blick vermuten würde.

Deswegen fühle ich mich so angespannt, als könnten meine Sehnen gleich reißen.

Beide sagen kein Wort. Ist das nicht die Taktik, die Cops benutzen, wenn sie einen Verdächtigen verhören wollen? Sie lassen ihn so lange mit der Stille allein, um seiner Panik und seinem schlechten Gewissen Raum zu geben, sich auszubreiten. Das behaupten zumindest die Serien, die ich manchmal mit Mason gucken muss, wenn ich keine Energie mehr habe, um ihm zu sagen, dass ich keinen Bock darauf habe.

Ich räuspere mich umständlich. »Ihr wolltet mich sprechen?«

Wenn sie von all den Dingen erfahren haben, die ich nicht hätte tun sollen und von denen ich mir immer noch nicht ganz sicher bin, warum ich sie eigentlich getan habe, dann will ich das, was immer mir jetzt bevorsteht, gern hinter mich bringen. Werden sie mich anschreien? Mich feuern? Beides wäre möglich.

Ich warte darauf, dass sich Bedauern einstellt. Ich warte darauf, dass ich mir wünsche, nicht so leichtsinnig gewesen zu sein. Ich warte darauf, dass ich mir Vorwürfe mache. Doch all das bleibt aus. Vielleicht schaffe ich es deswegen, unter diesen bohrenden Blicken, die immer noch unnachgiebig auf mir liegen, nicht einzuknicken.

Evelyn richtet sich auf und verschränkt die Arme vor der Brust. »Wo ist Athena?«, fragt sie mit beängstigend ruhiger Stimme.

Irritiert ziehe ich die Augenbrauen zusammen. »Ist sie nicht hier?«

»Es ist also, wie ich erwartet habe. Du hast keine Ahnung«, schnauzt Evelyn mich an.

Ich schlucke trocken. »Woher soll ich wissen, wo sie ist?«

»Du hast heute den Dreh beaufsichtigt«, setzt sie an, als würde das alles erklären.

»Ja«, sage ich zögerlich, obwohl ich das technisch gesehen nicht getan habe. Aber wenn Evelyn das sagt, scheint sie nicht zu wissen, dass ich heute nicht meinen Job gemacht habe. Einer der Gründe, warum ich hierherzitiert worden sein könnte, fällt schon mal weg. Aber noch fühle ich mich nicht besser in meiner Haut.

»Also hättest du wissen müssen, wo sie ist«, fährt sie fort. Sie klingt so, als würde sie mit einem Kleinkind reden. Vielleicht hält sie mich für schwer von Begriff, weil ich nicht direkt verstehe, worauf sie hinauswill. Ich bin mir ziemlich sicher, dass es nicht an mir liegt.

Aber dieses Phänomen habe ich auch schon an meinem Vater beobachten können. Menschen, die immer bekommen, was sie wollen, denken irgendwann, andere Menschen könnten einfach erahnen, was sie von ihnen möchten. Und wenn sie daran erinnert werden, dass die Welt nicht so funktioniert, werden sie ungeduldig. So auch jetzt.

»Dass du nicht weißt, wo sie hingegangen ist, bedeutet, dass du deinen Job nicht richtig gemacht hast.«

Ich sehe mich Hilfe suchend zu meinem Vater um, doch an seinem harten Gesichtsausdruck erkenne ich, dass ich von ihm keine Hilfe erhalten werde.

»Da wir in unterschiedlichen Autos beim Dreh angekommen sind, bin ich nicht davon ausgegangen, dass ich sie zurück zur Villa begleiten muss«, antworte ich ehrlich und immer noch ein bisschen überfordert.

Evelyn seufzt. Ich lag wohl falsch. Aber woher hätte ich wissen sollen, dass es auf einmal Teil meiner Jobbeschreibung ist, Athena nach Hause zu bringen, wenn das vorher nie der Fall war?

»Sie ist seit dem Dreh verschwunden?«, frage ich vorsichtig nach. Evelyn reagiert nicht. Aber mein Vater nickt kaum merklich.

Auf einmal spüre ich einen Druck auf meinem Brustkorb. Auch das Make-up in Athenas Gesicht hat nicht darüber hinwegtäuschen können, dass sie vor dem Shooting leichenblass war. Während unseres kurzen Gesprächs in der Maske haben ihre Hände nicht eine Sekunde aufgehört zu zittern. Sie wollte diese Fotos niemals machen. Das weiß ich ganz sicher, obwohl sie es nicht ausgesprochen hat. Und wenn es ihr schon vor dem Shooting schlecht ging, wie erging es ihr erst danach?

»Und niemand weiß, wo sie ist?« Eine Sorge, von der ich nie erwartet hätte, dass ich sie jemals in Bezug auf Athena Carter fühlen würde, legt sich um mein Herz.

Evelyn schnauft. Sie macht anscheinend lieber jeden anderen Menschen, den sie finden kann, für Athenas Verschwinden verantwortlich, als sich ihre eigene Verantwortung einzugestehen. »Natürlich weiß ich, wo meine Tochter ist.«

Erleichterung macht sich in mir breit, obwohl ich immer noch keine Ahnung habe, warum ich dann überhaupt in diesem Büro stehe.

»Wo ist sie denn?«, frage ich ungerührt, als wäre mir ihr gereizter Unterton gar nicht aufgefallen.

»Ach, jetzt interessiert es dich auf einmal?« Ihre Augenbrauen wandern in die Höhe. Ich bin mir ziemlich sicher, dass mich in meinem ganzen Leben noch nie ein Mensch so herablassend angesehen hat. Und das will was heißen, denn ich arbeite seit Jahren gemeinsam mit meinem Vater an den Sets von Reality-TV-Shows, wo man die ganze Zeit von schnell reizbaren C-Promis umgeben ist, die sich für etwas Besseres halten, weil sie vor und nicht wie ich hinter der Kamera stehen. »Du hast sie verloren. Du wirst sie zurückholen«, fährt Evelyn fort und reißt mich aus meinen Gedanken.

Mein Blick huscht erneut zu meinem Vater. Sein Gesicht nimmt kurz einen flehenden Ausdruck an. Er bittet mich stumm, mich nicht mit ihr anzulegen und ihre harschen und ungerechtfertigten Worte einfach hinzunehmen.

Ich schlucke alles, was ich gern erwidert hätte, herunter. Die Sätze, die ich niemals laut sagen werde, machen meine Kehle so trocken, dass ich schon darauf warte, dass sie gleich aufreißt.

Evelyn wendet sich jetzt auch an meinen Vater. »Oliver, stellst du sicher, dass dein Sohn die nötigen Informationen erhält und Athena ausfindig macht? Und dass ein Kamerateam hier bereitsteht, um ihre Rückkehr aufzuzeichnen?«

Ich bin es also nicht einmal mehr wert, direkt angesprochen zu werden?

»Das werde ich«, antwortet mein Vater, während er mich an der Schulter fasst und aus dem Büro bugsiert. Er schiebt mich weiter, bis wir draußen auf dem Parkplatz vor der Villa stehen.

»Was sollte das?« Ich kann es nicht länger zurückhalten. »Es war nicht meine Aufgabe, sie nach Hause zu bringen. Das weißt du.«

»Das weiß ich«, gibt mein Vater zu, aber das ist nur ein kleiner Trost.

»Und sie tut so, als wüsste sie nicht, warum ihre Tochter unauffindbar war. Dieses Shooting zu machen …«

»Das spielt keine Rolle«, unterbricht mich mein Vater scharf. »Deine Aufgabe ist es nicht, dich für sie einzusetzen, sondern deinen Job zu machen. Und was dein Job ist, bestimmen Evelyn und ich. Verstanden?«

Ich nicke nur, weil ich mir sicher bin, dass meinem Vater nicht gefallen wird, was aus meinem Mund kommen würde, würde ich ihn jetzt öffnen.

»Sie hat eine App auf ihrem Handy, mit der sie das ihrer Tochter orten kann. Du wirst jetzt losfahren, und ich werde dir ihren Standort schicken. Dann bringst du Athena wieder hierher.«

»Wo bereits ein Kamerateam auf sie warten wird, das aufzeichnen soll, wie schlecht es ihr nach diesem Tag geht«, stelle ich trocken fest.

»Das zu beurteilen gehört nicht zu deinem Job«, erwidert mein Vater ungerührt. »Kannst du die Aufgaben erledigen, die wirklich zu deinem Job gehören?«

Ich schnaube. Dann nicke ich. »Ja«, sage ich schlicht.

»Ich weiß, dass es dir nicht gefallen hat, wie sie mit dir umgegangen ist. Aber nimm es nicht persönlich. Und lass nicht zu, dass deine Wut über Evelyns Verhalten deiner Karriere im Weg steht.«

Mein Vater denkt natürlich sofort, dass ich nur so wütend bin, weil Evelyn mich schlecht behandelt hat. Ihm kommt es vermutlich nicht einmal in den Sinn, dass meine Wut von ihrem Verhalten ihrer Tochter gegenüber ausgelöst worden sein könnte. Aber ich hätte das vor wenigen Tagen auch noch nicht für möglich gehalten.

»Ich werde sie suchen und finden«, sage ich nur. Welche Motivation ich habe, muss mein Vater nicht wissen.

»Gut.« Er drückt kurz meine Schulter und lässt mich dann wieder los.

Ich steige ins Auto. Als ich mein Handy in einer Halterung an der Innenseite der Frontscheibe befestigen will, hat mein Vater mir schon einen Standort geschickt. Ich schalte das Navi ein und lasse die Carter-Villa hinter mir. Durch die Stadt fahre ich so schnell, wie ich kann, ohne Gefahr zu laufen, geblitzt oder angehalten zu werden.

Sobald mir mein Navi verkündet, dass ich mein Ziel fast erreicht habe, werde ich langsamer und parke das Auto schließlich am Straßenrand.

Vor mir liegt ein dunkler Park. Mein Magen zieht sich zusammen, doch ich ignoriere das Unwohlsein, das sich in meinem Körper ausbreitet, steige aus und steuere auf den Park zu.

Ich sehe mich zu allen Seiten um. Nicht alle Laternen, die hier die Wege beleuchten sollen, sind angeschaltet. Die meisten sind so schwach, dass sie sich kaum gegen die Dunkelheit wehren können.

Ich schalte die Taschenlampe auf meinem Handy an und bewege mich weiter auf den roten Punkt zu, den das Navi mir anzeigt.

»Athena?«, rufe ich, als ich eine einsame Gestalt auf einer Parkbank entdecke. Ich beschleunige meine Schritte. Und komme dann abrupt vor ihr zum Stehen.

Mir entfährt ein Seufzen, ich spüre die Erleichterung im ganzen Körper. »Athena«, sage ich erneut, diesmal viel leiser, stecke mein Handy in meine Hosentasche und gehe vor ihr in die Hocke, damit ich ihr direkt ins Gesicht sehen kann. »Hey.«

Sie braucht einen Moment, um mich wahrzunehmen. Geräusche scheinen sie nur mit einigen Sekunden Verzögerung zu erreichen. Dann bewegt sie endlich ihren Kopf, bis ihr Blick auf meinen trifft.

»Samuel?«, fragt sie zögerlich, und das erste Mal klingt mein Name aus ihrem Mund nicht wie eine Beleidigung. Vielleicht würde ich mich darüber freuen, wenn es mich nicht so beunruhigen würde. Sie klingt nicht weniger feindselig, weil sie sich dazu entschieden hat, ab jetzt freundlich zu mir zu sein. Sie klingt weniger feindselig, weil ihr für jedwede Emotion die Energie zu fehlen scheint.

»Ja«, sage ich. Ihre braunen Augen wirken nicht mehr warm, sondern stumpf im schwachen Licht der flackernden Laterne über unseren Köpfen. Ich kann den Anblick kaum ertragen, deswegen senke ich den Kopf. Erst jetzt fällt mir auf, dass Athena eine Flasche umklammert hält. Langsam greife ich danach und entwinde sie ihren verkrampften Händen. Es ist Wodka. Ich lehne mich ihr ein bisschen entgegen. Man kann ihn auch deutlich an ihr riechen.

»Kannst du aufstehen?«, frage ich und stelle die Flasche unter der Parkbank ab. »Wie viel hast du getrunken?«

»Ein bisschen was«, murmelt sie. Dass ihre Aussprache nicht mehr deutlich ist, wird mir erst jetzt klar, da sie mehr als meinen Namen sagt. Sie stolpert über die Buchstaben, als hätten sie Widerhaken, an denen sie hängen bleiben kann.

»Ich helfe dir«, sage ich, richte mich wieder auf und halte ihr meine Hand hin. Ich lasse meinen Blick schweifen. Zu allen Seiten. Ich kann nicht besonders weit sehen, aber ich mache keine Person in unserer unmittelbaren Nähe aus. Also hat sie vielleicht noch niemand entdeckt. »Hat jemand ein Bild von dir gemacht?«

Sie runzelt die Stirn. Wenn sie mich so anschaut, könnte man meinen, dass sie keine Ahnung hat, wovon ich spreche. Sie reagiert auch nicht auf meine Frage. Erst starrt sie mir in die Augen, dann fixiert sie meine Hand. Ich halte sie ihr immer noch entgegen, aber es verstreichen weitere unendlich lange Momente, bevor sie sie endlich ergreift.

Ich ziehe sie hoch, und sie schwankt gefährlich zur Seite. Sofort schlinge ich meinen Arm um ihren Oberkörper und lege einen ihrer Arme über meine Schulter. Dann setze ich mich in Bewegung.

Der Wodkageruch haftet so hartnäckig an ihr wie ein aufdringliches Parfum. Aber ich rieche nicht nur den Alkohol, den sie getrunken hat. Da ist auch noch ein angenehmer Geruch.

Ich kann ihn nicht definieren, und je mehr ich es versuche, desto weniger Worte fallen mir ein, um ihn zu beschreiben. Als ihre Haare meinen Hals kitzeln, muss ich wohl einsehen, dass man diesen Geruch nicht benennen kann, weil es einfach ihrer ist.

Sobald wir den dunklen Park hinter uns gelassen haben und auf die besser beleuchtete Straße treten, bewege ich mich schneller. Hier sind nicht viele Menschen unterwegs, aber ich will nicht, dass sie fotografiert wird.

Ich habe in den letzten Tagen zwar erkennen müssen, dass ich überhaupt keine Ahnung habe, wer Athena Carter ist, und dass all meine Vermutungen falsch waren, aber eine Sache weiß ich trotzdem: Ein Bild, das sie zeigt, wie sie betrunken in meinen Armen hängt, will sie morgen früh ganz sicher nicht auf allen Klatschwebsites finden können.

Ich schiebe sie auf den Beifahrersitz meines Autos und halte meine Hand über ihren Kopf, damit sie ihn sich beim Einsteigen nicht stößt. Als sie endlich sitzt, beuge ich mich über sie, um den Sicherheitsgurt anzulegen.

Die ganze Zeit hat sie ihre Augen geöffnet. Sie ist wach, aber gleichzeitig nicht wirklich hier. Und dieser Zustand jagt mir eine Riesenangst ein.

Ich gucke zehnmal nach, dass ihre Hände in ihrem Schoß liegen, bevor ich mich traue, die Tür zu schließen.

Schnell laufe ich zur Fahrerseite und schiebe mich auf den Sitz. Dann schlage ich auch diese Tür zu. Ich stecke den Schlüssel ins Schloss, damit die Lichter und die Sitzheizung angehen. Es ist zwar nicht einmal nachts richtig kalt, aber die Bank sah trotzdem nicht sehr bequem aus. Sitzheizung kann also sicherlich nicht schaden.

Nun, da Athena nicht mehr nur von flackernden Laternen beleuchtet wird, sondern von dem Licht in meinem Auto, kann ich sie wesentlich deutlicher sehen. Und ihr Anblick lässt meinen Hals so eng werden, dass mir das Atmen schwerfällt. Ihr Lippenstift ist verschmiert. Ihre Wimperntusche ist verschmiert und hängt auch an ihren Wangen. Ihre Haare sind zerzaust. Doch was mir am meisten Sorge macht, ist der leere Ausdruck in ihren Augen.

Meine Anweisungen waren klar. Ich sollte sie finden und in die Villa zurückbringen, wo bereits ein Kamerateam auf sie wartet, um sie in diesem Zustand filmen zu können.

Doch das ist das Letzte, was ich tun will. Wenn ich sie jetzt so zu Hause absetze, wird dieser fürchterliche Tag morgen kein Ende für sie finden. Das Filmmaterial wird verhindern, dass sie ihn vergisst. Das kann ich nicht zulassen. Und da ich heute sowieso schon auf alle Regeln geschissen habe, die ich einmal für wichtig gehalten habe, macht es auch keinen Unterschied mehr, wenn ich einen weiteren Auftrag meines Vaters ignoriere.

»Athena«, sage ich eindringlich, weil es wichtig ist, dass sie mir richtig zuhört, wenn mein Plan aufgehen soll. Wieder reagiert sie nicht richtig. »Athena«, wiederhole ich ein bisschen lauter und greife nach ihren Händen. Sie fühlen sich schwitzig und ausgekühlt zugleich an. Unwillkürlich umfasse ich sie noch fester.

Endlich sieht sie auf.

»Deine Mutter will, dass ich dich zur Villa zurückbringe, aber solange es dir nicht gut geht, halte ich das für keine gute Idee.«

Sie nickt.

»Aber wenn ich behaupte, dich nicht gefunden zu haben, wird sie vermutlich noch mehr Menschen losschicken, um dich zu suchen. Also muss ich ihr irgendeine Ausrede erzählen. Deine Schwester wohnt doch auch in L.A. Könntest du zu ihr gehen?«

Ich habe schon Angst, dass sie mir gar nicht richtig zugehört hat. Sie ist betrunken. Aber das ist gerade bei Weitem nicht das einzige Problem. Ihr Bewusstsein scheint sich wirklich kurzzeitig von ihrem Körper gelöst zu haben. Und ich weiß nicht, wie ich sie erreichen soll.

Doch dann räuspert sie sich. »Aphrodite ist gerade nicht in der Stadt. Sie ist an irgendeinem Filmset.«

Ich unterdrücke einen Fluch. »Gibt es eine Freundin, die dich decken könnte?«

Wieder braucht sie einen Moment, um zu antworten, aber als sie es tut, würde ich gern erleichtert aufatmen. »Kat«, krächzt sie. »Katherine O'Connell.«

Wenn diese Situation nicht so angespannt wäre, würde mich die Tatsache, dass die Person, die sie anruft, wenn sie in Schwierigkeiten steckt, eine weltberühmte Countrysängerin ist, vermutlich länger innehalten lassen. Aber dafür habe ich gerade einfach keine Zeit.

»Kannst du mir dein Handy geben?«

Sie zieht es aus einer Tasche ihres Hoodies und gibt es mir. Ihre Hände zittern schon wieder, genau wie heute Nachmittag, als ich in der Maske mit ihr gesprochen habe.

Ich halte das Handy vor ihr Gesicht und bin sehr dankbar, dass es Face-ID hat und zum Entsperren keinen Code braucht, weil ich bezweifle, dass Athena sich in diesem Zustand an ihn erinnern könnte.

Ich scrolle durch ihre Kontakte, die sich wie die Gästeliste für eine exklusive Galaveranstaltung lesen, und finde endlich Katherine O'Connell. Ich versuche gar nicht darüber nachzudenken, mit wem ich gleich reden werde, und drücke einfach auf den Anruf-Button.

»Hey, Athena.« Mit einer enthusiastischen Begrüßung geht sie nach kurzem Läuten ran. »Ich dachte schon, du würdest niemals auf meine Nachrichten reagieren.«

»Hier ist nicht Athena«, sage ich. »Mein Name ist Samuel Henderson. Ich arbeite am Set von *Catching up with the Carters*. Ich habe Athena ziemlich betrunken gefunden und will sie nicht in die Villa bringen, weil dort schon Kameras auf sie warten. Aber ich muss ihrer Mutter ein Alibi nennen können. Deswegen wollte ich dich fragen, ob es okay ist, wenn sie heute Nacht bei dir bleibt. Ihrer Mutter erzähle ich, dass ich zwar ihr Handy gefunden habe, von Athena aber weit und breit keine Spur war. Du wolltest rausfinden, wo Athenas Handy ist, also hast du angerufen – und so habe ich erfahren, dass ihr beide zusammen unterwegs seid.«

Auf meinen Redeschwall folgt eine kurze Stille. Schließlich räuspert sie sich. »Das hast du dir aber gut überlegt.«

»Danke?«, sage ich zögerlich. Ich hasse es, dass ich Aussagen immer als Fragen formuliere, wenn ich von der Situation, in der ich stecke, überfordert bin.

»Und natürlich geht das klar. Ich bin gerade nicht in L.A., aber wenn sie schon seit ein paar Stunden weg ist, könnte ich auch erzählen, dass sie mit mir zusammen nach San Diego gekommen ist.«

»Gute Idee.«

»Weißt du, wo du sie hinbringen kannst, bis sie wieder nüchtern ist?«

Ich hatte gehofft, dass ich Athena zu ihr bringen könnte. Aber wenn das nicht geht, werde ich eben nach einer anderen Lösung suchen müssen. »Ja«, sage ich also schlicht.

»Okay, sehr gut«, sagt die berühmte Countrysängerin, mit der ich mich so selbstverständlich unterhalte, als würden wir das ständig machen. »Aber wenn dein Plan Evelyn-Carter-sicher sein soll, musst du nach Ende dieses Gesprächs diesen Anruf im Verlauf löschen, damit nicht mehr angezeigt wird, dass du mich angerufen hast. Und ich rufe dich zurück, damit das zu deiner Geschichte passt.«

»Du denkst echt an alles«, gebe ich zurück.

»Ich habe genug Storys über diese Frau gehört, um zu wissen, dass man auf alles achten muss, damit sie einen nicht durchschaut«, sagt sie. »Bring Athena in Sicherheit, ja?«, fährt sie nach einer kurzen Pause fort.

»In Ordnung«, antworte ich.

»Und morgen erinnerst du sie daran, dass sie sich bei mir melden soll. Ich will wissen, wie es ihr geht. Am besten, du speicherst meine Nummer in dein Handy ein. Dann kann sie mich kontaktieren, ohne dass sie sich darüber Gedanken machen muss, was zu der Geschichte passt, die du ihrer Mutter auftischst.«

Sie klingt so routiniert, als wäre das gerade keine Ausnahmesituation für sie. Ich wüsste wirklich nicht, wie ich damit klarkommen sollte, wenn ich so was jeden Abend machen müsste.

»Geht klar.«

»Perfekt. Dann hören wir uns morgen. Und danke, dass du dich um sie kümmerst«, sagt Katherine O'Connell. »Samuel, richtig?«

»Sam«, erwidere ich.

»Alles klar, Sam. Ich bin Kat. Hat mich gefreut, dich kennenzulernen.« Damit legt sie auf.

Ich lösche, wie mit ihr besprochen, diesen Anruf aus dem Verlauf. Nur wenige Sekunden später ruft sie mich an. Ich gehe ran. Wir lassen den Anruf ein paar Minuten dauern. Dann legt sie wieder auf.

Athena sitzt die ganze Zeit einfach neben mir, den Kopf gegen die Scheibe gelehnt und den Blick ins Nichts gerichtet.

Ich lege ihr Handy auf der Mittelkonsole ab und überlege, was ich noch vergessen haben könnte. In dem Moment klingelt mein Handy. Es ist mein Dad.

»Es ist wichtig, dass du jetzt keinen Ton von dir gibst«, sage ich zu Athena, obwohl sie schon seit mehreren Minuten schweigend neben mir sitzt. Sie nickt nur.

»Hey, Dad«, sage ich, sobald ich den Anruf angenommen habe. Meine Stimme zittert leicht, und ich hoffe, dass er es nicht hört.

»Und?«, fragt er nur.

»Ich habe Athena nicht gefunden. Nur ihr Handy. Das lag in einem Park auf dem Boden.«

Mein Vater stößt mehrere wilde Flüche aus.

»Aber gerade hat Katherine O'Connell angerufen. Ich habe kurz mit ihr gesprochen. Sie meinte, sie ist mit Athena unterwegs, und ihnen ist gerade erst aufgefallen, dass sie ihr Handy verloren hat. Anscheinend sind sie zusammen nach San Diego gefahren.«

Athena seufzt, und ich zucke zusammen, obwohl sie so leise war, dass es mein Vater auf der anderen Seite der Leitung unmöglich gehört haben kann.

»Okay, dann sage ich Evelyn Bescheid und schicke das Kamerateam nach Hause. Nimmst du das Handy mit und gibst es mir morgen, wenn du zum Set kommst?«

»Klar«, sage ich und warte jede Sekunde darauf, dass er mir verkündet, meine Lüge durchschaut zu haben. Doch das tut er nicht.

»Gut, dann geh nach Hause. Ich werde Evelyn beruhigen. Wir sehen uns morgen.«

»Bis morgen.«

Ich beende den Anruf, lasse das Handy sinken und lege es neben Athenas.

»Wir fahren jetzt zu mir. Da kannst du dich ausschlafen, okay?«, frage ich an sie gewandt.

»Okay«, murmelt sie, gefolgt von einem Schluckauf. Ich öffne das Fenster auf ihrer Seite einen Spaltbreit, damit ihr bei der Fahrt nicht übel wird, und parke vorsichtig aus. Ich versuche, jede Kurve so langsam zu nehmen wie möglich, und es dauert eine Ewigkeit, bis wir endlich meine WG erreichen.

Ich parke das Auto an der Straße, stecke beide Handys ein und laufe dann zur Beifahrerseite, um ihr die Tür zu öffnen. Auch beim Aussteigen muss ich ihr helfen und sichergehen, dass sie weder hinfällt noch sich den Kopf stößt.

Ich stütze sie, schleppe sie mehrere Stockwerke hinauf und schließe die Wohnungstür auf. Kurz lausche ich. Doch kein Geräusch dringt an meine Ohren. Mason scheint schon zu schlafen, und ich unterdrücke ein erleichtertes Seufzen. Ich habe wirklich keine Lust, ihm zu erklären, warum Athena Carter betrunken in meinen Armen liegt.

»Geht's dir noch gut?«, flüstere ich, während wir den Flur durchqueren.

Sie nickt nur.

»Du musst dich nicht übergeben?«

»Nein«, sagt sie, und ihre Stimme klingt fest genug, dass ich ihr glaube.

In meinem Zimmer lasse ich das Licht aus. Ich will sie nicht erschrecken. Vorsichtig setze ich sie auf meinem Bett ab, hocke mich wieder vor sie und helfe ihr aus ihrem Hoodie und den Schuhen. Sie trägt eine Leggings und ein T-Shirt. Das ist bestimmt bequem genug, dass sie darin gut schlafen kann.

Sie legt sich auf die Seite und rollt sich auf meinem Bett zusammen. Beim Zudecken helfe ich ihr.

Meine Bewegungen sind so routiniert. Ich muss eigentlich gar nicht mehr über sie nachdenken. Mehr als einmal habe ich Mason schon in diesem Zustand nach Hause und in sein Zimmer gebracht.

»Ich bin im Wohnzimmer, wenn du was brauchst.« Ich will mich gerade aufrichten, da greift sie nach meiner Hand. Sie umklammert sie richtig. Und ich erstarre mitten in der Bewegung.

In meinem Zimmer ist es nie komplett dunkel, weil immer ein bisschen Licht von der Straße durchs Fenster fällt. Es ist nicht viel. Aber es reicht, um den Ausdruck in ihrem Gesicht zu erkennen. Sie sieht mich direkt an. Ihre Unterlippe zittert.

»Kannst du hierbleiben?«

Mein Herz scheint einen Moment stehen zu bleiben und seine Tätigkeit einfach aufzugeben. Es ist nur eine leere Drohung, weil es dann doch weiterschlägt. Trotzdem spüre ich deutlich, was die kurze Stille, ausgelöst von der Abwesenheit eines Herzschlags, in meinem Körper angerichtet hat. Ich werde mich niemals wieder so fühlen können, wie ich es vor dem Moment getan habe, in dem sich mein Herz dazu entschlossen hat, für sie innezuhalten.

»Wenn du das willst«, sage ich mit rauer Stimme.

»Das will ich«, sagt sie mit Nachdruck. Sie lallt noch ein bisschen, trotzdem ist ihre Stimme fest.

»Okay«, bringe ich irgendwie hervor, löse meine Hand aus ihrer und laufe um mein Bett herum. Ich ziehe meine Schuhe aus und lege mich hin. Obwohl ich sie nicht berühre, bin ich ihr doch viel zu nah.

»Samuel?«, haucht sie.

»Ja?« Meinen Namen jetzt aus ihrem Mund zu hören, lässt mich zittrig einatmen.

»Kannst du mich in den Arm nehmen?«, fragt sie. »Ich habe sonst Angst, auseinanderzufallen.«

Der Stich, den ich plötzlich in meiner Brust spüre, ist so schmerzhaft, dass ich zusammenzucke.

Ganz langsam rutsche ich näher an sie heran. Sie kommt mir entgegen, bis ihr Rücken meine Brust berührt. Ab dem Moment ist es mir nicht mehr möglich, mich zu bewegen. Aber das muss ich auch nicht. Sie greift nach meinem Arm, legt ihn um ihren Körper und lässt ihn nicht wieder los. Sie hält mich fest.

Und nachdem ich meinen ersten Schock darüber, dass wir tatsächlich so hier liegen, überwunden habe, tue ich das Gleiche.

11. KAPITEL

Athena

Ich wache auf, weil sich mein Hals so trocken anfühlt, als hätte ich noch nie etwas getrunken. Ich kann nicht mehr schlucken. Mir entfährt ein Husten, das alles eigentlich nur noch schlimmer macht. Und als ich versuche, mich aufzusetzen, fährt mir ein stechender Schmerz in die Schläfe.

»Fuck«, flüstere ich, und meine Stimme hört sich genauso heiser an, wie bei einem so rauen Rachen zu erwarten war. Ich blinzle mehrmals, bevor die verschwommenen Gegenstände um mich herum endlich Form annehmen. Zuerst fällt mir auf, wie ordentlich und aufgeräumt das Zimmer ist, in dem ich mich befinde. Und das bedeutet, dass ich unmöglich in meinem eigenen Zimmer sein kann.

Bevor ich deswegen in Panik verfallen kann, entdecke ich, dass etwas auf dem Nachttisch steht. Neben einer Flasche Wasser liegt eine Packung Schmerztabletten. Ich drehe den Deckel der Flasche so hektisch auf, dass man wirklich meinen könnte, ich wäre tagelang ohne Wasser durch eine Wüste gelaufen. In einem Zug leere ich fast die ganze Flasche. Und danach fühlt sich wenigstens schon mal mein Hals ein bisschen besser an. Dann spüle ich noch eine Schmerztablette mit dem restlichen Wasser runter und hoffe, dass das gegen das stetige Pochen meiner Schläfe helfen wird. Erst als ich das erledigt habe, schaffe ich es, mich weiter umzusehen.

Ich sitze auf einem Bett, das frisch bezogen riecht. Die Bettdecke ist weiß. Auch die restliche Einrichtung ist schlicht. Die

Möbel sind dunkel. Nichts steht oder liegt herum. Es gibt keinen Stuhl, auf dem sich Klamotten stapeln. Auf dem Schreibtisch sind keine Stifte verteilt. Die Schranktüren sind nicht halb angelehnt, und im Bücherregal steht nicht ein überflüssiger Dekogegenstand. Die Bücher sind wie salutierende Soldaten nebeneinander aufgereiht. Wenn ich nachsehen würde, würde ich vermutlich weder Eselsohren noch Flecken oder Leserillen finden.

Die Erinnerungen an den gestrigen Tag sind noch ein bisschen undeutlich, aber der Schleier, der über ihnen liegt und mir die Sicht versperrt, zieht sich langsam zurück. Und was ich als Erstes erkennen kann, ist Samuel.

Er hat mich gefunden. Er hat seinen Vater angelogen. Er hat mich nicht in die Villa gebracht, sondern in seine Wohnung.

Das ist sein Zimmer. Das ist sein Bett.

Ich drehe mich um. Die andere Seite ist leer, die Decke dort glatt gestrichen. Trotzdem kann man dem Kissen mit der eingedellten Oberfläche ansehen, dass dort heute Nacht ein Kopf gelegen hat.

Reflexartig reiße ich die Augen auf. Er hat neben mir geschlafen. Er hat mich in seinen Armen gehalten.

Weil ich ihn darum gebeten habe.

Der Punkt ist wohl der schockierendste von allen.

Obwohl. Nur der zweitschockierendste.

Der schockierendste ist, dass er mir meine Bitte nicht ausgeschlagen hat.

Mein Herz rast. Was sich, wenn man verkatert ist, noch wesentlich unangenehmer anfühlt als sonst. Es scheint auf meinen Magen zu trommeln, der sich auch ohne dessen Zutun schon sehr flau angefühlt hat.

Meine Schläfe pocht immer heftiger, weil meine Gedanken sich auf einmal überschlagen. Ich stelle mir vor, dass in meinem Kopf jetzt eine Rennbahn steht und meine Gedanken versuchen, schneller als ihre Gegner zu sein und sich gegenseitig von der Bahn zu stoßen. Das würde auch erklären, warum mir auf einmal so schwindelig ist.

Ich dachte, Samuel kann mich nicht leiden. Und im nächsten Moment bietet er mir an, nicht am Shooting teilzunehmen, und bringt mich zu sich nach Hause. Was habe ich verpasst? Wieso hat er mich nicht einem Kamerateam und meiner Mutter zum Fraß vorgeworfen?

Da ich einsehe, dass ich mich nicht ewig in seinem Zimmer verstecken kann, stehe ich langsam auf. Ich schwanke nicht, also traue ich mich, weiterzugehen.

Sobald ich die Tür öffne, dringen auch schon Stimmen an mein Ohr. Im Flur ist das Licht an. Es ist aber sanft genug, dass es mir nicht in den Augen brennt. Ich wage mich weiter vor und folge den Stimmen. Aus dem Gemurmel werden immer deutlichere Worte, je näher ich den Geräuschen komme.

»Warum soll ich nicht so laut reden?«, fragt jemand, der nicht Samuel ist. Das erkenne ich trotz Kopfschmerzen.

»Weil ich dich darum bitte.« Das war Samuel. Sobald ich seine Stimme höre, habe ich sofort auch die Dinge im Ohr, die er gestern gesagt hat.

Bilde ich es mir nur ein, oder hat seine Stimme sanft geklungen, als er mich gefragt hat, wie es mir geht?

Schon diese Frage bringt mich aus dem Konzept. Was würde erst die Antwort mit mir machen?

»Warte mal«, erwidert der Kerl jetzt. Er zieht die Worte in die Länge. »Soll ich etwa leise sein, weil wir nicht allein in der Wohnung sind?«

Samuel seufzt nur genervt.

»Ist jemand in deinem Zimmer?«, stößt der andere aus. Er schreit nicht. Aber er ist definitiv zu laut für meinen verkaterten Kopf.

»Maze«, setzt Samuel an. In dem Moment trete ich durch die offene Tür, durch die ihre Stimmen gedrungen sind. Sie sitzen auf Barhockern an der Küchenanrichte. Teller und Tassen stehen vor ihnen, und es riecht nach Rührei.

Samuel hält inne, sobald er mich erblickt. Er scheint noch etwas zu seinem Gegenüber, von dem ich nur den Rücken sehen kann, sagen zu wollen. Doch das tut er nicht. Er sieht mich einfach an.

»Ich wusste gar nicht, dass du eine Brille trägst«, kommentiere ich, weil mir nichts Besseres einfällt. Ein schlichtes, silbernes Gestell sitzt auf seiner Nase. Die Gläser sind rund. Das passt erstaunlich gut zu den harten Kanten seines Gesichts, die in diesem Moment gar nicht so hart sind wie sonst.

Er räuspert sich, bevor er es schafft zu antworten. »Ich trage meistens Kontaktlinsen. Aber ich habe sie gestern vergessen rauszumachen, also fühlen sich meine Augen jetzt nicht so gut an.«

Er hat vergessen, sie rauszunehmen, weil ich ihn gebeten habe, bei mir zu bleiben und mich in den Arm zu nehmen.

Das sagt er zwar nicht, aber ich bin mir sicher, die Worte in seinen grünen Augen lesen zu können.

Erst als ich ein Räuspern höre, das nicht von Samuel kommt, schaffe ich es, den Blick von ihm abzuwenden. Der andere Kerl hat sich inzwischen zu mir umgedreht und starrt mich nun aus aufgerissenen Augen an. Er hat sehr buschige Augenbrauen, deren Rotton ein bisschen dunkler ist als der seiner Haare. Er sitzt zwar immer noch auf dem Hocker, also kann ich das nicht so gut einschätzen, aber ich glaube trotzdem, dass er groß und schlaksig ist.

»Hey, ich bin Athena«, sage ich und winke unbeholfen, während ich noch immer im Türrahmen stehe und keine Ahnung habe, ob es besser für meine Nerven wäre, wenn ich die Küche betrete oder wenn ich mich nicht von der Stelle bewege.

»Mason«, bringt er irgendwie heraus. Ich weiß aber nicht, ob er sich gerade an einem Stück Rührei oder seinem eigenen Namen verschluckt. Noch immer starrt er mich fassungslos an. Ich kann es ihm nicht verübeln. Vermutlich rechnen die wenigsten Menschen damit, eines Morgens einen Reality-TV-Star in ihrer Wohnung stehen zu haben.

»Freut mich, Mason.« Ich zwinge mich zu lächeln. »Habt ihr Kaffee?«

»Klar!«, ruft Mason aus und springt so hektisch von seinem Stuhl auf, als hätte er sich seinen Hintern daran verbrannt. Ich zucke zusammen und greife mir an die Schläfe, die schon wieder pocht. Wie lange braucht es, bis so eine Schmerztablette wirkt?

»Maze, könntest du jetzt bitte leiser sein?«, fragt Samuel gereizt, aber in einem bedacht leisen Tonfall. Dann sieht er wieder mich an. »Wie geht's dir?«

»Es geht so«, murmle ich. »Danke für das Wasser und die Schmerztabletten.«

»Keine Ursache«, meint er, und ich glaube, dass er versucht, mich aufmunternd anzulächeln. Doch es will ihm nicht so richtig gelingen. Seine Mundwinkel zucken. Dann scheinen sie wieder aufzugeben. Ist er einfach kein Mensch, der andere aufmunternd anlächelt, oder fällt es ihm nur bei mir so schwer?

»Oh, sorry«, stammelt Mason vor sich hin, während er Filterkaffee eingießt und sich dabei mehr über die Finger schüttet als in die Tasse.

»Kann ich dir helfen?«, frage ich und traue mich, den ersten Schritt in die Küche zu machen.

»Ihm ist nicht mehr zu helfen«, nuschelt Samuel in seine Kaffeetasse.

»Ach, halt doch die Klappe«, fährt Mason ihn an. Samuel grinst, und ich kann den Blick nicht von ihm abwenden. Noch nie habe ich einen so lockeren Ausdruck auf seinem Gesicht liegen sehen. Wenn er grinst und dabei nichts zurückhält, zieht er den linken Mundwinkel ein bisschen weiter hoch als den rechten. Und dann gräbt sich auch noch ein Grübchen in seine Wange. Mit dessen Auftauchen habe ich nun wirklich nicht gerechnet. Sein ganzes Gesicht scheint eine Zusammensetzung aus Gegensätzen zu sein. So viele harte Kanten, aber auch so viele sanfte Linien. Aufgebäumte Wellen, die an harte Felsen prallen.

Ich reiße mich los, bevor er mein Starren bemerken kann, und wende mich Mason zu. Inzwischen hat er eine Tasse gefüllt und wischt mit einem Küchentuch über die Anrichte, die mit Kaffee überflutet wurde.

»Mit was trinkst du ihn?«, kriegt er hervor. Noch immer klingt er beim Sprechen, als müsste er mit jedem Wort kämpfen, bevor er es seinem Mund entwinden kann.

»Milch«, sage ich. Samuel schiebt mir unauffällig die Packung entgegen. Vermutlich will er, dass ich mir selbst einschenke, um zu verhindern, dass Mason eine zweite Sintflut in der Küche auslöst.

Ich grinse, sehe ihn dabei aber nicht an und schenke mir ein.

»Willst du auch was essen? Ich könnte noch ein Rührei machen. Oder bist du vielleicht vegan? Oder hast du Unverträglichkeiten? Ich könnte auch noch zum Supermarkt gehen und …«

»Mason«, unterbreche ich ihn vorsichtig, aber bestimmt. »Ich bin verkatert. Ich habe so oder so keinen Hunger.«

»Okay, okay«, sagt er und nickt ein bisschen zu hektisch. Samuel packt ihn hinten am Shirt und zieht ihn kommentarlos wieder zurück auf seinen Hocker.

Ich nehme mir einfach den dritten Hocker, der hinter der Tür steht, und stelle ihn an die Anrichte. Ich zwinge mich, nicht zu hinterfragen, wie seltsam es ist, in Samuel Hendersons Küche zu sitzen, und trinke einfach meinen Kaffee. Mit jedem Schluck fühle ich mich wieder ein bisschen mehr wie ein richtiger Mensch.

Ich habe meinen Blick auf den Tisch gerichtet, aber aus dem Augenwinkel nehme ich wahr, dass Masons Bein nervös auf und ab wippt und er sich ständig bewegt, als finde er einfach keine bequeme Sitzposition. Aber ich bin mir ziemlich sicher, dass ihn nicht der harte Hocker, sondern meine Anwesenheit so unruhig macht.

»Mason«, setze ich an und wende mich ihm zu. »Du musst Fragen haben. Du kannst sie gern stellen.«

Seine Wangen bekommen einen Rotstich, der hervorragend zu seinen Haaren passt. Er zieht die buschigen Augenbrauen hoch. Dann wirft er einen Blick zu Samuel hinüber. »Endlich mal jemand, der nicht nur Fragen beantwortet, sondern sogar vorschlägt, dass ich welche stelle.«

»Das tut sie nur, weil sie dich noch nicht so lange kennt wie ich«, entgegnet Samuel ungerührt.

Mason schnauft nur und sieht dann wieder mich an. Keine Sekunde hört er auf, mit den unzähligen Ringen zu spielen, die er an den Fingern trägt. »Ich frage mich natürlich, warum Athena Carter in unserer Wohnung geschlafen hat.«

Sein Unterton lässt eine Vermutung durchklingen, die ich so schnell wie möglich ausräumen will. Da ich in Samuels Zimmer geschlafen habe, geht er natürlich davon aus, dass da vielleicht mehr passiert ist als eine unschuldige Umarmung.

Ich betone das Wort »unschuldig«, damit ich sie auch für unschuldig halten kann.

»Ich war gestern Abend sehr betrunken, und weil Samuel mir ersparen wollte, von einem Kamerateam gefilmt zu werden, wenn ich so nach Hause komme, hat er mich hierhergebracht«, sage ich und versuche, ganz locker und gelassen zu klingen. Ich bin mir nicht sicher, ob es mir gelingt. Mein Herzschlag ist so laut, dass jetzt nicht mehr meine Schläfen, sondern meine Ohren pochen.

Mason zieht die Augenbrauen noch weiter hoch, denen ich wegen ihrer Größe eigentlich nicht so viel Beweglichkeit zugetraut hätte. Sie sehen richtig schwer aus. *»Samuel?«*, fragt er grinsend.

Der schnauft nur zur Antwort und nippt wieder an seinem Kaffee. Das scheint sein Ablenkungsmanöver zu sein, wenn er nicht reagieren will.

Auf einmal spüre ich etwas an meinem Bein und springe hektisch auf. Diesmal bin ich es, die Kaffee verschüttet, als mir die Tasse fast aus der Hand fällt. Ich sehe zu Boden. Ein kleines Fellknäuel schlängelt sich um meine Beine. Eine kleine hellbraune Katze, um genau zu sein.

»Sie tut dir nichts«, sagt Mason beschwichtigend, hebt die Katze hoch und setzt sie sich auf den Schoß. »Eigentlich verbringt sie den ganzen Tag auf dem Sessel im Wohnzimmer, den sie für sich beansprucht hat. Kuscheln will sie nur einmal im Monat. Aber die Chance lasse ich mir natürlich nicht entgehen«, kommentiert Mason und krault der kleinen Katze den Kopf.

»Ihr habt eine Katze?« Ich weiß auch nicht, warum mich das so sehr erstaunt. Aber aus irgendeinem Grund habe ich angenommen, dass Samuel allein lebt. Und schon gar nicht mit einem Haustier.

Aber vermutlich muss ich mir inzwischen eingestehen, dass ich ihn vollkommen falsch eingeschätzt habe. Er hat mich gestern vor meiner Mutter gerettet und sogar seinen Vater belogen. Obwohl er überhaupt nichts davon hat, mir zu helfen.

»Ja, wir haben sie vor zwei Jahren auf der Straße gefunden. Sie hockte im Müll, war abgemagert und schmutzig. Wir konnten sie einfach nicht zurücklassen«, erklärt Mason. Nun, da er die Katze streichelt, scheint er in meiner Gegenwart wesentlich weniger nervös zu sein.

»Wie heißt sie?«, frage ich, während ich ganz langsam meine Hand nach ihr ausstrecke, abwarte, ob sie es zulässt, und sie schließlich hinter ihren Ohren kraule. Sie beginnt sofort zu schnurren und kommt meiner Hand sogar noch entgegen.

»Als wir sie gefunden haben, hat sie einen Hotdog gefressen. Deswegen haben wir sie Hotdog genannt«, sagt Mason.

Ich kann mir ein Grinsen nicht verkneifen. »Der Name gefällt mir.« Und das tut er wirklich.

Ich schüttle langsam den Kopf. Samuel Henderson besitzt eine Katze namens Hotdog. Wer hätte das gedacht?

»Ich muss gleich los zur Arbeit«, setzt er an und steht auf. Seinen Teller und die Tasse trägt er zur Spüle und spült sie ab. Dann wendet er sich mir zu. Und sobald sich unsere Blicke begegnen, wird mir seltsam warm. »Ich weiß nicht, wie viel du gestern Abend mitbekommen hast.« Er macht eine kurze Pause. Ich muss unwillkürlich daran denken, wie ich ihn gebeten habe, mich in den Arm zu nehmen, damit ich nicht auseinanderfalle.

Denkt er auch daran? Und will er mich fragen, ob ich mich daran erinnere, ohne die Frage direkt auszusprechen? Ist es ihm auch unangenehm? Bemitleidet er mich jetzt?

Zum Glück redet er weiter, bevor mich ein riesiger Berg aus unbeantworteten Fragen unter sich begraben kann.

»Aber ich habe mit Kat geredet, und sie ist jetzt dein Alibi.«

»Daran erinnere ich mich«, sage ich und beziehe mich dabei nicht nur auf die ausgesprochene, sondern auch die stumme Frage.

Samuel nickt langsam, bevor er weiterspricht. »Sie will, dass du dich bei ihr meldest. Aber dein Handy muss ich mit in die Villa nehmen, weil mein Vater und deine Mutter denken, dass du es verloren hast und du noch mit ihr in San Diego bist.«

Ich nicke.

»Willst du noch was löschen, bevor ich dein Handy meinem Vater gebe?«

Wieder nicke ich, und er reicht es mir. Ich gehe schnell die neusten Chats durch, lösche Verläufe und stelle einen neuen Code ein, der keinerlei Bedeutung hat, damit man ihn auch nicht erraten kann. Dann gebe ich Samuel das Handy zurück.

»Du kannst den Tag ruhig hier verbringen«, fährt er fort und weicht meinem Blick kurz aus. »Maze wird dir bestimmt sehr gern Gesellschaft leisten.«

»Oh ja«, meint dieser und versucht, dabei vermutlich ganz locker zu klingen. Ich kann ihm trotzdem anhören, dass er vor Aufregung fast platzt.

»Ich muss gleich los. Aber du kannst Kat gern jetzt noch kurz anrufen. Das war ihr, glaube ich, wichtig«, sagt Samuel und hält mir sein eigenes Handy entgegen. Er hat es bereits entsperrt.

Ich habe Kats Nachrichten so lange ignoriert, dass ich jetzt ein schlechtes Gewissen habe, als ich das tue, was ich schon vor Wochen hätte tun sollen. Aber irgendwie habe ich es vorher nicht über mich gebracht, ihr zu antworten. Dass sie von meinen Geschwistern geschickt wurde, um deren schlechtes Gewissen zu erleichtern, habe ich einfach nicht aus meinem Kopf gekriegt. Doch jetzt geht es nicht mehr nur darum. Kat hat mir geholfen. Sie war mir gestern Abend eine wahre Freundin, obwohl wir eigentlich gar keine sind. Und deswegen hat sie definitiv ein aufrichtiges Danke verdient.

»Hey. Hier ist Athena«, begrüße ich sie mit unsicherer Stimme, sobald sie rangeht.

»Hey, wie geht's dir?«, fragt sie ohne Umschweife. Keine Vorwürfe. Kein *Wieso hast du dich nicht gemeldet?*. Einfach nur ehrliche Sorge. Wieso überfordert mich das so?

»Ganz gut. Ich wollte mich nur bei dir bedanken.«

»Gern geschehen«, meint sie. »Ich komme heute Abend zurück nach L.A. Wenn du mir eine Adresse schickst, hole ich dich dort ab, sobald ich gelandet bin, und setze dich vor der Carter-Villa ab. Dann ist dein Alibi perfekt.«

»Das musst du nicht tun.«

»Das weiß ich. Aber ich tue es gern«, erwidert sie ungerührt. »Also keine Widerrede.«

Mir entfährt ein Lachen. »Okay.«

»Gut. Und dir ist hoffentlich klar, dass wir jetzt offiziell Freunde sind. Daran kommst du jetzt nicht mehr vorbei.«

Ich lache noch mal auf. »Das will ich auch gar nicht mehr.«

»Sehr gut«, sagt Kat und klingt sehr zufrieden mit sich selbst. »Wenn ich dich abhole, können wir ja mal ein Treffen ausmachen. Ruh dich bis dahin schön aus.«

»Mache ich.«

»Bye«, verabschiedet sie sich und legt auf.

Ich atme einmal tief durch und gebe Samuel das Handy zurück.

Als sich unsere Hände kurz streifen, grinst er verlegen. Da ist das Grübchen wieder. Wenn man rational darüber nachdenkt, ist es nur eine Delle in seiner Wange. Und Dellen sind ja in der Regel nichts Positives. Wenn jemand eine Delle in seinem Auto hat, freut er sich sicherlich nicht darüber. Und das Herz schlägt vielleicht vor Wut schneller, aber es hüpft definitiv nicht so aufgeregt in der Brust herum wie meins in diesem Moment. Dellen sind doch eigentlich Schäden, die man beheben will. Wieso ist seine genau das Gegenteil?

»So, jetzt muss ich wirklich los«, verkündet Samuel. »Bis später.«

Er sieht mich an, als wollte er noch etwas sagen. Doch dann entscheidet er sich dagegen, dreht sich um und verlässt die Wohnung.

Das geht alles so schnell, dass ich ihm einen Moment einfach nur hinterherschaue, ohne zu realisieren, was passiert ist.

»Was für ein seltsamer Morgen«, kommentiert Mason nach einer lang anhaltenden Stille.

»Kann man so sagen.«

Ich wende mich Mason zu. Er hat inzwischen seinen Kaffee ausgetrunken. Nun sieht er mich neugierig an und spielt an seinen Ringen herum.

»Die sind richtig schön«, kommentiere ich, während ich seine Finger betrachte.

»Danke«, murmelt Mason verspätet. Er scheint einen Moment gebraucht zu haben, um zu verstehen, worüber ich gesprochen habe. Vielleicht fällt ihm gar nicht auf, dass seine Finger niemals still stehen. »Die habe ich selbst gemacht.«

»Du hast die gemacht?«, frage ich erstaunt. »Kann ich mir mal einen ansehen?«

Er zieht sich einen Ring von seinem Mittelfinger und reicht ihn mir. Wie die anderen ist auch der aus dünnen goldenen Stäben, die miteinander verflochten sind. Sie formen einen filigranen Halbmond, der in eine Welle übergeht.

»Dass du das mit deinen eigenen Händen erschaffen hast, finde ich sehr beeindruckend«, hauche ich.

»Du kannst ihn gern haben.«

Ich sehe auf. »Wirklich?«

»Klar.« Mason hält seine Hände hoch. »Wie du siehst, habe ich genug. Ich mache ständig neue. Und ich trage zwar sehr viele Ringe, aber selbst ich kann nicht alle Ringe tragen, die ich herstelle.«

»Vielen Dank«, sage ich und probiere, an welchen Finger der Ring passt. Am Ende landet er an meinem Daumen. Als ich ihn betrachte, muss ich grinsen. Es sieht aus, als würde sich die Welle an meiner Haut brechen.

»Okay«, setzt Mason an und wird wieder ein bisschen rot im Gesicht. Ich bilde mir ein, die Hitze zu spüren, die von seinen tomatenfarbenen Ohren ausgeht. »Was willst du heute machen?«

»Etwas Katerfreundliches«, antworte ich. »Serienmarathon?«

Mason grinst und schüttelt dann wieder ungläubig den Kopf. »Serienmarathon mit Athena Carter. Ich glaube, das werde ich nie richtig fassen können.«

»Ich bin ein ganz normaler Mensch, weißt du?«, sage ich scherzhaft.

Masons Gesicht ist zwar nicht mehr rot, aber er wirkt immer noch verlegen. »Nicht ganz.«

»Doch, doch, ich schwör's dir.«

Ihm entfährt ein Lachen.

»Ich gucke auch gern Serien, liebe Essen und funktioniere nicht ohne Kaffee. Diese Beschreibung passt doch mindestens zu neunzig Prozent der Bevölkerung dieses Landes.«

»Vermutlich«, sagt Mason und klingt immer noch nicht überzeugt. »Was wollen wir denn gucken?«

»Wenn ich runterkommen will, gucke ich am liebsten Actionfilme. Am besten mit vielen Explosionen und schlechten Witzen, und auf keinen Fall etwas, worüber ich nachdenken muss.«

Masons Grinsen wird sehr breit. »Vielleicht bist du doch ein normaler Mensch«, meint er. »Und endlich guckt mal jemand eine Serie mit mir, ohne dass ich vorher darum betteln muss.«

»Samuel guckt nie Serien?«, frage ich.

»Nein, Sam guckt gar kein Fernsehen. Nur das, was er für die Arbeit braucht. Sonst nichts.«

Ich runzle die Stirn. »Er will Producer werden, aber er guckt kein Fernsehen. Das ist seltsam.«

Mason sieht ertappt aus. Er zuckt unbeteiligt mit den Schultern, aber irgendwie habe ich das Gefühl, dass diese Geste nicht zu dem passt, was er in diesem Moment denkt.

Doch bevor ich nachfragen kann, wendet er sich auch schon ab und verlässt die Küche. Und ich lasse das Thema fallen, weil ich nicht will, dass er sich in meiner Nähe unwohl fühlt.

Ich folge ihm in ein kleines, aber sehr gemütliches Wohnzimmer. Das Sofa und ein Sessel sind mit rotem Samt bezogen. Überall stehen Pflanzen herum, und an den Wänden hängen Poster und Fotos. Da Samuels Zimmer so viel schlichter eingerichtet ist, gehe ich davon aus, dass Mason dieses Zimmer dekoriert hat. Wir lassen uns auf das Sofa fallen, und Mason macht den Fernseher an.

Er schaltet durch die Auswahl auf Netflix. Ein ziemlich breites Grinsen liegt auf seinen Lippen. Und irgendwie weiß ich, dass es nicht von den Actionfilmen ausgelöst wird, die ihm vorgeschlagen werden.

»Wieso grinst du so?«, frage ich skeptisch.

Masons Ohren werden erneut rot, als hätte ich ihn wieder bei irgendwas ertappt. »Erst war ich überrascht, als ich dich gesehen habe. Jetzt bin ich es nicht mehr.«

»Wieso das?« Diese Frage klingt noch skeptischer als die letzte, die ich gestellt habe.

»Sam hat ab und an vom Dreh erzählt und davon, dass ihr manchmal aneinandergeratet.«

»Lass mich raten. Er hat nicht gerade die nettesten Worte gefunden, um mich zu beschreiben.«

Mason geht auf diese Aussage gar nicht ein. »Eigentlich hätte es mich also überraschen sollen, dass er dir geholfen hat, als du in einer brenzligen Situation gesteckt hast. Tut es aber nicht.«

»Das musst du mir erklären.«

»Sam kann auf den ersten Blick hart wirken. Sehr ehrgeizig, zielorientiert, keine Zeit dafür, sich auch in andere Richtungen umzusehen, die nicht direkt auf dieses Ziel deuten. Aber das ist nur die halbe Wahrheit.« Mason beugt sich nach vorne und schnappt sich Hotdog, die gerade um seine Beine herumgeschlichen ist. Er krault sie gedankenverloren. »Er kann niemanden zurücklassen. Er nimmt einen Streuner mit, den er in einer Gasse findet. Er kümmert sich um seinen ziellosen Freund aus Kindertagen.« Sein Lächeln ist so ehrlich, dass es mir kurz den Hals zuschnürt. »Sams Vater hat ihm immer gesagt, dass er härter sein muss. Er versucht es, aber das ist eigentlich nicht seine Natur. Ihm wurde eingebläut, dass andere Menschen nicht wichtig sind und sie ihn nicht aufhalten dürfen, aber er sorgt sich um andere. Er kann nicht anders, und er erkennt nicht, dass das keine Schwäche, sondern eine Stärke ist.« Ich kann Mason deutlich anhören, wie viel Samuel ihm bedeutet. »Er hält die meisten Menschen jedoch auf Abstand. Vertrauen fällt ihm schwer. Aber wer kann es ihm verübeln?«

Eigentlich will ich nachhaken, was er damit meint, aber da er erneut ertappt wegsieht, tue ich es nicht. Stattdessen stelle ich eine andere Frage. »Wieso erzählst du mir das?«

»Weil du wissen sollst, dass er mehr ist, als er vorgibt zu sein.«

Ich schweige. Auch wenn ich es nicht laut aussprechen kann, weiß ich längst, dass mehr in Samuel steckt, als ich auf den ersten Blick vermutet hätte.

12. KAPITEL

Sam

Als ich die Tür zu meiner Wohnung nach einem langen Arbeitstag wieder aufschließe, kommt mir schon der Geruch nach Popcorn und die Stimme von Olivia Rodrigo entgegen.

Athenas Lachen erklingt. Und ich halte unwillkürlich auf der Schwelle inne.

Ich wusste nicht, ob sie noch hier sein würde, wenn ich zurückkomme. Und irgendwie hatte ich Angst, dass sie schon fort sein würde. Jetzt zerrt ein Grinsen an meinen Mundwinkeln, doch ich tue so, als würde ich das gar nicht bemerken.

Endlich schaffe ich es, mein Apartment zu betreten und die Tür hinter mir zu schließen. Die Geräusche dringen aus dem Wohnzimmer, und ich folge ihnen. Mason und Athena hocken auf dem Sofa und haben mir den Rücken zugewandt. Eine Schüssel voller Popcorn steht zwischen ihnen. Auf dem Fernseher kann ich einen jungen Bruce Willis sehen, der ein schmutziges Unterhemd trägt und eine Waffe in der Hand hält. Doch das Bild ist eingefroren. Sie scheinen den Film angehalten zu haben, um sich unterhalten zu können. Musik kommt aus der kleinen Box, die auf dem Wohnzimmertisch steht.

Sowohl Mason als auch Athena haben ihre Füße auf dem Tisch abgelegt. Seine stecken in seinen Hausschuhen, die aussehen wie Löwenpranken. Ihre in den Dinohausschuhen, die mir Mason im letzten Jahr zu Weihnachten geschenkt hat, damit ich mich nicht mehr nur über seine lustig machen kann, sondern er auch über meine.

»Für mich ist ganz klar, was du arbeiten solltest«, sagt Athena gerade und hält eine Hand hoch. Einer von Masons goldenen Ringen blitzt an ihrem Daumen auf.

»Ich weiß nicht«, entgegnet Mason.

Ich bleibe in der offenen Tür stehen und mache noch nicht auf mich aufmerksam. Dieses Gespräch habe ich schon oft mit Mason geführt, und ich möchte die Antworten hören, die er einer Person gibt, die er noch nicht sein ganzes Leben lang kennt.

»Was spricht denn dagegen?«, fragt Athena. Ihre Haare hat sie in einem unordentlichen Dutt auf ihrem Kopf befestigt, und während sie redet, wippt er leicht hin und her, als wollte er ihr recht geben.

»Mein Vater hat mir das alles beigebracht. Er ist Goldschmied.«

»Das klingt doch perfekt«, erwidert Athena.

»Ich will nicht für ihn arbeiten. Und ich wollte auch nie etwas Handwerkliches machen. Ich lebe in L.A. Ich hatte einfach immer das Gefühl, ich sollte etwas machen, das ein bisschen glamouröser ist.«

»Glaub mir, berühmt zu sein ist bei Weitem nicht so glamourös, wie du es dir vielleicht vorstellst.« Athena klingt extrem ernst. »Wie ist dein Verhältnis zu deinem Vater?«

Mason rutscht unruhig auf dem Sofa herum. Er redet nie über seinen Dad. Schon seit ihrem großen Streit vor über einem Jahr nicht mehr. Ich rechne also damit, dass er Athena mit einer Ausrede abspeist, wie er es immer tut, wenn ich versuche, das Thema anzuschneiden. Doch Mason überrascht mich.

»Wir haben schon lange nicht mehr miteinander gesprochen.«

»Das tut mir leid«, sagt Athena. Sie wendet sich Mason zu, und nun kann ich ihr Gesicht im Profil sehen. »Dass man nicht mit seinen Eltern arbeiten will, verstehe ich.«

»Das war eigentlich nie unser Problem«, meint Mason. »Mein Dad wollte, dass ich richtig in seinen Betrieb einsteige, aber ich wollte das nicht. Er hat das nicht verstanden, vor allem, weil ich ja auch nicht wusste, was ich sonst tun wollte. Er hat versucht, mich zu verstehen, aber irgendwie hat mich das wütend gemacht. Ich habe damals ein paar Dinge zu ihm gesagt, auf die ich nicht stolz bin.«

Athena antwortet nicht sofort. Sie betrachtet Mason eindringlich. Und dann räuspert sie sich. »Ich würde dir ja gern einen Ratschlag geben oder etwas Aufmunterndes sagen. Aber ich kenne mich mit gesunden Eltern-Kind-Beziehungen einfach nicht aus.«

Mason schnaubt. Es klingt ein bisschen wie ein unterdrücktes Lachen.

»Ich kann den Wunsch nachvollziehen, nicht in die Fußstapfen der eigenen Eltern treten zu wollen. Und in vielen Fällen wäre es vielleicht auch ein Fehler. Aber ich hoffe doch sehr, dass es Eltern gibt, die es wert sind, nachgeahmt zu werden. Dass es Eltern gibt, die ihren Kindern einen Weg vorgeben, dem sie folgen können, ohne über die Fehler ihrer Eltern stolpern und fallen zu müssen. Ich kenne deinen Vater nicht, also weiß ich nicht, ob er dir so einen Weg vorgegeben hat oder nicht. Aber vielleicht lohnt es sich ja, wenigstens darüber nachzudenken.«

Mason schweigt sehr lange. »Das war extrem weise. Verletzt es dich sehr, wenn ich zugebe, dass ich einem Reality-TV-Star niemals so eine Aussage zugetraut hätte?«

Athena lacht. Dabei fällt ihr Kopf ein bisschen nach vorne, als wollte sie ihr Lachen nicht offen zeigen. Sie lenkt es auf den Boden, damit sie es nicht in seiner Gänze mit anderen teilen muss. Trotzdem spüre ich das Echo seines Klangs in meiner Brust. Mein Herz scheint sich an den Rhythmus anzupassen, den ihr Lachen gerade vorgegeben hat. »Es verletzt mich nicht.«

Meine Hände verkrampfen sich. In dem Moment dreht Athena sich zu mir um.

Blicke können eine gewisse Kraft haben, wenn sie mit Schwung gegen den eigenen Körper prallen. Ihrer trifft mich direkt auf der Brust und drückt mit seiner Wucht die ganze Luft aus meiner Lunge.

Erst mit ein paar Sekunden Verzögerung realisiere ich, wie ich mich verraten habe. In der Hand halte ich noch immer die Packung Gummibärchen, die ich gerade im Supermarkt um die Ecke gekauft habe. Wenn ich meine Hände verkrampfe, knistert das Plastik verräterisch.

Athena sieht mir erst in die Augen, dann wandert ihr Blick tiefer, bis sie die Packung entdeckt. Erstaunt zieht sie die Augenbrauen nach oben. »Ist das etwa für mich?«, fragt sie, und ich höre deutlich die Herausforderung, die in jeder Silbe dieses Satzes liegt.

»Vielleicht«, erwidere ich und werfe ihr die Packung zu. Sie fängt sie und reißt sie auf. Eine ganze Handvoll holt sie aus der Packung. Aber sie schiebt sich nicht direkt das erste Gummibärchen in den Mund, sondern beginnt, sie zu sortieren. Ein paar landen wieder in der Tüte.

»Was machst du da?«, frage ich, während ich um das Sofa herumlaufe. Ich will mich an den Rand neben Mason setzen, doch der bewegt sich auf einmal extrem schnell zur Seite, sodass ich zwischen ihm und Athena Platz nehmen muss. Ich werfe ihm einen verwirrten Blick zu, den er mit einem verdächtig unschuldigen erwidert. Ich stelle es nicht infrage und setze mich einfach.

»Ich mag nicht alle«, erklärt Athena und sortiert immer noch die Gummibärchen nach Farbe.

»Die schmecken doch alle gleich«, meint Mason.

Athena sieht ihn fast schon entsetzt an. »Tun sie nicht«, beharrt sie. »Ich mag die grünen am liebsten, dann die weißen. Die gelben finde ich auch noch okay, die orangen esse ich, wenn mir keine andere Wahl bleibt, aber die roten lasse ich immer übrig.«

»Du bildest dir ein, dass sie unterschiedlich schmecken«, beharrt Mason. »Wenn du die Farben nicht sehen würdest, würdest du den Unterschied gar nicht bemerken.«

»Okay, dann prüfen wir deine Theorie mal.« Athenas Haltung ist auf einmal viel gerader. Sie zieht ihre Beine an und kriegt es trotz der sperrigen Dinohausschuhe irgendwie hin, sich im Schneidersitz hinzusetzen.

»Okay.« Mason reibt sich die Hände. »Ich hole einen Schal, um dir die Augen zu verbinden. Sam, nimm ihr die Gummibärchen weg. Die brauchen wir jetzt für ein Experiment.« Dann springt er auf und verlässt mit schnellen Schritten das Zimmer. Ich kann hören, wie er in seinem Zimmer die Schranktüren aufreißt. Irgendwas landet auf dem Boden. Was auch immer es war, er wird es höchstwahrscheinlich frühestens in einem Jahr zurück in seinen Schrank räumen.

Ich halte Athena meine Hand hin, aber sie macht keine Anstalten, mir die Gummibärchen zurückzugeben. Sie drückt die Packung gegen ihren Oberkörper, als wollte ich ihr ihr neugeborenes Kind entreißen.

Jetzt kann ich mir das Grinsen, das schon an meinen Mundwinkeln gezogen hat, als ich die Wohnung betreten habe, nicht mehr verkneifen. »Du kriegst sie wieder, versprochen.«

»Ich weiß nicht, ob ich dir trauen kann, Samuel«, erwidert sie. Sie betont meinen Namen nicht mehr abwertend, wie sie es vor wenigen Tagen noch getan hat. Trotzdem will ich nicht, dass sie mich so nennt. Es fühlt sich nicht mehr richtig an. Die letzten drei Buchstaben meines Namens scheinen so groß zu sein, dass sie einen Abstand zwischen uns schaffen, den ich jetzt aus irgendeinem Grund loswerden will.

»Ich denke, es ist an der Zeit, dass du mich Sam nennst«, kriege ich hervor und verstehe selbst nicht, warum meine Stimme auf einmal so rau ist.

Athena lässt die Gummibärchenpackung langsam sinken. »Ich denke auch.« Sie lächelt nicht, aber ihre Stimme hört sich an, als würde sie es tun.

»Obwohl ich die subtile Abneigung, die du immer in meinen Namen gelegt hast, sicherlich vermissen werde.«

Jetzt lächelt sie. Breit und ehrlich.

Ich habe den Ausdruck, dass ein Lächeln ein Gesicht zum Strahlen bringt, nie verstanden. Es kam mir immer falsch vor. Komischerweise musste ich, wenn ich diese Formulierung gehört habe, immer daran denken, dass man ein Gesicht anknipst wie eine Stehlampe. Aber inzwischen kann ich nachvollziehen, was Leute damit wirklich sagen wollen. Ein Gesicht leuchtet nicht auf. Athena erinnert mich nicht an eine Glühbirne, die auf einmal angeht. Ihr Lächeln sendet kein Licht aus. Aber es blendet mich trotzdem. Ich will blinzeln und es gleichzeitig nie wieder tun, weil ich dann etwas verpassen könnte.

Sind das die seltsamsten Gedanken, die mir jemals durch den Kopf gegangen sind? Ganz bestimmt.

»Das schaffe ich auch bei der Abkürzung, keine Sorge«, versichert sie mir.

»Dann bin ich aber erleichtert.«

Zum ersten Mal fällt mir auf, dass sich goldene Sprenkel durch ihre braunen Augen ziehen. Sie erinnern mich an Glühwürmchen. Als kleines Kind habe ich mal eine Sendung über sie im Fernsehen gesehen und gedacht, dass sie gar nicht echt sein können, weil ich noch nie welche gesehen habe. Jetzt glaube ich, dass sie existieren.

»So«, sagt Mason und kommt mit einem Schal in der Hand zu uns zurück. »Ich habe endlich einen gefunden. Viele warme Klamotten habe ich echt nicht im Schrank.«

Jetzt übergibt Athena mir die Gummibärchen und nimmt den Schal entgegen. Sie bindet ihn sich selbst um die Augen.

»Dann mal los«, sagt sie, öffnet den Mund und macht ganz laut *Aaah*, als wäre sie beim Zahnarzt.

Mason lässt sich wieder neben mir fallen und stupst mich auffordernd mit seinem Ellbogen an. Er zieht vielsagend die Augenbrauen hoch. Ich sehe ihn irritiert an. Doch ich kann ihn schlecht fragen, was er mir damit sagen will, solange Athena hier ist, also verkneife ich es mir.

Ich hole ein gelbes Gummibärchen aus der Packung und zögere einen Moment. Wenn ich es ihr einfach in den offenen

Mund stecke, könnte es sein, dass ihre Lippen meine Hand berühren. Dieser Gedanke reicht schon aus, um mein Gehirn in Panik zu versetzen und mein Herz zum Rasen zu bringen. Das ist wohl ein deutliches Zeichen, dass diese Herangehensweise die falsche wäre.

Also greife ich einfach nach ihrer Hand und lege ihr ein Gummibärchen in die offene Handfläche. Mein Puls beschleunigt sich erneut, und ich lasse Athena so schnell es geht wieder los. Mir gefallen die Signale, die mir mein Körper gerade sendet, ganz und gar nicht.

Athena schiebt sich das Gummibärchen in den Mund und kaut einen kurzen Moment darauf herum. »Gelb«, sagt sie dann.

»Das war nur Glück«, meint Mason.

»Dann gib mir noch eins. Ich beweise euch, wie viel Glück das ist.«

Diesmal gebe ich ihr ein grünes.

Sie grinst. »Grün«, sagt sie sofort. »Die schmecken echt am besten.«

Nun gibt ihr Mason das nächste. Ein rotes.

»Bä«, meint sie sofort. »War ja klar, dass ihr mir die gebt, die ich nicht mag. Soll ich dich wieder Samuel nennen?«

»Sam war nicht der Schuldige. Ich habe es dir gegeben«, sagt Mason sofort, als wäre es schlimm, wenn sie denken könnte, ich hätte es ihr gegeben. Damit, dass er sich in Gegenwart eines Promis seltsam verhalten würde, habe ich gerechnet. Aber sein Verhalten ist auf eine ganz andere Art seltsam, als ich erwartet hätte. Und das macht mich misstrauisch.

Bevor ich Athena das nächste Gummibärchen geben kann, klingelt es an der Tür.

»Ich sehe nach«, meint Mason und springt schon wieder so hektisch auf, als wäre jemand hinter ihm her. Irritiert blicke ich ihm nach.

»Gib die Packung noch mal her. Ich muss diesen ekligen Geschmack loswerden«, sagt Athena. Als ich mich zu ihr umdrehe, hat sie sich den Schal schon wieder von den Augen geschoben. Ich gebe ihr die Gummibärchen. Sie isst gleich ein paar weiße und grüne.

Mason kommt langsam ins Wohnzimmer zurück. »Das war der Fahrer von Katherine O'Connell. Sie steht vor der Tür und wartet auf dich«, sagt er ein bisschen ehrfürchtig.

»Oh, okay«, entfährt es Athena. Bilde ich es mir ein, oder klingt sie tatsächlich enttäuscht?

Vermutlich höre ich nur das, was ich hören will. Obwohl ich mir nicht einmal eingestehen kann, dass ich etwas Bestimmtes hören will. Heute verwirrt mich wirklich jeder Gedanke, den sich mein überfordertes Gehirn macht.

»Ich will sie nicht warten lassen.« Athena steht auf, schlüpft aus den Dinohausschuhen, stopft sich die Packung Gummibärchen in die Tasche ihres Hoodies und sieht mich dabei herausfordernd an. »Als Nächstes warte ich dann auf meine Lieferung Kokain. Ich hoffe, das weißt du.«

»Ich kümmere mich direkt darum«, erwidere ich.

Athena sieht mich noch einen Moment an, dann wendet sie sich ab und läuft auf Mason zu. »Danke für den tollen Tag. Und den schönen Ring. Es hat mich sehr gefreut, dich kennenzulernen.«

Mason sah vermutlich noch nie glücklicher aus. Und als sie ihn dann auch noch zum Abschied umarmt, ist er vermutlich kurz davor, vor lauter Aufregung in Ohnmacht zu fallen.

Mein Herz schlägt mir auf einmal bis zum Hals. Und ich spüre die Speicherkarten, die schon den ganzen Tag in meiner Hosentasche ruhen und nun energisch gegen meinen Oberschenkel drücken. Sie geht gleich. Aber eigentlich muss ich ihr noch etwas sagen. Ich hätte es schon heute Morgen tun sollen.

Athena lässt Mason los und verschwindet im Flur.

»Fuck«, murmle ich in mich hinein, als ich aufstehe. Wenn ich das jetzt tue, kann ich es mir nicht mehr anders überlegen. Aber wenn ich es mir anders überlegen wollte, hätte ich sie niemals hierhergebracht.

»Athena?«, rufe ich und laufe zügig an Mason vorbei.

Athena steht schon an der Wohnungstür, ihre Hand an der Klinke. Aber sie dreht sich zu mir um, als ich auf sie zukomme. »Sam?«, fragt sie. Das ist das erste Mal, dass sie meinen Spitznamen benutzt. Und das bringt mich kurz ins Straucheln. Ich bleibe auf der Stelle stehen, zwei Schritte von ihr entfernt, und atme tief durch.

»Ich muss dir noch was sagen.«

»Okay.« Sie zieht das *O* in die Länge.

Mit leicht zitternden Fingern ziehe ich die beiden Speicherkarten aus meiner Hosentasche und halte sie ihr hin. Sie nimmt sie nur zögerlich entgegen. »Das sind die Speicherkarten vom Nacktshooting. Auf der einen sind die Fotos und auf der anderen das Filmmaterial.«

Athena starrt mich an. Ihr Mund öffnet sich leicht. Ihre Augenbrauen ziehen sich zusammen. Dann schüttelt sie den Kopf. »Was …«, setzt sie an, kommt aber nicht weiter.

»Ich habe sie nach dem Dreh rausgenommen. Du sollst entscheiden können, was mit diesen Aufnahmen passiert. Nicht deine Mutter.«

»Du hast …« Wieder bricht sie ab und schüttelt dabei den Kopf. »Ich hätte niemals damit gerechnet, dass du das tun würdest.«

»Ich auch nicht«, erwidere ich.

Ihr entfährt ein nervöses Lachen. Sie steckt die Speicherkarten ein und vergräbt ihre Hände in den Taschen ihres Hoodies.

»Wieso hast du das getan?« Ihre Stimme ist ganz ernst.

Diese Frage beinhaltet so viel mehr Antworten, als ich bereit bin zu geben.

»Weil du ganz anders bist, als ich dachte, Athena Carter«, erwidere ich und gebe die Antwort, vor der ich mich am wenigsten fürchte.

»Du auch, Samuel Henderson.«

Ihre Augen lassen meine nicht los. Wir berühren uns nicht. Aber sie anzusehen fühlt sich ein bisschen so an, als würden wir es tun. »Es war leichter, dich zu hassen, als ich weniger über dich wusste«, scherze ich, weil dieser Moment auf einmal zu real wird.

»Geht mir auch so«, gibt Athena zurück.

»Aber morgen wird es so sein, als wäre das nie passiert. Ich habe meine Ziele, und ich werde sie nicht aufgeben, nur weil ich dich nicht mehr für eine verwöhnte Göre halte«, sage ich. Obwohl es die Wahrheit ist, fühlen sich die Worte doch auch ein bisschen falsch in meinem Mund an.

»Und ich werde nicht aufhören, für meine Familie zu kämpfen, nur weil ich dich nicht mehr für ein überhebliches Arschloch halte.« Athena grinst. »Zumindest nicht nur.«

»Gut, dass wir uns einig sind«, meine ich. Noch immer kann ich den Blick nicht von ihr abwenden.

»Noch mal danke für alles«, sagt Athena und macht einen Schritt auf mich zu. Ich erwarte schon, dass sie mich in den Arm nimmt. Doch das tut sie nicht. Sie drückt einmal fest meine Schulter und wendet sich dann von mir ab.

Dass sie weg ist, verstehe ich erst, als meine Wohnungstür wieder ins Schloss fällt. Dieses leise Geräusch ist lauter als eine Explosion. Ich starre die Tür an, und dann entfährt mir ein einziges, fast schon verzweifeltes »Fuck«, von dem ich selbst nicht so genau weiß, was es mir sagen soll.

13. KAPITEL

Athena

Es ist noch dunkel draußen, als ich aus dem Auto steige. Ich komme mir ein bisschen so vor, als wäre ich eine Geheimagentin auf einer gefährlichen Mission. Und irgendwie bin ich das auch. Levi ist mein Schatten, und weil ich noch so müde bin, bilde ich mir kurz ein, er würde eine Pistole in seinen Händen halten. Es ist nur sein Handy. Als ich ihm einen Blick über die Schulter zuwerfe, bedenkt er mich mit seinem für ihn typischen Levi-Grinsen, das mich wärmt.

Wir betreten ein stilles Gebäude. Die Lichter in den Gängen sind aus. Trotzdem weiß Levi, wo er hinmuss. Nun geht er voraus. Ich höre unsere Schritte überdeutlich in meinen Ohren widerhallen, aber es ist nicht unangenehm. Stille erlaubt es einem, einzelne Geräusche mal richtig wahrzunehmen, bevor sie wieder im Lärm des Alltags untergehen.

Levi öffnet eine Tür, und wir treten in einen Schneideraum. Mehrere Bildschirme hängen an der Wand, auf einem Tisch davor befinden sich so viele Knöpfe und Schalthebel, dass ich mich schon wieder wie eine Geheimagentin fühle, die in die Zentrale der NASA eingebrochen ist.

Ein Kerl sitzt am Tisch und erhebt sich, als er uns entdeckt. Seine Haut ist so hell, als würde er diesen Raum nie verlassen. Vermutlich tut er das wirklich nicht. Wenn man für meine Mutter arbeitet, bleibt einem nicht viel Freizeit.

»Vielen Dank, dass du das machst«, sagt Levi gerade zu ihm, als die beiden sich freundschaftlich die Hand reichen.

»Gar kein Ding.« Als sein Blick zu mir zuckt, legt sich ein schüchternes Lächeln auf seine Lippen. »Danke für das Video.«

»Das habe ich gern gemacht«, entgegne ich und gebe ihm auch die Hand. »Du bist Greg, richtig?«

»Genau.« Er schüttelt meine Hand ein bisschen zu enthusiastisch.

Als ich Levi gesagt habe, dass ich einen Cutter für meinen nächsten Plan brauche, hat er Greg ziemlich schnell aufgetrieben. Seine kleine Schwester ist anscheinend ein riesiger Fan von mir. Und um Greg dazu zu bringen, uns zu helfen, musste ich nur ein Video von mir aufnehmen, wie ich seiner kleinen Schwester zum Geburtstag gratuliere. Von Levi weiß ich, dass sie ihr Zimmer genauso einrichten will wie meins. Deswegen ziehe ich jetzt ein kleines Päckchen aus meiner Tasche.

»Das ist ein Geschenk für deine Schwester zum Geburtstag. Da drin ist mein Schminkspiegel und ein Bilderrahmen, der vorher über meinem Bett hing. Ich hoffe, sie freut sich darüber«, erkläre ich und übergebe es Greg, der es mit so spitzen Fingern entgegennimmt, als fürchte er, es sonst aus Versehen zu zerdrücken.

»Das wäre doch nicht nötig gewesen«, setzt er an.

Energisch schüttle ich den Kopf. »Du bist mitten in der Nacht hier, um mir zu helfen. Das ist das Mindeste.«

»Sie wird sich so sehr freuen. Ich werde der beste Bruder auf der Welt sein«, sagt Greg und klingt richtig zufrieden.

»Perfekt«, sage ich nur und wringe meine Hände. Ich finde es toll, dass ich den beiden eine Freude machen kann.

Aber manchmal komme ich mir in solchen Situationen wie eine Heuchlerin vor. Das Gefühl, das sich dann auf meine Haut legt, ist irgendwie klebrig. Ich habe nicht viel getan. Ich habe einfach irgendwelche Sachen aus meinem Zimmer in Geschenkpapier gepackt. Nur weil mein Nachname irgendeine Bedeutung in sich trägt, für die ich eigentlich gar nichts kann, sind diese Gegenstände jetzt etwas Besonderes.

»Wollen wir loslegen?«, fragt Levi und deutet auf die Stühle. Wir setzen uns vor die Bildschirme, und ich gebe Greg die Speicherkarte.

Die Fotos von der anderen Speicherkarte bin ich schon durchgegangen. Alle, die ich nicht mochte, habe ich gelöscht. Aber ich habe tatsächlich eine Handvoll Bilder gefunden, auf denen ich mir gefallen habe. Ich hatte erwartet, dass es schmerzhaft sein würde, die Fotos anzusehen. Und manchmal habe ich mich auch dabei ertappt, dass ich zu lange auf meinen Bauch oder meine Oberschenkel gestarrt habe, wenn sie mir zu dick vorkamen. Aber es war nicht nur schmerzhaft. Auf manchen Bildern habe ich mir selbst entgegengestrahlt. Und dann konnte ich mir sogar ausnahmsweise mal eingestehen, dass ich kein hässlicher Mensch bin.

Die Kontrolle darüber einzufordern, was andere Menschen von mir zu sehen bekommen, hat gutgetan. Und deswegen sitze ich jetzt auch auf diesem Stuhl. Ich will das Filmmaterial von meinem Nacktshooting selbst schneiden. Ich will bestimmen können, was ich zeige und was nicht. Und ich will meine Mutter vor vollendete Tatsachen stellen, weil ich weiß, dass sie mir diese Kontrolle nicht eingestehen würde, würde ich sie darum bitten.

»Okay, dann mal los«, sage ich, und Greg lässt das Filmmaterial laufen.

☆

Mein Klopfen klingt zwar ein bisschen zaghaft, aber ich gebe mich mit dem Klang zufrieden. Wenigstens hört es sich nicht so an, als würde ich hoffen, dass sie es gar nicht mitbekommt.

»Herein«, dringt es gedämpft durch die massive Tür, und ich trete ein.

Meine Mom sitzt hinter ihrem Schreibtisch, die Füße auf dem Tisch und das Handy in der Hand.

»Ich bin nur hier, um dir etwas mitzuteilen«, kündige ich an und schließe die Tür hinter mir.

»Okay«, sagt sie skeptisch und deutet auf einen der Stühle, die vor ihrem Schreibtisch stehen. Ich lasse mich auf einem nieder.

Erst gestern hatte Mom einen Wutausbruch, weil die Speicherkarten vom Shooting gefehlt haben. Und dieser Wutausbruch war wesentlich explosiver als der, den sie hatte, nachdem ich angeblich mit Kat nach San Diego abgehauen war. Mein Verschwinden hat sie dazu gebracht, mir ein paar wütende Worte an den Kopf zu werfen. Aber der Verlust der Karten hat eine ganz andere Seite von ihr hervorgebracht. Sie hat ihre Laune erst an jedem ausgelassen, der es gewagt hat, ihr zu nah zu kommen. Und dann hat sie den kompletten Control Room und das Fotostudio auf den Kopf stellen lassen, doch ohne Erfolg.

Ich bin mir ziemlich sicher, dass Sam Ärger bekommen hat, weil er für den Dreh verantwortlich war, aber als ich ihn darauf angesprochen habe, hat er nur mit den Schultern gezuckt. Er meinte, er steht zu dem, was er getan hat, egal, welche Konsequenzen es mit sich bringt.

Ich habe zwar nicht damit gerechnet, dass er meiner Mutter sagt, dass ich die Speicherkarten habe, aber so eine Aussage habe ich auch nicht erwartet. Wenn es um Sam geht, muss ich wohl inzwischen einsehen, dass ich mich auf mein Bauchgefühl einfach nicht mehr verlassen kann. Früher war mein Bauchgefühl eingenordet, doch die Kompassnadel wird immer durcheinandergebracht, wenn er in der Nähe ist.

Um zu verarbeiten, was in den letzten Tagen zwischen uns passiert ist, werde ich noch eine Weile brauchen. Aber eins nach dem anderen. Erst mal muss ich dieses Gespräch überleben.

»Du hast die Speicherkarten vom Nacktshooting gesucht«, stelle ich fest.

»Das habe ich«, sagt meine Mutter. Sie betont jedes Wort überdeutlich. Das bedeutet in der Regel, dass sie misstrauisch wird.

Ich greife in meine Hosentasche, ziehe beide heraus und lege sie vor ihr auf den Tisch.

Meiner Mutter ist deutlich anzusehen, dass sie sehr viel dazu zu sagen hat, doch ich komme ihr zuvor. Ich habe mir genau überlegt, was ich ihr erzählen will, und das werde ich jetzt auch tun.

»Ich habe die Karten entwendet. Aber nicht aus den Gründen, die dir jetzt vermutlich durch den Kopf gehen. Ich habe nicht alles gelöscht, keine Sorge. Du kannst Fotos drucken lassen und den Dreh vom Shooting senden. Aber ich wollte bestimmen, was ich von mir zeige. Hier geht es nicht nur um nackte Haut. Es geht um Kontrolle. Die Kontrolle darüber, was ich von meinem Körper preisgebe und was nicht. Ich habe die Fotos rausgesucht, die mir gefallen. Der Dreh vom Nacktshooting ist bereits geschnitten. Den Rest habe ich gelöscht. Du kannst dir ja überlegen, was du damit machen willst.«

Während ich gesprochen habe, hat mich meine Mutter nicht eine Sekunde aus den Augen gelassen. Nun nimmt sie langsam ihre Füße vom Tisch und stützt sich dann mit beiden Ellbogen darauf ab.

»Ich hoffe, dass du das respektieren kannst«, sage ich abschließend.

Meine Mutter lässt sich sehr viel Zeit, um zu antworten. Mit langsamen Bewegungen lehnt sie sich über den Tisch und nimmt beide Speicherkarten entgegen.

»War das alles?«, fragt sie schließlich. Ich glaube, etwas in ihren Augen, die meinen so ähnlich sind, zu erkennen, das ich dort noch nie gesehen habe, egal, wie verzweifelt ich danach gesucht habe: Respekt.

»Das war alles«, erwidere ich schlicht.

»Gut«, meint sie noch. Dann stehe ich auf und verlasse ihr Büro wieder. Und das erste Mal habe ich dabei ein zufriedenes Lächeln auf den Lippen.

14. KAPITEL

Athena

Meine Muskeln zittern immer noch ein bisschen von dem harten Work-out, dem ich mich am Morgen unterziehen musste. Der Personal Trainer, den meine Mutter bezahlt, um mich zu foltern, hat mich so lange angetrieben, bis ich das Gefühl hatte, mich gleich übergeben zu müssen. Dass es nicht so weit gekommen ist, habe ich wohl dem restriktiven Ernährungsplan zu verdanken, den ich passend zum brutalen Trainingsplan bekommen habe. Wenn man nichts im Magen hat, gibt es auch nichts, was wieder rauskommen kann.

Eigentlich hatte ich nach den schlimmsten zwei Stunden meines Lebens keine Energie mehr übrig und hätte mich am liebsten für den restlichen Tag in mein Bett verkrochen.

Aber wenn ich die Verabredung mit Kat abgesagt hätte, hätte sie vermutlich wenige Minuten später in meinem Zimmer gestanden, um mich aus dem Bett zu schmeißen. Und das hätte meinen geschändeten Muskeln sicherlich nicht gutgetan.

Also sitze ich jetzt auf der Rückbank eines Autos mit stark verdunkelten Scheiben und lasse mich von einer Fahrerin zu Kat kutschieren. Neben mir hockt Poppy. Sie ist auch einer der Gründe, warum ich nicht absagen konnte. Sie braucht dringend Kontakt zu positiven Menschen, die sie nicht ständig mit prüfenden und unzufriedenen Blicken beäugen. Und solche Menschen finden wir nun mal nicht in der Carter-Villa.

Der Wagen wird langsamer und bleibt schließlich vor einem schicken Gebäudekomplex stehen, in den Kat wohl erst vor

Kurzem gezogen ist. Poppy und ich bedanken uns bei der Fahrerin, steigen aus und betreten das Haus. Der Eingangsbereich hat extrem hohe Decken, unsere Schritte hallen auf dem hellen Marmor wider, und hinter einer Rezeption steht ein Portier in einem schicken Anzug. Er kommt auf uns zu und bedeutet uns, ihm zu den Fahrstühlen zu folgen. Anscheinend hat Kat angekündigt, dass sie Gäste erwartet.

Im Fahrstuhl steckt der Portier einen Schlüssel in eine Öffnung. Dann drückt er auf ein Stockwerk. Das Penthouse. Er nickt uns noch einmal zu und verlässt dann den Lift.

Sobald die Türen zu sind, schüttelt sich Poppy. »Ich finde es gruselig, wenn Menschen keinen Ton von sich geben.«

»Du hast doch auch keinen Ton von dir gegeben«, halte ich dagegen.

Sie wirft mir einen bösen Blick zu. »Aber nur, weil er keinen von sich gegeben hat.«

»Aber vielleicht hat er nur keinen von sich gegeben, weil du keinen von dir gegeben hast.«

Sie schnauft genervt. »Du willst mich gerade auch falsch verstehen«, stellt sie fest. Obwohl ihr Gesicht unbewegt wirkt, kann ich ihr deutlich anhören, dass sie gegen die Belustigung kämpft, die sich in ihre Stimme legen will.

»Ich will dich vor allem ärgern«, entgegne ich.

»Es gelingt dir.«

»Das freut mich zu hören.«

Sie schnauft schon wieder, aber diesmal klingt es mehr wie ein unterdrücktes Lachen. Dann verdreht sie auch noch die Augen, als wäre ich ihre kleine Nichte, die sie mit ihrem kindischen Verhalten nervt.

Bevor sie sich eine schlagfertige Erwiderung ausdenken kann, schieben sich die Türen des Fahrstuhls auch schon mit einem hohen *Pling* zur Seite. Direkt vor uns tut sich Kats Loft auf. Die Fenster reichen fast bis zum Boden. Tageslicht flutet das ganze Wohnzimmer und scheint wirklich jeden Quadratzentimeter zu erreichen. Der Raum ist riesig. Er ist so groß, dass er an manchen Stellen von Säulen gestützt werden muss. Und obwohl alles hell, offen und modern ist, ist es gleichzeitig gemütlich. Die Sessel sind rot. An den Wänden hängen so viele Bilderrahmen, dass man kaum noch die Tapete dahinter erkennen kann. Und ein riesiger Flügel nimmt so viel Raum ein, als wollte er mit kräftiger Stimme sagen: Diese Wohnung gehört mir.

»Hier sieht der Flügel tatsächlich gut aus«, stellt Poppy fast schon fachmännisch fest. »Bei Caesar wirkt er fehl am Platz.«

Ich grinse breit. »Weil Caesar ihn nur als Dekogegenstand verwendet.«

»Und das ist Blasphemie«, dringt eine Stimme durch eine angelehnte Tür am anderen Ende des Raumes. Eine Sekunde später taucht Kat auf. Als sie uns entdeckt, lächelt sie uns warm an. »Wollt ihr endlich reinkommen? Sonst bringt euch der Fahrstuhl wieder nach unten.«

Genau in dem Moment wollen sich die Türen vor uns zuschieben. Poppy springt so hektisch raus, als wüsste sie nicht, dass die Türen still stehen, wenn man eine Hand davorhält. Ich folge ihr.

»Das ist meine Nichte Poppy. Ich hoffe, es ist okay, dass wir zu zweit hier aufschlagen.«

Poppy wirft mir sofort wieder einen bösen Blick über die Schulter zu. Das macht sie wirklich gern. »Du hast nicht einmal gefragt, ob ich mitkommen darf?«

»Weil sie das nicht muss«, geht Kat sofort dazwischen. »Es freut mich sehr, dass du hier bist.«

Poppy will ihr ganz förmlich die Hand geben, aber sie hat definitiv nicht mit Kats offener Art gerechnet. Die ignoriert den ausgestreckten Arm einfach und schließt Poppy in eine feste Umarmung. Meine Nichte zögert einen Moment, erwidert die Umarmung dann aber doch.

»Hien ist auch schon hier. Sie wird sich sehr freuen, dass ihr gekommen seid«, erklärt Kat und zieht dann auch mich in eine

Umarmung. Sobald sie mich losgelassen hat, strahlt sie mich wieder an.

Weil ich nun mal eine Carter bin, versuche ich, hinter einem besonders breiten Lächeln immer versteckte Absichten zu erkennen. Aber ich werde wohl einsehen müssen, dass ich die bei Kat einfach nicht finden werde, egal, wie verzweifelt ich auch danach suche.

»Ah, da seid ihr ja«, begrüßt uns Hien, als sie aus der gleichen Tür tritt, aus der Kat soeben aufgetaucht ist. Da sie eine dampfende Tasse in der Hand hält, gehe ich davon aus, dass hinter der Tür die Küche liegt. Ich stelle Poppy und Hien einander vor und stehe ihr dann auch das erste Mal persönlich gegenüber. Ich weiß, dass sie Alice' beste Freundin und Schauspielerin ist. Aber da endet mein Wissen schon.

Doch auch bei ihr muss ich nach wenigen Sekunden einsehen, dass sich hinter ihren dunklen Augen nichts anderes verbirgt als Aufrichtigkeit. Es sollte mich nicht überraschen. Meine Geschwister sind genauso skeptisch wie ich. Auch sie haben Erfahrungen mit Menschen gemacht, die es nicht gut mit ihnen meinten. Wenn sie jemanden als Freund bezeichnen, dann sind sie vorher sichergegangen, dass diese Person diesen Titel auch verdient.

»Setzt euch schon mal hin«, sagt Kat mit sanftem Nachdruck und deutet auf die Sessel, die in einem Kreis angeordnet sind. »Ich hole euch auch noch Tee.«

Kaum haben wir uns auf den bequemen Sesseln niedergelassen, kommt Kat schon mit einem Tablett zurück und stellt es auf dem Tisch in der Mitte ab. Poppy reicht sie eine Tasse, die aussieht wie ein Einhorn. Als ich die grüne Tasse, die sie mir überreicht, in der Hand wende, sieht mir ein Frosch entgegen. Hien hält einen Hund in der Hand, und Kat nimmt sich die Katze – natürlich. Jedem gießt sie frisch aufgebrühten Minztee mit Ingwer ein und gibt dann ein kleines Töpfchen mit Honig rum. Wir schweigen, während wir uns unsere Tees anrichten, und aus irgendeinem Grund muss ich dabei die ganze Zeit lächeln.

Ich sitze in Katherine O'Connells Penthouse-Wohnung, und wir trinken Tee aus frischen Zutaten. Sie mag eine weltbekannte Sängerin sein, aber sie strahlt eine solche Bodenständigkeit aus, dass sie es selbst hoch über den meisten Dächern von Los Angeles schafft, auch mich auf den Boden der Tatsachen zurückzubringen.

Und obwohl man sich in ihrer Nähe eigentlich nur wohlfühlen kann und ich, sobald mir der Duft der Minze in die Nase steigt, tatsächlich eine gewisse Gelassenheit spüre, die ich schon lange nicht mehr gefühlt habe, wird der Druck auf meiner Brust auch fester. Denn wenn man Menschen gegenübersitzt, die versuchen, eine Lücke zu füllen, muss man immer unwillkürlich an die Menschen denken, die diese Lücken erst aufgerissen haben. Ich bin hier mit Kat und Hien, weil ich nicht mit meinen Geschwistern hier sein kann. Und ich weiß nicht, ob diese Erkenntnis jemals weniger wehtun wird.

»Athena?«

Ich blicke von meiner Tasse auf und in Kats Gesicht. Sie hat sich mir entgegengelehnt, und an ihrem belustigten Blick kann ich ablesen, dass sie mich nicht zum ersten Mal anspricht.

»Sorry, war in Gedanken«, murmle ich in mich hinein. »Was habe ich verpasst?«

»Wir reden über die Premiere des Films, an dessen Set Aphrodite und Garett gearbeitet haben«, erklärt sie.

Auch ihre sanfte Stimme mit dem melodischen Südstaatenakzent kann meinen Körper nicht daran hindern, sich bei diesen Worten zu verkrampfen. Da ist der Schmerz wieder.

»Ich gehe auf jeden Fall hin«, sagt Hien. »Alice weiß, dass ich es ihr nie verzeihen würde, wenn sie mich nicht mitnimmt.« Als sie den Namen ihrer besten Freundin ausspricht, meine ich zu sehen, dass sich auch ihre Schultern zusammenziehen. Aber vielleicht bilde ich mir das nur ein, weil ich dann nicht mehr die Einzige in diesem Raum wäre, die beim Gedanken an Menschen, die nicht hier sind, zusammenzuckt.

»Du gehst doch auch hin, oder?«, fragt mich Kat. Auf einmal scheint sie mich bohrender anzusehen.

»Ich weiß es noch nicht«, murmle ich ausweichend. Komischerweise muss ich ausgerechnet jetzt an Sam denken. Immer wenn Mason etwas gesagt hat, auf das er nicht reagieren wollte, hat er einen Schluck von seinem Kaffee getrunken. Diese Taktik ahme ich jetzt nach und nippe an meiner Teetasse, obwohl deren Inhalt noch viel zu heiß ist. Meine Zunge brennt zwar ein bisschen, trotzdem legt sich ein kleines Lächeln auf meine Lippen. Aber ich gestehe mir nicht ein, von was es ausgelöst wird.

»Wieso weißt du es noch nicht?«, fragt Hien nach.

Wenn ich mir nicht meinen kompletten Rachenraum mit dem zu heißen Tee verbrühen will, werde ich wohl auf diese Frage antworten müssen. Aber Levi hat schon mal versucht, mit mir über dieses Thema zu reden. Und da habe ich gemerkt, wie schmerzhaft es ist.

Vielleicht würde der Schmerz abnehmen, wenn ich ihn nicht mehr in meinem Inneren verschließe. Aber vielleicht will ich ihn gar nicht loslassen. Denn solange es wehtut, kann ich wütend auf Adrian und Aphrodite sein. Und das wiederum macht den Schmerz auf eine seltsame, verquere und bestimmt auch nicht gesunde Weise erträglicher.

Es ist ein Teufelskreis.

Wie so oft erkenne ich die Dinge, die mich schwer machen, und schaffe es doch nicht, sie abzustreifen, weil es auch guttut, andere dafür verantwortlich machen zu können, nicht voranzukommen.

All das will ich nicht aussprechen. Aber Hien und Kat scheinen nicht bereit zu sein, das Thema zu wechseln. Sie lassen mich nicht aus den Augen und warten geduldig darauf, dass ich die Tasse endlich sinken lasse, die immer noch an meinen Lippen ruht, obwohl ich schon seit über einer Minute nicht mehr daraus getrunken habe.

»Alles okay?« Es ist Poppy, die das ganz vorsichtig flüstert. Sie hat ihre Einhorn-Tasse vor sich auf dem Tisch abgestellt und dreht sich auf ihrem Sessel, um sich mir direkt zuzuwenden.

Wenn Poppy mich aus so ehrlich besorgten Augen ansieht, kann ich sie einfach nicht ignorieren. Aber ich weiß auch nicht, wie ich antworten soll, wenn ihre Sorge meinen Hals so verdammt trocken macht.

»Ich …«, setze ich an und scheitere schon an diesem einen so verdammt simplen Wort. Drei Buchstaben können ein unüberwindbares Hindernis sein. Aber wenn ich meine Gefühle nicht einmal aussprechen kann, wie soll ich dann jemals weitermachen?

Ich weiß, dass nicht alle Gedanken in meinem Kopf logisch sind. Vermutlich nehmen die logischen nur einen kleinen prozentualen Anteil ein. Aber wenn man sie ausspricht, kann man diese Tatsache nicht mehr ignorieren. Und ich bin noch nicht bereit, die irrationale Wut, die ich immer fühle, sobald ich an meine Geschwister denke, loszulassen. Was bleibt mir denn noch, wenn ich das tue?

Plötzlich ergreift Hien das Wort. Und sagt etwas, mit dem ich definitiv nicht gerechnet habe. »Ich vermisse Alice manchmal so sehr, dass es wehtut.« Sie sieht mich an, während sie diesen Satz ausspricht, der ihr offensichtlich auch nicht leicht über die Lippen gegangen ist. »Ich kann mir vorstellen, wie du dich fühlst.«

Ich denke, dass dieses Eingeständnis meinen Hals noch trockener machen wird. Aber das Gegenteil ist der Fall. War Sprechen vor wenigen Augenblicken noch eine Unmöglichkeit, fällt es mir auf einmal ganz leicht. »Bist du manchmal wütend auf sie, weil sie gegangen ist?« Wenn ich meine Gefühle in die Form einer Frage gieße, kann ich mir zumindest einbilden, dass ich sie nicht zugegeben habe.

»Ja«, sagt Hien schlicht.

Mir wird klar, dass die Schwere eines Satzes niemals von der Anzahl der Buchstaben abhängt, sondern von der Ehrlichkeit, die in ihnen steckt.

»Wie schaffst du es, damit umzugehen?«, frage ich und klinge dabei fast schon kleinlaut.

»Gar nicht«, erwidert Hien und lacht auf. Ihr Lachen löst auch eines, das anscheinend eine Weile in meiner verkrampften Brust festgesteckt hat, und sobald ich es gelacht habe, kann ich wieder ein bisschen freier atmen. »Wir haben zusammengelebt und uns Halt gegeben. Wenn unser Leben sonst keinen Sinn ergeben hat, dann hat es wenigstens unsere Freundschaft getan. Und das wollte ich natürlich nicht verlieren. Aber ich wusste auch, dass sie gehen musste und ich sie nicht aufhalten durfte. Hätte ich eine Rolle bei einer Serie oder einem Film bekommen und hätte dafür umziehen müssen, hätte ich sie auch zurücklassen müssen, egal, wie schwer es mir gefallen wäre.«

Ich schlucke hart. Hien fühlt etwas Ähnliches wie ich. Aber doch etwas ganz anderes.

Vermutlich kann sie mit ihrem Schmerz umgehen, weil sie weiß, dass sie das Gleiche wie Alice getan hätte, wären die Rollen vertauscht gewesen.

Vermutlich kann ich mit meinem Schmerz nicht umgehen, weil ich weiß, dass ich nicht das Gleiche getan hätte, wären die Rollen vertauscht gewesen. Nicht einmal jetzt konnte ich einfach gehen.

Ich zucke zusammen, als sich auf einmal eine Hand auf meine legt. Kat drückt sie fest in ihrer und sieht mir direkt in die Augen. »Ich kann dir nicht sagen, wie du dich fühlen sollst. Niemand kann das. Und niemand sollte das versuchen. Aber ich kann mir vorstellen, dass du es vielleicht bereuen könntest, nicht zu der Filmpremiere gegangen zu sein.« Sie lässt mich wieder los und lehnt sich in ihrem Sessel zurück. »Wir kennen uns nicht gut, und ich werde jetzt auch nicht so tun, als wäre es anders. Aber irgendwas sagt mir, dass es dir irgendwann wehtun würde, das verpasst zu haben.«

Ein warmes Gefühl breitet sich in meiner Brust aus. »Aphrodite hat mir mal erzählt, dass du ein Mensch bist, dem man nur schwer widersprechen kann. Jetzt verstehe ich, was sie gemeint hat.«

»Jeder hat eine Gabe. Das ist meine.«

»Klingt sehr praktisch.«

»Ist es«, sagt Kat und prostet mir so feierlich mit ihrer Katzen-Tasse zu, als würden wir teuren Champagner aus Flöten trinken.

»Ich könnte ja zusagen und, wenn ich es mir kurz vorher anders überlege, wieder absagen«, meine ich.

»Das klingt doch nach einem Plan«, sagt Hien. »Und wenn du keine Lust hast, mit deinen Geschwistern zu reden, sind ja auch immer noch Kat und ich da.«

»Eben«, pflichtet Kat ihr bei. »Und wenn du sie ignorieren willst, helfen wir dir dabei. Wir können dann auch so tun, als wären sie Luft.«

»Ihr wollt sie dann einfach ausblenden?«, fragt Poppy ungläubig und belustigt zugleich. »Ist das nicht ein bisschen kindisch? Und seid ihr nicht alle schon erwachsen?«

»Bitte erinnere mich nicht daran«, sagt Hien theatralisch und lässt sich dann von ihrem Sessel rutschen, als würde sie ihr Bewusstsein verlieren. Kat verschluckt sich an dem Schluck Tee, den sie gerade trinken wollte, und fängt an zu husten, nur unterbrochen von kleinen hohen Lachern, die ihr entfahren. Hien kommt zu ihr und klopft ihr auf den Rücken. Anscheinend mit so viel Schwung, dass auch Kat droht, von ihrem Sessel zu kippen. Poppy beobachtet einfach stumm die Szene, grinst dabei aber breit.

Nachdem Kat sich von ihrem Hustenanfall erholt hat, reden wir über Hiens letztes vielversprechendes Casting, über Kats Songs und die neue Richtung, die sie mit ihrer Musik in Zukunft einschlagen will. Wir sitzen ewig zusammen, trinken mehrere Kannen Tee, und Poppy wird mit jedem Lachen, das sie ausstoßen muss, lockerer. Und am Ende muss auch ich zugeben, dass ich, obwohl ich an meine Geschwister denken musste und Aphrodite geschrieben habe, dass ich zur Filmpremiere kommen werde, ein bisschen ehrlicher lächeln kann als am Tag zuvor. Die Lücken, die in meinem Inneren klaffen, sind nicht komplett gefüllt worden. Aber sie fühlen sich weniger groß an. Und ich mich weniger hohl.

15. KAPITEL

Athena

Hera entfährt ein genervter Schrei, der ganz tief aus ihrem Inneren herauszudringen scheint. Für einen Moment sieht sie aus, als hätte ihr das tatsächlich dabei geholfen, sich besser zu fühlen. Dann sieht sie die Blumen, die in ihr Haus getragen werden, und der verzweifelte Ausdruck, den sie schon den ganzen Tag nicht ganz loswerden konnte, kehrt in ihr Gesicht zurück. Noch eine Spur verzweifelter als zuvor.

Sie hat heute Geburtstag. Doch natürlich wäre es kein richtiger Carter-Geburtstag, wenn sich unsere Mutter nicht in jeden Aspekt der Planung einmischen würde. Vom Essen über die Deko bis hin zu den Getränken – nichts ist so, wie Hera es sich vorgestellt hat. Unsere Mom hat nicht auf einen ihrer Wünsche Rücksicht genommen. Aber obwohl Hera dieses Theater schon seit dreiunddreißig Jahren mitmacht, ist ihre Frustration groß. Vielleicht ist sie sogar größer, weil Frustration nicht mit jedem Jahr abnimmt, sondern – ganz im Gegenteil – mit jedem Jahr zunimmt.

»Ich hasse Rosen«, presst sie zwischen zusammengebissenen Zähnen hervor. Nur wenn sie ihre Kiefer auf diese unangenehm aussehende Weise anspannt, scheint sie in der Lage zu sein, nicht jedes ihrer Worte zu schreien. »Und Mom weiß das.«

Ja, das weiß sie. Und Mom macht keine Fehler. Manche ihrer Handlungen mögen auf den ersten Blick wie Fehler aussehen, aber auch Fehler haben System. Sie wollte, dass Hera genauso reagiert, damit sie schon aufgebracht ist, bevor die Kameras überhaupt eintreffen. Wenn viel schiefgeht und ihr Geburtstag ganz anders abläuft, als Hera sich gewünscht hat, wird sie schon früh genug die Fassung verlieren, und das liefert der Show nun mal gutes Drama.

Aber selbst wenn man diese Mechanismen durchschaut hat, ist es manchmal schwer, sich gegen Moms Tricks zu wehren.

Ich sehe Hera deutlich an, dass sie versucht, ihre Wut auszuatmen. Aber es gelingt ihr nicht. Und als sie wieder besonders langsam ausatmet, erwarte ich fast schon, dass gleich Feuer oder wenigstens heißer Dampf aus ihren Nasenlöchern kommt.

Noch hat sie mich nicht entdeckt. Noch könnte ich ihre Villa einfach wieder ungesehen verlassen und mich nicht einmischen. Noch könnte ich mich dagegen entscheiden, mich in die Schusslinie zwischen ihr und Mom zu begeben. Doch obwohl ich sehr gern sehen würde, wie meine Schwester während ihrer Geburtstagsparty Feuer spuckt, sobald sie Mom sieht, habe ich nicht vor, tatenlos zuzuschauen.

Ich weiß, dass es ein Risiko ist, sich meiner Schwester zu nähern, wenn sie in diesem Zustand ist, und dass es ein noch größeres Risiko ist, auch noch zu wagen, sie anzusprechen. Trotzdem werde ich jetzt todesmutig sein, weil ich mal wieder eine leichtsinnige Idee habe, wie mir Levi erst vor wenigen Stunden mitgeteilt hat. Da er dabei breit gegrinst hat, habe ich sein Statement einfach als Ermunterung gesehen, meinen Plan durchzuziehen.

»Hera«, setze ich an und versuche, dabei so beruhigend zu klingen wie möglich.

Der Kopf meiner Schwester zuckt so heftig zu mir herüber, dass es mich nicht überrascht hätte, wenn er es mit diesem Schwung geschafft hätte, sich einmal um dreihundertsechzig Grad zu drehen. Zum Glück tut er das nicht. Dieser Anblick hätte mich vermutlich doch von meinem Plan abgebracht und mich in die Flucht geschlagen. Und dafür gesorgt, dass ich nie wieder schlafen könnte.

»Ich glaube, ich weiß, wie wir deinen Geburtstag so feiern können, wie du das willst.«

Hera zieht kritisch die Augenbrauen zusammen, aber ihr böser Blick wird wenigstens ein bisschen weniger bohrend. Noch ist aber nicht auszuschließen, dass sie sich nicht doch in einen Charakter aus einem Horrorfilm verwandelt.

»Was meinst du damit?« Sie spricht ein bisschen weniger durch ihre Zähne. Das nehme ich mal als Zeichen, dass ich mich ihr nähern kann, ohne dabei meinen Kopf zu riskieren. Zumindest, wenn ich vorsichtige und keine hektischen Bewegungen mache.

Ich gehe auf meine große Schwester zu, bleibe dann aber doch in gewissem Sicherheitsabstand vor ihr stehen. Ich bin schließlich nicht lebensmüde.

»Ich habe mit einer Cateringfirma telefoniert. Wenn du ihnen einen guten Zuschlag zahlst, dann werden sie dir in den nächsten Stunden das Essen zubereiten, das du haben willst. Ein Getränkelieferant hat deine Lieblingsgetränke schon in einen seiner Lieferwagen geladen und wartet nur noch auf mein Go, um sie zu liefern. Das Gleiche gilt für einen Floristen. Er hat genug Lilien für dich zur Seite gestellt, dass man jedes Zimmer in deinem Haus damit schmücken könnte.«

Hera sieht mich sehr lange einfach nur schweigend an. So lange, dass ich schon glaube, dass ihr irgendeine Sicherung rausgeflogen ist und ich sie neu starten muss, bevor sie reagieren kann. Doch dann blinzelt sie endlich und macht einen Schritt auf mich zu. Ganz langsam weicht der Zorn aus ihrem Blick, und zurück bleibt nur Verwirrung.

»Weiße Lilien?«, fragt sie kritisch nach.

Ich habe Mühe, mir ein Grinsen zu verkneifen. »Natürlich weiße Lilien. Ich bin schließlich kein Anfänger.«

Was sich nun auf den Lippen meiner Schwester ausbreitet, kann man eigentlich nicht guten Gewissens als Lächeln bezeichnen, aber ich werde mich damit zufriedengeben. Wenigstens zucken ihre Mundwinkel. Das ist ein Anfang, würde ich sagen.

»Du hast das alles vorbereitet?« Sie versucht, es sich nicht anmerken zu lassen, aber ihre Ungläubigkeit klingt laut und deutlich durch.

»Habe ich«, sage ich schlicht. »Weil ich wusste, dass Mom sich einmischen würde und du dich darüber aufregen würdest. Und du hast Geburtstag und hast eine Feier verdient, die so ist, wie du sie dir vorstellst.«

Hera schüttelt den Kopf und scheint nur mit Mühe wieder damit aufhören zu können. »Seit wann bist du eigentlich hier? Ich habe dich gar nicht kommen sehen.«

»Du warst zu wütend über die Blumenlieferanten, um mich zu bemerken«, erwidere ich.

Sie lacht auf, und der Klang ist wesentlich gelöster, als zu meiner meist verkrampften und etwas zu ernsten Schwester passen will. Es freut mich, dass ich der Auslöser für dieses so untypische Lachen bin.

»Wir haben vielleicht noch vier Stunden, bis die Kameras und die Gäste hier aufschlagen. Haben wir wirklich noch genug Zeit?«

»Wenn du jetzt das Go gibst, schaffen wir es noch.«

Hera zögert, doch ich kann ihrem Gesicht deutlich ansehen, in welchem Moment sie ihre Entscheidung trifft. Sie überbrückt den letzten Schritt, der uns noch voneinander getrennt hat, und legt ihre Hand auf meine Schulter. Die Geste hat etwas Schwesterliches, obwohl wir wohl beide lange nicht gewusst haben, was dieses Wort überhaupt bedeutet. Dann lächelt sie mich an und hält das erste Mal in unserem Leben nichts vor mir zurück. »Dann gib das Go.«

☆

Hera ist ein bisschen verkrampft, aber ihr Lächeln ist trotzdem ehrlich, als unsere Mutter sich ihr nähert. Die Rosen, die Hera so furchtbar findet, sind verschwunden. Dafür säumen mehrere riesige Vasen mit Lilien den Eingangsbereich. Auf langen Tischen im Wohnbereich stehen mehrere Platten mit verschiedenen spanischen Vorspeisen, die Hera liebt, und aus der Küche dringt der Duft von frisch gebratenen Steaks, die Hera sogar noch mehr liebt. Draußen neben dem Pool wurde eine Bar installiert. Die Flaschen Champagner und Wein, die Mom für sie bestellt hat, stehen ein bisschen verloren dahinter, während drei Barkeeper verschiedenste ausgefallene Cocktails zubereiten. Je außergewöhnlicher die Kombinationen sind, desto glücklicher wird Hera.

Mom nimmt ihre Umgebung mit wenigen gezielten Blicken in Augenschein. Die Kameras sind schon an, um ihre Ankunft bei der Party zu filmen. Sie hat sich bei unserem Vater untergehakt, aber jeder, der Evelyn Carter kennt, weiß, dass sie nicht an seinem Arm hängt, sondern er an ihrem.

Sie mag seinen Nachnamen angenommen haben. Aber jedem sollte klar sein, dass sie ihn vollkommen für sich beansprucht hat. Mike Carter sind eigentlich nur noch sein Vorname, der eine gute Film seiner Schauspielerkarriere und die drei Sätze, die Mom ihm am Tag gestattet zu sagen, geblieben.

So kompliziert meine Beziehung zu meiner Mutter ist, so einfach ist die Beziehung zu meinem Vater. Wie vermutlich der Rest der Welt nehme ich ihn, schon seitdem ich alt genug bin, um meine Familie zu durchschauen, nur noch als den Ehemann von Evelyn Carter wahr. Er hat mit seinen Worten nie mein Selbstwertgefühl zerkleinert, aber er hat auch nie versucht, es wieder zu reparieren, wenn meine Mutter etwas kaputt gemacht hatte. Ich kann mit ihm über Unverfängliches reden, aber nie über die Dinge, die mich wirklich beschäftigen. Und ich glaube, meinen Geschwistern ist es auch mehr als einmal passiert, dass sie für einen Moment einfach vergessen konnten, dass sie auch einen Vater haben. In dem riesigen Schatten, den Evelyn Carter wirft, geht er eben manchmal unter.

Ich fühle die Kanten ihres Schattens ja auch an meiner Identität zerren, sobald sie in meiner Nähe ist. Wenn ich nicht vorsichtig bin, wird sie mir Stücke entreißen, die ich nie zurückbekommen kann.

»Hier sieht es ja ganz anders aus als erwartet«, kommentiert sie, als sie Hera erreicht hat. Die steht wie ein kleines Kind vor unserer Mutter und wartet auf ein Urteil. Wir alle tun das.

Die Gästeliste für diese Party ist fast die gleiche wie bei Caesars Feier. Auch Hilary und der Rest von Aphrodites alter Clique werden bald hier aufschlagen. Aber bisher sind nur die Familie und das Kamerateam eingetroffen. So muss jeder Geburtstag beginnen. Bevor die anderen Gäste kommen, feiern wir im engsten Kreis. Natürlich tun wir das nur den Kameraobjektiven und nicht dem Geburtstagskind zuliebe, aber was macht das schon für einen Unterschied?

»Ich wollte meinen Geburtstag so feiern, wie ich möchte«, sagt Hera, und ich bewundere sie dafür, dass ihre Stimme fest klingt, obwohl ihre Haltung vermuten lässt, dass sie noch Milchzähne im Mund hat.

»Stilvoll«, meint unsere Mutter nach einer dramatischen Pause, und ich meine, mir einzubilden, dass ich spüren kann, wie alle Mitglieder meiner Familie aufatmen.

»Gleich kommen die anderen Gäste, also lasst uns ein paar Einstellungen filmen.« Unsere Mom geht direkt wieder in ihren Producer-Modus über, und wir sind wohl alle froh darüber, weil das bedeutet, dass sie wirklich nicht mehr vorhat, sich aufzuregen.

Seit Adrian und Aphrodite unserer Familie den Rücken zugekehrt haben, war ihre Stimmung unvorhersehbar. Die Kontrolle, die ihr durch die Finger geronnen ist, hat sie dünnhäutig gemacht. Am Anfang haben wir noch versucht, Prognosen zu erstellen, wann mit dem nächsten Ausraster zu rechnen ist, aber irgendwann mussten wir feststellen, dass unsere Berichte noch unzuverlässiger waren als die Vorhersagen unserer Wetter-Apps.

Doch in der letzten Woche hat sich die Atmosphäre langsam wieder normalisiert. Die Luft fühlt sich nicht mehr so aufgeladen an, wenn unsere Mom den Raum betritt. Seit ich ihr den Zusammenschnitt meines Nacktshootings übergeben habe, scheint in ihrem Blick mehr Respekt zu liegen, sobald er auf mich trifft. Ihre bissigen Kommentare sind wesentlich subtiler geworden. Schon eine Weile musste ich mir keine Kritik mehr zu meiner Figur anhören. Zwar hat sie erst vor zwei Tagen gemeint, meine Nase wäre so großporig und gerötet und ich müsste dringend mal wieder zur Kosmetikerin. Sie hat mir auch direkt einen Termin vereinbart. Aber darauf hat sie es dann auch beruhen lassen. Und im Vergleich dazu, wie die Beziehung zu meiner Mutter in den letzten Jahren und vor allem in den letzten Monaten war, ist das definitiv eine Besserung, mit der ich zwar nicht gerechnet hätte, über die ich mich aber sicherlich nicht beschweren werde.

»Ich möchte, dass du kurz über deine anstehende Scheidung sprichst, Demeter«, sagt unsere Mutter, während Champagnergläser an uns alle verteilt werden. »Ich möchte, dass du sagst, wie wichtig es dir ist, in so einer schweren Zeit deine Familie um dich zu haben, die dich immer unterstützt und dir den Halt gibt, den du jetzt brauchst.«

Demeter würde sich unserer Mutter niemals widersetzen, weil sie dann Gefahr laufen würde, ihren Lieblingstochter-Status zu verlieren, und das Risiko würde sie niemals eingehen. Trotzdem kann man an ihrem zu einer gequälten Grimasse verzogenen Gesicht erkennen, dass sie das sicherlich nicht sagen will.

Aber eine Sekunde später glätten sich ihre Züge wieder, sie nimmt ein Champagnerglas entgegen und hebt es in die Höhe. Unsere Mom nickt der nächsten Kamera zu, und schon läuft sie.

»Ich möchte euch danken, dass ihr mich in dieser schweren Zeit unterstützt«, spult Demeter ihren Text ab. Man kann von meiner ältesten Schwester halten, was man will, aber professionell ist sie. Dass sie die Worte nicht ernst meint, kann nicht einmal ich ihr anhören. Sie gibt genau das wieder, was unsere Mom ihr vorgegeben hat, und dann prosten wir uns alle zu. Jeder von uns sagt eine bedeutungslose Phrase und beteuert, für sie da zu sein.

»Und um dich auf andere Gedanken zu bringen, haben dein Vater und ich uns eine besondere Überraschung für dich überlegt«, kündigt Mom mit dem aufrichtigsten unaufrichtigen Lächeln an. »Wir schmeißen dir eine Scheidungsparty, damit du die traurigen Erinnerungen durch schöne neue ersetzen kannst.«

Wieder prosten wir uns zu. Als Mom der Kamera wieder zunickt, wird sie ausgeschaltet.

»Eine Scheidungsparty?«, fragt Demeter vorsichtig. »Muss das sein?«

»Wieso denn nicht? Es bringt Inhalte für die Show, und zwar sehr unterhaltsame. Was spricht dagegen?«

Manche Fragen, die unsere Mutter stellt, kommen inklusive der dazu passenden Antwort, die man an ihren strengen Augen ablesen kann. Und auch Demeter reagiert so, wie der Gesichtsausdruck unserer Mutter es ihr vorgibt.

»Natürlich spricht nichts dagegen«, bringt sie heraus. Unsere Mom nickt nur zufrieden und macht sich daran, den Crewmitgliedern die letzten Anweisungen zu geben, bevor die Gäste eintreffen.

Demeter bleibt unbeweglich auf der Stelle stehen und starrt einfach geradeaus.

»Vielleicht können wir morgen noch mal mit ihr reden und sie überzeugen, keine Scheidungsparty für dich zu schmeißen, wenn du das nicht möchtest«, sage ich, sobald ich neben sie getreten bin. »Vielleicht versteht sie, dass das ein bisschen zu schmerzhaft ist.«

Demeter wendet sich mir nur langsam zu. Obwohl wir beide hohe Schuhe tragen, ist sie ein ganzes Stück größer als ich. Und ihr Blick trifft von oben in einem steilen Winkel auf mich. »Wieso sollten *wir* noch mal mit ihr reden?« Man könnte meinen, dass sie das Wort *wir* für ein Schimpfwort hält.

»Wenn du noch nicht bereit bist, eine Scheidungsparty zu feiern, weil die Trennung noch zu frisch ist, dann können wir

Mom das erklären. Du kannst es auch allein machen, aber wenn du möchtest, komme ich mit und unterstütze dich«, sage ich, obwohl mir ihre stechenden Augen eigentlich schon zu verstehen geben, was sie von dieser Idee hält.

»Red nicht über Dinge, von denen du keine Ahnung hast, Athena«, fährt sie mich an. »Mir gefällt es schon nicht, dass du meiner Tochter irgendwelchen Unsinn in den Kopf setzt. Das brauchst du erst recht nicht bei mir zu versuchen.« Sobald sie ihre bissigen Worte losgeworden ist, wendet sie sich von mir ab und lässt mich einfach stehen.

Ich schlucke einmal trocken und atme zittrig ein und aus. Natürlich wusste ich, dass es nicht leicht sein würde, jedem Mitglied meiner Familie näherzukommen. Aber nachdem ich mit meinen anderen Geschwistern so schöne Momente geteilt habe, hatte ich gehofft, dass auch Demeter und ich das schaffen würden.

Obwohl es mir schwerfällt, versuche ich mir klarzumachen, dass ein kleiner Rückschlag nicht bedeutet, dass mein Plan nicht aufgehen wird. Demeter ist eben eine Nuss, die sich nicht so leicht knacken lässt. Aber egal, wie vehement und entschlossen sie auch versucht, ihre Gefühle zu verstecken, ich weiß trotzdem, dass sie unter ihrer sehr dicken Schale welche hat. Und zwar auch welche, die nicht von unserer Mutter abgesegnet wurden.

Sie stellt sich zu unseren Eltern. Hera steht bei Octavian und Caesar, die sie zum Lachen bringen.

Ich lasse meinen Blick weiter umherschweifen. Erst denke ich, dass er kein bestimmtes Ziel hat. Doch sobald meine Augen Sam entdecken, muss ich mir eingestehen, dass sie ihn vielleicht nicht nur zufällig gefunden, sondern auch bewusst gesucht haben.

Ein kleines Lächeln zieht an meinen Mundwinkeln, als mir klar wird, dass er mich schon länger ansieht. Er steht neben Levi, der an seiner Kamera herumdreht, und ist mir frontal zugewandt. Seine Locken sind wieder ein bisschen durcheinander.

Er trägt ein schlichtes, dunkles Shirt, das keine Falte wirft, was mich vermuten lässt, dass er es gebügelt hat. Nachdem ich sein viel zu ordentliches Zimmer gesehen habe, würde mich das nicht wundern.

Die Kanten seines Gesichts werden weicher, sobald er meinem Blick begegnet. Er wirkt ertappt, aber er sieht auch nicht weg, was das Zucken meiner Mundwinkel vehementer werden lässt.

Und bevor ich es mir anders überlegen kann, laufe ich auch schon auf ihn zu.

»Hey, Levi«, sage ich. Der sieht nur kurz auf, zwinkert mir zu und macht sich wieder an seine Arbeit. »Hey, Sam.«

»Hey, Athena.«

Das ist der Moment, in dem wir nicht mehr wissen, was wir zueinander sagen sollen. Seit ich in seiner WG Zuflucht gefunden habe, haben wir uns schon ein paarmal am Set gesehen und auch miteinander gesprochen. Nie besonders lange, weil uns immer schnell die Worte ausgehen. Vermutlich weiß ich in seiner Nähe nie, was ich sagen soll, weil ich nicht einmal weiß, was ich überhaupt sagen *will*.

Sams Blick wandert einmal über meinen Körper. Er macht es sehr subtil, nicht zu auffällig, trotzdem spüre ich seine Augen auf mir, und da ich ein Mensch zu sein scheine, der sich selbst nicht versteht, habe ich keine Ahnung, was das Gefühl bedeutet, das sich währenddessen in mir ausbreitet. Ich kann es nicht einmal beschreiben. Nicht nur für dieses Gespräch, sondern auch für die Beschreibung meiner Emotionen fehlen mir die Worte.

Sam grinst. Das Grübchen erscheint und lässt meinen Herzschlag stolpern. Er deutet auf meinen rechten Daumen. »Du trägst Masons Ring.«

»Natürlich tue ich das. Ich trage ihn quasi jeden Tag«, erwidere ich und bin Sam sehr dankbar dafür, dass er dieses unverfängliche Thema vorgegeben hat. Mir wäre niemals eins eingefallen.

»Er wird sich riesig freuen, wenn ich es ihm erzähle. Und er wird es mir vermutlich nicht glauben«, meint Sam und sieht mir wieder in die Augen.

»Dann musst du es ihm einfach so oft versichern, bis er es dir glaubt«, sage ich und muss dem Drang widerstehen, meinen Daumen auf sein Grübchen zu legen. »Ich kann später auch ein Beweisfoto machen.«

»Das wäre sehr hilfreich. Danke.« Sams gespielt förmlicher Ton entlockt mir ein leises Lachen.

»Ihr geht euch nicht mehr sofort an die Gurgel?«, fragt Levi, der es inzwischen wieder schafft, etwas anderes als seine Kamera anzusehen. »Ich begrüße diese Entwicklung.«

»Das ist natürlich die Hauptsache«, sage ich trocken.

Levi stupst mir liebevoll gegen die Schulter, statt etwas zu entgegnen. Ich schüttle den Kopf. Damit haben wir alles gesagt, was wir jemals zueinander sagen mussten.

»Ihr kennt euch schon länger, oder?«, fragt Sam zögerlich. Ich habe keine Ahnung, wie ich seinen Unterton deuten soll.

»Ja, Levi arbeitet schon seit Jahren immer wieder am Set. Angefangen hat er als Produktionsassistent. Und er hat mir Gummibärchen gebracht, als ich ihn darum gebeten habe.«

»So kann man sich ihre Freundschaft erkaufen. Nur ein gut gemeinter Tipp«, sagt Levi an Sam gewandt, und ich werfe ihm einen bösen Blick zu.

»Ich wäre auch eine loyale Freundin, wenn du mir keine Gummibärchen geben würdest.«

»Ich bin nicht gewillt, unsere Freundschaft aufs Spiel zu setzen, um es herauszufinden.«

»Diese Aussage ist so falsch. Ich werde mir nicht die Mühe machen, darauf etwas zu erwidern«, sage ich und verschränke die Arme vor der Brust.

»Mit der Ankündigung, nichts erwidern zu wollen, hast du aber schon etwas erwidert«, meint Levi und versucht wohl, ernst zu klingen, doch sein Grinsen ist mal wieder stärker als seine Willenskraft.

Ich verdrehe nur die Augen und wende mich Sam zu. Wieder habe ich, sobald ich ihn ansehe, das Gefühl, dass er mich schon länger betrachtet. Diesmal ist sein Blick aber wesentlich ernster.

Als ich ihn gerade fragen will, was ihm durch den Kopf geht, ruft meine Mutter meinen Namen. »Athena, mach dich bereit. Nolan Andrews ist gerade angekommen. Und heute wirst du nicht drum herumkommen, ihn kennenzulernen.«

Mir entfährt ein Seufzen, das meine Mutter mir wohl nur durchgehen lässt, weil die Kameras noch nicht laufen.

»Erschießt mich bitte«, sage ich scherzend zu Levi und Sam. Ersterer wirft mir einen aufmunternden Blick zu, doch Letzterer sieht immer noch so verdammt ernst und unlesbar zugleich aus.

Doch ich muss mich von ihm abwenden, weil meine Mutter schon ungeduldig wird, also lasse ich mich von ihr neben meinen Brüdern positionieren. Octavian entschuldigt sich dafür, dass ihm so spontan nicht wieder ein Fluchtweg aufgefallen ist, und dann gibt Mom auch schon das Zeichen, und meine Realität kippt, bis sie zu etwas wird, was man auf Fernsehbildschirmen präsentieren kann.

Mit langen und geschmeidigen Schritten betritt Nolan Andrews die Villa meiner Schwester. Er trägt einen schwarzen Anzug und ein weißes Hemd. Trotzdem scheint es ihm wichtig gewesen zu sein, locker auszusehen. Auf Krawatte oder Fliege hat er verzichtet. Und natürlich hat er sich nicht die Mühe gemacht, das Hemd bis zum obersten Knopf zu schließen, damit auch ein bisschen nackte Haut zu sehen ist. Das Sakko trägt er offen. Seine dunklen Haare wirken ungestylt und liegen doch perfekt. Aphrodite ist ihm einmal begegnet und hat gesagt, dass seine Haare aussehen, als wollte er, dass jeder denkt, er wäre erst vor Kurzem nach sehr gutem Sex aus dem Bett geklettert. Und ich finde, diese Beschreibung passt ausgezeichnet.

Das ehemalige Boyband-Mitglied steuert direkt auf mich zu, und ich muss mich zwingen, mein unverfängliches Lächeln beizubehalten. Er verkörpert den Bad Boy, den er immer spielen muss, sobald er vor einer Kamera steht, auch jetzt hervorragend. Aber die Gefahr von Rollen, die man für ein Publikum spielen muss, ist, dass es irgendwann zu leicht werden kann, sie überzustreifen. Eines Tages vergisst man vielleicht, sie wieder abzulegen, sobald die Kameras aus und alle Lichter erloschen sind.

»Hallo, Hera, vielen Dank für die Einladung. Und alles Gute zum Geburtstag.« Natürlich wendet er sich zuerst an meine Schwester, aber sein Blick zuckt immer wieder zu mir zurück. Er ist hier, weil er mich umgarnen soll. Meine Mutter hat ihm diese Aufgabe gegeben. Und weil ich das weiß, fühlen sich diese Blicke, obwohl sie so überzeugend sind, unangenehm auf der Haut an.

Hera bedankt sich für die Glückwünsche und geht dann dazu über, ihn jedem Familienmitglied vorzustellen. Natürlich kommen sie zu mir als Letztes, damit wir bei dieser Einstellung länger verweilen können.

Als es so weit ist, muss ich mich ermahnen, mich nicht zu verkrampfen, bevor ich seine ausgestreckte Hand ergreife. Er hält sie einen Moment zu lange fest, genauso meinen Blick.

Nolan Andrews ist attraktiv. Das werde ich ganz sicher nicht leugnen. Aber seine Anwesenheit ist mir so unangenehm, dass ich am liebsten die Flucht ergreifen würde. Schon wieder.

Komischerweise muss ich ausgerechnet jetzt daran denken, dass Sam jede Geste und jedes Wort, das Nolan und ich wechseln, beobachten kann. Und das lässt das Unwohlsein in meiner Magengrube anwachsen.

Als ich einen Blick riskieren kann, sehe ich zur Seite. Dorthin, wo Sam stand, als ich mich von ihm abwenden musste. Doch die Lichter, die auf mich gerichtet sind, leuchten so stark, dass er in der Dunkelheit dahinter einfach verschwindet. Egal, wie sehr ich mich auch anstrenge, ich kann alles, was hinter der Beleuchtung liegt, nicht erkennen. Und auf einmal habe ich das Gefühl, dass sich zwischen uns eine Grenze auftut, die sich niemals überwinden lässt.

16. KAPITEL

Sam

Mir fallen sehr viele Worte ein, um Nolan Andrews zu beschreiben. Und über die meisten von ihnen habe ich noch nie nachgedacht, weil ich nun mal nicht ständig das Bedürfnis verspüre, anderen Menschen Schimpfworte an den Kopf zu knallen. Dieses Versäumnis, das ich in den vergangenen vierundzwanzig Jahren meines Lebens gemacht habe, würde ich nun gern beheben. Auch vor laufender Kamera, wenn es sein muss. Diese Worte müssen nur endlich raus, bevor ich mir meine Zunge an ihnen verbrenne.

Natürlich weiß ich, dass ich sie nicht aussprechen darf, aber wenigstens kurz kann ich mir gestatten, davon zu träumen, um mich ein bisschen besser zu fühlen.

Ich atme mehrmals tief durch und schaffe es so, die Worte wieder runterzuschlucken. Ich bezweifle jedoch, dass sie einfach in meinem Inneren liegen bleiben werden. Kurz bilde ich mir ein, zu spüren, wie sie langsam wieder meinen Hals hinaufklettern. Sie scheinen Kletterausrüstung dabeizuhaben. Mein Rachen fühlt sich so rau an, als hätten sie tatsächlich Haken hineingeschlagen, um ihren Aufstieg zu meistern.

Es fällt mir schwer, mich von diesen lächerlichen Gedanken loszureißen.

Unbeweglich stehe ich neben Levi, der die Kamera auf Athena und Nolan gerichtet hat, und starre die beiden unverwandt an, obwohl alles in mir dem Impuls folgen will, aus voller Seele Schimpfworte zu brüllen. Wieso habe ich mich nicht längst abgewandt? Und wieso macht es mir so viel aus, Athena und Nolan zusammen zu sehen? Meine Hände ballen sich unwillkürlich zu Fäusten, als ich mir vorstelle, dass die beiden heute Nacht vermutlich miteinander im Bett landen werden. Ich würde mich lautstark für diese Reaktion verfluchen, wenn ich nicht an einem Set mit laufenden Kameras stehen würde.

Athena trägt ein langes Kleid, dessen Stoff im einfallenden Licht schillert. Die tiefgrüne Farbe passt hervorragend zu ihren dunklen Haaren. Aber ich vermute, dass ich das über jede Farbe sagen würde.

Sie sitzt neben Nolan auf einem hellen Sofa in einer abgeschiedenen Ecke. Die Szene lässt einen als Zuschauer sofort denken, dass die beiden sich von der Party, deren Geräusche nur gedämpft hierherdringen, zurückgezogen haben, um allein zu sein. Und dass ich ein solcher Zuschauer bin, gefällt mir nicht, obwohl ich mich nicht traue zu sagen, was mir besser gefallen würde.

Nolan hat seinen Arm auf der Lehne direkt hinter ihr abgelegt. Auch wenn er sie noch nicht berührt, ist er ihr extrem nah. Seine Knie stoßen fast gegen ihre, und er hat sich so weit zu ihr herübergebeugt, dass er längst in ihren persönlichen Bereich eindringt. Sie hat ihn nicht gebeten, ihr nicht so auf die Pelle zu rücken, und vor ihm zurückgewichen ist sie auch nicht.

Mir ist bewusst, dass diese Szene nicht ihr gehört, sondern der Kamera, und dass deswegen nicht alles, was sie sagt und tut, das sein muss, was sie wirklich sagen und tun will. Aber es sieht so verdammt echt aus, dass ich nicht feststellen kann, wo das Schauspiel endet und die Realität anfängt. Die Grenzen dazwischen sind so stark verwischt, dass vielleicht nicht einmal Athena sie noch erkennen kann.

Und vielleicht braucht sie auch keine Grenzen, vielleicht möchte sie ja, dass Nolan so nah neben ihr sitzt und sie mit Komplimenten überschüttet. Vielleicht kribbelt ihr Magen, weil er ihr so tief in die Augen sieht. Vielleicht kann sie sich nur mit Mühe davon abhalten, sich ihm entgegenzulehnen und ihn zu küssen. Wir reden hier schließlich von Nolan Andrews. *Dem* Nolan Andrews. Ehemaliges Mitglied von *DreamFive*, einer international erfolgreichen Boyband. Und auch als Solokünstler hat er schon Erfolge feiern können. Er sieht gut aus, ist reich, kann gut singen, und der britische Akzent schadet vermutlich auch nicht.

Ihr Lachen dringt zu mir durch. Schon in meiner WG ist mir aufgefallen, dass sie beim Lachen ihren Kopf leicht nach vorne kippt. Ihre Haare schwingen nach und verstecken ihr Gesicht kurz hinter sich. Als würde auf einer Bühne der Vorhang zugehen. Eine Sekunde später richtet sie sich wieder auf. Aber der Ausdruck, den ihr Gesicht annimmt, wenn sie lacht, ist vor der Welt verborgen geblieben. Und vor mir.

Nolan grinst zufrieden, weil er anscheinend etwas gesagt hat, das ihr ein Lachen entlocken konnte. Dann legt er eine Hand auf ihr Knie, und mein Inneres gefriert.

Bisher stand ich wie erstarrt auf der Stelle, quasi unfähig, mich zu bewegen. Aber in diesem Moment kommt wieder Leben in meinen Körper. Ich muss hier weg.

Ich hinterfrage nicht, warum ich diesen Anblick nicht ertragen kann, weil ich die Antwort nicht verkraften würde, drehe mich um und verlasse mit schnellen Schritten die Villa. Und gerade weiß ich nicht, ob ich es schaffen werde, stehen zu bleiben, bis ich einen anderen Bundesstaat erreicht habe.

☆

Endlich ist der Drehtag vorbei, und wenn ich an einen Gott glauben würde, würde ich ihm vermutlich dafür danken. Ich bin nicht in einen anderen Bundesstaat gelaufen. Ich habe es gerade mal bis zum Vorgarten geschafft, mehrmals tief durchgeatmet und bin wieder zurückgegangen. Aber nicht dorthin, wo ich herkam. Den restlichen Abend habe ich mich an anderen Drehorten aufgehalten. Es waren schließlich noch viele andere Carter-Geschwister auf der Party, die gefilmt werden mussten. Also habe ich mich auf meine Arbeit konzentriert und versucht, alles andere auszublenden.

Erfolgreich war ich damit nicht. Athena und Nolan Andrews waren trotzdem immer bei mir. Sie waren ein leises Flüstern in meinem Hinterkopf. Ein leichter Druck auf der Schulter, der mich dazu bringen wollte, mich wieder zu ihnen umzudrehen.

Doch das habe ich nicht getan. Ich bin nicht in die Nische zurückgekehrt, obwohl es mich viel Selbstdisziplin gekostet hat. Ich wollte zwar nicht sehen, was sich dort abspielte. Gleichzeitig wollte ich nichts verpassen. Das nennt man dann wohl Masochismus.

Inzwischen herrscht in Heras Villa eine unruhige Stille, die man nur an einem Ort finden kann, an dem es kurz vorher noch viel zu laut war. Die Stille ist eine Wasseroberfläche und der Lärm der Kiesel, den wir hineinwerfen. Werfen wir keinen mehr hinein, ist es zwar still, aber die Wellen, die die Oberfläche kräuseln, brauchen eine Weile, bis sie sich wieder vollständig geglättet haben. Und genauso fühlt sich diese Stille an. Sie ist noch in Bewegung.

Die Crew baut Kameras und Licht ab und lädt alles in die Autos. Die Familie ist noch hier und auch deren engste Freunde. Alle anderen Gäste sind schon gegangen.

Noch einmal lasse ich meinen Blick über meine Umgebung schweifen. Es gibt nichts mehr, was ich für meinen Vater beaufsichtigen muss. Trotzdem kann ich mich einfach nicht von der Villa losreißen. Weil ich Athena nirgendwo entdecken kann. Genauso wenig wie Nolan Andrews.

Ein schwerer Stein bildet sich in meiner Magengrube. Vermutlich sollte ich in den nächsten Wochen nicht schwimmen gehen. Würde ich jetzt in den Pool steigen, würde er mich auf den Grund zerren. Dessen bin ich mir in diesem Moment sicher.

Bevor meine Gedanken noch düsterer werden können, wende ich mich endlich ab, verlasse Heras Grundstück und steuere auf mein Auto zu, das ich wenige Gehminuten entfernt am Straßenrand abgestellt habe. Laternen beleuchten den Bürgersteig. Trotzdem habe ich das Gefühl, kaum etwas zu erkennen. Ich reibe mir die Augen. Ich bin einfach müde. Ich muss ein paar Stunden schlafen, und dann sieht die Welt bestimmt auch gar nicht mehr so düster aus, wie sie mir in diesem Moment vorkommt.

Mein Auto kommt in Sichtweite, und ich stolpere fast bei meinem nächsten Schritt. Eine Gestalt lehnt an der Fahrerseite. Der Schein einer Laterne bringt ihr Kleid zum Schillern, und obwohl ihr Gesicht im Schatten liegt, erkenne ich sie sofort. Mein Herz beginnt zu rasen.

»Hey«, flüstert Athena in die Nacht hinein, da bin ich noch ein ganzes Stück von ihr entfernt. Aber die Wellen, die dieser Kiesel auf der Wasseroberfläche hinterlässt, erreichen mich und schwappen über mich. Ich dachte, das Wasser wäre kalt, doch jetzt erkenne ich, dass es warm ist.

»Hey?«, gebe ich zurück, als uns nur noch wenige Schritte voneinander trennen. Ich lehne mich gegen die Hintertür und sehe sie direkt an.

Es kommt mir so vor, als würden sich die Schatten, die über ihrem Gesicht lagen, ein bisschen zurückziehen. Sie scheinen das nur für mich zu tun. Damit ich das belustigte Lächeln nicht verpasse, das in diesem Augenblick ihr Gesicht erhellt.

»Wieso guckst du mich so an?«, frage ich leise, weil ich nicht riskieren will, die Stille, die uns einhüllt, mit zu lauten Worten aufzureißen.

»Ich mag es, wenn du Sätze wie Fragen klingen lässt, obwohl es gar keine Fragen sind.« Auch sie flüstert.

»Ich mag diese Angewohnheit eigentlich gar nicht«, gebe ich zu. »Ich will nicht, dass andere Menschen meine Unsicherheit so deutlich hören können.«

»Bedeutet das, dass ich dich verunsichere?«, fragt sie, und ihr Lächeln wird noch ein bisschen breiter, als würde ihr diese Vorstellung gefallen.

»Ja«, sage ich, ohne zu zögern, weil ich mir sicher bin, dass nicht nur zu laute Worte, sondern auch Lügen diesen Moment zerstören könnten.

»Das klang nicht wie eine Frage«, stellt sie fest. Ihr Lächeln wird ein bisschen kleiner, ihre Züge ernster, doch dieser Gesichtsausdruck ist fast noch schöner als der davor. Er ist so echt, dass ich all die Ehrlichkeit, die ich in ihren Augen erkenne, kaum ertragen kann.

Ich lächle matt. »Weil es einfach die Wahrheit war.«

»Ich weiß nicht, ob ich die Wahrheit immer leiden kann. Sie kann so hässlich sein.« Ihre Stimme klingt ein bisschen belegt, aber sie stolpert nicht über die Worte.

»Lieber eine hässliche Wahrheit als eine schöne Lüge, oder?«, erwidere ich.

»Kommt auf die Wahrheit und die Lüge an«, meint sie. »Willst du mich nicht fragen, warum ich mitten in der Nacht an deinem Auto lehne?«

»Das hätte wohl meine erste Frage sein sollen«, gebe ich zu. »Aber vielleicht willst du es ja gar nicht erklären.«

»Und das würdest du respektieren?« Sie legt den Kopf ein bisschen schief, als sie das fragt.

»Ja«, sage ich wieder schlicht.

Ihre Mundwinkel zucken, und ich bilde mir ein, dass sie einen Rhythmus vorgeben, den mein Herz sofort nachahmt, als wären ihre Lippen der Dirigent für das Lied, das es spielt.

»Dann verrate ich es dir.« Sie verschränkt die Arme vor der Brust, und ihr Ausdruck wird wieder ernster. »Mir wurde einfach alles zu viel. Ich hatte keinen Bock mehr, vor der Kamera so zu tun, als hätte ich wirklich Lust, mit Nolan Andrews zu flirten, der seinen Job definitiv zu ernst nimmt. Aber ich wusste, dass meine Mom mich wieder in seine Richtung schubsen würde, sobald sie merkt, dass ich ihm aus dem Weg gehe. Also musste ich irgendwo anders hingehen. Und hoffen, dass du mir den Gefallen tun würdest, mich nach Hause zu fahren, damit ich nicht mit meiner Familie fahren muss.«

Der Stein, der gerade noch so schwer in meiner Magengrube gelegen hat, dass ich davon überzeugt war, dass er mich ertränken würde, verschwindet so vollständig, als wäre er niemals da gewesen. Und ich muss mich zwingen, die Zufriedenheit, die ich in diesem Moment fühle, nicht zu deutlich zu zeigen. Dann wollte sie eben gar nicht mit Nolan Andrews flirten. Was hat das überhaupt mit mir zu tun? Das ist wirklich kein Grund für mein Herz, so heftig zu schlagen.

»Ich werde dir den Gefallen tun. Aber nur, weil ich es nicht mit mir vereinbaren kann, dich hier stehen zu lassen.«

Ich entsperre die Türen. Athena stößt sich vom Auto ab und läuft zur Beifahrertür. Wir setzen uns fast gleichzeitig ins Auto. Und wieder begegnen sich unsere Blicke kurz. Ich brauche ein bisschen länger als sonst, um den Schlüssel ins Schloss zu stecken und den Motor zu starten. Meine Bewegungen sind fahrig.

»Du hättest eigentlich auch Levi bitten können, dich zu fahren«, sage ich, als ich das Auto auf die Straße lenke.

»Willst du mir damit sagen, dass ich mir in Zukunft eine andere Mitfahrgelegenheit suchen muss?«, erwidert sie.

Das ist nicht das, was ich meinte. Aber ich kann ihr auch nicht sagen, dass ich das nur gefragt habe, um herauszufinden, wie ihre Beziehung zueinander ist.

»Es macht mir nichts aus, dich zu fahren«, setze ich vorsichtig an, nicht ganz sicher, wie ich es schaffen soll, diese Frage zu stellen, ohne zu viel über mich selbst zu verraten. »Mir ist nur aufgefallen, dass du öfter mal mit Levi bei einem Dreh aufschlägst.«

»Mag sein«, murmelt sie in sich hinein. »Aber heute Abend war er beschäftigt.«

Die Antwort soll wohl gleichgültig klingen, aber das tut sie überhaupt nicht, also drehe ich mich zu ihr um.

»Mit was beschäftigt?«

Sie weicht meinem Blick aus und starrt durch die Frontscheibe nach draußen. »Er ist mit Hilary nach Hause gegangen.«

Man kann ihr deutlich anhören, dass ihr das missfällt. Und so schnell, wie der schwere Stein verschwunden war, kehrt er auch wieder zurück.

»Und das ist ein Problem, weil ihr beide …« Ich schaffe es nicht einmal, den Satz zu beenden.

»Oh nein«, entfährt es ihr, und sie sieht endlich wieder zu mir herüber. Wir halten an einer Ampel, und ich kann mich ihr zuwenden, ohne dass wir Gefahr laufen, einen Unfall zu bauen. »Levi und ich sind nur Freunde. Nie mehr gewesen, und wir werden auch niemals mehr sein.«

Der Stein wird wieder ein bisschen leichter. Aber er ist noch da. »Wieso stört es dich dann, wenn er mit einer anderen Frau nach Hause geht?« Wenigstens sprechen kann ich wieder, ohne die Sätze unvollendet ausklingen zu lassen.

»Es geht nicht darum, dass Levi mit einer anderen Frau schläft. Das soll er gern tun. Ich kann ihn auch verkuppeln, wenn er das möchte. Aber ich glaube, dass es keine gute Idee ist, wenn er was mit Hilary anfängt.«

Dass die Ampel wieder auf Grün gesprungen ist, verstehe ich erst, als das Auto hinter mir hupt. Ein bisschen zu abrupt fahre ich an und halte diesmal den Blick auf den Verkehr vor mir gerichtet, obwohl ich so viel lieber sie betrachten würde.

»Wieso denkst du, dass es keine gute Idee ist?«

»Wir haben schon mal darüber geredet. Erinnerst du dich daran?«

»Ich erinnere mich daran, dass ich nicht besonders freundlich zu dir war.«

»Eine Untertreibung, meinst du nicht?«

Ich spüre, wie sich mein schlechtes Gewissen wie ein viel zu enges Kleidungsstück um meinen Körper legt und ihn zusammenpresst, obwohl Athena eher belustigt als vorwurfsvoll klang.

»Das tut mir leid.«

Aus dem Augenwinkel sehe ich, dass sie eine wegwerfende Geste mit der Hand macht. »Ich war auch nicht besonders nett.

Das gleicht sich aus.« Sie klingt so aufrichtig, dass ich ihr einfach glauben muss. »Du bist damals davon ausgegangen, dass ich denke, Levi wäre nicht gut genug für Hilary. Aber das Gegenteil ist der Fall.«

Wir erreichen das Carter-Anwesen viel zu früh. Das bedeutet das Ende für dieses Gespräch, diesen Abend, diesen Moment. Und das stimmt mich vermutlich reumütiger, als es sollte.

Aber obwohl ich das Auto schon am Straßenrand geparkt habe, steigt Athena nicht aus. Sie bleibt einfach sitzen und starrt das Tor an.

»Willst du noch mit reinkommen?«, fragt sie schließlich, und mein Herz bleibt nicht nur stehen, sondern scheint irgendwo in meinem Körper hängen zu bleiben und sich zu verhaken, was es daran hindert, seine Arbeit wieder wie zuvor aufzunehmen.

»Willst du denn, dass ich noch mit reinkomme?«, stelle ich die Gegenfrage.

Athena entfährt ein belustigtes Schnauben. »Hätte ich gefragt, wenn ich das nicht wollen würde?«

Ich beiße mir auf die Unterlippe, und dann grinse ich doch. »Vermutlich nicht.«

»Richtig.« Athena stützt sich am Sitz ab, um sich mir frontaler zuzuwenden. »Ein Gespräch sollte man nicht beenden, bevor es wirklich vorbei ist. Meinst du nicht auch?«

»Damit hast du natürlich recht.«

»Gut«, sagt sie und schnallt sich ab. »Vor meinem Fenster ist eine Dachschräge, und daran lehnt eine Leiter. Vielleicht ist es besser, wenn du nicht durchs Haus gehst. Jemand könnte dich sehen. Und ich kann mir nicht vorstellen, dass dein Vater das gutheißen würde.«

Sie definiert nicht, was sie mit »das« meint, und irgendwie macht das diese Situation noch spannender.

»Du musst durch die Bäume auf der rechten Seite. Mein Zimmer liegt auf der Rückseite des Gebäudes. Du müsstest es eigentlich finden.«

»Werde ich«, sage ich nur und teile ihr nicht mit, dass ich genau weiß, wo diese Leiter steht.

»Okay, dann bis gleich«, erwidert sie und steigt aus. Sie gibt einen Code am Tor ein, es schwingt auf, und sie tritt ein. Ich zögere einen Moment, erkenne dann aber, dass ich mir nichts vormachen kann. Ich will ihr folgen. Egal, wie lange ich auch auf diesem Sitz verharre, ich werde mich nicht vom Gegenteil überzeugen können.

Also steige ich aus, trete durch das Tor und verschwinde zwischen den Bäumen, bevor ich nah genug am Gebäude bin, um den Bewegungsmelder am Eingang, der die Beleuchtung angehen lässt, auszulösen. Ich schalte die Taschenlampe an meinem Handy an und finde die Dachschräge fast auf Anhieb, obwohl es stockdunkel ist.

Das Licht, das aus ihrem Fenster nach draußen dringt, erinnert mich an den Scheinwerfer eines Leuchtturms. Und ich steuere direkt darauf zu, denn es nicht zu tun würde bedeuten, unterzugehen.

Ich mache die Taschenlampe aus und klettere mit etwas wackeligen Beinen die Leiter hoch. Ich bringe sie ein bisschen zum Schwanken, doch dann erreiche ich die Dachschräge und schiebe mich langsam vor. Durchs Fenster kann ich einen Blick auf Athena werfen. Sie hat mir den Rücken zugewandt, aber ich erkenne, dass sie sich aus dem Kleid geschält hat und inzwischen einen Pyjama trägt. Ihre Haare bindet sie sich gerade zu einem Dutt zusammen. Dann dreht sie sich zu mir um. Und grinst, als sie mich entdeckt.

Eine Sekunde später geht quietschend das Fenster auf, und sie klettert zu mir in die Nacht hinaus. Eine Packung Gummibärchen landet in meinem Schoß. Die meisten darin sind rot.

»Ich darf also die essen, die du übrig lässt.«

»Genau. Bin ich nicht gütig?«, sagt sie, hockt sich neben mich und winkelt die Beine an. Ihren Kopf legt sie auf ihren Knien ab, ihre Arme schlingt sie um sich selbst. Es wirkt, als wolle sie sich so klein wie möglich machen, damit sie keinen Platz mehr in der Welt einnehmen muss.

»Um auf unser Gespräch zurückzukommen«, setzt sie an, und ich brauche einen Moment, bis ich mich an das erinnere, worüber wir zuletzt geredet haben, weil ich sie so intensiv angesehen habe, dass alles andere aus meinem Kopf verschwunden ist. »Ich glaube, dass es keine gute Idee ist, wenn Levi was mit Hilary anfängt. Nicht, weil ich denke, dass sie was Besseres verdient hat, sondern weil *sie* denkt, dass sie was Besseres verdient hat. Sie findet ihn vielleicht attraktiv, sie will vielleicht mit ihm schlafen. Aber sie wird niemals mit ihm zusammenkommen oder öffentlich zu ihm stehen. Sie datet Sportler, Stars, reiche Erben. Sie wird Levi behandeln wie ein schmutziges Geheimnis. Und er hat mehr verdient als das.«

Mein Magen verkrampft sich, aber ich gestatte mir nicht, mir einzugestehen, dass mich das auch ein bisschen an uns erinnert. »Hast du ihm das gesagt?«, frage ich stattdessen und schiebe alles, was ich in diesem Moment fühle, so weit zur Seite, bis ich es nicht einmal mehr aus den Augenwinkeln wahrnehmen kann.

»Habe ich«, erwidert Athena. »Aber wir alle haben ein Recht darauf, unsere eigenen Erfahrungen zu machen. Manchmal wissen wir bereits, dass uns etwas früher oder später unglücklich machen wird, und trotzdem fühlt es sich verdammt gut an, zumindest für einen Augenblick.« Sie macht eine kurze Pause. »Wie Gummibärchen zum Beispiel.«

Ich gebe ein ersticktes Lachen von mir. »Gummibärchen fühlen sich nur gut an. Nie schlecht«, erwidere ich.

Jetzt lacht Athena auf. »Dagegen kann ich nichts sagen.«

Unsere Blicke verhaken sich, ihr Lachen erstirbt, und auf einmal ist es sehr leise auf dieser Dachschräge, die sich von dem Rest der Welt gelöst zu haben scheint und nun irgendwo anders treibt, wo es unsere Probleme gar nicht gibt. Ich kann mich nicht rühren, weil mich irgendwas in ihren Augen davon abhält. In ihnen liegt eine Intensität, der ich kaum gewachsen bin und der ich mich dennoch stellen will.

Sie senkt die Lider und schaut auf meine Lippen. Mein Herz rast, ich kann nicht schlucken. Ich kann, glaube ich, nicht einmal mehr atmen. Aber ich kann auch nicht mehr richtig denken, also weiß ich das nicht ganz sicher.

Will sie mich küssen? Will ich sie küssen? Die zweite Frage kann ich beantworten – und zwar mit einem sehr klaren Ja. Aber für die erste finde ich nur ein *Vielleicht*. Ihr Blick kehrt so schnell zu meinen Augen zurück, dass ich mir den Umweg zu meinem Mund auch nur hätte einbilden können.

Und was würde passieren, wenn ich mich ihr jetzt entgegenlehne und sie vor mir zurückweicht? Sie würde mich vermutlich nie wieder einladen, auf diese Dachschräge zu klettern, und das will ich auf keinen Fall riskieren. Auch wenn eine Stimme in meinem Hinterkopf versucht, mir einzureden, dass herauszufinden, wie sich ihre Lippen auf meinen anfühlen, dieses Risiko wert wäre.

Bevor die Stimme zu laut werden kann, um sie noch zu ignorieren, unterbreche ich den Blickkontakt. Ich räuspere mich und greife nach der Packung, die sie mir in den Schoß geworfen hat, kippe mir einige Gummibärchen in die Hand, sortiere sie und gebe Athena die grünen und weißen.

Als ich mich wieder traue, sie anzusehen, ist der intensive Blick verschwunden, gemeinsam mit jedem Hinweis darauf, dass gerade, wenn auch nur für einen winzigen Moment, die Möglichkeit in der Luft gehangen hat, dass mehr zwischen uns sein könnte.

Sie nimmt die Gummibärchen entgegen und grinst. »Du hast es dir gemerkt.«

Ich grinse nur zurück, weil ich mich nicht traue, zu erwidern, dass ich mir alles gemerkt habe.

17. KAPITEL

Sam

»Was guckst du dir da an?«

Ich versuche, den Laptop zu schließen, aber ich bin zu langsam. Mason hat ihn sich schon geschnappt. Als ich ihn ihm entreißen will, dreht er sich einfach gekonnt zur Seite. Mir entfährt ein derber Fluch.

»Das ist dir wohl peinlicher, als wenn ich irgendwelche Nacktfotos oder Pornos auf deinem Laptop gefunden hätte, oder?«, zieht er mich grinsend auf.

Ich bin mir ziemlich sicher, Mason noch nie so böse angesehen zu haben.

Von einer Sekunde auf die nächste wird Mason ganz ernst und gibt mir den Laptop zurück, ohne dass ich ihn darum bitten musste. Ich klappe ihn zu und lasse mich wieder auf meinen Schreibtischstuhl fallen.

»Sorry, das war nicht lustig«, meint er und setzt sich auf das Fußende meines Bettes. Hotdog scheint gespürt zu haben, dass wir kurz davor waren, uns zu streiten. Sie trottet langsam in mein Zimmer und schmiegt sich dann an mein Bein. Ich nehme sie hoch, setze sie auf meinen Schoß und streichle sie. Wenn ich sie ansehe, muss ich Masons Blick nicht erwidern und dann vielleicht auch nicht erklären, was er auf meinem Laptop gefunden hat.

Vermutlich muss ich das sowieso nicht tun. Er kann es sich sicherlich auch selbst denken.

Mason schweigt für seine Verhältnisse erstaunlich lange. Ich hätte längst damit gerechnet, dass er mir all das sagt, was ich nicht hören will. Aber ausnahmsweise lässt er sich damit Zeit.

Erst nach einer halben Ewigkeit räuspert er sich. Ich blicke immer noch nicht auf, aber das hält ihn inzwischen nicht mehr davon ab, mich anzusprechen.

»Du bist vor ein paar Tagen echt spät nach Hause gekommen. Ist irgendwas zwischen dir und Athena passiert?«

»Nein«, sage ich eine Spur zu heftig, weil sich mir die Erinnerung an ihren intensiven Blick aufdrängt. »Nein«, wiederhole ich ein bisschen leiser und ruhiger.

»Sicher?«, hakt Mason nach.

»Ganz sicher«, erwidere ich. »Wir haben nach einem Dreh noch ein bisschen Zeit miteinander verbracht und geredet. Das war alles.«

»Das war alles?« Mason wollte vermutlich ernst klingen, aber ich kann die Belustigung hören, die in dieser Frage mitschwingt. »Wenn das alles ist, wieso googelst du dann ihre Ex-Freunde?«

Jetzt blicke ich auf und bedenke ihn erneut mit einem wütenden Blick. »Das geht dich nichts an, Maze.«

»Das mag sein. Aber wann hat mich das jemals davon abgehalten, nervige Fragen zu stellen?«

»Nie?«, rate ich.

»Richtig. Also warum erwartest du jetzt ein anderes Verhalten von mir?«

Mir entfährt ein Schnauben, aber ein kleines Lachen, das ich nicht unterdrücken konnte, mischt sich damit.

Mason grinst selbstzufrieden. »Wenn du mich wirklich so unausstehlich finden würdest, würden wir schon seit Jahren nicht mehr zusammenleben. Also tu nicht so, als könntest du mich nicht ertragen.«

Ich verdrehe nur die Augen und mache mir nicht die Mühe, darauf einzugehen.

»Willst du darüber reden?«, fragt mich Mason auf einmal mit so viel Ernsthaftigkeit in der Stimme, dass ich glaube, ein ganz anderer Mensch würde vor mir sitzen.

»Würde ich dich so böse angucken, wenn ich mit dir darüber reden wollte?«

»Fair«, meint er. »Vielleicht willst du nicht drüber reden, aber vielleicht ist dir auch nicht klar, dass du dich viel besser fühlen würdest, wenn du drüber reden würdest.«

»Das war ein viel zu komplizierter Satz für so wenig Inhalt.«

»Mein Lebensmotto.«

Ich verkneife mir ein Grinsen.

»Du googelst also Athenas Ex-Freunde, damit du mehr über ihr Datingverhalten herausfinden kannst? Natürlich nur, weil du das als Produktionsassistent der Show wissen musst.«

»Natürlich«, sage ich sarkastisch.

»Wie vorbildlich von dir«, zieht Mason mich auf. »Und was hast du bei deiner sehr professionellen Recherche herausgefunden?«

Ich brauche einen Moment, bis ich bereit bin zu antworten. »Dass sie sehr berühmte, sehr reiche und sehr erfolgreiche Männer datet.«

»Und all diese Attribute treffen auch auf dich zu, also verstehe ich nicht, was das Problem ist«, scherzt Mason.

Ich schüttle den Kopf. »Sehr witzig.«

»Du willst mir also nicht erklären, dass es dir ganz egal ist, wen Athena datet?«

Ich reagiere nicht auf die Frage.

»Okay, wenn du nicht einmal versuchst, es abzustreiten, haben wir echt ein Problem.«

Wieder schnaube ich, weil mir einfach nichts Gutes einfällt, was ich darauf erwidern könnte.

»Du weißt selbst, dass mindestens fünfzig Prozent dieser Beziehungen nicht real waren. Die meisten Kerle hat sie vermutlich nur für die Show gedatet.«

»Aber ein paar Beziehungen sind real.«

»Vermutlich«, gibt Mason widerwillig zu. »Aber du hast doch schon längst festgestellt, dass sie nicht oberflächlich ist und sich nicht von solchen Attributen blenden lässt. Dafür ist sie zu schlau. Zu denken, dass ihr nur äußere Werte wichtig sind, würde ihre Intelligenz beleidigen, und das willst du sicher nicht.«

»Wie soll ich dem nur widersprechen?«

»Gar nicht. Ich habe das ja extra so formuliert, dass du gar keinen Widerspruch mehr erheben kannst.«

Ich will es natürlich nicht zugeben, aber nach diesem nur teilweise ernst gemeinten Gespräch geht es mir tatsächlich ein bisschen besser.

Doch noch hat Mason nicht vor, mich in Ruhe zu lassen. Er erhebt sich zwar von meinem Bett, verharrt aber am Türrahmen. Sein Blick ist ganz ernst, und schon bevor er den Mund aufmacht, weiß ich, dass mir nicht gefallen wird, was er als Nächstes sagen wird. »Ich weiß, dass du es nicht einmal unter Folter zugeben wirst.«

»Gilt dieses Gespräch nicht als Folter?«

Er übergeht den Kommentar einfach. »Aber du magst sie. Du magst sie sogar sehr. Und ich hoffe, dass du schlau genug bist, um dich nicht von irgendwelchen lächerlichen und erfundenen Gründen davon abhalten zu lassen, das zu fühlen, was du fühlen willst. Schon gar nicht von deiner Vergangenheit oder von der einen Person, über die du nie sprichst.« Ich will etwas erwidern, doch er redet weiter. »Ich glaube, wenn du nicht so blind wärst, würdest du sehen, dass sie dich auch mag.«

Auf einmal ist mein Mund ganz trocken. »Das ist mir egal«, bringe ich trotzdem heraus.

Mason grinst wissend, aber ich bin ihm dankbar, dass er nicht ausspricht, was ich deutlich in seinen Augen lesen kann.

☆

Ich versuche, mir meine Aufregung nicht ansehen zu lassen. Natürlich scheitere ich kläglich.

»Kann ich dir diesen Dreh anvertrauen?«

Ich atme einmal tief durch, bevor ich antworte, weil ich die Antwort sonst zu laut aussprechen würde, um noch professionell rüberzukommen. »Definitiv.«

Mein Vater nickt einmal. Es ist seine Art, mir zu zeigen, dass er mir tatsächlich vertraut. »Diese Staffel lief holprig an, um es mal diplomatisch auszudrücken, aber wir haben es geschafft, das Ruder herumzureißen. Ich will, dass wir den Kurs halten.«

Ich nicke, während Bruchstücke unseres Gesprächs durch meinen Kopf gehen. Ich habe meinen Wert gezeigt, hat er gesagt. Ich wäre so weit, hat er hinzugefügt. Und seitdem bin ich voller Tatendrang.

»Sorg dafür, dass der nächste Dreh fehlerfrei über die Bühne geht. Damit kannst du mir beweisen, dass du in der Lage bist, eines Tages als mein gleichberechtigter Partner zu arbeiten«, fügt er noch hinzu, und ich frage mich nicht das erste Mal in meinem Leben, ob mein Vater überhaupt lächeln kann. So richtig lächeln. Ein Lächeln, das nicht nur seine Lippen einbindet, sondern auch seine Augen erreicht. Vermutlich nicht. Aber das leichte Heben seines linken Mundwinkels ist wohl das, womit ich mich zufriedengeben muss, und damit kann ich leben.

»Das werde ich«, sage ich mit fester Stimme, die nicht verrät, was in mir vorgeht. Doch insgeheim freue ich mich, dass er mir endlich mehr Verantwortung überträgt.

»Der nächste Dreh ist für Evelyn sehr wichtig«, setzt mein Vater an, nachdem er ein weiteres Mal sehr bestimmt genickt hat. Ich verkneife mir zu sagen, dass Evelyn Carter jeder Dreh sehr wichtig ist.

»Die Halloween-Folge wird eine Woche vor dem Staffelfinale gesendet. Also soll sie natürlich viel zu bieten haben. Evelyn wünscht sich viele Streiche, die sich ihre Kinder gegenseitig spielen können. Du darfst dir auch selbst welche ausdenken.«

Ich nicke nur, weil ich mir meine Freude nicht anmerken lassen will.

»Ein paar Streiche können sie sich auch in den Häusern der Geschwister spielen. Aber letztendlich sollen sie alle in der

Villa der Eltern aufschlagen. Und dann kommen die Eltern von einem gemeinsamen romantischen Essen nach Hause ...« Kurz hält mein Vater inne, als hätte er den Faden verloren. Wenige Sekunden später nimmt er ihn wieder auf. »... und erwischen sie. Und dann lacht die ganze Familie herzlich miteinander darüber.«

»Die Carters – doch eine ganz normale Familie wie jede andere«, kommentiere ich trocken.

Mein Vater schnauft fast schon belustigt. »Es war gar nicht so einfach, die ganze Halloween-Deko ein halbes Jahr vor dem Feiertag aufzutreiben«, erklärt er. »Aber wir drehen es jetzt, damit es dann am Halloween-Wochenende ausgestrahlt werden kann.«

»Alles so authentisch«, scherze ich, und mein Vater gibt wieder ein Schnaufen von sich. Zu einem ganzen Lachen ist er genauso wenig fähig wie zu einem ganzen Lächeln. War es jemals anders? Gab es eine Zeit, in der er nicht so ernst, stoisch und ehrgeizig war? Vermutlich. Ich weiß, dass er meine Mutter geliebt hat. Zumindest bis sie ihm einen Grund gegeben hat, es nicht mehr zu tun. Aber mir meinen Vater verliebt vorzustellen ist fast noch schwieriger, als ihn mir glücklich vorzustellen. Es ist fast schon traurig.

»Ich werde den Dreh von dem Abendessen der Eltern beaufsichtigen, bevor sie bei der Villa aufschlagen. Du übernimmst unterdessen den Dreh mit den Geschwistern. Kriegst du das hin?«

Ich nicke und versuche, dabei wenigstens halb so bestimmt zu wirken wie mein Vater. »Ich muss sie dabei beaufsichtigen, wie sie sich ein paar Streiche spielen. Wie viel kann dabei schon schiefgehen?«

18. KAPITEL

Athena

Ich kann mich nicht daran erinnern, in der Gegenwart meiner Geschwister jemals so laut gelacht zu haben. Wer auch immer sich die Streiche ausgedacht hat, die wir uns spielen, ist ein verdammtes Genie.

Demeters Schrei, der vermutlich noch bis Downtown L.A. zu hören war, klingelt mir immer noch in den Ohren. Aber Octavians tiefes Lachen voller Bass belohnt mein geschädigtes Trommelfell. Er kriegt sich schon seit einigen Minuten nicht mehr ein.

Wir haben Demeters Haus von oben bis unten mit Halloween-Deko ausgestattet, sodass es inzwischen weniger wie eine luxuriöse Villa aussieht und mehr wie ein spukendes Haus, das man auf Jahrmärkten findet. Überall hängen Spinnweben, gruselige Geister, Köpfe, lose Glieder, Skelettarme und alles, was bei Halloween noch dazugehört. Die Krönung, die ihr den schrillen Schrei entlockt hat, ist der Pool. Wir haben ihn blutrot gefärbt. Und meiner großen Schwester gefällt das überhaupt nicht.

»Das ist nicht witzig«, brüllt sie. Unser Lachen macht sie nur noch wütender. Damit aufhören können wir aber auch nicht. »Jetzt verfärben sich bestimmt die Fliesen. Wisst ihr, wie teuer die waren?«

»Zum Glück verdienst du genug Geld«, sagt Hera trocken. Sie ist sichtlich belustigt, aber sie konnte Emotionen noch nie gut zeigen. Ein Lachen werde ich von ihr wohl nicht zu hören bekommen.

Caesar sind Tränen in die Augen gestiegen, die er sich jetzt fortwischt. »Ihr Gesicht …«, stößt er hervor, aber die restlichen Worte gehen in einem Prusten unter. Als wir seinem Haus einen Besuch abgestattet haben, fand er diese Pranks noch gar nicht witzig. Wir haben den kompletten Eingangs- und Wohnbereich mit Plakaten dekoriert – natürlich mithilfe von vielen Produktionsassistenten, aber das erfahren die Zuschauer nicht. Und zwar Plakaten, die ihn in unvorteilhaften Momenten zeigen. Wenn er das Gesicht verzieht, hinfällt oder niest. Es gibt wohl nichts, was meinem selbstverliebten Bruder schlechtere Laune machen würde. Aber seit wir bei Demeter angekommen sind, ist das alles wieder vergessen, und er kann sich über alle Scherze amüsieren, die nicht auf seine Kosten gehen.

»Wir sollten eigentlich mal testen, wie es abfärbt«, kommentiert Octavian fachmännisch, als er es endlich schafft, sein Lachen zu unterdrücken. »Was meint ihr?«

»Was hast du vor?«, fragt Hera misstrauisch. Und ich glaube, sie hat allen Grund, misstrauisch zu sein. Octavians Augen blitzen. Das kann nie etwas Gutes bedeuten.

Doch bevor irgendeiner von uns noch etwas sagen kann, schubst Octavian Hera, und sie landet mit einem lauten Klatschen im blutroten Pool. Sie kann nicht einmal schreien, da ist sie auch schon unter Wasser.

»Das hast du nicht getan«, entfährt es mir. Hera bricht durch die Wasseroberfläche, hustet und schmeißt mit derben Flüchen um sich.

»Caesar, du weißt, was zu tun ist«, sagt Octavian zu seinem Bruder. Die beiden nicken sich verschwörerisch zu. Und wieder geht alles ganz schnell. Caesar rennt um den Pool herum auf Demeter zu. Sie will flüchten, aber da hat er sie schon gepackt und springt mit ihr zusammen ins Wasser. Und bevor ich darüber lachen kann, schlingt Octavian auch schon von hinten die Arme um meinen Körper, und wir segeln durch die Luft.

Ich tauche unter und strample wieder nach oben. Sobald ich auftauche, trifft mich auch schon der nächste Schwall Wasser.

Meine Geschwister haben bereits eine erbitterte Wasserschlacht begonnen. Hera und Demeter tun sich zusammen, um Octavian mit vereinten Kräften unter Wasser zu drücken. Ich lache und helfe ihnen. Über die Anwesenheit von Kameras habe ich schon seit Stunden nicht mehr nachgedacht.

☆

»Kann ich rauskommen?« Octavians kritische Stimme dringt durch die geschlossene Badezimmertür.

»Natürlich kannst du das«, antworte ich unschuldig.

»Ohne drohende Gefahr?«, hakt er nach.

»Ich habe keine Ahnung, wovon du redest«, rufe ich zurück.

Als Reaktion bekomme ich nur ein genervtes Schnauben.

Er tut ja fast so, als würde vor der Badezimmertür ein wildes Tier auf ihn warten. Oder wohl eher ein weiterer Cheesecake.

Er hatte sich gerade erst geduscht, um die rote Farbe aus seinen Haaren zu bekommen, einen Schritt aus dem Bad gemacht, und schon hatte er Tortenteig im Gesicht. Ich würde gern so tun, als hätte das nichts mit mir zu tun, schließlich stand dieser Streich für den heutigen Tag auf dem Drehplan. Aber seit ich es gelesen hatte, hatte ich mich diebisch darauf gefreut. Dass der Streich nicht der originellste ist, ist mir völlig egal. Octavians Gesichtsausdruck bedeckt mit Sahne und Krümeln war eines der Highlights meines Lebens.

»Ich habe keinen Kuchen mehr«, sage ich schließlich, weil sich mein dreißigjähriger, ein Meter neunzig großer Bruder nicht traut, das Bad zu verlassen, aus Angst, ich könnte ihm mit einem weiteren Streich auflauern. »Versprochen.«

Die Tür quietscht, und Octavian lugt hinaus. Erst dann traut er sich, einen Schritt nach draußen zu machen.

Ich grinse übers ganze Gesicht. An meinem Oberteil kleben auch noch Kuchenreste. Er hat mich nämlich zur Rache gepackt und an sich gedrückt, damit auch an mir Teig hängen bleibt. Aber es war nicht so viel, dass ich noch mal duschen musste.

»Was hast du noch geplant, Teufelsbrut?«, fragt er.

»Du hast mich in den Pool geschmissen. Wir sind quitt«, erinnere ich ihn.

»Vielleicht«, sagt er. »Aber ich werde dir nie wieder vertrauen können.«

Ich pruste los, und auch er kann seinen gespielt ernsten Gesichtsausdruck nicht länger aufrechterhalten und stimmt mit ein.

»Was steht als Nächstes an?«, fragt er und reibt sich die Hände.

»Da hat jemand Blut geleckt«, kommentiere ich.

»Oh ja«, gibt Octavian direkt zu. »Ich hatte schon ewig nicht mehr so viel Spaß bei einem Dreh.«

Ich denke darüber nach und muss zugeben, dass es mir genauso geht. Ausgerechnet während wir uns kindische Streiche spielen, fühle ich mich meinen Geschwistern auf einmal viel näher als früher.

Octavian und ich laufen die Treppe hinunter, bis wir den Wohnbereich erreichen. Wir sind inzwischen alle wieder in der Villa unserer Eltern, um die restlichen Einstellungen zu filmen. Wir sollen sie mit Wasserbomben angreifen, sobald sie in die Einfahrt fahren, und darauf freuen sich meine Geschwister wohl schon den ganzen Tag.

Aber ich habe eine andere Mission. Levi und ich haben uns vor ein paar Tagen abgesprochen und uns überlegt, wie wir diesen Dreh nach unseren Vorstellungen manipulieren könnten. Und ich hatte eine Idee, die mich meinen Geschwistern zwar nicht näherbringt, aber die es mir ermöglicht, meiner Mutter mal ihre eigene Medizin zu verabreichen. Und diese Chance werde ich mir nicht entgehen lassen.

Meine anderen Geschwister und ein Kamerateam sind schon draußen in der Auffahrt und warten auf die Ankunft unserer Eltern. Sam ist bei ihnen. Ich kann seinen breiten Rücken von hier aus sehen. Ich reiße meinen Blick los, bevor ich vergessen kann, was ich vorhabe. Gerade geht es nicht um ihn oder um das, was ich gefühlt habe, als ich neben ihm auf der Dachschräge saß und ein bisschen zu lange auf seine vollen Lippen gestarrt habe.

»Ein Streich steht noch aus«, sage ich zu Octavian und reiche ihm die Dispo. Levi und ich haben einen Punkt hinzugefügt.

»Moms Büro durcheinanderbringen?«, fragt Octavian überrascht. »Hätte nicht gedacht, dass sie so einen Streich absegnet.«

Hat sie auch nicht. Ihr Büro ist ihr Refugium. Dort wird nicht gedreht. Das ist eine in Stein gemeißelte Regel. Denn während meine Mutter die Privatsphäre ihrer Kinder ausschlachtet, als wäre nichts dabei, achtet sie sehr auf ihre eigene. Heute soll sie erfahren, wie es sich anfühlt, wenn etwas den Kameras ausgeliefert wird, was man nie mit der Welt teilen wollte.

Sie wird das Filmmaterial niemals senden. Aber darum geht es mir nicht. Ich werde trotzdem in einen Ort eindringen, der nur ihr gehört. Damit sie sich ein Mal, wenigstens ein verficktes Mal, so beschissen fühlt, wie ich es ständig tue.

»Wer sind wir, die heilige Dispo infrage zu stellen?«, meine ich schulterzuckend.

»Hast recht«, sagt Octavian.

Levi steht schon mit einer ahnungslosen Produktionsassistentin vorm Büro meiner Mutter. Unseren Plan in der Dispo zu verewigen, war ein Geniestreich. So wird meine Mutter mich nicht sofort häuten, wenn sie mich in ihrem Büro findet. Ich habe schließlich nicht auf eigene Faust gehandelt. Die Dispo hat mir gar keine andere Wahl gelassen.

Levi nickt mir zu. Er ist bereit für unseren Plan. Und diesmal hat er auch gar nicht versucht, mir einzureden, dass es eine schlechte Idee ist. Er kennt die Probleme, die ich mit meiner Mutter habe, und auch die Gründe, warum Adrian abgehauen ist. Er hat nichts dagegen einzuwenden, es meiner Mutter heimzuzahlen.

Ein Eimer mit »Dekoartikeln« steht schon bereit. Octavian und ich betreten das Büro. Wir warten auf Levis Zeichen, dass die Kamera läuft. Und dann machen wir uns an die Arbeit. Wir hängen Klopapierrollen wie Lametta über die Regale und Stühle. Aus Sprühdosen kommen Fäden, die sich überall im Büro verteilen. Während Octavian sich die Mühe macht, die Familienfotos mit einem Filzstift zu bemalen, gehe ich zu ihrem Schreibtisch. Ich bringe die Unterlagen durcheinander und verspüre dabei eine seltsame Befriedigung. Das nennt man wohl Rache. Dieses Gefühl hat definitiv einen zu schlechten Ruf, wenn man mal bedenkt, wie krass gut es sich anfühlt.

Ich öffne eine Schublade, will wahllos einen Stapel Papier herausholen und halte inne. Auch Octavians Stimme blende ich für einen Moment aus. Zwei Gegenstände haben meine Aufmerksamkeit auf sich gezogen. Eine Karte, die ich für eine Kreditkarte halten könnte, wenn nicht das Logo eines Hotels darauf prangen würde, und ein kleines altes Handy, das mich an Filme vom Beginn dieses Jahrhunderts denken lässt. Mit Smartphones hat es wenig zu tun. Man kann es auf- und zuklappen, und der Bildschirm ist winzig und schwarz-weiß.

Ich will beides herausholen und genauer unter die Lupe nehmen, als ein wütender Schrei meine Gedanken durchschneidet wie ein frisch geschliffenes Messer.

Meine Mutter steht mit aufgerissenen Augen in der Tür zu ihrem Büro. Sie mustert ihre Umgebung. Und alles, was sie sieht, scheint sie noch wütender zu machen.

Ich lasse das Handy zurück in die Schublade fallen und schließe sie ganz schnell wieder. Obwohl ich das alles genauso geplant hatte, schlägt mein Herz jetzt viel zu schnell. Ich wusste, dass sie schreien würde. Ich wollte, dass sie genau so reagiert. Aber es fällt mir immer noch schwer, mich von den Launen meiner Mutter nicht beeindrucken zu lassen.

»Was zur Hölle?«, entfährt es ihr. »Was denkt ihr, was ihr hier tut?«

Octavian starrt sie verwirrt an. »Das stand auf der Dispo.« Da er wirklich keine Ahnung hat, was hier vor sich geht, ist sein unschuldiger Ton verdammt überzeugend.

Eine Produktionsassistentin reicht meiner Mutter die Dispo mit zitternden Händen. Sie entreißt ihr diese so schwungvoll, dass ein Schnipsel in der Hand der jungen Frau zurückbleibt. Meine Mutter überfliegt die Seite und sieht schließlich auf. »Oliver, das passiert also mit einem Dreh, wenn du deinem Sohn Verantwortung anvertraust?«

Mein Herz stürzt ab. Sam war für diesen Dreh verantwortlich?

Meine Augen suchen ihn hektisch und finden ihn auch schnell. Die lauten Stimmen meiner Mutter und seines Vaters richten sich an ihn. Doch sein Blick ist auf mich gerichtet. Und was ich darin entdecke, hat so gar nichts mit dem zu tun, was ich vor wenigen Abenden dort finden konnte.

☆

»Ich verstehe nicht, was dein Problem ist. Es ist doch alles nach Plan gelaufen«, meint Levi, der auf meinem Bett hockt und seinen Oberkörper nach hinten fallen lässt.

Ich laufe vor dem Fußende auf und ab. Mein Körper bewegt sich so hektisch, dass meine Haare, die ich mir zu einem instabilen Dutt auf dem Kopf fixiert habe, heftig hin und her wippen.

»So einfach ist das nicht«, murmle ich. »Wir sind nicht diejenigen, die für den Dreh verantwortlich waren. Wir sind also auch nicht diejenigen, die mit den Konsequenzen leben müssen.«

Levi richtet sich wieder auf und mustert mich eindringlich. Ich kann ihm genau ansehen, in welchem Moment er versteht, was ich meine. Er lehnt sich nach vorne und stützt seine Arme auf seinen Knien ab. »Du hast Skrupel, weil Samuel für den Dreh verantwortlich war.«

Ich nicke nur.

Levi stößt einen Fluch aus. »Das konnten wir nicht wissen. Wir haben damit gerechnet, dass höchstens sein Dad Ärger bekommt. Dass Sam die Wut deiner Mutter abbekommt, war nicht beabsichtigt.«

»Das ändert nichts an der Tatsache, dass Sam das jetzt ausbaden muss. Unseretwegen.« Meinetwegen. Aber das letzte Wort spreche ich nicht laut aus.

Erst vor wenigen Tagen haben wir zusammen auf der Dachschräge vor meinem Fenster gesessen. Das erste Mal, seitdem der Dreh der neuen Staffel begonnen hat, habe ich es über mich gebracht, hinauszuklettern. Und es war überhaupt nicht mehr schmerzhaft. Mit ihm dort zu sein und zu reden, hat sich so natürlich angefühlt, als würden wir das schon seit Jahren tun. Der Abend war wunderschön. Und jetzt frage ich mich, ob ich uns die Möglichkeit genommen habe, jemals wieder gemeinsam dort zu sitzen.

Auf einmal wird die Tür zu meinem Zimmer aufgerissen. Ich fahre herum. Dort steht Sam und starrt mich wütend an.

»Sam, es tut mir so leid. Ich …«, setze ich sofort an, weil ich die Wut in seinen Augen nicht ertragen kann. Doch er lässt mich nicht ausreden.

»Spar's dir«, unterbricht er mich harsch. »Ihr habt mich ins offene Messer laufen lassen.«

Er sieht nur mich an. Auf eine Weise, die mich fragen lässt, ob er überhaupt noch etwas außer mir wahrnehmen kann. Während wir zusammen auf der Dachschräge saßen, habe ich mich auch manchmal so gefühlt, wenn sein Blick auf mir lag. Er hat mich so intensiv angeschaut, als wäre ich das Einzige, das in diesem Moment für ihn existiert. Und unter diesem Blick hat mein Magen gekribbelt. Ich wollte mich in diesem Gefühl sonnen, in ihm baden. Untertauchen und niemals wieder auftauchen. Aber obwohl er auch jetzt nur mich zu sehen scheint, ist sein Blick anders. Er ist kalt.

Seine Brust hebt und senkt sich hektisch unter seinen abrupten Atemzügen. Seine Augen glänzen. Verrat. Das ist das, was er gerade fühlt, und er versucht nicht einmal, es vor mir zu verstecken.

»Sam, ich …«, beginne ich, ohne zu wissen, wo mich dieser Satz hinführen wird. Hoffentlich fort von diesem schrecklichen Moment, in dem die Luft nicht mehr zum Atmen reicht.

Doch Sam lässt mich wieder nicht ausreden. Vielleicht weiß er genauso gut wie ich, dass es nichts gibt, was ich sagen könnte, um diese Situation besser zu machen.

»Dieser Dreh war wichtig für mich«, sagt er atemlos. Merke nicht nur ich, dass wir von viel zu wenig Sauerstoff umgeben sind? »Mein Vater wollte mir mehr Verantwortung übertragen. Das kann ich jetzt vergessen. Ich kann froh sein, wenn er mich weiter am Set arbeiten lässt.«

Er könnte gehen. Ich könnte ihn nie wiedersehen. Mein Hals wird immer enger, und ich erkenne, dass es an meinem verkrampften Körper und nicht an der Luft liegt, dass ich kaum noch atmen kann. »Es tut mir so leid«, kriege ich irgendwie hervor. »Ehrlich.«

Sam schnaubt nur verächtlich. Sein Gesichtsausdruck ist gequält. Mein Anblick scheint ihm wehzutun. Wegsehen kann er aber auch nicht. »Du kannst deine Entschuldigungen und Erklärungen auch für dich behalten«, sagt er. »Du wusstest, dass dein Handeln Konsequenzen haben würde, aber du hast darauf geschissen, weil du wusstest, dass du diese Konsequenzen nicht tragen würdest.«

Ich würde so gern etwas Versöhnliches sagen, irgendwas, das ihn dazu bringt, mich wieder so anzusehen, wie er es vor wenigen Tagen noch getan hat. Aber mein Kopf ist so leer, dass ich nicht einmal einzelne Worte finde, geschweige denn einen ganzen zusammenhängenden Satz.

»Diese Sabotagen müssen enden. Sofort«, fordert Sam. Er sieht zwar in meine Richtung, aber nicht mehr in meine Augen.

»Ich kann damit nicht aufhören«, sage ich mit brüchiger Stimme. »Du weißt, dass ich das nicht aus Langeweile tue. Ich tue das, weil meine Familie das braucht.«

Er stößt ein freudloses Lachen aus. »Rede dir das nur ein, wenn du dann nachts besser schlafen kannst.« Seine Hand fährt durch seine Haare. Sie zittert. »Diese Aktion gerade hat deiner Familie nicht geholfen. Das weißt du auch. Du wolltest deine Mutter provozieren, und das ist dir auch gelungen. Herzlichen Glückwunsch.« Er lässt seine zitternde Hand wieder sinken. »Aber mir ist egal, warum du das tust. Es muss aufhören.«

Mein Herz verkrampft sich. Aus gleich mehreren Gründen. »Ich dachte, es wäre dir nicht egal, warum ich das tue. Deswegen hast du mir doch geholfen.«

»Was offensichtlich ein Fehler war«, erwidert er.

Mein Herz zieht sich zusammen, als wollte es keinen Platz mehr in meiner Brust einnehmen. Ich weiß, dass er wütend ist. Vermutlich meint er nicht alles, was er sagt, zu hundert Prozent ernst. Das ändert nichts an dem Schwung, den seine Worte haben, wenn sie auf meinen Körper treffen.

»Ich habe dir geholfen, und zum Dank fällst du mir in den Rücken. Es war okay für mich, angeschrien zu werden, nachdem die Speicherkarten vom Nacktshooting gefehlt haben, weil ich mich dazu entschieden hatte, dir zu helfen. Aber jetzt hast du eine Entscheidung für mich getroffen. Dir war egal, dass ich Ärger bekommen könnte. Ich dachte, wir wären …« Er beendet den Satz nicht.

Mein schlechtes Gewissen liegt schwer auf mir. Ich habe Sam schlecht behandelt, und das hat er nicht verdient. Aber ich kann trotzdem nicht tun, was er von mir verlangt. »Ich werde nicht aufhören.« Ich zwinge meine Stimme dazu, wieder fester zu werden, damit man mir auch abkaufen kann, dass ich zu diesen Worten stehe.

Sam fixiert mich wieder. »Ich könnte dich verpfeifen. Das hätte ich schon vor Wochen tun sollen.«

»Mach's doch«, gebe ich zurück und verschränke die Arme vor der Brust. Obwohl mein Herz immer noch schmerzt, schwingt meine Stimmung ruckartig um. Gerade eben noch habe ich darüber nachgedacht, wie ich mich entschuldigen soll.

Jetzt will ich mich gar nicht mehr entschuldigen. Er will mich erpressen. Er will meiner Mutter sagen, was ich getan habe. Wir kennen uns vielleicht noch nicht lange, aber er kennt mich doch gut genug, um zu wissen, was er mit so einer Drohung in mir auslöst. Auf einmal kocht Wut in mir hoch und verbrennt langsam die Reue, die ich noch gefühlt habe, als Sam in mein Zimmer gestürmt ist. »Was ist das Schlimmste, was mir passieren kann?«

Mir fallen zwar ein paar Dinge ein, die ich ganz sicher nicht erleben will. Aber nichts, das mich dauerhaft davon abhalten könnte, meinen Plan zu verfolgen. Nicht einmal der Zorn meiner Mutter könnte mich jetzt noch aufhalten. Das weiß ich. Und Sam weiß das auch.

»Dich wird deine Mutter nicht feuern«, stellt er fest.

»Ganz recht«, erwidere ich.

»Aber Levi.«

Ich starre Sam fassungslos an. »Das ist nicht dein Ernst«, entfährt es mir. »Das kann nicht dein Ernst sein.«

»Doch, das ist mein voller Ernst«, sagt er unnachgiebig. »Dich kann deine Mutter nicht feuern. Aber wenn ich ihr sage, wer dir geholfen hat, all deine Pläne umzusetzen, wird sie ihn feuern. Ohne zu zögern. Das weißt du.«

Ja, das weiß ich. *Fuck.* Natürlich weiß ich das.

»Du gehst zu weit.« Meine Stimme ist nicht mehr brüchig, aber jetzt zittert sie vor unterdrückter Wut. »Das überschreitet eine Grenze.«

»Du hast sie zuerst überschritten.«

Ich mustere Sam und versuche, an seiner Mimik zu erkennen, ob er nur blufft. Ich suche nach Unsicherheit. Ich suche nach einem schlechten Gewissen. Aber ich finde beides nicht.

»Ich dachte, ich hätte mich in dir geirrt«, sage ich. »Aber anscheinend hätte ich mich auf mein erstes Gefühl verlassen sollen.«

»Kann ich nur zurückgeben.« Sein Ton ist gefühllos, und das ist irgendwie noch schlimmer als seine Wut.

»Wenn ich aufhöre, mich einzumischen, ist Levis Job sicher?«, frage ich.

»Athena«, sagt Levi beschwörend und berührt mich vorsichtig an der Schulter. »Was tust du da?«

»Wenn ich aufhöre, mich einzumischen, ist Levis Job sicher?«, hake ich nach und ignoriere Levi einfach.

»Ja«, sagt Sam schlicht.

»Ist das ein Versprechen?«

»Ja.«

»Dann höre ich auf, mich einzumischen. Aber Levi behält seinen Job.« Irgendwie schaffe ich es, diese Worte zu sagen, obwohl jedes einzelne sich so falsch auf meiner Zunge anfühlt, dass sie brennen.

»Wenn du dich nicht mehr einmischst, habe ich kein Interesse daran, ihn loszuwerden«, sagt Sam unbewegt.

»Gut, aber dann verschwinde jetzt aus meinem Zimmer. Ich habe dir nichts mehr zu sagen.«

Kurz scheint sich sein Gesicht zu verziehen, aber vermutlich bilde ich mir das nur ein. Er sieht mir noch einmal in die Augen, dann wendet er sich ab und verlässt den Raum. Die Tür klickt ins Schloss, und ich glaube, dass ich erst verstehe, was gerade passiert ist, als dieses Geräusch an meine Ohren dringt.

Mein Plan ist gescheitert.

»Das hättest du nicht tun sollen«, sagt Levi.

»Du kannst diesen Job nicht verlieren. Das weißt du genauso gut wie ich.«

»Ich weiß, aber …«, setzt er an, doch ich lasse ihn nicht aussprechen.

»Levi, das ist dein erster Job nach deinem Uniabschluss. Du brauchst ihn. Und gefeuert zu werden würde deiner Karriere sicherlich nicht helfen.«

»Ich weiß«, gibt Levi zu und lässt sich wieder auf mein Bett sinken. Er ergreift meine Hand und zieht mich näher, bis ich neben ihm sitze. »Ich weiß das alles. Ich finde es trotzdem beschissen, dass du nachgeben musstest, um mir zu helfen.«

»Ich musste dir helfen, weil ich deinen Job erst in Gefahr gebracht habe. Dein schlechtes Gewissen ist unangebracht.«

Levi versucht zu lächeln, aber es gelingt ihm nicht ganz. »Hey«, sagt er sanft und legt einen Arm um meine Schultern. »Es tut mir leid, dass Sam sich als riesiges Arschloch entpuppt hat. Ich weiß, dass du ihn mochtest.«

»Ich mochte ihn nicht«, entgegne ich heftig, lasse meinen Kopf aber trotzdem auf seine Schulter sinken. Er ist zu schwer, um nur von meinem Hals getragen zu werden.

»Red dir das ein, wenn du dich dann besser fühlst«, meint Levi nur und streicht mir beruhigend über den Rücken.

Gern würde ich mich mit ihm anlegen, aber dafür fühle ich mich zu schwer, zu müde, zu leer. Zu geschlagen.

Erst vor wenigen Tagen habe ich mit Sam über hässliche Wahrheiten und schöne Lügen gesprochen. Wer hätte gedacht, dass sich der Moment, den wir miteinander geteilt haben, als eine hässliche Wahrheit verpackt in eine schöne Lüge entpuppen würde?

19. KAPITEL

Athena

Meine dunkle Stimmung will so gar nicht zu meiner schillernden Umgebung passen. Vor mir tut sich ein roter Teppich auf, der sich in die Ewigkeit zu strecken scheint. Ich kann das Ende von hier aus gar nicht richtig sehen, und das macht mich müde, obwohl ich noch nicht einmal ins Rampenlicht getreten bin.

Ich befinde mich hinter einem Sichtschutz und kann noch nicht von den Kameras eingefangen werden, aber das Leuchten der Blitze dringt schon auf meine Netzhaut und bringt mich zum Blinzeln.

Am liebsten würde ich einfach wieder auf dem Absatz kehrtmachen. Aber ich habe es eigentlich schon viel zu weit geschafft, um jetzt noch umzukehren. Ich trage ein bodenlanges schwarzes Kleid mit Spaghettiträgern und eine goldene Kette, die eng um meinen Hals liegt. Eine professionelle Visagistin hat mich geschminkt. Meine Lippen sind rosa, meine Augen werden von schwarzem Eyeliner betont. Meine Haare fließen in sanften Wellen über meine Schultern. Sogar High Heels mit Pfennigabsätzen habe ich angezogen, obwohl meine Füße schon geschmerzt haben, als ich sie nur angesehen habe. Am Ende des Abends werde ich vermutlich gar nicht mehr richtig laufen können. Schon jetzt erinnert mich das Pochen in meinen Fußsohlen daran, warum ich diesen Folterinstrumenten nur wenig abgewinnen kann.

Und ich habe nicht nur Schmerzen in Kauf genommen, um hierherzukommen, sondern auch die Missbilligung meiner

Mutter. Da sie noch immer so tut, als wären nur fünf Kinder aus ihr herausgekommen, hat sie die Premiere für den Film, bei dem Aphrodite als Produktionsassistentin gearbeitet hat, nicht mit einem Wort erwähnt. Sie hat die Visagistin zwar ohne Widerworte ins Haus gelassen und auch nicht versucht, mich am Verlassen der Villa zu hindern. Aber als ich komplett gestylt die Treppe herunterkam, hat sie mir einen Blick zugeworfen, der definitiv mehr ausgesagt hat als tausend Worte.

Ich bin schrecklich erschöpft. Seitdem ich nicht mehr in die Drehs eingreifen kann, ohne Levis Job zu riskieren, fühlt sich jeder Tag vor der Kamera unerträglich an. Ich hasse Sam für das Gefühl der Hilflosigkeit, das er mir mit seiner Drohung aufgedrängt hat. Aber mir bleibt nichts anderes übrig, als es zu ertragen. Wenn ich meiner Familie jetzt den Rücken zuwenden würde, müsste ich Poppy allein lassen. Und auch wenn ich nicht in die Drehs eingreifen kann, kann ich doch für sie da sein.

Ich atme schnaufend aus, verdränge meine düsteren Gedanken und mache dann den ersten Schritt nach vorn. Es dauert nur wenige Augenblicke, da höre ich auch schon die ersten Fotografen meinen Namen rufen. Ich bilde mir ein, dass ich spüren kann, wie viele Kameras ihre Linsen auf mich richten.

Sofort liegt mein antrainiertes Lächeln auf meinen Lippen, und ich verlagere mein Gewicht, um eine Pose einzunehmen, die ich schon vor Jahren verinnerlicht habe.

Ich laufe ein Stückchen weiter und entdecke Aphrodite. Sie trägt ein enges knallrotes Kleid zu knallroten Lippen. Sie sieht umwerfend aus. Garett steht neben ihr, in schwarzem Smoking und Fliege, und hat einen Arm um ihre Taille geschlungen. Die beiden haben immer wieder betont, dass sie ganz normale Produktionsassistenten am Set waren. Aber die meisten Produktionsassistenten werde ich wohl nicht auf diesem roten Teppich finden, denke ich bitter und hasse mich im gleichen Moment ein bisschen dafür. Es ist nicht unbedingt ein Zeichen für einen guten Charakter, wenn man anderen ihr Glück nicht gönnen kann, nur weil man gerade in seiner eigenen Misere versinkt.

»Hey.« Ich spüre einen sanften Druck an meinem Arm, der von dem noch sanfteren Klang einer Stimme begleitet wird. Kat holt mich mit einem aufmunternden Lächeln in die Realität zurück. Hien hat sich bei ihr untergehakt und grinst mich breit an.

»Zusammen für Fotos zu posen, macht doch viel mehr Spaß, meinst du nicht auch?«, fragt Kat.

Ich zögere kurz, dann legt sich auch auf meine Lippen ein Lächeln, und ich glaube, dass die beiden erkennen können, wie dankbar es ist. Kat hakt sich mit ihrem freien Arm bei mir unter, und dann wenden wir uns auch schon wieder den Kameras zu.

»Dürfen wir auch noch dazu?«, fragt uns Henry Lloyd, der mit seinem Freund Thomas an uns herantritt. Kat lässt Hien und mich los, um mit einem kleinen Quietschen in Henrys Arme zu springen. Alle anderen Stars auf dem roten Teppich benehmen sich vorbildlich und zeigen nur perfektes Lächeln und perfekte Posen. Aber Kat schmeißt sich ihrem besten Freund ohne Rücksicht auf Verluste in die Arme. Und ich kann gar nicht anders, als sie dafür noch mehr zu mögen.

Thomas wirkt ein bisschen verloren, sobald Henry ihn loslässt, um Kat aufzufangen. Man kann ihm deutlich ansehen, wie ungewohnt diese Situation für ihn ist. Ich bin ihm noch nie persönlich begegnet, aber Aphrodite hat ihn oft erwähnt, wenn wir telefoniert haben. Früher, als ich es noch über mich gebracht habe, ranzugehen.

Mit wenigen Schritten bin ich bei Thomas, stelle mich ihm vor und hake mich bei ihm unter. »Keine Sorge. Es fühlt sich nur so an, als würde man in dem Lärm und den Lichtern ertrinken. In Wirklichkeit kann man unbeschadet hindurchschwimmen«, flüstere ich ihm zu. Als er mein Lächeln erwidert, freue ich mich, dass ich auch jemanden vor seiner eigenen Überforderung bewahren konnte, genauso wie Kat kurz zuvor mich gerettet hat.

Unsere Gruppe bahnt sich ihren Weg über den roten Teppich. Wir posieren immer wieder miteinander, und mit jedem Witz, den Henry mir verschwörerisch ins Ohr flüstert, als würden wir uns schon seit Jahren kennen, mit jedem aufmunternden Druck von Kats Hand an meinem Arm, mit jedem Grinsen, das Hien mir schenkt, und mit jedem hilflosen Blick von Thomas fühle ich mich ein bisschen gelöster, ein bisschen freier.

Den roten Teppich, der sich in die Ewigkeit zu strecken schien, habe ich dann doch ziemlich schnell hinter mich gebracht. Als wir aus dem Blitzlicht hinein in das große Filmtheater treten, atmen wir alle auf. Unterschiedlich laut, aber ich höre deutlich, dass auch die anderen erleichtert sind, die Kameras hinter sich gelassen zu haben.

»Athena.« Die Stimme ist nicht viel mehr als ein Flüstern, und in diesem riesigen Eingangsbereich sprechen so viele Menschen durcheinander, dass ich es eigentlich gar nicht hätte hören dürfen. Aber ich habe es gehört. Laut und deutlich. Und ich drehe mich langsam um.

Da stehen sie alle zusammen. Aphrodite und Garett. Adrian und Alice.

Adrian hat meinen Namen geflüstert und starrt mich jetzt aus großen Augen an, die meinen so verdammt ähnlich sind.

An einem Tag ist er von seinem Roadtrip ans Set zurückgekehrt, und ein paar Tage später hat er alles hingeschmissen und ist mit Alice nach San Francisco gezogen. Seit er wütend aus der Villa gestürmt ist, habe ich ihn nicht mehr gesehen.

Aphrodite habe ich noch einmal getroffen, nachdem sie mit Garett in ihre gemeinsame Wohnung gezogen ist. Aber obwohl die beiden eigentlich in L.A. wohnen, sind sie so oft unterwegs, dass ich sie nie zu Gesicht bekomme.

Ich habe mir nie gestattet, darüber nachzudenken, wie lange es wirklich her ist, dass ich den beiden gegenüberstand. Doch nun, da ich es nach Monaten wieder tue, kann ich nicht mehr leugnen, wie fürchterlich ich sie vermisst habe.

Meine Unterlippe beginnt zu zittern, und sie hört auch nicht damit auf, als ich meine Zähne in sie hineinbohre. Ich kriege keinen Ton heraus. Ich starre die beiden einfach nur an. Auch

Adrian und Aphrodite verharren ewig bewegungslos auf der Stelle und mustern mich.

Aphrodite ist die Erste, der es gelingt, sich zu rühren. »Fuck, tut es gut, dich zu sehen«, stößt sie aus und läuft auf mich zu.

Ich bin so furchtbar wütend auf meine Geschwister, dass ich es schon seit Wochen nicht mehr schaffe, auf ihre Nachrichten und Anrufe zu reagieren. Doch in diesem Moment scheint das keine Rolle zu spielen, und all die Vorwürfe, die ich ihnen gern mal entgegenbrüllen würde, verblassen.

Ich komme Aphrodite entgegen. Mit viel zu viel Schwung prallen wir aufeinander und lachen einander viel zu laut ins Ohr, weil wir uns gegenseitig ins Straucheln gebracht haben.

»Ich hätte daran denken müssen, wasserfestes Make-up zu benutzen«, sagt sie, während sie ihre Arme um meinen Hals schlingt und mich an sich drückt. Ich lege meine Arme um ihre Taille und klammere mich ein bisschen zu verzweifelt an ihr fest. Uns beiden ist egal, dass wir nicht allein sind und vermutlich viele neugierige Blicke auf uns liegen. Uns ist auch egal, dass man über die Szene, die wir gerade bieten, bestimmt einen Klatschartikel schreiben kann.

Alles ist egal, und wir halten uns noch eine Weile einfach fest.

Nur sehr langsam lösen wir uns wieder voneinander. Aphrodite wischt eine Träne fort, die so frech war, ihrem linken Auge zu entwischen.

Adrian steht inzwischen direkt neben uns. Er sieht mich an, traut sich aber nicht, mich in den Arm zu nehmen. Er wartet ab. Wartet er auf meine Vergebung? Obwohl ich weiß, dass er sie eigentlich gar nicht braucht, will ich sie ihm nicht direkt geben. Aber das ist genauso egal wie alles andere.

Ich überbrücke den halben Schritt, der uns noch trennt, und schlinge meine Arme um seinen Hals. Ihm entfährt ein erleichtertes Seufzen, dann drückt er mich auch schon an sich. Ich dachte ja immer, dass Levi die rippengefährdendsten Umarmungen gibt, aber gerade beweist mir mein Bruder, dass er das sogar noch besser kann als Levi.

»Willst du mich umbringen?«, kriege ich hervor. Adrian antwortet nur mit einem Lachen, das in einem leisen Schluchzer untergeht. Dieses Geräusch ist schon fast zu viel. Es liegen so viele Dinge darin, die wir uns nie getraut haben auszusprechen und von denen wir beide wissen, dass wir sie vermutlich auch niemals aussprechen werden. Aber wenigstens wissen wir beide, dass es sie gibt, und das ist besser als nichts.

»Es tut mir leid«, flüstert er mir ins Ohr, und ich halte mich noch ein bisschen entschlossener an ihm fest.

»Ich weiß«, flüstere ich zurück.

Ich vergrabe mein Gesicht an seiner Schulter, und er legt seinen Kopf auf meinem ab.

»Ich fühle mich ausgeschlossen«, beschwert sich Aphrodite. Adrian und ich lachen beide auf.

»Komm her«, sage ich und öffne die Umarmung auf einer Seite, damit sie dazukommen kann.

Nun stehen wir zu dritt hier, und für einen Moment kommt es mir so vor, als wären wir gemeinsam in der Zeit gereist. Wir haben uns schon einmal so gehalten. Vor vielen Monaten. Damals hat Aphrodite am Set von *Celebrities in Love* gearbeitet und ist für wenige Stunden in der Villa vorbeigekommen. Damals saßen wir gemeinsam auf dem Dach vor meinem Fenster. Das allererste Mal und auch das letzte Mal zu dritt. Damals war mein Leben auch nicht perfekt, aber es schien so viel leichter zu sein. Damals war ich glücklicher.

Ich weiß, dass es selbstsüchtig ist. Aber ich wünschte, ich könnte in diese Zeit zurückkehren, obwohl meine Geschwister unglücklicher waren als jetzt.

☆

Ich lehne direkt neben dem Tisch, auf dem in einer instabil aussehenden Pyramide Champagnergläser gestapelt sind. Aber ich habe mir diesen Platz aus guten Gründen ausgesucht. Erstens bin ich direkt an der Quelle, und das nächste Getränk ist nie weit weg. Das ist auf nicht enden wollenden Veranstaltungen immer von Vorteil. Zweitens kann ich von hier aus den ganzen Raum überblicken. Drittens – und dieser Grund ist wohl der entscheidendste von allen – stehe ich abseits genug, dass die Gefahr, in ein Gespräch verwickelt zu werden, fast komplett gebannt ist. Und sollte sich mir doch jemand nähern, sehe ich die Person schon früh genug kommen und kann mich unauffällig zurückziehen.

Natürlich könnte ich diesen Platz auch aufgeben und Spaß mit meinen Geschwistern und deren Freunden haben. Aber ich fühle mich wie eine fast leere Batterie. Zu versuchen, einem Gespräch zu folgen und an den richtigen Stellen zu lachen, könnte mich die restliche Energie kosten, die ich eigentlich noch brauche, um unbeschadet nach Hause zu kommen.

Aftershow-Partys können Spaß machen, wenn man in der richtigen Stimmung ist. Aber diese fehlt mir schon seit Wochen. Wie einsam man wirklich ist, wird einem erst unmissverständlich klar, wenn man sich auch in einem Raum voller Menschen nicht weniger allein fühlt. Meine Geschwister sind zwar hier. Aber sie werden am Ende dieser Party wieder aus meinem Leben verschwinden, weil sie in ihre eigenen zurückkehren werden. Und dieser schmerzhafte Gedanke macht es mir unmöglich, diesen Abend zu genießen.

Eigentlich will ich, dass mir Adrian von seinem Grundstudium erzählt, und ich will mich darüber lustig machen, dass er ständig seinen Schwerpunkt wechselt, weil ihn einfach alles interessiert und er sich nicht festlegen kann. Ich will, dass Aphrodite von dem Filmprojekt berichtet, das Garett und sie auf die Beine stellen wollen. Ich will mit Garett über unsere Kindheit reden und ihn fragen, wie er sich fühlt, nun, da *At Home with the Edwards* abgesetzt wird. Macht es ihn vielleicht auch ein bisschen traurig, obwohl er nicht einmal versteht, wieso? Und ich will Alice besser kennenlernen und herausfinden, warum Adrian ihr so vollkommen verfallen ist. Wenn er ihr sein Herz geschenkt hat, muss sie ein toller Mensch sein. Eigentlich macht es mich traurig, dass ich nicht weiß, wer sie ist.

Eigentlich gibt es keinen Grund, dass ich hier allein stehe, anstatt bei ihnen zu sein. Eigentlich sollte ich es einfach hinnehmen, dass ich nur einen Abend mit ihnen habe, und den genießen, anstatt an morgen zu denken.

Eigentlich, eigentlich, eigentlich.

Ich nehme mir das nächste Champagnerglas und nippe daran. Seit meinem Absturz nach dem Nacktshooting trinke ich nur noch langsam. Ich bezweifle stark, dass Sam mich noch mal vor meinen selbstzerstörerischen Tendenzen retten würde. Und ich bezweifle, dass ich seine Hilfe noch einmal annehmen würde.

Ich seufze und schüttle entschieden meinen Kopf, um ihn loszuwerden. Meine Laune ist schon schlecht genug. Da muss ich nicht auch noch an ihn denken. Das wird es sicherlich nicht besser machen.

In dem Moment entdecke ich Adrian und Aphrodite, die sich mir mit entschiedenen Schritten nähern. Ich sehe sie früh genug. Sie mich aber auch. Und Aphrodite kneift warnend die Augen zusammen, als ich Anstalten mache, meinen Posten zu verlassen und zu verschwinden.

»Du kannst uns nicht entkommen«, ruft sie mir entgegen, da haben sie mich noch nicht ganz erreicht.

Ich verdrehe nur die Augen, weil ich nicht weiß, was ich sonst tun soll. Es ist eine Sache, sich vor seinen Geschwistern zu verstecken, aber eine ganz andere, vor ihnen wegzulaufen, wenn sie einen längst entdeckt haben.

»Wieso stehst du die ganze Zeit allein rum?«, fragt Adrian, als die beiden vor mir zum Stehen kommen.

Mir will einfach keine unverfängliche Antwort auf diese Frage einfallen. Was würden sie von mir denken, würde ich zugeben, dass ich mich miserabel fühle, wenn ich mit ansehen muss, wie glücklich sie sind? Bestimmt nichts Gutes.

»Ich brauchte ein bisschen Ruhe«, sage ich also und versuche, unbekümmert mit den Schultern zu zucken.

»Was ist los?«, hakt Aphrodite nach und stößt mit ihrem Glas gegen meins. »Du kannst mit uns reden. Das weißt du.«

Mir entfährt ein Schnauben.

»Du kannst wirklich mit uns reden«, beteuert Adrian.

»Und was würdet ihr sagen, wenn ich euch erzählen würde, wie beschissen es am Set läuft?« Die Worte sind mir einfach so herausgerutscht, genau wie das Schnauben. Aber nun, da ich sie ausgesprochen habe, will ich sie auch nicht zurücknehmen.

Adrian und Aphrodite wechseln kurz einen Blick und scheinen eine stumme Unterhaltung miteinander zu führen, an der ich nicht teilnehmen kann. Das macht mich wütend, obwohl ich heute doch gar nicht mehr wütend sein wollte. Denn wenn ich wütend bin, ist es wahrscheinlicher, dass ich noch mehr Dinge ausspreche, die ich bereuen könnte, sobald sich mein Hitzkopf wieder abgekühlt hat.

»Was?«, blaffe ich die beiden ein bisschen zu ungehalten an. »Sagt es mir einfach. Ich bin nicht aus Glas.« Obwohl ... mittlerweile bin ich mir dessen nicht mehr so sicher. Ständig drohe ich zu zersplittern. Und einfach zu durchschauen scheine ich auch zu sein.

»Wenn du uns erzählen würdest, wie beschissen es am Set läuft, würden wir dir vermutlich raten, auch zu gehen. So wie wir. Du solltest das alles hinter dir lassen, bevor es dich kaputt macht«, sagt Aphrodite geradeheraus. Es überrascht mich nicht, dass sie das Sprechen übernimmt. Adrian hätte es niemals geschafft, mir das direkt ins Gesicht zu sagen.

»Ich kann nicht«, presse ich zwischen zusammengebissenen Zähnen hervor. Ich will nicht laut werden. Ich will der Wut nicht nachgeben, die mich dazu drängt, alles herauszuschreien, was ich schon so lange in mir verschlossen halte. Aber es fällt mir mit jeder Sekunde, die vergeht, schwerer, sie zu unterdrücken.

»Natürlich kannst du«, entgegnet Aphrodite. »Wir konnten es doch auch.«

Ich schüttle den Kopf. »Es geht nicht darum, ob ich mich traue oder nicht«, sage ich mit Nachdruck, obwohl ich mir nicht sicher bin, ob das zu hundert Prozent stimmt.

»Worum dann?«, fragt Adrian. Seine Stimme ist sanfter als Aphrodites, aber das beschwichtigt mich nicht. Ganz im Gegenteil.

»Wenn ich gehe, werden Poppy, ihre Brüder und alle weiteren Carter-Kinder genauso aufwachsen wie wir. Wollt ihr das?«

»Natürlich wollen wir das nicht«, setzt Aphrodite an. Ihr Blick wird glasig. »Du bist aber nicht für sie verantwortlich.«

Wieder entfährt mir ein Schnauben. Aber ich habe inzwischen sowieso keine Lust mehr, irgendwas zurückzuhalten. Also ist es mir egal, dass man meine Verächtlichkeit so deutlich heraushören kann. »Wenn ich es nicht bin, wer dann? Ihr seid es ja offensichtlich nicht. Ihr habt euch jeder Verantwortung entzogen.«

»Das ist nicht fair«, gibt Aphrodite zurück. Ihre Stimme zittert ein bisschen. Mein schlechtes Gewissen meldet sich, aber in letzter Zeit hat es sich so angefühlt, als hätte es mich in Ketten gelegt. Und ich habe nicht länger vor, mich von mir selbst gefangen nehmen zu lassen.

»Das mag sein, aber es ist trotzdem die Wahrheit. Wenn ich nichts dagegen unternehme, wird dieser Kreislauf ewig weitergehen. Wer wird kämpfen, wenn ich unserer Familie auch noch den Rücken zukehre?«

»Aber ist dieser Kampf es wert, dass du dich unglücklich machst?«, fragt Adrian und greift nach meiner Hand. Ich entwinde sie ihm sofort wieder. Ich will gerade keinen Körperkontakt.

»Jetzt ist es euch also wichtig, dass ich glücklich bin.« In dem Moment, in dem ich die Worte ausspreche, weiß ich, dass ich sie bereuen werde. Ich weiß auch, dass sie unfair sind. Ich weiß, dass meine Geschwister nicht verdient haben, sie zu hören. Doch obwohl ich all das weiß, fühlt es sich doch auch gut an, ihnen diesen Satz vor die Füße zu spucken.

»Sag so was nicht«, sagt Aphrodite, deren Stimme jetzt noch ein bisschen heftiger zittert. Sie ballt ihre Hände zu Fäusten und scheint es nicht einmal zu merken. »Wenn du mal auf unsere Nachrichten und Anrufe reagieren würdest, wüsstest du, dass wir uns um dich sorgen und wollen, dass du glücklich bist.«

Am liebsten würde ich noch viele weitere unfaire Dinge zu ihr sagen. Wenn ich das Gift, das durch meine Adern fließt, jemand anderem verabreiche, kann es mich vielleicht nicht mehr lähmen. Aber trotz meiner Wut erkenne ich, dass ich das nicht darf. In meinen Gedanken brülle ich: *Was ist mit mir? Hat einer von euch jemals einen Gedanken an mich verschwendet, als ihr gegangen seid, um eure Träume zu verwirklichen?*

Ich brülle es immer und immer wieder. Aber diese Worte werden mir nie über die Lippen kommen. Stattdessen sage ich mit fester und ruhiger Stimme: »Es war einfacher für uns, diese Familie zu verteufeln, als darüber nachzudenken, wie wir sie verändern können. Und dass sie auch das ist, was sie ist, weil wir uns entweder kontrollieren lassen oder direkt abhauen. Aber sollte es nicht noch einen anderen Weg geben?«

Adrian und Aphrodite sehen mich wortlos an. Sie scheinen nicht zu wissen, was sie darauf erwidern sollen. Und vielleicht ist das ein Zeichen dafür, dass ich gerade etwas sehr Wahres gesagt habe, dessen sie sich eigentlich schon bewusst waren, was sie sich aber bisher nicht eingestehen wollten.

Hässliche Wahrheiten und schöne Lügen.

Und die schönsten Lügen wohnen nicht auf unseren Zungen, sondern in unseren Köpfen. Die Menschen, die wir am häufigsten belügen, sind in den meisten Fällen wir selbst. Denn wer kann schon eine hässliche Wahrheit über sich selbst ertragen?

Ich ganz sicher nicht.

Aphrodite öffnet den Mund, um ihn dann unverrichteter Dinge wieder zu schließen. Das will so gar nicht zu meiner selbstbewussten großen Schwester passen. Aber ich will die

Worte nicht zurücknehmen. Weil ich mich tatsächlich leichter fühle, nachdem ich sie ausgesprochen habe.

Bevor Adrian oder Aphrodite sich eine Erwiderung überlegen können, dringt ein Ruf an unsere Ohren. Wir fahren alle drei herum. Zur Eingangstür, vor der ein Security-Mann gestanden hat. Nun ist die Tür offen, und ein zweiter Mann ist neben ihn getreten. Er hält jemanden am Arm fest und scheint ihn daran hindern zu wollen, noch einen weiteren Schritt in den Raum hinein zu machen.

»Tut uns leid für die Störung. Wir haben alles unter Kontrolle«, sagt einer der Security-Leute zu uns, als er unsere Blicke bemerkt. »Nur ein betrunkener Partycrasher.«

Aphrodite bedankt sich bei ihm, aber ich höre ihr kaum zu. Denn ich starre den Typ an, der vergeblich versucht, sich gegen die breiten Oberarme des Security-Manns zu wehren. Ich brauche einen Moment, um zu verstehen, was hier passiert. Manche Menschen erkennt man nicht sofort, weil sie in einem Moment auftauchen, in dem man niemals mit ihnen gerechnet hätte. Doch dann tue ich es. Die roten Haare, die buschigen Augenbrauen und die goldenen Ringe an seinen Fingern sind ziemlich unverwechselbar.

»Lasst ihn los«, höre ich mich selbst sagen.

»Was?«, entfährt es den Security-Leuten und meinen Geschwistern fast zeitgleich.

»Das ist ein Freund von mir«, fahre ich unbeirrt fort und ignoriere die irritierten Blicke meiner Geschwister.

»Sind Sie sich sicher?«, fragt der Security-Mann, der Mason immer noch nicht loslässt. »Er ist ziemlich betrunken.«

»Dann sorge ich dafür, dass er unbeschadet nach Hause kommt. Würden Sie uns ein Auto rufen und ihm schon mal helfen, einzusteigen?«

»Miss Carter, wir können gern dafür sorgen, dass er verschwindet«, setzt er an, doch ich schüttle entschlossen den Kopf.

»Bitte kümmern Sie sich nur um das Auto. Ich übernehme den Rest.«

Die beiden Security-Leute zögern noch einen Moment, doch dann setzen sie sich in Bewegung. Einer von ihnen schleppt Mason hinaus. Der andere postiert sich wieder an der Tür, lässt mich aber nicht aus den Augen, als erwarte er, dass ich noch für weitere betrunkene Partycrasher verantwortlich sein werde.

»Du kennst den Kerl?«, fragt Aphrodite.

»Ja«, sage ich schlicht.

»Woher?«

»Spielt das eine Rolle?« Mein ernster Blick scheint Aphrodite daran zu hindern, weitere Nachfragen zu stellen. »Ich werde jetzt gehen. Habt noch einen schönen Abend«, meine ich knapp. Ich umarme beide noch mal, obwohl diese Umarmungen wenig mit den herzlichen zu tun haben, mit denen wir uns begrüßt haben. Dann wende ich mich auch schon ab und eile nach draußen. Ich glaube, dass die beiden noch vieles zu mir sagen wollten, aber ich bin froh, dass sie nicht mehr dazu gekommen sind.

Ein Auto wartet bereits direkt vorm Eingang auf mich. Ein Mann im Anzug öffnet mir die Tür und hilft mir beim Einsteigen.

Mason liegt mehr auf der Rückbank, als dass er sitzt. Seine Augen fokussieren mich nicht richtig und zucken mehrmals hektisch über meinen Körper. »Athena?«, fragt er schließlich mit belegter Stimme. Er ist betrunken. Und zwar so richtig. Es würde mich nicht wundern, wenn er gleich in den Fußraum kotzen würde. »Es tut mir so leid. Ich wusste, deine Geschwister würden hier sein. Und ich dachte, ich könnte …« Er lallt so stark, dass ich ihn kaum verstehen kann.

»Ist in Ordnung. Ich bringe dich nach Hause, okay?«

»Okay«, murmelt er.

»Gibst du mir dein Handy?«

Er nickt und zieht es umständlich aus seiner Hosentasche. Schließlich übergibt er es mir.

Ich starre den Namen an, der fast schon vorwurfsvoll auf dem Handydisplay prangt. Ich brauche einen Moment, um mich zu überwinden. Doch dann seufze ich und rufe ihn an.

20. KAPITEL

Sam

Ich glaube, mein Vater hat mir gerade etwas sehr Wichtiges gesagt, aber ich konnte ihm einfach nicht zuhören.

Vor einer Woche war er noch kurz davor, mich zu feuern. Evelyn Carter war so wütend, dass sie mich auf der Stelle loswerden wollte. Und für einen kurzen Moment habe ich daran gezweifelt, dass mein Vater versuchen würde, es ihr auszureden. Gott sei Dank hat er es dann doch getan. Aber seitdem geht immer so eine seltsame Anspannung von ihm aus, sobald wir im gleichen Raum sind. Seine wütenden Schreie scheinen noch immer in meinem Kopf nachzuhallen, und sein Blick wirkt noch kritischer als sonst. Es fällt mir sehr schwer, nicht jedes Mal zusammenzuzucken, wenn seine Augen mich finden.

Aber seit ich Athena gedroht habe, Levi feuern zu lassen, ist nichts mehr schiefgegangen. Alle Drehs laufen ohne Probleme ab. Das macht Evelyn Carter glücklich. Das wiederum macht meinen Vater glücklich. Und mit jedem Tag, der ohne Zwischenfälle abläuft, vertraut er mir wieder ein bisschen mehr. Eigentlich sollte das auch mich glücklich machen.

Aber ich bin mir ziemlich sicher, dass sich Triumph nicht so dumpf anfühlt wie die Emotion, die sich um meinen Körper gelegt hat und mich auf eine seltsame Weise schwer macht. Meine Knochen scheinen mehr zu wiegen als früher. Und selbst meine Mundwinkel lassen sich auf einmal nicht mehr hochbiegen, weil meine Muskeln ihr Gewicht nicht stemmen können.

Ich kann kaum klar denken und meinem Vater nur schwer folgen, der hinter seinem Schreibtisch auf und ab läuft und mir währenddessen eröffnet, was in den nächsten Wochen vom Dreh zu erwarten ist.

Ich sollte ihm zuhören, aber ich kann nicht verhindern, dass ich immer wieder abschweife. Je länger ich darüber nachdenke, desto sicherer werde ich, dass mich ein schlechtes Gewissen plagt.

Ich war wütend auf Athena. Verdammt wütend. Jahrelang habe ich hart gearbeitet, und sie hätte all das fast mit einem Streich zunichtegemacht. Ich habe schon vor mir gesehen, wie meine Ziele einfach verpufft sind. Ich würde nie als gleichberechtigter Partner meines Vaters arbeiten, mir nie seinen vollen Respekt verdienen und auch nicht meinen eigenen. Ich würde nie vorankommen. Wenn mich mein eigener Dad feuern würde, wer würde mich schon noch einstellen?

Doch meine Ängste und meine Wut waren keine Entschuldigung, Levis Job als Druckmittel zu verwenden. Das ist mir in dem Moment klar geworden, als sich meine Wut zurückgezogen und meine Panik mir nicht mehr den Blick vernebelt hat. Von beidem ist nichts zurückgeblieben. Nur Reue und Bedauern, die sich mit meinem schlechten Gewissen vermischen und ihm ermöglichen, in meinem Kopf zu Beton zu erstarren.

Ich habe keine Ahnung, wie ich reparieren soll, was ich kaputt gemacht habe. Das liegt vermutlich auch daran, dass ich nicht einmal so genau weiß, was ich überhaupt kaputt gemacht habe. Waren Athena und ich Freunde? Konnte man uns schon so nennen? Hätten wir mehr als das werden können? Keine Ahnung. Und vermutlich werde ich es auch niemals erfahren.

Ich könnte zu ihr gehen und mich entschuldigen. Aber ich bin zu feige. Und wenn ich zu feige bin, um ihre Vergebung zu bitten, habe ich es auch nicht verdient, sie zu erhalten.

»Samuel, hörst du mir überhaupt zu?«, fährt mich mein Vater ungehalten an.

»Sorry, langer Tag«, murmle ich nur, obwohl ich eigentlich gar nicht müde bin. Aber das zu sagen ist wesentlich besser, als vor meinem Vater zuzugeben, dass ich an eine Frau denke, an die ich ganz sicher nicht denken sollte.

Er fixiert mich mit seinen Argusaugen und redet weiter über Demeters Scheidungsparty, die demnächst gedreht werden muss, und über die Vorbereitungen für die Hochzeitsfeier von Evelyn und Mike Carter. Ich schaffe es, einige Minuten aufmerksam zuzuhören, dann schweife ich wieder ab.

»Samuel«, ermahnt mich mein Vater erneut, und ich fühle mich, als wäre ich in meine Schulzeit zurückversetzt worden. Bevor ich wieder ein »Sorry« murmeln kann, wird meine Aufmerksamkeit jedoch auf mein Handy gelenkt. Es liegt auf dem Schreibtisch meines Vaters, blinkt auf und vibriert. Masons Name erscheint auf dem Bildschirm.

Mason ruft mich nie an. Er findet Anrufe anstrengend, deswegen schreibt er mir immer nur.

»Da muss ich rangehen«, sage ich, obwohl das meinen Vater wieder dazu bringt, mich wütend anzustarren. Aber er sagt nichts, als ich mein Handy schnappe, in sein Wohnzimmer verschwinde und die Tür hinter mir schließe, bevor ich den Anruf annehme.

»Hey, Maze. Was ist los? Ist alles in Ordnung?«

»Hier ist nicht Mason.«

Mein Herz bleibt stehen, während mein Gehirn Schwierigkeiten hat, die Informationen, die es gerade erhalten hat, zu verarbeiten.

»Athena?«, kriege ich irgendwie hervor.

»Ja«, sagt sie, und ich höre ihr an, dass ihr dieser Anruf unangenehm ist. »Mason hat versucht, sich auf eine Aftershowparty zu schmuggeln. Die Türsteher wollten ihn rausschmeißen, aber ich habe eingegriffen. Bin auf dem Weg zu eurer Wohnung. Bist du zu Hause?«

Ich zwinge mich, meine Verwirrung und Überforderung zu ignorieren, bis ich dieses Gespräch beendet habe. Und auch alle anderen Dinge, die ich gerade fühlen will, schiebe ich zur Seite. »Ich bin nicht zu Hause. Aber ich könnte direkt aufbrechen. Dann wäre ich in zwanzig Minuten da.«

»Okay, gut«, erwidert Athena. Im Hintergrund höre ich Mason lallen, aber seine Aussprache ist zu ungenau, um die Worte zu verstehen. »Ich kümmere mich solange um ihn. Bis gleich.«

Dann legt sie auf, und ich brauche einen Moment, bis ich es schaffe, mein Handy sinken zu lassen.

Das letzte Mal, als wir gesprochen haben, hat sie mich aus ihrem Zimmer geworfen. Jetzt hilft sie meinem besten Freund. Wieso?

Ich gebe mir keine Zeit, darüber nachzudenken, und laufe zügig zurück ins Büro meines Vaters.

»Ich muss los«, sage ich, bevor er seinen Monolog an der Stelle wieder aufnehmen kann, an der ich ihn unterbrochen habe.

»Wir sind hier noch nicht fertig«, erwidert er.

»Es tut mir leid. Aber ich muss wirklich gehen.«

Eigentlich kann ich es mir gerade nicht leisten, ihn noch mehr zu verärgern. Und bestimmt hat mein Vater noch sehr viel zu meiner Arbeitsmoral zu sagen, die zu wünschen übrig lässt. Aber ich verlasse sein Büro, bevor er überhaupt Luft holen kann. Ich schnappe meine Jacke von der Garderobe und habe seine Wohnungstür schon hinter mir zugezogen, da hat mein Vater vermutlich noch nicht einmal realisiert, dass ich mich gerade – vermutlich zum ersten Mal in meinem Leben – über seine Wünsche hinweggesetzt habe.

Es ist ein Wunder, dass ich auf der Fahrt zur WG keinen Unfall baue. Meine Gedanken kreisen panisch um meinen Kopf und scheinen mir den Blick auf die Straße zu versperren. Aber irgendwie schaffe ich es in einem Stück nach Hause.

Ich schlage die Autotür ein bisschen zu heftig zu, lasse den Schlüssel fast fallen, als ich mein Auto abschließe, und renne dann die Stufen zu meiner Wohnung hoch. Ich bin außer Atem, und meine Hand zittert, als ich meinen Schlüssel ins

Schloss stecke und die Tür öffne. Aber ich kann auch nicht innehalten.

Im Flur entdecke ich hohe Schuhe und eine kleine Handtasche. Sie ist offen, mehrere Gegenstände sind herausgefallen und liegen auf dem Fußboden.

Auch die Wohnungstür schließe ich ein bisschen zu laut. Wenige Sekunden später tritt Athena aus dem Bad.

Mein Herz schlägt mir bis zum Hals, als ich sie ansehe. Ihre Haare sind welliger als sonst. Ihre Lippen sind rosa. Sie trägt ein schwarzes, bodenlanges Kleid, das einen langen Schlitz an der Seite hat und ihr rechtes Bein entblößt.

In der Hand hält sie einen Eimer, was so gar nicht zu ihrem Outfit passen will.

»Mason hat sich schon mal im Bad übergeben, und ich wollte ihm einen Eimer ans Bett stellen«, erklärt sie. Das letzte Mal, als wir uns gegenüberstanden, waren unsere Worte gemein und unser Tonfall bissig. Jetzt ist ihre Stimme ruhig. Aber nicht gelassen. Ihre Klangfarbe ist genauso dunkel wie die Nacht, die draußen herrscht.

»Ich bringe ihn ihm. Ich wollte sowieso nach ihm sehen.«

Auf wackligen Beinen komme ich auf sie zu und nehme ihr den Eimer ab. Kurz blicken wir uns an. Dann tritt sie zur Seite, um mich vorbeizulassen. Ich will nicht aufhören müssen, sie anzusehen, aber es wäre seltsam, im Flur stehen zu bleiben. Also betrete ich Masons Zimmer.

Er liegt im Bett. Immer noch voll bekleidet. In seinem Anzug, den er auch bei unserem Highschoolabschluss getragen hat. Ich decke ihn zu und stelle den Eimer an das Kopfende. Dann hocke ich mich neben ihn und mustere sein Gesicht. Er atmet gleichmäßig. Seine Lider flattern unruhig, als wollten sie ihn wieder aufwecken, weil seine Augen doch so viel verpassen, wenn er sie schließt. Aber er schläft ruhig weiter.

Ich seufze und ziehe mich leise aus dem Zimmer zurück. Morgen wird es ihm beschissen gehen, aber wenigstens diesen Abend hat er vergleichsweise gut überstanden.

Sobald ich seine Tür hinter mir geschlossen habe, sehe ich mich fast schon hektisch nach Athena um. Als hätte ich Angst davor, sie könnte schon wieder verschwunden sein.

Aber die Angst ist unbegründet. Sie steht immer noch im Flur. Genau dort, wo ich sie zurückgelassen habe.

Ich habe keine Ahnung, was ich zu ihr sagen soll, und sobald ich sie ansehe, scheinen alle Dinge, die ich sagen könnte, noch weniger Sinn zu ergeben als vorher. Also sage ich einfach das, was unbedingt gesagt werden muss: »Danke.«

Unser Flur liegt abends zwar immer im Halbdunkel, weil die Lampe, die an der Decke hängt, nur wenig Licht abgibt. Trotzdem kann ich Athenas Züge deutlich erkennen. Und das macht mich nur noch unsicherer, nervöser. Eigentlich steigert ihr Anblick jede Emotion, die ich gerade fühle.

Ihre Mundwinkel zucken. Kurz weicht sie meinem Blick aus, dann begegnet sie ihm wieder.

»Keine Ursache.«

Wieder schweigen wir. Aber eigentlich will ich der Stille gar keine Möglichkeit geben, sich zwischen uns auszubreiten. Denn Stille bedeutet, dass es keine Worte mehr gibt, die sie in dieser Wohnung halten. Sie hat das, wofür sie hergekommen ist, getan. Sie könnte gleich wieder aufbrechen. Und das will ich auf gar keinen Fall.

»Trinkst du gern Tee?«, frage ich also, bevor ich darüber nachdenken kann. Das scheine ich in ihrer Nähe häufiger zu tun.

Sie runzelt kurz die Stirn, als wäre das die letzte Frage, mit der sie in dieser Situation gerechnet hätte. Dann nickt sie langsam, fast schon vorsichtig. Aber diese Tatsache ignoriere ich einfach. Immerhin hat sie genickt.

Am liebsten würde ich erleichtert seufzen, weil sie mindestens noch so lange bleiben wird, wie es dauert, eine Tasse Tee aufzusetzen und zu trinken. Aber das kann ich mir zum Glück verkneifen.

Ich bedeute ihr, voraus in die Küche zu gehen.

Sie kommt der stummen Bitte nach, aber ihre Bewegungen

sind so vorsichtig wie das Nicken. Auf Zehenspitzen läuft sie über die Fliesen in der Küche.

»Ist dir kalt?«, frage ich.

»Nur ein bisschen kühl«, meint sie und setzt sich auf einen Hocker. Aber ich kann die Gänsehaut auf ihrem Bein deutlich sehen, die der Schlitz ihres Kleides offenbart. Ich zwinge mich, den Blick abzuwenden.

»Bin gleich wieder da.« Ich lasse das Zimmer ein bisschen zu hastig hinter mir. Aber vielleicht denkt Athena ja, es liegt daran, dass ich die Vorstellung, dass sie in meiner Wohnung friert, nicht ertragen kann, und nicht daran, dass mich ihre nackte Haut aus dem Konzept bringt. Zumindest hoffe ich das.

Ich krame eine Sweatshirt-Jacke aus meinem Schrank. Meine Bewegungen sind immer noch fahrig und machen es mir unmöglich, mir vorzumachen, ihre Anwesenheit wäre mir gleichgültig. Damit ich darüber nicht nachdenken muss, schnappe ich mir schnell noch die Dinohausschuhe und gehe zurück in die Küche.

Als Athena sieht, was ich in der Hand habe, lacht sie auf. Doch wieder versteckt sie ihr Gesicht hinter einem Vorhang aus Haaren, bevor ich erkennen kann, wie das Lachen ihre Züge verändert.

»Ich glaube, die passen hervorragend zu meinem Outfit.«

Ich reiche ihr Sweatshirt und Hausschuhe, und Athena zieht beides sofort an. Die Kombi aus schickem Abendkleid und Dinofüßen bringt mich zum Grinsen.

»Du solltest genau so über einen roten Teppich gehen«, schlage ich vor.

»Warten wir auf das nächste Motto der Met-Gala. Vielleicht passt es ja dazu«, entgegnet Athena und wackelt mit den Füßen.

Es ist komisch, wie leicht es mir in ihrer Nähe fällt, zu vergessen, dass sie ein Mensch ist, der auf Filmpremieren, Aftershowpartys und die Met-Gala eingeladen wird. Athena strahlt eine Bodenständigkeit aus, die so gar nicht zu ihrer schillernden Herkunft passen will.

Am Set von *Catching up with the Carters* zu arbeiten, hat mir gezeigt, wie viel Mist hinter den Kulissen abläuft und wie schwierig ihre Familie wirklich ist. Dass sie dieser loyale, hilfsbereite, selbstlose Mensch werden konnte, obwohl sie ihr ganzes Leben lang von so viel Falschheit, bösen Kommentaren und Missgunst umgeben war, werde ich wohl nie verstehen. Aber es wird mich für immer faszinieren.

Athena räuspert sich und reißt mich zum Glück aus meinen Gedanken, bevor die zu einem Fazit kommen können, das ich nicht mehr ignorieren könnte.

Sie kommentiert nicht, dass ich sie einen Moment zu lange betrachtet habe, aber sie sieht mich auf einmal auf eine Weise an, die ich nicht deuten kann.

»Welchen Tee trinkst du denn gern?«, frage ich und wende mich von ihr ab, um die Küchenschränke zu durchwühlen.

»Früchtetee«, meint sie.

»Haben wir, glaube ich, nicht.«

»Kräutertee«, schlägt sie vor.

»Sieht auch schlecht aus.«

Ihr entfährt ein Lachen, was mich dazu bringt, mich wieder zu ihr umzudrehen. »Dann nehme ich einfach den Tee, den ihr habt.«

»Ich gebe zu, wir haben nicht die größte Auswahl«, sage ich und ziehe eine Packung Schwarztee aus den Tiefen unseres Vorratsschrankes.

»Was ist das?« Bevor ich verstehe, was sie meint, oder reagieren kann, steht sie auch schon neben mir und zieht mehrere Tüten aus dem Schrank. Ich schlucke, als mir klar wird, was sie gefunden hat.

»Gummibärchen«, sage ich, obwohl ich weiß, dass sie das auch selbst sehen kann und ihre Frage anders gemeint hat.

Athena steht so nah neben mir, dass ich den zitronigen Geruch wahrnehmen kann, der von ihr ausgeht.

Sie betrachtet die Tüte, in der nur weiße und grüne Gummibärchen sind, und die Tüte mit den anderen Sorten. »Du hast sie für mich sortiert.«

Während ich so unsicher bin, dass ich Aussagen wie Fragen klingen lasse, ist sie so sicher, dass sie Fragen gar nicht mehr nötig hat.

»Ja«, gebe ich zu.

Wir beide haben bis zu diesem Moment so getan, als könnten wir einfach zusammen eine Tasse Tee trinken und ignorieren, was zwischen uns vorgefallen ist. Aber diese nach Farbe sortierten Gummibärchen erinnern mich daran, dass das nicht geht und ich es eigentlich auch gar nicht will. Ich will nicht länger feige sein. Und ich will jemand sein, der ihre Vergebung verdient. »Ich wollte dir eine Packung nur mit denen, die du am meisten magst, geben, aber ich wusste nicht, ob du ein Geschenk von mir annehmen würdest.«

Athena schweigt. Sie sieht auch nicht mich, sondern die Tüten an. Auf eine so eindringliche Weise, als würde sie darauf warten, dass sie das Antworten für sie übernehmen.

Kurz glaube ich, sie wird sich nie wieder bewegen, weil ich noch nie einen Menschen gesehen habe, der so verdammt still gestanden hat.

Aber dann geht sie zum Hocker zurück, setzt sich und legt beide Packungen vor sich auf dem Tisch ab. »Ich hätte es auch nicht angenommen«, sagt sie schließlich und sieht mich wieder an. Mit ihrem intensiven Blick fixiert sie mich auf der Stelle. »Nicht ohne ein klärendes Gespräch.«

»Das gibt es zu den Gummibärchen dazu«, kriege ich hervor.

»Okay, gut.«

Wir schweigen vermutlich gar nicht so lange, bis der nächste wieder etwas sagt, aber diese kurzen Pausen scheinen sich bis in die Unendlichkeit auszudehnen. Zeit läuft anders ab, sobald ihre braunen Augen auf meinem Körper liegen. Viele Regeln, die sonst allgemeine Gültigkeit haben, gelten einfach nicht mehr, wenn es um Athena Carter geht.

»Es tut mir leid«, setze ich an. »Ich hätte dich niemals mit Levis Job unter Druck setzen dürfen. Damit habe ich eine Grenze überschritten.« Mein Herz rast, aber ich ignoriere es.

»Und ich will, dass du weißt, dass sein Job sicher ist. Ich werde nichts sagen.«

Athena kneift die Augen zusammen. »Bedeutet das, dass ich wieder in die Show eingreifen kann, ohne dass du deine Drohung wahr machst?«

»Ja, das bedeutet es.«

Sie kneift die Augen noch ein bisschen weiter zusammen. »Wirst du deine Meinung auch nicht ändern, wenn du wieder sauer auf mich bist?« Ich kann ihr deutlich ansehen, dass sie noch nicht bereit ist, mir ihr volles Vertrauen zu schenken. Das verstehe ich. Trotzdem tut es auch ein bisschen weh.

»Ich werde sie nicht ändern«, sage ich schlicht und halte ihrem Blick stand, obwohl ihrer so viel stärker ist als meiner.

»Das klang gar nicht wie eine Frage.« Ihre Züge sind ernst, aber ihre Augen funkeln herausfordernd.

»Weil ich mir dessen sicher bin«, erwidere ich.

Athena fixiert mich noch einen Moment. Sie lässt mich nicht aus den Augen, als warte sie auf ein Zucken meiner Gesichtsmuskeln, das ihr verrät, dass ich gelogen habe.

Schließlich nickt sie. Sie scheint nichts gefunden zu haben, das ihr missfällt.

»Wolltest du nicht Tee aufsetzen?«

»Was?«, frage ich.

»Tee. Du wolltest Tee machen. Ich bin vielleicht eine Carter und kann nicht kochen, weil andere das für mich übernehmen. Aber selbst ich weiß, dass man für einen Tee heißes Wasser braucht.«

Als sich ein zurückhaltendes Grinsen auf ihrem Gesicht ausbreitet, spüre ich, wie die Angst von mir abfällt, die mir in den letzten Tagen weismachen wollte, dass mich Athena nie wieder so anschauen würde, wie sie es gerade tut.

Sie mag Dinohausschuhe tragen, die eigentlich nicht zu einem schicken Abendkleid passen. Trotzdem bin ich felsenfest davon überzeugt, dass sie nie schöner aussah.

»Du hast recht«, sage ich also und mache den Wasserkocher

an. Ich krame zwei Tassen heraus und hänge in jede einen Teebeutel.

»Ich muss mich auch bei dir entschuldigen«, sagt Athena zu meinem Rücken. »Ich sabotiere die Show eigentlich, um meiner Familie zu helfen. Aber alles, was du mir vorgeworfen hast, war wahr. Mit der letzten Aktion wollte ich meiner Mutter bloß eins auswischen. Und egal, aus welchem Grund ich etwas tue, es ist nie in Ordnung, andere Menschen die Konsequenzen für mein Handeln tragen zu lassen. Ich wollte nicht, dass du Ärger bekommst oder fast deinen Job verlierst. Das tut mir ehrlich leid.«

Obwohl sie mit jedem Wort leiser wurde und der Wasserkocher immer lauter, habe ich sie verstanden. Langsam drehe ich mich zu ihr um und stütze mich neben der Spüle ab.

»Ich nehme deine Entschuldigung an.«

»Einfach so?«, fragt sie kritisch nach.

»Einfach so«, gebe ich ohne zu zögern zurück. »Aber wir sollten uns auf einen Deal einigen, damit wir uns in Zukunft nicht ständig beim anderen entschuldigen müssen.«

»Das klingt gut«, meint sie, stützt sich mit beiden Ellbogen auf dem Tisch ab und legt ihren Kopf auf ihre Handflächen. »Was schlägst du vor?«

»Du weihst mich ab jetzt in deine Pläne ein. Dann treffen sie mich nicht mehr unvorbereitet, und ich kann dir sagen, wenn ich befürchte, dass sie negative Folgen für mich oder jemand anderen haben könnten. Und dann hast du die Möglichkeit, sie anzupassen, damit es keinen Kollateralschaden gibt.«

»Auf diesen Deal kann ich mich einlassen«, sagt sie und greift das erste Mal in die Tüte mit ihren Lieblingsgummibärchen. »Jetzt kann ich dieses Geschenk auch annehmen.«

Mir wird warm. Ich gieße den Tee auf, laufe mit den Tassen zu ihr herüber und setze mich auf den Hocker neben sie. Ihre Nähe scheint an mir zu zupfen. Als würden uns unsichtbare Fäden miteinander verbinden und sie würde an einem von ihnen ziehen. Ich bleibe aufrecht sitzen, obwohl ich dem Zupfen gern nachgeben und mich ihr entgegenlehnen würde.

»Ich bin froh, dass wir das geklärt haben«, meint Athena und wringt ihre Hände. Erst jetzt fällt mir auf, dass sie schon die ganze Zeit Masons Ring trägt. Sie war auf einer Filmpremiere und hat auf dem roten Teppich seinen Schmuck getragen. Wenn etwas dazu in der Lage sein könnte, seinen morgigen Katertag erträglicher zu machen, dann sicherlich das Wissen, dass zwar nicht er, aber sein Ring das Innere einer exklusiven Party gesehen hat.

»Ich bin auch sehr froh«, sage ich ein bisschen verspätet. Bevor ich es mir anders überlegen kann, spreche ich weiter. »Ich kann es übrigens immer noch nicht ganz fassen, dass du Mason geholfen hast, obwohl wir uns gestritten haben.«

»Weil ich eine verwöhnte Göre bin, die keine Rücksicht auf andere nehmen kann?«, fragt Athena. Sie klingt belustigt, aber ich kann ihr auch anhören, dass sie diese Aussage nicht zu hundert Prozent als Scherz meint.

»Denkst du wirklich, ich sehe dich so?«, frage ich und betrachte sie, während sie in ihr dunkles Teewasser starrt.

»Du hast mich mal so gesehen«, erwidert sie, ohne aufzublicken.

»Das ist lange her.«

Der Dampf scheint mit ihren Haarsträhnen zu tanzen, während er aus der Tasse aufsteigt.

Ich warte darauf, dass sie reagiert, tut sie aber nicht. Also tue ich es. »Was ich mit meiner Aussage eigentlich sagen wollte, ist, dass ich nicht damit gerechnet hätte, dass du meinem besten Freund hilfst, obwohl ich so ein Arschloch war. Die meisten Menschen hätten ihm an deiner Stelle nicht geholfen.«

»Das stelle ich jetzt einfach mal infrage«, erwidert sie und blickt endlich auf. Obwohl ich schon die ganze Zeit darauf warte, dass sie mich wieder ansieht, trifft es mich jetzt unvorbereitet. Ihrem Blick zu begegnen, erfordert Mut. Und ich habe erkannt, dass ich endlich mutig sein will. »Außerdem warst du ja ein Arschloch und nicht er. Wäre doch gemein gewesen, wenn Mason unter unserem sinnlosen Streit hätte leiden müssen.«

Ich grinse in mich hinein und merke erst jetzt, dass es mich auf einmal überhaupt keine Kraft mehr kostet. Meine Mundwinkel heben und senken sich mit so viel Leichtigkeit, als wäre es ihnen nicht eine Woche lang extrem schwergefallen. »Er wird dir bestimmt sehr dankbar sein, wenn sein Kater wieder vorbei ist.« Ich seufze leise in mich hinein. »Ich bin so froh, dass du ihm geholfen hast, aber es tut mir leid, dass du deine Party verpasst. Heute war die Filmpremiere deiner Schwester, oder?«

Athena verkrampft sich. Es ist nur ein leichtes Zucken. Trotzdem fällt es mir auf.

»Ist alles in Ordnung?«, frage ich.

»Jaja«, meint sie nur schulterzuckend und nippt an dem Tee, der eigentlich noch viel zu heiß dafür ist.

»Wieso glaube ich dir nicht?«, erwidere ich.

Athena zögert. Vermutlich hat sie sich gerade die Zunge an dem viel zu heißen Tee verbrannt, aber sie fixiert die Tasse, als wäre sie bereit, sie in einem Zug auszutrinken, wenn es sie nur vor diesem Gespräch bewahren würde.

Doch dann lässt sie den Henkel der Tasse los und stößt einen Seufzer aus. Die Gummibärchen schiebt sie zur Seite, um ihre Ellbogen wieder auf der Anrichte abstützen zu können.

»Ich habe mich mit meinen Geschwistern gestritten. Ein bisschen zumindest.« Sie seufzt wieder. »Aber ich will dich damit nicht langweilen.«

»Tust du nicht. Erzähl es mir«, erwidere ich sofort.

Sie sieht mich wieder auf diese leicht kritische Weise an, die mich fragen lässt, was gerade in ihr vorgeht. In ihren Augen finde ich keine Antwort, obwohl es sich manchmal so anfühlt, als würde ich dort alles andere finden, was ich jemals gesucht habe.

»Das könnte eine lange Nacht werden«, meint sie.

»Gut.«

»Gut«, wiederholt sie und beginnt zu erzählen.

21. KAPITEL

Athena

»Einerseits will ich einige Dinge, die ich gesagt habe, zurücknehmen. Andererseits will ich es nicht tun. Ich habe nichts gesagt, was ich nicht auch so gefühlt habe. Aber trotzdem war einiges unfair«, gebe ich zu, nachdem ich Sam von meinem Abend berichtet habe, und bewege meine Füße, weil mich der Anblick der wackelnden Dinohausschuhe beruhigt.

»Vielleicht musstest du all das mal aussprechen, damit ihr in Zukunft in der Lage sein könnt, offen miteinander zu reden«, sagt Sam, der mir die ganze Zeit geduldig zugehört und mich nicht eine Sekunde aus den Augen gelassen hat.

»Vielleicht«, murmle ich in mich hinein. »Aber ich will meinen Geschwistern ihr Glück gönnen. Ohne Einschränkungen. Ich will es ihnen auch dann gönnen können, wenn es mir beschissen geht. Das sollte nicht an irgendwelche Bedingungen geknüpft sein. Es soll zu hundert Prozent aufrichtig sein.«

»Du stellst zu hohe Erwartungen an dich selbst.« Sams Stimme macht etwas mit mir. Sie ist ruhig und tief. Manchmal bilde ich mir ein, die Vibration, die sein Bass auslöst, in meinem Körper zu spüren. »Keiner von uns ist dazu in der Lage, hundert Prozent aufrichtig zu sein.«

»Denkst du? Ich fände es sehr traurig, wenn du recht hättest.«

Er lacht auf, und die Vibration dieses Klangs fühle ich noch tiefer in meinem Inneren.

»Wieso sollte das traurig sein? Kein Mensch ist perfekt. Egal, wie selbstlos und hilfsbereit wir auch sein mögen, jeder von uns ist auch ein bisschen egoistisch. Und das ist in Ordnung. Die unperfekten Eigenschaften eines Menschen sind doch letztendlich das, was ihn so interessant machen. Ein perfekter Mensch wäre langweilig.«

Ich gebe ein gespielt entrüstetes Schnauben von mir. »Willst du mir damit sagen, dass ich nicht fehlerfrei bin? Das kann ich eigentlich nicht auf mir sitzen lassen.«

»Jemandem zu sagen, dass er fehlerfrei ist, wäre – meiner Meinung nach – eine Beleidigung.«

»Und wenn ich dir sagen würde, dass du unperfekt bist, würdest du das als Kompliment auffassen?«, hake ich nach.

»Genau«, sagt Sam grinsend.

»Dann werde ich es natürlich nicht sagen.«

»Natürlich nicht.« Sein Grinsen wird noch breiter. Spätestens jetzt muss ich mir eingestehen, dass nicht nur seine Stimme, sondern auch viele andere Dinge, die er tut, die Vibration auslösen, die durch meinen ganzen Körper rauscht. Sein Grinsen zum Beispiel. Aber auch seine dunkelgrünen Augen. Die Ecken und Kanten in seinem Gesicht. Die sanften Kreise seiner Haare. Das Grübchen in seiner linken Wange. Seine vollen Lippen.

Ich breche ab, bevor ich dieser Liste noch heiklere Punkte hinzufügen kann.

»Selbst wenn du mit deinen Behauptungen recht hast«, setze ich an, um mich von meinen eigenen Gedanken abzulenken, »sollte ich meine Unperfektheit hinterfragen.« Ich hole tief Luft, um das aussprechen zu können, was ich schon so lange fühle und doch nie artikuliert habe. »Meine Geschwister sind gegangen, weil sie nicht anders konnten. Das verstehe ich. Aber sie haben in Kauf genommen, mich zurückzulassen. Und das hätte ich nicht gekonnt. Zu wissen, dass ich sie niemals zurücklassen könnte, sie mich aber schon, tut weh. Und noch habe ich keine Ahnung, wie ich darüber hinwegkommen soll.«

Der nächste Atemzug ruckt so schwerfällig durch meinen Körper wie ein alter Zug, der mal wieder eine Wartung vertragen könnte.

»Aber dass ich ihnen das vorhalte, ist auch unfair. Sie sind nicht für meine Gefühle verantwortlich, genauso wenig wie ich für die Gefühle irgendeines anderen Menschen verantwortlich bin. Auch ist es nicht ihre Aufgabe, mich glücklich zu machen. Und nachtragend zu sein, weil sie meinen Ansprüchen, die viel zu hoch sind, um ihnen gerecht werden zu können, nicht entsprechen, wäre kindisch.«

Ich starre auf den Tisch und fahre die Maserung des Holzes mit meinen Augen nach. Wenn man sie ein bisschen zusammenkneift, kann man Flüsse entdecken, die durch die Tischplatte fließen.

Aber ich zwinge mich, meinen Blick von den imaginären Flüssen loszureißen, und sehe wieder auf. Und der Ausdruck in Sams Gesicht überfordert mich. Bei unserer ersten Begegnung haben mich seine Augen an ruhige Landschaften erinnert. Nun wird mir klar, dass ich damals noch gar keine Ahnung hatte, wovon ich spreche. Wenn ich ihn jetzt anblicke, breiten sich endlose Weiten vor mir aus. Und das liegt daran, dass seine Augen auf so viel intimere Weise auf mich reagieren, als sie es damals vermocht hätten.

»Das war extrem selbstreflektiert«, sagt er schließlich.

»Kling bitte nicht so überrascht. Ich muss ja nicht sofort merken, dass du mich noch immer für einen hohlen Reality-TV-Star hältst, der keine Substanz hat.«

»Das tue ich schon lange nicht mehr, und das weißt du auch.« Sam klang noch nie ernster.

»Das weiß ich«, sage ich mit kurzer Verzögerung. Kurz schüttle ich meinen Kopf, damit ich gar nicht erst versuche zu deuten, was mir sein Tonfall und seine sanften Züge sagen wollen.

»Auf jeden Fall bin ich zu dem Schluss gekommen, dass ich endlich aufhören sollte, mich in der Rolle des Opfers so wohlzufühlen«, füge ich mit wieder etwas festerer Stimme hinzu.

»Wie meinst du das?«, will Sam wissen. Er lehnt sich mir gerade mal um wenige Millimeter entgegen. Doch diese wenigen

Millimeter spüre ich so deutlich auf meiner Haut, als könnten mich seine Atemzüge schon erreichen. Dafür ist er aber noch zu weit weg. Leider. Seine Atemzüge sind bestimmt extrem sanft.

Ich brauche einen Moment, um mich daran zu erinnern, was er mich eigentlich gefragt hat. Mit Sam kann ich eine ernste Unterhaltung führen und doch gleichzeitig ständig abdriften, weil schon ein Wippen einer seiner Locken und ein Zucken seiner Mundwinkel das Bedürfnis in mir auslöst, sehr schlechte Gedichte über sein Gesicht zu schreiben.

Ich räuspere mich ein bisschen zu umständlich und zwinge mich, dann wieder in seine Augen zu sehen.

»Es ist leichter, sich für ein Opfer zu halten als für einen Täter«, beginne ich, und sobald die Worte draußen sind, fällt es mir auch wieder etwas leichter, mich zu konzentrieren. Diese Worte haben zu viel Bedeutung, um sie einfach so daherzusagen. »Es ist leichter, meine Geschwister für meine Unzufriedenheit verantwortlich zu machen, anstatt darüber nachzudenken, wie ich mich selbst unglücklich mache. Es ist leichter, meine Mutter zu verteufeln, anstatt einzusehen, dass ich selbst eine Rolle in ihrem Spiel eingenommen habe. Es ist leichter, meiner verkorksten Kindheit die Schuld an all meinen Problemen zu geben, anstatt endlich einzusehen, dass ich inzwischen alt genug bin, um meine eigenen Entscheidungen zu treffen. Natürlich prägen uns unsere Eltern, und wir können ihnen all die Dinge vorwerfen, die sie falsch gemacht haben. Aber irgendwann muss einfach der Punkt kommen, in dem man einsieht, dass man mit Selbstmitleid niemals von der Stelle kommen wird und dass wir die Kontrolle über unsere Zukunft haben. Unsere Eltern sind vielleicht für viele Fehler in unserer Vergangenheit verantwortlich, aber die Verantwortung für die Fehler in unserer Zukunft tragen nur wir selbst.«

Ich bin ein bisschen außer Atem, als ich innehalte. Und auch Sams Brustkorb scheint sich hektischer zu heben und zu senken, dabei hat er gar nichts gesagt.

Er braucht einen Moment, um zu reagieren. Er schluckt mehrmals schwer und fährt sich durch die Haare. Irgendwas scheint seinen Hals zu blockieren.

»Das …«, setzt er an und stockt. Er räuspert sich noch einmal und trinkt einen großen Schluck Tee. »Das fühle ich viel stärker, als ich möchte.« Seine Stimme ist immer noch rau. Auch der Tee konnte nichts dagegen ausrichten. Nun spüre ich nicht mehr nur die Vibration in meinem Inneren, sondern auch die Gänsehaut, die sich auf meinem ganzen Körper ausbreitet.

»Wir haben beide kontrollierende Eltern«, meine ich.

Kurz sieht Sam so aus, als wollte er mir widersprechen. Doch dann tut er es nicht. »Das stimmt«, sagt er. Ich bin mir nicht sicher, ob ich mir den zögerlichen Ton in seiner Stimme nur einbilde, aber das zuzugeben scheint ihm schwergefallen zu sein.

»Ich habe in den letzten Wochen noch mal über das Nacktshooting nachgedacht«, fahre ich fort.

Ich kann offene Gespräche mit Levi führen, und das tue ich auch, wenn ich es brauche. Aber selbst mit Levi ist es nicht so leicht, über das zu sprechen, was mich tief im Inneren bewegt, wie in diesem Moment mit Sam. Seine Wangenknochen machen mich zwar immer noch nervös und seine Lippen noch um einiges nervöser, aber gleichzeitig macht mich seine Nähe auch ruhig. Und wenn ich bei ihm bin, sind diese beiden Emotionen auf einmal keine Gegensätze mehr. Denn ich bin hier. Mitten in der Nacht. Bei ihm. Und weiß, dass es keinen Ort gibt, an dem ich lieber wäre.

»Und welche Gedanken hast du dir gemacht?«, hakt Sam nach, als ich nicht direkt weiterspreche.

Mein Herz schlägt ein bisschen schneller. Denn seine Nachfrage könnte bedeuten, dass er auch will, dass ich bleibe.

»Ich habe erkannt, dass nicht alles daran schlecht war, dass ich mich nicht jede Sekunde schlecht gefühlt habe. Mein größtes Problem war gar nicht mal die Nacktheit. Es war das Gefühl von Hilflosigkeit. Ich habe mich ausgeliefert gefühlt.

Aber als du mir die Speicherkarten gegeben hast, konnte ich mir die Kontrolle, die mir vorher gefehlt hat, zurückholen. Ich habe die Bilder ausgesucht, die mir gefallen haben, ich habe bestimmt, wie das Filmmaterial geschnitten wird, und auf einmal habe ich mich gar nicht mehr so unwohl in meiner Haut gefühlt.«

Sams Lächeln ist so ehrlich, dass es mich unwillkürlich zu ihm hinzieht. Ich habe mich ihm entgegengebeugt, bevor ich darüber nachdenken konnte. Genauso wie er habe ich nur wenige Millimeter überwunden. Aber ich fühle mich, als hätte ich Hunderte Meilen hinter mich gebracht.

Man sagt ja, die ersten Schritte sind die schwersten. Aber ich habe das immer anders empfunden. Es sind die letzten Schritte, die entscheidendsten, die kurz vorm Ziel, die am meisten Mut erfordern.

Und noch weiß ich nicht, ob ich genug Mut habe, um auch noch den letzten Schritt zu wagen.

»Natürlich hat dieses Shooting nicht auf magische Weise alle Probleme behoben, die ich mit meinem Körper habe. Aber ich habe zumindest erkannt, dass meine Probleme nicht nur davon ausgelöst werden, wie mein Körper aussieht. Das Problem ist so viel komplexer, als ich mir gestattet habe, einzusehen. Und es beeinträchtigt ja nicht nur mich.« Sams Lächeln ist noch immer so sanft, dass ich kurz zur Seite sehen muss, um mich genug konzentrieren zu können, damit ich nicht über die nächsten Worte stolpere. »Ich habe mir immer selbst leidgetan, weil ich dem Schönheitsideal meiner Mutter nicht entsprechen konnte. Aber ich bin nicht die Einzige, die darunter leidet. Meine Familie ist einer der Gründe, warum sich Frauen weltweit nicht hübsch genug fühlen. Und das Ideal, das meine Familie vorgibt, ist so weit von der Realität entfernt, dass nicht einmal ich es erreichen kann.«

Ich seufze einmal schwer. »Und hiermit beende ich meinen Monolog offiziell«, sage ich scherzend. »Sorry, anscheinend hatte sich viel angestaut.«

Sam erkennt sofort, dass ich das nur halb als Scherz gemeint habe, und wird ernst. »Du musst dich niemals dafür entschuldigen, über deine Gefühle gesprochen zu haben. Ich habe dir gern zugehört. Sehr gern sogar.«

Bei dem »Sehr gern sogar« hüpft mein Herz so aufgeregt in meiner Brust herum, als würde es einen Freudentanz vollführen. Ich versuche, es mir nicht anmerken zu lassen.

»Und eine Sache will ich dazu noch sagen, obwohl ich weiß, dass es vermutlich keinen Unterschied machen wird«, beginnt Sam, und seine Wangen färben sich schon rötlich, bevor er den Satz beendet hat. »Ich finde, dass du wunderschön bist.«

Dachte ich gerade schon, mein Herz würde hektisch schlagen, erkenne ich jetzt, dass es noch wesentlich mehr draufhat. Jetzt vollführt es nicht nur einen Freudentanz, sondern eine ganze Gymnastikkür, mit der man bei den Olympischen Spielen Gold gewinnen kann.

»Ich hätte nicht damit gerechnet, das jemals aus deinem Mund zu hören, *Samuel.*« Ich versuche, neckend zu klingen, aber ich glaube, dass ich mich einfach nur atemlos anhöre.

»Ich dachte, *Samuel* hätten wir inzwischen hinter uns gelassen.« Als er grinst, taucht auch sein Grübchen wieder auf. Dem Impuls, meinen Daumen genau an diese Stelle zu legen, kann ich nur knapp widerstehen. »Überrascht es dich wirklich?«, fragt Sam. Wieder überwinden wir ein paar Millimeter. Aber da wir es diesmal beide tun, scheint sich der Abstand zwischen uns fast vollständig zu schließen. »Es hat vielleicht eine Weile gedauert, bis ich dich leiden konnte, aber attraktiv fand ich dich immer.«

»Danke?« Diesmal bin ich diejenige von uns beiden, die ein Fragezeichen an einen Satz hängt, wo es gar nicht hingehört. Sam scheint es auch aufzufallen, denn sein Grinsen vertieft sich.

»Hast du gerade wirklich zugegeben, dass du mich leiden kannst?«, frage ich.

»Ja, habe ich.«

Auf einmal ist da kein Grinsen mehr in seinem Gesicht, kein Scherz mehr in seiner Stimme. Das Einzige, was zurückbleibt, ist die Wahrheit, und von einer Sekunde auf die andere kippt die Stimmung so weit, dass es unmöglich ist, sie wieder zurück in einen unbefangeneren Bereich zu schwingen.

Der Abstand zwischen uns schwindet mit jedem Atemzug, den wir tun. Und irgendwann spüre ich seinen Atem auf meiner Haut. Er ist wirklich so sanft, wie ich dachte.

Ich überschlage meine Beine, und der Schlitz meines Kleides öffnet sich so weit, dass er fast mein ganzes Bein entblößt. Sams Blick fällt kurz hinab. Ich spüre ihn über meine Haut streichen. Die Vibration wird wieder stärker, mein Herzschlag energischer und mein Atem unregelmäßiger.

Wir Menschen sind schon eine seltsame Spezies. Wir freuen uns nicht nur über diese körperlichen Reaktionen, sondern schreiben schon seit Jahrhunderten Gedichte, Lieder und Geschichten darüber, weil wir niemals genug bekommen können von all den Dingen, die unseren ganzen Körper und – noch viel wichtiger – unser ganzes Wesen zum Zittern bringen.

»Willst du mich auch küssen?«, kriege ich irgendwie hervor.

Seine Augen finden wieder meine. »Ich kann mich nicht daran erinnern, jemals etwas anderes gewollt zu haben.«

In jeder anderen Situation hätte ich mich über einen so kitschigen Satz lustig gemacht. Aber ich muss wohl einsehen, dass es keinen Satz gibt, den ich in diesem Moment lieber gehört hätte.

Ich überwinde weitere Millimeter, bis meine Lippen direkt vor seinen schweben. Dann halte ich noch einmal inne. »Gut«, hauche ich, und obwohl ich Sam so nah bin, dass meine Augen nicht mehr richtig auf sein Gesicht scharf stellen können, bin ich mir doch sicher, dass er gerade lächelt. Grübchen inklusive.

Ich atme noch einmal durch. Dann überbrücke ich den letzten Atemzug, der uns noch getrennt hat.

Und ich erkenne, dass ein letzter Schritt gar nicht mehr so schwerfällt, wenn man weiß, dass es der richtige ist.

22. KAPITEL

Athena

Seine vollen Lippen fühlen sich noch viel besser auf meinen an, als ich erwartet hatte. Die Berührung ist so sanft, dass sie mir Tränen in die Augen treibt. Ich vergrabe meine Hände in seinen Haaren, um den Halt nicht zu verlieren.

Der Kuss ist federleicht und vorsichtig, und trotzdem scheint er mich in meinem Innersten zu erschüttern. Vielleicht tut er das auch gerade deswegen.

Sam schmeckt ein bisschen nach dem bitteren Schwarztee, aber auch süß. Wenn Sehnsucht einen Geschmack hat, dann ist es der, der auf seiner Zunge liegt.

Ganz langsam löst er sich von mir, lehnt sich aber nur so weit zurück, dass er mir ins Gesicht blicken kann. Auf seinen Zügen finde ich Erstaunen. Aber noch etwas anderes. Er sieht mich an, als hätte er gerade etwas erkannt. Noch bin ich nicht bereit, ihn danach zu fragen.

Langsam hebt er die Hand und legt sie an meine Wange. Ich komme der Berührung ganz von allein entgegen. Sam lächelt in sich hinein. Dann umfasst er mein Gesicht auch noch mit der anderen Hand. Keine Sekunde unterbrechen wir den Blickkontakt, und ich bin mir ziemlich sicher, dass wir das auch dann nicht könnten, wenn wir es wollten.

Ich fahre wieder mit meinen Fingern durch seine Haare und ziehe ihn ein bisschen näher an mich heran. Unsere Atemzüge beschleunigen sich erneut. Ich kann die aufgeregte Erwartung zwischen uns spüren. Der Luftdruck scheint sich zu verändern.

Aber nur in dem kleinen Raum, der zwischen unseren Körpern entstanden ist.

Sam steht von seinem Hocker auf und stellt sich direkt vor mich. Jetzt muss ich den Kopf ein bisschen in den Nacken legen, um ihn ansehen zu können. Meine Beine, die ich gerade noch überschlagen hatte, öffne ich, damit er noch näher an mich herantreten kann. Er kommt der stummen Bitte nach, ohne dass ich sie mit Worten erklären muss. Der raue Stoff seiner Jeans reibt über mein entblößtes Bein. Ein Schauer rast durch meinen Körper.

Diesmal ist er es, der die letzten Millimeter zwischen uns überwindet. Seine Lippen treffen jetzt mit mehr Schwung auf meine, und mir entfährt sofort ein heiseres Seufzen.

Sam drückt sich noch näher an mich, bis ich mit dem Rücken an der Wand hinter mir lehne. Mit jedem Aufeinandertreffen unserer Lippen zieht sich auch die Vorsicht aus seinen Bewegungen zurück. Ich spüre seine Zähne auf meiner Unterlippe und drücke sofort den Rücken durch.

Seine Hände lassen mein Gesicht los und wandern tiefer. Auf dem Weg meinen Nacken und schließlich meine Schulter hinunter nehmen sie die Sweatshirt-Jacke mit sich. Sie fällt zu Boden.

Ich kicke die Hausschuhe von meinen Füßen und schlinge meine Beine um seine Hüften. Das Kleid rutscht hoch. Mein rechtes Bein wird gar nicht mehr von Stoff bedeckt.

Doch es ist nicht der kalte Zug, der mich zum Frösteln bringt, sondern Sams Hand, die langsam über meine nackte Haut gleitet. Eine Gänsehaut folgt seinen Fingerspitzen, als würde er sie auf meinem Körper verteilen wie ein Künstler Farbe auf einer Leinwand.

Ich lege meine Hand auf seine Brust und spüre seinen Herzschlag so deutlich, dass ich kurz glaube, ihn greifen zu können.

»Ich will nie wieder damit aufhören«, flüstert er zwischen zwei atemlosen Küssen und bringt mich damit zum Grinsen.

Wenn die Mundwinkel nach oben gebogen sind, fühlt sich Küssen irgendwie noch viel schöner an. Kann er auf seinen Lippen spüren, dass ich lächle?

»Musst du auch nicht«, gebe ich zurück.

»Sehr gut«, sagt er noch und senkt dann seinen Kopf, um sich einen Weg meinen Nacken und dann meine Schulter hinab zu küssen. Er schiebt meine Spaghettiträger zur Seite, damit kein Zentimeter Haut ungeküsst bleibt. Ich seufze wieder und halte mich an der Anrichte fest, um nicht zur Seite zu kippen. Meine Beine beben.

Sam richtet sich wieder auf, bedeckt wieder meine Lippen mit seinen, stürzt sich in den Kuss hinein und reißt mich mit sich hinab. Noch nie hat sich Fallen besser angefühlt.

Das Knallen von Türen lässt uns zusammenzucken. Sam löst sich von mir, aber er bleibt so nah vor mir stehen, dass ich das Versprechen des nächsten Kusses schon auf meinen Lippen kribbeln spüren kann.

Als ich das Würgen vernehme, das aus dem Badezimmer dringt, verstehe ich, was gerade passiert ist.

»Können wir so tun, als hätten wir ihn gar nicht gehört?«, flüstert Sam und schlingt seine Arme so selbstverständlich um meinen Körper, als würde er das ständig tun.

Ich lehne meinen Kopf an seine Brust und erwidere seine Umarmung mindestens genauso verzweifelt wie er. Er legt seinen Kopf auf meinem ab.

»Ich wünschte, wir könnten«, murmle ich gegen seine Brust. Ein Teil von mir hofft, dass sein Körper einfach alle meine Worte schluckt, damit er gar nicht mitkriegt, wie anständig ich gerade versuche zu sein. »Aber Mason ist dein bester Freund, und wie es sich anhört, kotzt er sich gerade die Seele aus dem Leib. Einer von uns sollte zu ihm gehen.«

Sam schnauft. »Ich hasse, dass du vernünftig bist.«

Ich grinse in mich hinein und bin ein bisschen erleichtert darüber, dass er es nicht sehen kann. Es offenbart wesentlich mehr, als ich eigentlich preisgeben will.

»Ich auch«, gebe ich zu.

Sam lacht auf.

»Aber selbst wenn wir versuchen würden, ihn zu ignorieren, würden die Geräusche, die aus dem Bad kommen, die Stimmung ruinieren«, scherze ich.

»Ich bin mir ziemlich sicher, dass ich gar nichts mitbekommen würde«, erwidert Sam.

Ich traue mich nicht zu sagen, dass ich gerade das Gleiche gedacht habe. »Ich sehe nach ihm«, sage ich, weil ich weiß, dass wir es nicht schaffen werden, uns je wieder voneinander zu lösen, wenn wir uns jetzt nicht loslassen.

»Nein, ich mache das«, widerspricht Sam und lässt seine Arme genau in dem Moment sinken, als ich es tue. Er schaut auf mich herab und nimmt wieder mein Gesicht in beide Hände. Die Geste ist so sanft und bedächtig, dass ich am liebsten die Augen schließen würde. Gleichzeitig will ich nicht einmal blinzeln, weil ich spüren will, wie sein Blick über meinen Körper streicht.

Und auch das ist in Sams Nähe kein Gegensatz.

Seine Züge verziehen sich, und auf einmal wirkt er fast schon besorgt. »Bleibst du hier?«, fragt er mich. »Ich muss mich um Maze kümmern. Aber bleibst du hier?«

Er klingt, als könnte er sich kein schlimmeres Szenario vorstellen, als dass ich jetzt aufstehe und seine Wohnung verlasse. Sein Tonfall lässt meinen Brustkorb eng werden.

»Ich bleibe«, kriege ich atemlos hervor.

»Auch wenn es die ganze Nacht dauert?«

»Auch wenn es die ganze Nacht dauert«, wiederhole ich.

Das erleichterte Seufzen, das Sam ausstößt, ist so tief, als hätte er sich mehrere Minuten nicht gestattet zu atmen.

Er will nicht, dass ich gehe. Er will, dass ich bleibe.

Und jetzt weiß er, dass ich das Gleiche will.

Und komischerweise macht mir das gar nicht so eine große Angst, wie ich gedacht hätte.

Sam beugt sich noch einmal zu mir herab und gibt mir einen Kuss. Nur einen kurzen. Aber einen, der von vielen spricht, die auf ihn folgen werden. Und bei dem Gedanken daran, dass er mich noch viele weitere Male küssen wird, beginnt mein ganzer Körper zu kribbeln.

»Du kannst dich aufs Sofa legen und einen Film gucken oder dich in mein Bett legen und schlafen«, schlägt er vor und versucht, dabei sehr locker zu klingen. Aber ich kann ihm ansehen, dass die Vorstellung von mir in seinem Bett etwas mit ihm macht – genauso wie mit mir.

»Dein Bett klingt gut«, sage ich neckisch.

Sams Blick wird kurz glasig und fährt einmal über meinen ganzen Körper. Seine Hand legt er kurz auf mein nacktes Bein. Genauso wie sein letzter Kuss erzählt auch diese Berührung ausführliche Geschichten über all diejenigen, die folgen werden. Und sie verspricht mir, dass sie all das Warten, das noch vor mir liegt, wert sein werden.

Sam seufzt, dann lässt er mich endgültig los. »Bis gleich«, sagt er. Widerwillig wendet er sich von mir ab, läuft zum Bad, und dann höre ich seine dumpfe Stimme, die beruhigend auf Mason einredet.

Ich brauche noch einen Moment, bis ich mich wieder bewegen kann. Obwohl Sam nicht mehr im Raum ist, kann ich seinen Körper noch überall dort spüren, wo er meinen berührt hat. Mein Herz rast immer noch ein bisschen. Es rast beim Gedanken an ihn, es rast, weil sein Geruch noch in der Luft hängt und sein Geschmack noch auf meiner Zunge liegt. Es rast wegen ihm.

Mit etwas unsicheren Beinen stehe ich endlich auf und laufe in sein Zimmer. Kurz bleibe ich in der geöffneten Tür stehen und starre auf sein Bett, das von dem fahlen Licht einer Laterne vor dem Fenster beleuchtet wird. Mich hineinzulegen kommt mir wie ein großer Schritt vor, obwohl ich schon einmal darin geschlafen habe. Sogar neben ihm. Aber wenn wir jetzt gemeinsam in diesem Bett schlafen, wird es trotzdem ganz anders sein als damals. Und das macht mir Angst. Und gleichzeitig bringt es mich zum Lächeln. Wieder habe ich einen Gegensatz gefunden, der, wenn es um Sam geht, keiner ist.

Endlich betrete ich sein Zimmer, schließe die Tür hinter mir und laufe zum Bett. Ich mache das Licht nicht an und lege mich einfach auf den Rücken. Der Bettbezug fühlt sich noch sehr frisch an, aber er hat schon seinen Geruch aufgenommen. Ich drehe mich, bis meine Nasenspitze das Kissen berührt. Jetzt kann ich ihn noch deutlicher riechen.

Eigentlich will ich wach bleiben. Ich möchte nicht schlafen, wenn er endlich zu mir kommt. Aber der Tag war lang und ereignisreich, und ich spüre erst jetzt, wie erschöpft ich wirklich bin. Ich versuche, mich gegen den Schlaf zu wehren, muss aber sehr schnell feststellen, dass er ein viel zu starker Gegner ist.

Ich drifte ab. Irgendwann meine ich zu spüren, wie sich die Matratze senkt und sich warme Arme um mich schließen, aber ich bin nicht wach genug, um die Augen zu öffnen. Und dann schlafe ich noch tiefer als zuvor.

☆

Das Erste, was ich wahrnehme, als ich am nächsten Morgen aufwache, ist Sams Geruch. Er hüllt mich genauso ein wie seine Arme.

»Mh«, mache ich und kuschle mich ein bisschen enger an ihn.

Ein dumpfes Lachen erklingt an meinem Nacken, wo er sein Gesicht vergraben hat. Sein Atem kitzelt meine empfindliche Haut.

Langsam öffne ich die Augen. Sonne fällt ins Zimmer. Ich hebe meine Hand und lasse die Strahlen mit meinen Fingern tanzen. Sam streckt auch seine Hand aus und verschränkt sie mit meiner. Sofort breitet sich Wärme in mir aus. Und nur ein kleiner Teil davon ist Erregung. Der größte ist Geborgenheit.

»Du hättest mich wecken können, als du ins Bett gekommen bist«, sage ich und betrachte noch immer unsere Hände und die Staubkörner, die in den Lichtstrahlen ihre Kreise ziehen. Dass wir in Sams perfekt aufgeräumtem Zimmer sind, erklärt wohl, dass es nur so wenige sind.

»Ich habe darüber nachgedacht«, gibt er zu. Die Worte fahren gemeinsam mit seinem Atem über meinen Hals und scheinen mir dann auch noch durch die Haare zu streichen. »Aber ich habe es nicht über mich gebracht.«

Seine Stimme ist rau. Vermutlich, weil er genauso wie ich gerade daran denkt, was wir gestern Nacht noch getan hätten, wenn er es über sich gebracht hätte, mich doch noch zu wecken.

»Wie geht's Maze?«, frage ich.

»Ich finde es schön, dass du seinen Spitznamen benutzt«, murmelt er. Sein Mund ist gewandert. Nun spüre ich, wie seine Worte gegen meinen Hinterkopf prallen oder sich in meinen wirren Haaren verheddern. »Er hat noch viel Zeit im Bad verbracht. Aber er konnte ganze Sätze formulieren. Das ist doch mal ein gutes Zeichen.«

»Aber heute wird es ihm ziemlich beschissen gehen.«

»Davon gehe ich aus«, stimmt Sam zu. »Aber daran kann keiner von uns was ändern.«

»Ein Kaffee, Schmerztabletten und Wasser können es erträglich machen.«

»Schmerztabletten und Wasser habe ich ihm gestern schon gegeben, als er wieder was bei sich behalten konnte.«

»Du bist gut in so was«, stelle ich fest und fahre mit meinem Zeigefinger über die Innenfläche von Sams Hand.

»Was meinst du?«

»Du bist gut darin, dich um andere zu kümmern. Vor allem Betrunkene, wie es aussieht.«

Ich bilde mir ein, spüren zu können, dass er meinen Hinterkopf angrinst.

»Maze hatte wirklich recht.«

»Womit?«, hakt er nach.

»Er hat mir gesagt, dass du mehr bist, als du vorgibst zu sein. Und das stimmt.«

Kurz verkrampft sich Sams Griff um meinen Körper, dann entspannt er sich wieder. »Wir sind vermutlich alle mehr, als wir vorgeben zu sein.«

»Vermutlich«, flüstere ich. »Aber ich bin froh, dass ich herausgefunden habe, was dein *mehr* bedeutet.«

»Geht mir auch so«, haucht er genauso leise wie ich. Seine Stimme klingt noch ein bisschen tiefer als sonst und dringt in meinen Körper ein, füllt ihn aus, bis ich seine Worte und seine wunderschöne Stimme sogar in meinen Fingerspitzen und meinem Haaransatz spüren kann.

Ganz langsam löse ich mich aus seiner Umarmung und drehe mich um, bis ich ihm ins Gesicht blicken kann. Seine verwuschelten Locken fallen ihm in die Stirn. Der Abdruck des Kissens zieht sich über seine Wange. Er trägt noch das gleiche Outfit, das er gestern anhatte.

Ich erschauere. Ich kann auch nicht erklären, warum ich es so sexy finde, dass er verschlafen aussieht.

»Ich habe keine Brille auf«, sagt er, wieder rau, wieder tief, wieder vibrierend. »Du bist zu weit weg. So kann ich dich nicht sehen. Du musst näher kommen.«

Ich komme seiner Bitte nach.

»Näher«, fordert er erneut.

Mein Körper reagiert ganz von allein auf seine Stimme.

»Näher.«

Inzwischen liegt mein Kopf auf dem gleichen Kissen wie seiner. Nur noch eine Handbreit passt zwischen unsere Gesichter.

»Näher.« Das Wort ist so leise, dass es kaum schafft, den kleinen Abstand zwischen uns zu überwinden. Aber ich spüre den Atemzug, den es auslöst, auf meiner Haut.

Sams Blick fällt auf meine Lippen, als ich noch einmal seiner Bitte nachkomme. Unsere Nasenspitzen berühren sich.

»Perfekt.«

Ich kichere. Ich habe keine Ahnung, wann ich das letzte Mal gekichert habe.

Er fährt mit dem Finger über meine Wange, dann küsst er mich endlich wieder und löst das Versprechen ein, das er mir gestern Nacht gegeben hat.

Ich klammere mich an seinen Schultern fest und ziehe ihn an mich. Sam vertieft den Kuss, vergräbt erst die Hände in meinen Haaren und umfasst dann meine Hüfte. Ich beiße ihm leicht in die Unterlippe, was ihm ein Stöhnen entlockt, das ich in meinem ganzen Körper spüren kann.

Unsere Bewegungen werden hektischer, ein bisschen grober. Ich ziehe Sam auf mich und will ihm gerade das T-Shirt ausziehen, als es an der Tür klopft.

Sam entfährt ein genervtes Stöhnen, mir ein atemloses Lachen.

»Ich habe Kaffee gemacht«, ruft Mason durch die Tür. »Und Rührei. Ich wollte mich wegen gestern bedanken.«

»Hätte er das nicht wann anders machen können?«, grummelt Sam und entlockt mir ein weiteres Lachen, mit dem ein bisschen überschüssiges Adrenalin meinen Körper verlässt.

»Wir sind gleich da«, rufe ich zurück.

Mason murmelt noch irgendwas, dann ziehen sich seine Schritte zurück. Sam liegt immer noch halb auf mir und stützt sich mit beiden Armen neben meinem Kopf ab. Er blickt auf mich herab und scheint mich mit der Intensität, die in seinen Augen liegt, noch tiefer in die Matratze zu drücken.

»Wir hätten ihn abwimmeln sollen«, meint er und streichelt meine Wange, fährt dann meinen Hals und schließlich mein Schlüsselbein entlang.

Diese Geste lässt mich Mason, Kaffee und Rührei vergessen.

Aber nur kurz.

»Wir sind gute Freunde«, erinnere ich ihn erneut. »Und sobald wir mit ihm gegessen haben, lässt er uns vielleicht in Ruhe.«

»Okay, dann bringen wir das so schnell wie möglich hinter uns«, meint Sam, steht auf und hält mir seine Hand hin, um mir aufzuhelfen.

Ich ergreife sie, und er zieht mich nicht nur hoch, sondern auch in seine Arme.

»So schnell wie möglich«, pflichte ich ihm bei und gebe ihm einen Kuss, der eigentlich nur kurz dauern sollte, den er aber verlängert, bis er mir ein Seufzen entlockt hat.

»Du machst es uns auch nicht gerade leichter«, ziehe ich ihn auf.

»Das stimmt.« Er grinst mich auf eine Art an, die mir zu verstehen gibt, dass er das überhaupt nicht bereut.

Sam schnappt sich noch seine Brille vom Nachttisch, dann verlassen wir sein Zimmer.

Der Geruch von Kaffee und Rührei begrüßt uns schon im Flur.

»Guten Morgen«, sagt Mason, sobald wir die Küche betreten. Seine Augenringe sind sehr dunkel, sein restliches Gesicht sehr bleich. Aber er bekommt ein mattes Grinsen zustande und kann sich ohne Probleme auf den Beinen halten.

»Guten Morgen«, sage ich zögerlich. »Wie geht es dir?«

»Ganz okay. Die Schmerztabletten helfen.«

»Du siehst erstaunlich munter aus«, meint Sam. Er steht direkt neben mir. Sein Handrücken berührt meinen. Es wirkt wie eine beiläufige Geste, aber ich weiß, dass Sam den Körperkontakt zu mir bewusst aufrechterhält.

»Ja, ich bin aufgeregt«, meint Mason. »Ich habe meinen Vater gestern noch völlig betrunken angerufen. Aber er hat nicht genervt reagiert. Er war froh, von mir zu hören, obwohl ich ihn mitten in der Nacht aus dem Bett geklingelt habe. Er hat gesagt, ich kann heute jederzeit bei ihm vorbeikommen. Und das werde ich jetzt auch tun.«

Masons Grinsen weicht zwar nicht, aber ich kann ihm deutlich ansehen, wie viel Nervosität dahinterliegt.

»Das ist wundervoll, Maze«, sage ich und meine das auch so. Mein Blut pulsiert zwar immer noch, weil Sams Körperwärme sich mit meiner vermischt, trotzdem bin ich in der Lage, mich für Mason zu freuen. »Ihr werdet eure Probleme bestimmt aus der Welt schaffen können. Davon bin ich überzeugt.«

Er bedenkt mich mit einem fast schon dankbaren Blick. »Ich hoffe es. Aber deswegen kann ich jetzt auch nicht mit euch frühstücken. Ich muss direkt los. Ich hoffe, das verzeiht ihr mir.«

»Gar kein Problem«, sagt Sam vielleicht eine Spur zu enthusiastisch. Ich kann mir ein Lachen nur knapp verkneifen.

»Okay, super. Ich bin euch so dankbar für gestern. Ich hoffe, ihr könnt das in diesem wundervollen Rührei schmecken.«

Er deutet auf die Anrichte. Dort stehen zwei Teller, daneben zwei dampfende Tassen Kaffee und in der Mitte eine riesige Portion Rührei, mit der man vermutlich meine ganze Familie satt bekommen hätte. Selbst dann, wenn sie mal nicht alle auf Diät sind.

»Bis später«, sagt Mason noch. Er klopft Sam auf die Schulter, beugt sich runter, um mir einen Kuss auf die Wange zu geben. Und dann rauscht er auch schon aus der Wohnung.

»Er hat nicht einmal hinterfragt, dass du in meinem Zimmer geschlafen hast«, stellt Sam perplex fest, nachdem die Wohnungstür mit ein bisschen zu viel Schwung ins Schloss gefallen ist. »Unter normalen Umständen hätte er uns jetzt einem Kreuzverhör unterzogen.«

»Der Gedanke an seinen Vater hat ihn abgelenkt«, meine ich.

Sam nimmt meine Hand und dreht sich langsam zu mir um, bis er mich wieder ansehen kann. »Hast du großen Hunger?«

Ich grinse, weil ich weiß, was er mich eigentlich fragen will. »Überhaupt nicht.«

Sam grinst ebenfalls, weil er die Antwort erhalten hat, die er haben wollte, ohne dass er die richtige Frage stellen musste. »Gott sei Dank«, entfährt es ihm, und dann küsst er mich auch schon wieder.

In einem Moment stehe ich noch vor ihm. Im nächsten hat er mich hochgehoben und drückt mich gegen die Wand. Mir entfährt ein überraschter Laut, der schnell zu einem erregten Stöhnen wird.

Ich klammere mich an Sam fest, der mich hält, als würde ich weniger wiegen als eine Feder. Seinen Kuss erwidere ich mit einer Heftigkeit, die mich selbst überrascht.

Er drückt seinen Körper noch enger gegen meinen. Nun passt wohl nicht mal mehr ein Blatt Papier zwischen uns, trotzdem wünschte ich, ich könnte ihn noch näher an mich ziehen.

»Wir sollten in mein Zimmer gehen«, sagt er ganz dicht an meinen Lippen und berührt sie zwischen jedem Wort mit seinen. »Maze vergisst ständig was und kommt dann wieder hoch. Er soll ja nicht erfahren, dass wir sein Frühstück ignorieren.«

»Das könnte ihn verletzen«, flüstere ich heiser. »Und das wollen wir ja nicht.«

»Auf keinen Fall«, meint Sam und macht einen Schritt zurück. Aber er lässt mich nicht los. Er trägt mich zu seinem Zimmer, schließt die Tür hinter uns und legt mich dann vorsichtig auf seinem Bett ab. Ich ziehe ihn mit mir nach unten und umklammere seine Hüfte sofort wieder mit meinen Beinen.

»Dieses Kleid«, flüstert er, während er über mein nacktes Bein und dann über meine nackten Schultern streicht.

»Gefällt es dir?«, frage ich neckisch.

»Mein Wortschatz ist zu begrenzt, um zu beschreiben, wie sehr«, antwortet er mit einem Tonfall, der sich irgendwie schwer anhört. »Aber ich will es dir trotzdem ausziehen.«

Mein Körper zittert, dabei berührt Sam mich gar nicht. Er sieht mich einfach an und wartet auf meine Reaktion.

»Das will ich auch«, kriege ich hervor.

Sams Blick verändert sich. Die Ecken und Kanten in seinem Gesicht waren nie weicher. In diesem Moment kann ich mir nicht mehr erklären, wie ich jemals denken konnte, dass ich mich an seinen Wangenknochen schneiden könnte.

Sein nächster Kuss ist sanft, aber so intensiv, dass ich ganz in dem Gefühl versinke, das er in mir auslöst.

Ich greife hinter mich und öffne den Reißverschluss meines Kleides. Sam streift die Spaghettiträger von meinen Schultern, bedeckt die Haut mit Küssen und schiebt den Stoff immer weiter hinunter.

Da ich verhindern wollte, dass sich Unterwäsche unter dem Kleid abzeichnet, habe ich keine angezogen. Und zwei Handgriffe später liege ich vollkommen nackt unter Sam.

Er hält inne. Sein Brustkorb hebt und senkt sich ruckartig.

»Darauf war ich noch nicht vorbereitet«, sagt er. »Ich dachte, ich arbeite mich langsam vor. Erst sehe ich dich nur in Unterwäsche. Dann erst nackt. Schritt für Schritt.«

»Ich habe einen übersprungen«, flüstere ich.

»Das hast du.« Langsam wandert Sams Blick über meinen Körper. Und obwohl ich wie immer den Impuls verspüre, mich zu bedecken, gebe ich ihm nicht nach. Denn der Ausdruck in Sams Augen gibt mir etwas sehr unmissverständlich zu verstehen: Er findet nichts, was man verdecken müsste.

Noch nie wurde ich mit so viel Sanftheit bedacht. Und er schenkt diese nicht nur meinem Gesicht, sondern meinem ganzen Körper.

»Wenn du mich so ansiehst, fühle ich mich sehr schön«, sage ich und kann es selbst kaum fassen, dass ich den Mut hatte, diesen Gedanken auszusprechen.

Sams Augen begegnen wieder meinen, und als er jetzt lächelt, taucht auch sein Grübchen auf. Diesmal halte ich mich nicht zurück. Diesmal hebe ich die Hand und lege meinen Daumen auf sein Grübchen. Sie scheinen perfekt zusammenzupassen. Als wäre ich diejenige, die ihren Daumen an seine Wange gedrückt und so das Grübchen dort hinterlassen hat. Und zumindest jetzt bin ich dafür verantwortlich, dass es aufgetaucht ist.

»Du bist wunderschön«, erwidert er. »Weißt du das?«

Ich zögere einen Moment. »Vielleicht nicht immer«, sage ich vage.

»Das kannst du nur denken, weil du dich nie wirklich siehst. Nicht, wie ich dich sehe. Du siehst dich nie schlafen, mit einem Lächeln im Gesicht. Du siehst dich nie, wenn du auf deinem Dach sitzt und gedankenverloren in die Bäume starrst. Du siehst dich nie, wenn du voller Freude lachst. Du siehst dich nie, wenn du vollkommen aufrichtig ein Lächeln erwiderst. Denn in solchen Momenten schaut man nicht in den Spiegel. Wenn du dich in den Momenten sehen könntest, in denen du wirklich du selbst bist, wüsstest du, wie schön du bist.«

Mein Herz schlägt nicht mehr nur in meiner Brust, sondern in meinem ganzen Körper. Seine Worte können die wunden Stellen tief in mir vielleicht nicht heilen, aber sie können den Schmerz lindern.

Mir ist es immer schwergefallen, Komplimente anzunehmen. Aber vermutlich fällt es mir jetzt so leicht, Sams Worten zu glauben, weil ich spüre, wie ernst er sie meint. Für ihn sind sie wahr. Also sind sie das, zumindest für kurze Zeit, auch für mich.

Ich habe mich bewegt, bevor ich darüber nachdenken konnte. Meine Hände verschränke ich in Sams Nacken, dann ziehe ich ihn zu mir herab.

Ich küsse ihn stürmisch, meine Bewegungen sind hektisch, aber seine auch. Und deswegen ist es perfekt.

Meine Hände fahren unter sein Shirt, und seine erkunden meine nackte Haut. Egal, wo er mich berührt, überall hinterlässt er einen Abdruck. Die Haare auf meinen Armen stellen sich auf, mein Becken zuckt seinem entgegen, und jedes Mal, wenn ich ausatme, entfährt mir ein Stöhnen.

Ich ziehe ihm das Shirt über den Kopf und öffne den Knopf seiner Jeans. Endlich kann ich seine Haut auf meiner spüren. Wir stöhnen beide zeitgleich auf.

»Wenn Maze weiterhin sein perfektes Timing beweisen wollen würde, würde er genau jetzt auftauchen«, scherze ich, als Sam kurz seine Lippen von meinen löst, um seine Hose auszuziehen.

Nun steht auch er vollkommen nackt vor mir, und ich könnte ihn stundenlang betrachten, wenn ich nicht so ungeduldig wäre, ihn direkt wieder auf mir zu spüren.

»Selbst wenn er jetzt auftauchen würde, könnte ich vermutlich nicht aufhören.«

Er beugt sich über mich, aber er küsst mich nicht, sondern senkt seine Lippen auf meinen Hals. Quälend langsam wandern sie über meinen Körper. Ich winde mich unter seinen federleichten Berührungen und stöhne laut auf, als sich sein Mund um meine rechte Brust schließt.

»Ich auch nicht«, kriege ich noch hervor, dann scheine ich die Fähigkeit, Sätze zu formulieren, einfach zu verlieren.

Während seine Lippen über meine Brüste fahren, streicht seine Hand über die Innenseite meines Beins, immer höher und höher. Als er ganz oben an meinem Oberschenkel angekommen ist, drücke ich meinen Rücken durch und komme seiner Bewegung unwillkürlich entgegen. Dann berühren seine Finger meine empfindlichste Stelle, und alle meine Gedanken verflüssigen sich.

»Ich habe noch nie attraktivere Geräusche gehört als die, die du gerade ausstößt«, sagt Sam mit rauer Stimme.

Ich würde gern etwas Intelligentes erwidern, aber das schaffe ich nicht. Und als seine Finger mehr Druck ausüben, ist mir das auch völlig egal.

Seine Lippen wandern immer weiter, immer tiefer. Meine Augenlider flattern, und mein Becken kommt Sam entgegen, als seine Zunge seine Finger ablöst.

Zusammenhanglose Worte entfahren mir, aber ich habe keine Ahnung, welche. Sams Zunge bewegt sich über meine Mitte, und ich klammere mich am Bettlaken fest.

Mein Stöhnen wird immer lauter. Vielleicht wäre mir das unangenehm, wenn sich das, was Sams Zunge mit mir tut, nicht so gut anfühlen würde.

Seine Bewegungen werden schneller, und der Druck in meinem Inneren zieht sich noch ein bisschen enger zusammen. Als er dann auch noch mit zwei Fingern in mich eindringt, ohne innezuhalten, kann ich die Augen nicht mehr offen halten.

Mein Höhepunkt überrollt mich schlagartig, und ich kann kaum genug Luft holen, um ein letztes Stöhnen auszustoßen.

Sams Bewegungen werden immer langsamer, während mich die letzten Nachbeben erschüttern, dann zieht er seine Finger zurück und hebt den Kopf.

Irgendwie schaffe ich es, die Augen wieder zu öffnen und ihn anzusehen. Gerade hat sich mein Körper noch so erschöpft angefühlt, dass ich bezweifelt habe, mich je wieder rühren zu können. Doch sobald ich die Hitze in seinem Blick erkenne, komme ich ihm ganz automatisch entgegen, als er sich wieder aufrichtet. Wir küssen uns erneut.

»Wir können warten«, haucht er an meinem Ohr, bevor er leicht hineinbeißt. »Du bist gerade erst gekommen.«

»Ich will nicht warten. Ich will dich jetzt in mir spüren«, erwidere ich sofort.

Sam küsst mich zur Antwort noch ein bisschen stürmischer, löst sich dann aber kurz von mir, um die Schublade seines Nachttischs zu öffnen. Er zieht ein Kondom heraus und reicht es mir.

Meine Bewegungen sind so ungeduldig, dass ich mehrere Anläufe brauche, um es auszupacken und dann über ihn zu schieben. Sam stöhnt auf, als ich meine Hand um ihn schließe.

Ich umschlinge seine Hüfte wieder mit den Beinen und komme seinem Becken mit meinem entgegen. Sam beugt sich über mich, und seine Zunge trifft auf meine, während er in mich eindringt. Mit jedem Stoß, der uns miteinander verbindet, werden unsere Küsse heftiger, unser Stöhnen lauter, unsere Bewegungen hektischer.

Ich vergrabe meine Hände in seinen Haaren, und er berührt mich überall. Ich komme ihm mit meinem Becken entgegen und nehme ihn noch tiefer in mir auf.

Sam hört kurz auf, mich zu küssen, sieht mich an und streicht mir eine Strähne hinters Ohr. Diese Geste scheine ich noch intensiver zu spüren als alles andere. Alles, was Sam tut, bedeutet etwas. Das erkenne ich jetzt. Und auch, wie ich auf alles, was er tut, reagiere, bedeutet etwas.

Wir sehen uns direkt in die Augen, während wir uns noch immer zusammen bewegen. Wir lassen weder unsere Körper noch alles, was dahinterliegt, los.

Wieder spüre ich den Druck in meinem Inneren, der sich immer weiter steigert. Ich klammere mich noch fester an Sam, und seine Bewegungen werden härter, tiefer, als hätte er tatsächlich verstanden, was ich ihm mit dieser Geste sagen wollte.

Wir brechen immer noch nicht den Blickkontakt ab, und dann reißt der Druck, der sich in mir angestaut hatte, auf. Trotzdem sehe ich ihn weiter an. Und er tut das Gleiche, als er ebenfalls kommt. Wir sehen uns auch dann noch an, als er sich zur Seite legt und mich in seine Arme schließt. Wir sehen uns an, als könnten wir nie wieder damit aufhören.

Und als ich so neben ihm liege und er zärtlich über meine Wange streichelt, realisiere ich, dass ich das auch gar nicht will.

23. KAPITEL

Athena

Liebe Aphrodite, ich wollte mich bei dir melden, weil ich mich …

Noch sagt die Nachricht eigentlich gar nichts aus. Trotzdem finde ich sie so schlecht, dass ich sie direkt wieder lösche. Schon seit einer Viertelstunde hocke ich auf meinem Bett, tippe den Anfang eines Satzes, um ihn dann doch nie zu beenden.

Frustriert lege ich mein Handy zur Seite. Seit ich mit Sam über meine Geschwister gesprochen habe, überlege ich schon, wie ich wieder Kontakt zu ihnen aufnehmen soll. Mit ihm über alles zu reden hat mir geholfen zu erkennen, dass mir Adrian und Aphrodite viel wichtiger sind als meine verletzten Gefühle. Und dass wir dringend ein offenes Gespräch brauchen. Am besten nicht wieder bei einer Aftershowparty, sondern an einem Ort, wo uns niemand stören kann.

Aber damit das stattfinden kann, muss ich es erst mal hinkriegen, eine vernünftige Nachricht zu schreiben und dann auch abzuschicken.

Langsam muss ich wohl einsehen, dass ich heute nicht mehr die richtigen Worte finden werde. Vielleicht fallen sie mir morgen ein. Jetzt habe ich keine Zeit mehr, darüber nachzudenken.

In einer Stunde treffe ich mich mit Hien und Poppy in Kats Tonstudio, weil sie uns einen neuen Song zeigen will. Und davor möchte ich noch eine andere Sache erledigen. Ich hoffe, dass es mir nicht den ganzen Tag so schwerfallen wird, die richtigen Worte zu finden.

Ich erhebe mich schwungvoll von meinem Bett und nutze diesen Schwung, um auch mein Zimmer hinter mir zu lassen. Wenn ich stehen bleibe, fällt mir vermutlich eine Ausrede ein, warum ich auch diese Sache auf die Zukunft verschieben sollte. Aber ich will nicht gleich für zwei wichtige Gespräche zu feige sein.

Mein Schwung bringt mich sogar bis ins Erdgeschoss und reicht aus, um energischer als sonst an die Tür zum Büro meiner Mutter zu klopfen.

Ich habe Sam gesagt, dass ich eine Rolle im Spiel meiner Mutter eingenommen habe. Und nun will ich die Kontrolle einfordern, mir meine Rolle selbst auszusuchen. Ich mag viele selbstreflektierte Dinge von mir gegeben haben, während ich nachts in Sams Küche saß. Aber all das ist nichts wert, wenn ich keine Konsequenzen daraus ziehe und auch handle.

Sobald ich an das Wochenende denke, das ich in seiner WG verbracht habe, beginnt mein Magen zu kribbeln. Doch ausnahmsweise schiebe ich die schönen Erinnerungen mal zur Seite. Ich muss mich auf das konzentrieren, was vor mir liegt.

Ich warte auf eine Reaktion meiner Mutter, doch die bleibt aus. Eine Sekunde zögere ich, dann öffne ich die Tür, ohne dass sie mich hereingebeten hat.

Sie sitzt wie immer hinter ihrem Schreibtisch. Sie trägt wie immer einen Anzug, der wie angegossen sitzt. Ihre Schuhe mit den roten Sohlen ruhen wie immer auf der Tischplatte. Und obwohl mir dieser Anblick so vertraut ist, ist in diesem Moment auch irgendwie alles anders.

Meine Mom hat ihr Handy zur Seite gelegt, was sie eigentlich nie tut. Ich hätte schwören können, dass sie es auch im Schlaf umklammert hält und damit kuschelt statt mit meinem Vater.

Obwohl sie schick angezogen ist, wirkt sie durcheinander. Normalerweise hat sie ihre Haare in einem perfekten Zopf an ihrem Hinterkopf fixiert. Nun hängen gleich mehrere Strähnen heraus. Und was mich wohl am meisten verwirrt: Es scheint sie gar nicht zu stören.

»Mom?«, frage ich vorsichtig. Ich schließe die Tür hinter mir und laufe auf sie zu.

Sie hat ihren Blick auf das Innere eines Kristallglases gesenkt, in dem eine bernsteinfarbene Flüssigkeit hin und her schwappt. Nur langsam hebt sie den Kopf. Erst jetzt scheint sie zu realisieren, dass sie nicht mehr allein ist.

Aber sie macht keine Anstalten, ihre Frisur zu richten oder ihr Getränk zur Seite zu stellen, um den ihr so verdammt wichtigen Schein zu wahren. Sie bleibt genau so sitzen, wie ich sie vorgefunden habe, und erwidert meinen Blick.

Sie greift zur Flasche Scotch, die auf dem Tisch steht, und schenkt sich großzügig nach. Dann trinkt sie das Glas fast in einem Zug aus. Und gießt sich wieder nach.

Weswegen ich hierhergekommen bin, scheint mit jedem Schritt, den ich in ihr Zimmer setze, an Bedeutung zu verlieren. Als ich vor ihrem Schreibtisch zum Stehen komme, habe ich die Rede, die ich mir vorher überlegt hatte, fast wieder vergessen.

»Mom, ist alles okay?« Ich kann die roten Äderchen sehen, die sich deutlich von dem Weiß in ihren Augen abheben. Hat sie etwa geweint? Weitere Hinweise darauf finde ich nicht. Aber meine Mutter benutzt wasserfestes Make-up. Selbst wenn sie gerade durch einen Tsunami gelaufen wäre, wäre ihre Mascara vermutlich nicht verschmiert.

»Natürlich, Liebes«, meint sie schulterzuckend.

Sofort zieht sich etwas, das sehr tief in meinem Inneren vergraben liegt, zusammen. So hat sie Aphrodite immer genannt.

Ich weiß nicht genau, was mich dazu bringt, die nächsten Worte auszusprechen. Aber sie sind draußen, bevor ich darüber nachdenken kann, dass ich noch nie so etwas Ehrliches zu meiner Mutter gesagt habe. »Du vermisst sie auch, oder? Du tust so, als wäre es nicht so. Aber ich gebe es auch nicht gern zu und vermisse sie trotzdem.«

Der Blick meiner Mutter lag schon länger auf mir. Doch erst jetzt habe ich das Gefühl, dass sie mich auch richtig wahrnimmt.

»Willst du dich nicht setzen?«, fragt sie unvermittelt. Sie wartet nicht auf meine Reaktion, sondern wendet sich ab und zieht eine Schublade ihres Schreibtischs auf. Sie holt ein weiteres Kristallglas daraus hervor und stellt es direkt vor mir ab. Auch dieses Glas befüllt sie großzügig mit Scotch. Da ich mich immer noch nicht gesetzt habe, deutet sie auf einen der Stühle, und diesmal komme ich der Aufforderung nach.

»Auf was stoßen wir an?«, fragt sie. Ich antworte nicht, aber ich glaube, das erwartet sie auch gar nicht. Die Frage hatte sie ohnehin an sich selbst gestellt. »Auf Familie? Auf Erfolg?« Beim letzten Wort zuckt ihr Blick zu einem Punkt auf ihrem Schreibtisch. Ich folge ihm und entdecke eine Klatschzeitschrift. »Wie wäre es mit beidem?«, schlägt meine Mutter vor und hält ihr Glas in meine Richtung. Zögerlich erhebe ich meins, und wir stoßen an. Diesmal trinkt sie nicht alles auf einmal, aber immer noch einen beherzten Schluck. Ich nippe nur und verkneife es mir, gequält das Gesicht zu verziehen. Whiskey war noch nie mein Ding.

Ich stelle das Glas wieder auf dem Tisch ab und greife unauffällig nach der Zeitschrift. Meine Mutter beobachtet mich, erhebt aber keinen Anspruch. Also ziehe ich die Zeitschrift näher an mich heran, bis ich die Überschrift lesen kann.

GIRL GROUPS AUS DEN 90ERN, DIE IN DER BEDEUTUNGSLOSIGKEIT VERSUNKEN SIND, steht dort in grellen Buchstaben, und die Gesichter meiner Mutter und ihrer Bandkolleginnen strahlen mir vom Cover entgegen. Wenn man meine Geschwister und mich ansieht, ist die Ähnlichkeit zu unserer Mom offensichtlich. Aber wenn ich ein Bild betrachte, das sie zeigt, als sie in meinem Alter war, ist die Ähnlichkeit fast schon beängstigend.

»Du wirkst glücklich«, flüstere ich in mich hinein.

»Das war ich auch«, erwidert meine Mutter.

Ich kann gar nicht sagen, ob mich meine oder ihre Ehrlichkeit mehr überrascht.

»Aber es hat nicht lange angehalten.«

Ich lasse die Zeitschrift zurück auf den Tisch sinken und schaue meiner Mutter direkt in die Augen. Auch durch ihre zieht sich ein Kreis aus goldenen Sprenkeln. Doch gerade scheinen sie nicht zu strahlen. Ihre Erinnerungen haben sie dumpfer werden lassen.

»Wir sind genauso schnell wieder gefallen, wie wir aufgestiegen sind«, fährt sie fort, ohne dass ich nachhaken muss.

Ich habe nie mit meiner Mutter über ihre Gesangskarriere gesprochen. Ich habe eigentlich nie über irgendwas gesprochen, das nicht mit der Show zu tun hatte. Erst jetzt erkenne ich, dass mir deswegen vielleicht etwas entgangen sein könnte.

»Vermisst du das? Diese Zeit?«, frage ich also.

Ich warte darauf, dass der Moment endet. Ich warte darauf, dass meine Mutter mich mit einem bösen Kommentar bedenkt und aus dem Zimmer wirft. Ich warte darauf, dass alles so wird, wie es vorher war. Meine Mutter und ich sitzen nicht zusammen und reden über ihr Leben und trinken Whiskey. So hat unsere Beziehung nie funktioniert. Ich will mich nicht der Hoffnung hingeben, dass sich daran jemals etwas ändern könnte. Aber meine Mutter überrascht mich.

»Ja«, sagt sie direkt. »Jeden Tag.«

»Du könntest wieder singen, wenn du wolltest«, setze ich an.

Meiner Mutter entfährt ein verächtliches Schnauben. Ich rechne damit, dass jetzt der Moment gekommen ist, in dem die Stimmung kippt. Doch meine Mom nippt nur an ihrem Getränk und blickt mich dann über den Rand des Glases an. »Ich will aber nicht.«

»Wieso?«, frage ich. »Du hattest so viel Talent.«

Ich kenne die Lieder der Girl Group meiner Mutter. Da ich schon seit Jahren nicht mehr gut auf sie zu sprechen bin, höre ich sie mir natürlich nicht ständig an. Aber ich weiß, wie ihre Stimme klingt, und auch wenn es mir schwerfällt, muss ich doch zugeben, dass sie wunderschön ist.

Der Blick meiner Mom geht kurz in die Ferne. Sie wirkt, als

könnte sie es nicht mehr ertragen, ihre Augen auf irgendeinen Punkt ihrer Realität scharf zu stellen. Also flüchtet sich ihr Blick zurück in eine Vergangenheit, die ihr besser gefällt als ihre Gegenwart. »Talent reicht nicht. Talent wird niemals reichen«, beginnt sie. »In dieser Welt kommt es nicht auf Talent an. Das kann dir abgesprochen werden. Das liegt im Auge des Betrachters, und der ist launisch. Welchen Trend es geben wird, kann ein Künstler nicht steuern. Aber das hier«, sie breitet ihre Arme aus, »Glamour, Skandale, das ist wesentlich einfacher zu kontrollieren.«

Auf einmal kann ich nicht mehr schlucken. Macht der verzweifelte Ausdruck in ihrem Gesicht oder die Erkenntnis, die er mit sich bringt, meinen Hals so eng?

Ich habe mein ganzes Leben in diesem Haus verbracht, immer nur wenige Schritte von meiner Mutter entfernt, und doch habe ich bis jetzt nicht erkannt, wer sie wirklich ist. Ich dachte, ich könnte sie durchschauen. Aber die wichtigsten Informationen haben mir gefehlt.

Ich habe nie verstanden, warum sie sich so verzweifelt an ihre Kontrolle klammert. Nicht wirklich. Erst jetzt beginne ich, es zu verstehen. Dieses Leben gibt ihr die Sicherheit, die sie als Sängerin nie hatte. Ihre Karriere ist ihr aus den Fingern geglitten. Sie konnte sie nicht festhalten. Doch in diesem Haus ist sie diejenige, die die Fäden in der Hand hält. Das Leben kann sie nicht überraschen und auch nicht enttäuschen, weil sie die Skripte schreibt. Sie steuert, was passiert. Deswegen muss sie sich nie wieder den Launen einer ungewissen Welt ausgeliefert fühlen.

Ich versuche, mich daran zu erinnern, wann meine Mutter das letzte Mal gesungen hat. Doch es fällt mir nicht ein. Sie hat sich nie bei einer Party auf ein Podest gestellt, um mit ihrem Gesang alle Aufmerksamkeit auf sich zu ziehen, obwohl das doch so gut zu ihr passen würde. Sie hat mich nie in den Schlaf gesungen, als ich noch ein kleines Mädchen war. Die Erkenntnis trifft mich wie ein Schlag. Ich kenne ihre Stimme tatsächlich nur von Aufnahmen. Wieso ist mir das noch nie aufgefallen?

Meine Mom will nach der Flasche greifen. Doch bevor sie sie berührt, umfasse ich ihre Hand mit meiner.

»Ich bin mit Freundinnen verabredet, und ich möchte, dass du mich begleitest«, sage ich mit fester Stimme. »Ich glaube, das würde dir guttun.«

Wieder warte ich. Diesmal auf einen Streit, auf Widerworte. Darauf, dass sie mir ihre Hand entzieht, um sich nachschenken zu können. Und wieder warte ich vergeblich.

Meine Mutter erwidert den Druck meiner Hand, und ein vorsichtiges Lächeln legt sich auf meine Lippen.

»Wohin gehen wir?«

☆

Poppy geht mit zügigen Schritten voraus, sobald wir durch den Eingang des Tonstudios getreten sind. Ein Kerl hängt gelangweilt an einem Tresen und deutet zu einer Treppe, die in den Keller führt. Poppy wird noch ein bisschen schneller und hat schon die ersten Stufen genommen, da hat sich die Tür gerade erst hinter meiner Mutter und mir geschlossen.

Mom sieht sich mit kritisch zusammengezogenen Augenbrauen zu allen Seiten um. Die Wände sind mit dem gleichen dunklen Holz bedeckt wie der Fußboden. Überall hängen Plattencover. Neben dem gelangweilten Kerl steht eine riesige Kaffeemaschine, wie man sie aus italienischen Cafés kennt. Der Geruch von frisch gemahlenen Bohnen hängt in der Luft.

Kat hat mir am Telefon erklärt, dass das hier nur der Vorraum ist. Das Tonstudio ist im Keller.

Ich will Poppy folgen, aber meine Mutter rührt sich nicht von der Stelle.

»Mom? Kommst du?«

Sie reibt sich die Hände und schiebt sich die losen Strähnen hinter ihre Ohren. »Ich habe noch so viel zu tun. Eigentlich habe ich gar keine Zeit für …« Sie bricht ab. Sie scheint nach unverfänglichen Worten zu suchen, die nicht offenbaren, warum sie diesen Raum wirklich wieder verlassen will.

»Komm schon. So viel Zeit hast du«, sage ich, bevor ihr eine Ausrede einfallen kann.

Und dann tue ich etwas, was ich noch nie getan habe. Ich hake mich bei meiner Mutter unter. Diese Geste ist viel zu vertraut, um zu der distanzierten Beziehung, die ich zu ihr habe, zu passen. Aber heute scheinen alle Regeln, die sonst für uns gelten, ausgehebelt zu sein. Und ich würde es mir niemals verzeihen, wenn ich diesen Tag nicht genießen würde.

Sie wirft mir einen verwirrten Blick von der Seite zu, aber als ich sie mit mir ziehe, wehrt sie sich nicht. Ich kann ihr ansehen, dass ihr die Vorstellung, wieder in einem Tonstudio zu sein, das zugleich für die Erfüllung und das Scheitern all ihrer Träume steht, Angst macht. Aber ich spreche es nicht an, und ich glaube, weil wir es nicht thematisieren, schafft sie es auch, die Stufen nach unten zu nehmen.

Poppy und Hien hocken schon neben einem Kerl, der sich über ein Board mit tausend Knöpfen gebeugt hat. Hinter einer Scheibe steht Kat. Sie trägt riesige Kopfhörer und hat beide Hände an ein Mikro gelegt. Sie singt, doch sobald sie uns entdeckt, hält sie inne. »Wir machen gleich weiter, Sean«, sagt sie, und der Kerl am Mischpult nickt.

Ein paar Sekunden später tritt Kat auch schon durch eine Tür und schiebt sich die Kopfhörer von den Ohren. Sie umarmt Hien, Poppy und mich. Dann fällt ihr Blick auf meine Mutter. Ich hatte Kat eine Nachricht geschickt, um sie vorzuwarnen.

Sie schenkt meiner Mutter ein Lächeln, auch wenn es ein bisschen reservierter ist als sonst.

»Freut mich, Sie kennenzulernen, Mrs. Carter«, meint sie und hält meiner Mutter die Hand hin.

»Nenn mich bitte Evelyn«, erwidert meine Mutter und ergreift Kats Hand. Unsicher war eigentlich immer das letzte Wort, das mir eingefallen ist, um meine Mutter zu beschreiben.

Aber in diesem Moment strahlt sie diese Emotion so stark aus, als würde sie nicht allem widersprechen, für das sie eigentlich steht.

Immer wieder zucken ihre Augen umher. Sie bleiben am Mikro, am Mischpult, an den Kopfhörern, die in Kats Nacken ruhen, hängen. Und dann scheinen sich in ihren Iriden all die Erinnerungen zu spiegeln, die sie mit diesen Gegenständen verbindet.

Kat lächelt ein bisschen breiter und nickt. »Evelyn«, setzt sie an. »Willst du dich auch mal wieder hinters Mikro stellen?«

Ich hatte Kat in meiner Nachricht gebeten, das zu fragen. Heute habe ich meine Mutter auf eine Weise erreicht, die ich nicht mehr für möglich gehalten hatte. Aber ich habe mich nicht getraut, auch noch diese Grenze zu überschreiten. Sie könnte Nein sagen, einfach nur, weil ich es vorgeschlagen habe. Zwar gelten gerade andere Regeln für unsere Beziehung. Doch ein Schritt zu weit würde vermutlich schon reichen, um uns in unseren Grundzustand zurückzuversetzen. Und das möchte ich nicht riskieren. Dafür genieße ich diesen Moment zu sehr.

»Ich weiß nicht«, sagt meine Mom und versucht, dabei wohl unbekümmert zu klingen. Es gelingt ihr nicht. Ihr Blick ist zu starr auf das Mikro gerichtet. Man könnte meinen, sie steht einem gefährlichen Tier gegenüber.

»Es würde mir viel bedeuten«, meint Kat. »Ich bin ein großer Fan.«

Ich habe Kat nicht gebeten, das zu sagen, also bin ich mir nicht sicher, ob es der Wahrheit entspricht.

Irgendwas bricht im Gesicht meiner Mutter auf. Es ist nur ein kleiner Riss. Doch er reicht, um Emotionen, die sie jahrelang vor der Welt versteckt hat, entkommen zu lassen. Nun können wir alle sie sehen. Ich erkenne, dass sie gerade mit Euphorie, Angst und noch so viel mehr ringt.

Ich traue mich kaum zu atmen, während ich darauf warte, wie sie sich entscheidet. Schließlich nickt sie, und ich zwinge mich, nicht zu breit zu lächeln.

»In Ordnung«, bekommt sie über die Lippen. »Aber ich stand sehr lange in keinem Tonstudio mehr. Ich …«

»Gar kein Problem«, unterbricht Kat sie. Schon führt sie meine Mutter auf die Tür zu, hinter der der Kasten mit dem Mikro liegt. Ihr bleibt gar keine andere Wahl mehr, als sich von Kat mitreißen zu lassen. Sie stellt meine Mom direkt vor das Mikro und passt die Höhe an.

»Ich dachte ja erst, dass es eine furchtbare Idee ist, deine Mutter mitzubringen«, sagt Poppy. Sie hat sie nie »Grandma« genannt. Es gibt wohl kaum ein Wort, das weniger zu Evelyn Carter passen würde. »Aber inzwischen habe ich das Gefühl, dass es eine gute Idee gewesen sein könnte.«

»Ich hoffe es«, murmle ich und starre durch das Glas, das uns voneinander trennt. Meine Mutter schaut zurück. Und kurz – nur ganz kurz – gestatte ich mir zu denken, dass mein Anblick ihr tatsächlich Kraft schenken könnte.

»Wie geht's dir so, Hien?«, fragt Poppy. Ich kann mich nicht zu den beiden umdrehen. Meine ganze Aufmerksamkeit liegt auf meiner Mom. Sie und Kat sprechen sich ab, doch noch dringen keine Geräusche durch das Glas. Mit jeder Sekunde, die verstreicht, fühle ich mich ein bisschen angespannter. Ich habe ein Experiment in die Wege geleitet. Und noch weiß ich nicht, welchen Ausgang es nehmen wird. Meine Mutter ist immer ein explosives Mittel. Aber in Kombination mit ihren gescheiterten Träumen vermutlich noch mehr als sonst. Es sollte mich nicht überraschen, wenn mir gleich alles um die Ohren fliegt.

»Ganz gut so weit«, antwortet Hien. »Seit ich bei der Premiere auf dem roten Teppich fotografiert wurde, ist mein Leben wie auf den Kopf gestellt.«

»Wie meinst du das?«, fragt Poppy.

»Garetts Kontakte hatten mir ja schon geholfen, zu mehr Castings eingeladen zu werden. Viel ist zwar noch nicht passiert, aber es war ein Anfang. Und nach der Premiere hat das noch mal mehr Fahrt aufgenommen. Ich bin jetzt schon in der engeren Auswahl für eine Rolle in einer Serie«, erklärt Hien und klingt so, als könnte sie es immer noch nicht ganz fassen. »Außerdem wird überall auf Social Media spekuliert, dass ich mit Kat zusammen bin.«

»Echt?«

»Ja, anscheinend reicht es schon, dass wir zusammen über den roten Teppich gegangen sind, um das zu denken.« Hien lacht auf. »Ich find's unterhaltsam.«

In ihrem Unterton schwingt etwas mit, aber bevor ich mich dazu bringen kann, mich zu ihr umzudrehen, erklingt Kats Stimme. »Wir sind so weit«, sagt sie. »Ich komme zu euch zurück.«

Meine Mom bleibt allein in der Box zurück und wirkt einen Moment fast verloren. Ihre Hände verkrampfen sich um das Mikro, und ihr Kiefer spannt sich an.

Kat tritt neben mich und gibt Sean ein Zeichen. Ich habe keine Ahnung, was sie danach machen. Meine Anspannung hat mich erstarren lassen.

Ein Lied wird angespielt. Es ist der Hit, der meine Mom damals berühmt gemacht hat. Vor all den Jahren. Zu einer Zeit, in der sie vermutlich noch nicht darüber nachgedacht hat, jemals ein Reality-TV-Star zu werden.

Kurz verkrampft sie sich noch stärker. Ich denke schon, dass sie sich die Kopfhörer von den Ohren reißen und gehen wird. Aber dann räuspert sie sich und singt den ersten Ton. Er ist ein bisschen heiser, ein bisschen schief. Doch dann kommt der nächste und der nächste. Und nach einer Strophe ist ihre Stimme nicht mehr dünn und unsicher, sondern kraftvoll und mächtig.

Die Haltung meiner Mutter verändert sich. Ihre Schultern entspannen sich, der Griff ums Mikro wird lockerer, und schließlich wippt sie im Takt mit. Tränen treten in meine Augen. Es ist, als würde das Singen ihrer Seele Nahrung geben, die ihr lange gefehlt hat.

Poppy ergreift meine Hand und drückt sie. In der anderen Hand hält sie ihr Handy und filmt meine Mutter. Ich bin ihr dankbar, dass sie daran gedacht hat. Dieser Moment muss festgehalten werden.

Mir ist bewusst, dass er zerbrechlich ist. Mir ist bewusst, dass ein Tag nicht reicht, damit sich meine Beziehung zu meiner Mutter grundlegend ändert. Mir ist bewusst, dass ein Song zu wenig ist, um ihr den Frust zu nehmen, der sie schon seit Jahrzehnten fest im Griff hat.

Doch obwohl dieser Moment kein Wunderheilmittel ist und ich das auch nicht von ihm verlangen kann, ist er es doch wert, konserviert zu werden.

Meine Mutter sieht mich an und lächelt breit. Ich erwidere es.

Dieser Moment kann uns vielleicht nicht heilen. Aber er kann uns die Hoffnung geben, dass es eine Heilung gibt.

24. KAPITEL

Sam

Ich gucke fast nie Fernsehen. Das hat schon viele Leute irritiert. Deswegen spreche ich es nur dann an, wenn es sich nicht vermeiden lässt. Die meisten wollen eine Erklärung hören. Und ich bin nun mal nicht bereit, eine zu geben.

Daran hat sich in all den Jahren nichts geändert. Und ich habe an meiner selbst auferlegten Regel sehr entschlossen festgehalten. Das tue ich immer noch.

Aber nur, weil ich sehr selten einen Fernseher anschalte, heißt das noch lange nicht, dass mich die Dinge, die dort auf mich lauern, nicht trotzdem finden können.

Das Internet ist ebenfalls zu einer Falle geworden. Überall warten Augen auf mich, denen ich mich nicht entziehen kann, weil sie von einer Vergangenheit sprechen, die ich niemals leben konnte.

Ich betrete die Wohnung und will mich direkt in meinem Zimmer verschanzen. Doch die Geräusche, die aus dem Wohnzimmer dringen, lassen mich innehalten. Ich weiß sofort, was Mason guckt. Und ich weiß, dass ich es auf keinen Fall sehen möchte.

Trotzdem bleibe ich wie gelähmt im Gang stehen und starre durch die offene Wohnzimmertür. Auf den Fernseher. Da sind die Augen wieder.

Auf ihren Namen folgt tosender Applaus. Es gibt nichts, das in meinen Ohren eine größere Dissonanz kreieren könnte. So klingt es, wenn ein Klavierschüler den falschen Akkord spielt.

Meine Trommelfelle versuchen, sich gegen den Missklang zu wehren. Aber sie verlieren. Und werden ihn niemals wieder los.

Endlich löse ich mich von der Stelle, stolpere in mein Zimmer und schließe die Tür ein bisschen zu energisch hinter mir.

Doch auch der Knall kann ihren Namen nicht mehr übertönen. Mein Herzschlag ist lauter als der Applaus.

Ich lasse mich auf mein Bett fallen und schließe die Augen. Ich will einfach nur schlafen. Aber ich weiß jetzt schon, dass mein Kopf mir diesen Gefallen nicht tun wird.

Trotzdem bleibe ich, wo ich bin, die Augen geschlossen, die Hände vor dem Gesicht, und warte darauf, dass all das verklingt, was ich niemals hören wollte.

Seit Jahren rede ich mir ein, dass ich sie nie vermisst habe. Aber nun kann ich es nicht mehr leugnen. Ich betrauere etwas, das ich nie haben konnte.

Und was wohl am schlimmsten ist: Ich betraure den Menschen, der ich hätte sein können, wenn sie mich nicht verlassen hätte.

25. KAPITEL

Athena

Ich dachte, ich hätte in meinem Leben schon viele absurde Partys gefeiert. Aber diese schlägt sie alle. Auf einer Scheidungsparty herrscht eine seltsame Stimmung, die sich nur schwer beschreiben lässt. Auch hier lachen die Leute, trinken und unterhalten sich angeregt. Doch es liegt etwas in der Luft. Eine Anspannung. Ein Widerwille vielleicht. Und deswegen hört sich Lachen schriller an, Gespräche dumpfer, und der Alkohol schmeckt bitterer.

Vor allem Demeter muss es so gehen. Jedes Mal, wenn sie einen Schluck Champagner trinkt, verzieht sie das Gesicht, als wäre es selbst gebrannter Schnaps. Trotzdem beschwert sie sich nicht. Unsere Mom will, dass diese Party stattfindet, also tut sie das auch. Demeter, die neue Vorzeigetochter, würde sich niemals trauen, mit ihr zu diskutieren.

Ich weiß nicht, ob das anders wäre, wenn sie mit uns im Tonstudio gewesen wäre. Wenn sie gesehen hätte, dass unsere Mutter noch so viele andere Seiten hat, von denen wir nie etwas geahnt haben. Würde Demeter sich trauen, offener mit ihr zu sprechen, weil sie genauso wie ich endlich erkannt hätte, dass unsere Mutter unter all der Perfektion eine verletzte Seele verbirgt, deren Wunden nie ganz verheilt sind? Diese Frage kann ich nicht beantworten. Aber ich spüre deutlich, dass sich etwas zwischen meiner Mom und mir verändert hat.

Als ich ihr gesagt habe, dass Octavian heute nicht kommen würde, ist sie nicht wütend geworden. Sie hat es einfach hingenommen. Er kann den Abend mit Annie verbringen, und ich musste nicht einmal lügen. Vor einer Woche hätte ich es noch nicht für möglich gehalten, dass manche meiner Probleme tatsächlich so einfache Lösungen haben könnten.

Ich entdecke Mom, Demeter und ihren bald Ex-Mann Frederik am anderen Ende des Raumes. Ich kann nicht verstehen, was sie sagen, aber ihre Körpersprache reicht aus, um zu erkennen, dass es ganz sicher nicht um die Golden Globes geht, die gestern ausgestrahlt wurden.

Unsere Mutter redet energisch auf die beiden ein. Frederik scheint Widerworte zu geben, Demeter nickt nur ergeben. Die beiden sollen später noch Reden auf ihre gescheiterte Ehe halten. Ich kann mir vorstellen, dass Frederik das nicht gefällt. Aber wir wissen alle, dass er es trotzdem machen wird. Zum Glück ist Poppy nicht hier und muss sich nicht anhören, wie ihre Eltern übereinander herziehen.

Ich schlucke. Auch wenn es mir schwerfällt, muss ich mir immer wieder vor Augen führen, dass ein Besuch im Tonstudio nicht reicht, um unsere Familie grundlegend zu verändern. Meine Mutter ist weniger herrisch, aber das heißt noch lange nicht, dass sie bereit ist, ihre Kontrolle abzugeben. Jetzt, da ich erkannt habe, warum sie sich so verzweifelt an diese klammert, sollte mir eigentlich klar sein, dass sie das gar nicht kann. Aber wenn manche Probleme einfache Lösungen haben können, dann fällt es schwer, nicht zu hoffen, dass das auch für die größeren Probleme gilt.

Ich lasse meinen Blick schweifen. Es mag beiläufig wirken, aber ich suche nach jemandem. Weil ich mich nach ihm sehne. Mit jeder Faser meines Körpers. Wenn ich mit ihm gesprochen habe, hören sich die anderen Geräusche vielleicht nicht mehr so schrill an. Wenn ich ihn wenigstens einmal geküsst habe, schmeckt der Alkohol vielleicht nicht mehr so bitter.

Da entdecke ich ihn. Und mein Körper erstarrt und scheint gleichzeitig zu schmelzen. Mein Herz steht still und schlägt doch viel zu schnell. Ich will ihm alles erzählen, was durch meinen Kopf geht, und doch keine Zeit mit Reden verschwenden, weil es sich so unglaublich anfühlt, ihn zu küssen. Ich zähle eine endlose Liste mit Gegensätzen auf, die doch keine sind, wenn es um ihn geht.

Und in dem Moment begegnet er meinem Blick. Er grinst, sein linker Mundwinkel zieht energischer an seinen Lippen als der rechte, und deswegen bohrt sich das Grübchen in seine Wange.

Sein Körper übt eine Sogwirkung auf mich aus. Immer wenn er nicht neben mir steht, spüre ich sie. Er zieht mich an wie ein Magnet.

Ich mache eine unauffällige Geste mit dem Kopf in Richtung Treppe, die ins erste Stockwerk führt. Auch in Demeters Haus gibt es mehr Gästezimmer, als man jemals brauchen könnte.

Sams Grinsen wird ein bisschen breiter. Er hat mich verstanden.

Ich setze mich zuerst in Bewegung. Zügig laufe ich die Treppen hinauf und sehe mich dann im Flur in der ersten Etage um. Niemand scheint hier zu sein. Sehr gut.

Hinter mir erklingen Schritte. Ich drehe mich um und ergreife schon Sams Hand, da hat er noch gar nicht die letzte Stufe genommen.

Ich ziehe ihn in eines der Zimmer und verschließe hinter uns die Tür. Eine Sekunde später liegen seine Lippen auch schon auf meinen. Wenn ich diesen Kuss dafür nicht unterbrechen müsste, würde ich ihm sagen, dass er beeindruckend treffsicher ist. Wir haben uns nicht die Mühe gemacht, das Licht anzumachen, und es ist so dunkel im Raum, dass ich auf der Suche nach seinen Lippen vermutlich erst mal sein Kinn und seine Nase geküsst hätte.

Ich schlinge meine Arme um seinen Nacken, er seine um meine Hüfte. Wir stolpern in den Raum hinein. Mein Rücken prallt gegen eine Wand, er drückt seinen ganzen Körper an meinen, und ich seufze in seinen Mund hinein.

Ein Krachen lässt uns zusammenfahren.

»Bitte sag mir, dass das keine von Demeters teuren Vasen war«, murmle ich. Sam entfährt ein Lachen, das ich auf meinen Lippen spüren kann, weil seine immer noch direkt vor meinen schweben. Eine Gänsehaut ist die Antwort meines Körpers.

»Es ist besser für dieses Zimmer und uns, wenn ich den Lichtschalter suche«, meint er und lässt mich los. Ich sehe nur Umrisse, aber es reicht, um ihm mit den Augen durchs Zimmer zu folgen. Er stößt ein paar Flüche aus, er braucht einen Moment, aber dann geht die Deckenleuchte an.

Ich seufze erleichtert, als mir klar wird, dass wir nur einen Stuhl umgestoßen haben.

Erst jetzt erkenne ich, was auf Sams Shirt steht.

»Das hat Maze dir geschenkt, oder?«, frage ich grinsend und deute auf seinen Oberkörper, auf dem in dicken Buchstaben *Hotdog* steht.

Sam steht immer noch auf der anderen Seite des Raumes und blickt nun an sich herab, als wüsste er nicht, was er heute angezogen hat. »Gut erkannt«, meint er und schaut wieder auf. »Und ich habe es angezogen, weil ich wusste, dass es ihn freuen würde.«

Wärme breitet sich in mir aus. Sam versucht, wie sein Vater zu sein, und dabei erkennt er nicht, dass er so viel besser ist, als dieser jemals sein könnte.

»Ich habe dich vermisst«, sagt Sam unvermittelt, während er sich mit langen Schritten wieder auf mich zubewegt.

»Wir haben uns erst gestern gesehen«, erwidere ich, um das Rasen meines Herzens zu übertönen, das sein Geständnis ausgelöst hat. Ich weiß selbst nicht, warum ich das sage, anstatt einfach zuzugeben, dass es mir genauso geht.

»Wir haben uns am Set gesehen. Aber ich konnte dich nicht berühren«, erwidert er und legt seine Hand an meine Wange. »Wenn ich dich nicht küssen und offen mit dir reden kann, ist es nicht das Gleiche.«

Ich verstehe, was er meint. Nur weil eine Person neben einem steht, heißt das nicht, dass man die Nähe erhält, nach der man sich sehnt.

Ich hebe meine Hand und lege meinen Daumen an sein Grübchen.

Sam grinst noch breiter, und ich habe das Gefühl, dass mein Finger tiefer in seine Wange einsinkt. Natürlich weiß ich, dass er dieses Grübchen schon hatte, bevor er mich kannte. Aber manchmal frage ich mich, ob wir nicht von den Menschen, die uns etwas bedeuten, geformt werden. Wir sind nur ein Brocken Marmor. Und erst durch die Begegnungen mit anderen, durch ihre Berührungen, ihre Worte, ihre Anwesenheit wird daraus eine richtige Statue. Jeder von ihnen hat einen Meißel dabei. Manche schlagen nur einmal auf den Stein, manche gleich mehrmals. Und so werden wir zu der Person, die wir schon immer sein sollten.

Ich mag Sam noch nicht lange kennen, aber ich weiß, dass er einer der Bildhauer meines Lebens ist. Und ich hoffe jedes Mal, wenn ich sein Grübchen sehe, dass ich auch einer für ihn bin.

Sam legt seine Hand auf meine. Er will nicht, dass ich seine Wange loslasse.

»Ich habe dich auch vermisst«, gebe ich tatsächlich zu.

Erst als ich die Worte ausspreche, erkenne ich, dass ich so einen Satz noch nie zu einem Mann gesagt habe, mit dem ich geschlafen habe.

Die Erkenntnis trifft mich unvorbereitet, obwohl es doch eigentlich nichts Neues für mich sein sollte. Ich habe Beziehungen geführt. Nicht alle davon waren nur für die Kameras. Aber sie haben nie lange gehalten. Und ich habe mich nie so gefühlt, wie ich es jetzt tue, während ich Sam ansehe.

Wir sind kein Paar. Wir kennen uns erst seit ein paar Monaten. Wir haben uns vor einer Woche das erste Mal geküsst und das erste Mal miteinander geschlafen. Eigentlich sind wir gar nichts, doch mein ganzer Körper pocht, sobald ich bei ihm bin.

Er gibt zu, dass er mich vermisst, und in seinen Augen liegt immer so ein sanfter Ausdruck, wenn wir zusammen sind. Vielleicht fühlt er etwas Ähnliches wie ich. Aber ich habe trotzdem Angst, mit ihm darüber zu reden.

Am Set verhält er sich, als wären wir einfach gute Freunde, und ich kann nicht anders, als mich zu fragen, ob es ihm unangenehm wäre, vor seinem Vater zuzugeben, dass er etwas mit einer Carter angefangen hat. Bevor wir uns richtig kannten, hatte er viele Vorurteile mir und meiner Familie gegenüber, und ich bin mir sicher, dass sein Vater ihm jedes einzelne in den Kopf gesetzt hat. Würde er sie noch glauben, würde er mich nicht so küssen, wie er es tut. Aber nur weil er die Vorurteile nicht mehr glaubt, heißt das nicht, dass sie keinen Abdruck in seinem Kopf hinterlassen haben.

Bevor sich ein bitterer Geschmack in meinem Mund ausbreiten kann, will ich mich endlich überwinden und ihn fragen, was wir sind. Es wird ja wohl nicht so schwer sein. Andere Menschen bekommen es ja auch auf die Reihe.

Aber bevor ich den Mut oder die richtigen Worte finden kann, schwindet sein Lächeln.

»Was ist los?«, frage ich alarmiert.

»Ach, nichts«, murmelt er und macht einen kleinen Schritt zurück. Er nimmt meine Hand in seine, aber es fühlt sich nicht wie eine liebevolle Geste an. Eher, als wollte er nun doch meine Hand von seiner Wange entfernen.

Mein Herz zieht sich zusammen, obwohl ich es zwinge, nicht zu viel in so eine kleine, unbedachte Bewegung hineinzuinterpretieren. Aber es glaubt mir nicht. Und wenn ich ehrlich bin, kann ich mir selbst nicht ganz glauben.

»Ich kann dir ansehen, dass irgendwas los ist«, meine ich. »Du kannst gar nicht mehr lächeln.«

Sam versucht zu lächeln, und ein Teil davon mag aufrichtig sein. Aber er wirkt dabei auch so traurig. »Es hat nichts mit dir zu tun. Heute ist einfach ein komischer Tag.«

Er lügt nicht. Das kann ich ihm ansehen. Aber ich fühle mich trotzdem nicht besser. Es gibt so viele Dinge, die ich nicht über ihn weiß. Das Gespräch, das ich nach dem Nacktshooting mit Mason geführt habe, kommt mir wieder in den Sinn. Er hat mir damals einiges über Sam verraten und doch die wichtigsten Punkte offengelassen. Und er hat mir gezeigt, dass es noch so vieles über Sam zu wissen gibt, das er nicht gern mit anderen teilt.

Ich will ihn nicht drängen. Aber ich will ein Mensch sein, dem er sich anvertraut. Denn was können wir jemals sein, wenn ich nicht so ein Mensch für ihn bin?

»Hey«, flüstert er, als er wieder auf mich zutritt. Er hebt mein Kinn an, damit ich ihm in die Augen sehe. »Bitte sei nicht traurig. Es hat wirklich nichts mit dir zu tun. Du bist der Grund, dass ich mich das erste Mal an diesem seltsamen Tag wieder wohl in meiner Haut fühle.«

Meine Bedenken verkleinern sich, bis ich sie kaum noch erkennen kann. Trotzdem sind sie noch da.

»Wirst du es mir erzählen, wenn du dazu bereit bist?« Mein Hals ist ein bisschen enger als sonst, aber diese Worte lässt er vorbei.

»Werde ich«, sagt Sam, ohne zu zögern. Erleichtert atme ich auf. Meine Bedenken sind mittlerweile so klein, dass man sie vermutlich nur noch unter einer Lupe erkennen könnte.

Sam lehnt seine Stirn an meine und atmet tief durch. Er ergreift auch meine zweite Hand und drückt sie fest in seiner. Meine Unsicherheiten sind sehr stark, aber auch sie kommen nicht gegen die Aufrichtigkeit an, die gerade in jeder Berührung liegt, die Sam mit mir teilt. Es gibt Dinge, über die er nicht gern redet. Doch ich erkenne, dass das nichts darüber aussagen muss, wie tief seine Gefühle für mich sind.

»Ich habe deinen Fake-Boyfriend gesehen, bevor ich die Treppe hochkam«, flüstert er so leise, als wollte er gar nicht, dass ich ihn hören kann.

Sein Unterton lässt mich aufhorchen. Ich lege meinen Kopf leicht in den Nacken, um ihm ins Gesicht schauen zu können.

»Ist das Eifersucht, die ich da höre?«, frage ich.

Sam schnauft und richtet seinen Blick auf unsere miteinander verschlungenen Hände.

»Du bist eifersüchtig«, entfährt es mir, bevor ich mir überlegen kann, dass dieser triumphierende Tonfall vermutlich gar nicht angebracht ist.

»Natürlich bin ich eifersüchtig«, gibt er zu und blickt endlich auf. »Wir reden hier von Nolan Andrews. Sänger, Frauenschwarm, ehemaliges Boyband-Mitglied.« Ich grinse. »Und hör bitte auf, so breit zu grinsen. Ich bin so schon unsicher genug.«

»Du bist unsicher?« Ich kann nicht glauben, diese Worte aus seinem Mund zu hören.

»Natürlich bin ich das«, erwidert er. »Überrascht dich das wirklich?«

»Ja«, gebe ich sofort zurück. »Ich verstehe ehrlich nicht, warum du unsicher sein solltest.«

»Das ist ein Scherz, oder?« Sam sieht mich so fassungslos an, als hätte ich ihm gerade erklärt, dass die Erde flach ist. Vor lauter Fassungslosigkeit stolpert er auch noch einen Schritt zurück.

»Nein, ist es nicht«, sage ich und ziehe ihn sanft wieder an mich heran. »Warum bist du unsicher? Erklär's mir.«

Sam seufzt schwer. »Muss ich wirklich?«

»Ja«, erwidere ich. »Du sagst mir, warum du unsicher bist. Und ich sage dir, warum ich unsicher bin.«

Sam nickt langsam und betrachtet wieder unsere Hände. Es scheint ihn zu beruhigen. Und ich verstehe, wieso. Es zeigt unsere Verbindung zueinander. Zumindest einen Teil davon.

»Ich habe deine Ex-Freunde gegoogelt.«

Ich ziehe die Augenbrauen zusammen. »Du hast meine Ex-Freunde gegoogelt?«

»Ja.« Eigentlich ist dieser eine Satz nicht genug, um die Komplexität seiner Gefühle zu erklären, aber er macht auch keine Anstalten, weiterzureden.

»Dir ist schon klar, dass ich mindestens die Hälfte der Kerle, die Google dir genannt hat, nur für die Show gedatet habe. Das meiste war nicht echt.«

»Aber ein paar Beziehungen waren echt.«

Ich nicke.

»Und alle Kerle waren ...«

»Ja?«, frage ich nach.

»Alle Kerle waren Stars, Sportler, reich ...«

Ich weiß auch nicht so genau, warum das meine erste Reaktion auf sein Geständnis ist. Aber eine Sekunde nachdem sein unvollendeter Satz ausgeklungen ist, habe ich mich auch schon auf die Zehenspitzen gestellt und küsse ihn. Sam erwidert den Kuss ganz automatisch, obwohl er vermutlich eher mit einer Antwort und nicht mit meinen Lippen auf seinen gerechnet hat.

Ich umklammere fast schon verzweifelt seinen Nacken, und Sam kommt meiner Verzweiflung mit seiner entgegen. Seine Hände legen sich auf meine Hüfte, und einen Moment später hat er mich auch schon auf ein Schränkchen gehoben, das an der Wand steht.

Wir küssen uns so innig, dass kein Raum für Atemzüge bleibt. Und für einen Moment ist uns das beiden egal. Man kann nur wirklich ineinander ertrinken, wenn kein Sauerstoff mehr in die Lunge dringt. Doch dann müssen wir einsehen, dass wir das nicht lange überleben werden. Wir lösen uns voneinander und atmen hektisch ein und aus.

»Ich bin mir nicht ganz sicher, ob ich verstanden habe, was du mir damit sagen wolltest«, kriegt Sam irgendwann heraus. Sein Atem streichelt meine Wange, weil seine Hände sich gerade am Schränkchen festhalten und diese Aufgabe nicht übernehmen können.

»Ich könnte versuchen, mich noch ein bisschen deutlicher auszudrücken.« Ich versuche, neckisch zu klingen, aber weil ich so atemlos bin, gelingt es mir nicht.

Sam lacht auf. Und der Klang vibriert durch meinen ganzen Körper. Mein Herz hat bereits gerast. Nun hüpft es auch noch freudig auf und ab. Es hat den Platz verlassen, der ihm eigentlich bei meiner Geburt zugewiesen wurde, und sieht sich nun überall in meinem Körper um. Auch mein Herz hat erkannt, wie viel die Welt zu bieten hat.

»Ich fühle mich so oft unsicher in meiner Haut. Es tut gut zu wissen, dass ich nicht die Einzige bin«, sage ich schließlich. »Und ich finde es sehr attraktiv, dass du zugegeben hast, unsicher zu sein.«

Sam zieht kritisch die Augenbrauen hoch. »Das findest du attraktiv? Ich dachte, Unsicherheit gilt nicht gerade als erstrebenswerte Eigenschaft. Schon gar nicht als attraktive.«

»Ich finde, Unsicherheit wird stark unterschätzt«, erwidere ich. »Dass du unsicher bist, bedeutet, dass du dir deiner selbst nicht zu sicher bist. Und das bedeutet, dass du dich selbst auch hinterfragen kannst, dass du nicht alles, was du denkst und tust, für das einzig Wahre hältst. Es bedeutet, dass du nicht zu arrogant bist, um zu wissen, dass du nicht perfekt bist. Ich war in meinem Leben zu oft von Menschen umgeben, die sich zu wichtig nehmen. Ich mag Stars gedatet haben, aber glaub mir, Berühmtheit geht nicht immer mit gutem Charakter einher.« Ich lächle, und ich glaube, mein Lächeln hat sich noch nie so aufrichtig angefühlt.

Sam erwidert es.

»Bist du immer noch unsicher?«, frage ich, und diesmal gelingt mir der neckische Tonfall sogar.

»Küsst du mich noch mal, wenn ich Ja sage?«, fragt er zurück.

»Ich küsse dich noch mal, egal, welche Antwort du gibst.«

»Dann kann ich ja ehrlich sein«, erwidert er. »Ich glaube, ich habe mich in meinem ganzen Leben noch nie so sicher gefühlt.«

Ich verschränke meine Hände in seinem Nacken und küsse ihn wieder. Immer und immer wieder. Wir bleiben viel zu lange in diesem Zimmer. Viel länger, als wir sollten. Vor dieser Tür wartet ein Dreh auf uns, dem wir uns nicht ewig entziehen können. Aber für diesen Moment geben wir uns der Illusion hin, dass sich unsere Verpflichtungen, unsere Familien und all unsere Sorgen auflösen, solange wir uns nur berühren.

Doch als nicht mehr nur Sams Handy in seiner Hosentasche vibriert, sondern auch meines in meiner Clutch, können wir die Realität nicht länger ausblenden.

Widerwillig unterbrechen wir den Kuss, der auch bis in alle Ewigkeit hätte andauern können.

»Wir müssen zurückgehen«, murmelt Sam und seufzt. Er klingt, als würde er nicht auf meine Zustimmung warten, sondern darauf, dass ich ihm einen Grund gebe, unvernünftig zu sein. Aber leider kann ich das nicht tun. Ich muss mich wieder vor die Kamera stellen, bevor irgendein Mitglied meiner Familie auf die Idee kommt, mich zu suchen.

»Ich weiß«, stoße ich frustriert aus.

Sam versteift sich, sobald er einen Schritt zurücktritt. Er meidet meinen Blick. Und sofort wird mir flau im Magen.

»Wirst du jetzt vor der Kamera so tun, als wärst du mit Nolan Andrews zusammen?« Ich kann ihm deutlich anhören, wie schwer es ihm gefallen ist, diese Frage zu stellen.

»Nein«, sage ich.

Sam sieht mich wieder direkt an. »Ich dachte, du musst.«

»Wir haben uns doch in den vergangenen Monaten oft genug über die Dinge gestritten, die ich vor der Kamera hätte tun sollen und dann doch nicht getan habe.«

»Wir haben uns auch über die Dinge gestritten, die du nicht tun solltest, aber dann doch getan hast«, erinnert er mich.

»Das auch«, sage ich grinsend und werde dann wieder ernst. »Ich werde mit Nolan sprechen. Ich werde ihm sagen, dass ich keine Beziehung mit ihm vortäuschen werde.«

Sam streicht sein Shirt glatt und richtet auch ein paar Strähnen, die sich aus meiner Hochsteckfrisur gelöst hatten. »Okay, gut«, murmelt er und versucht, beiläufig zu klingen. Aber ich durchschaue ihn.

»Also natürlich nur, wenn mein Producer mir nicht davon abrät«, sage ich, um ihn aufzuziehen.

»Ich bin nicht dein Producer«, erwidert er.

Was bist du dann?, frage ich in Gedanken. »Aber so was in der Art«, sage ich laut.

Sam hält mir seine Hände hin, um mir vom Schränkchen zu helfen. Es ist zwar nicht hoch, aber da ich auf High Heels nicht die Sicherste bin, lasse ich mich von ihm stützen, bis ich wieder auf meinen Beinen stehe.

»Als dein Producer müsste ich dir davon abraten«, sagt er, während er den Stoff meines Kleides glättet. Das sanfte Streichen seiner Hände über meinen Körper lässt mich fast wieder vergessen, warum wir jemals damit aufgehört haben, uns zu küssen. »Aber als dein …« Er stockt. Er weiß auch nicht, was er für mich ist. »… befürworte ich es.«

Ich räuspere mich, weil mein Hals auf einmal belegt ist von all den Fragen, die ich mich nicht getraut habe zu stellen und von denen ich weiß, dass ich sie noch eine Weile nicht werde aussprechen können. »Dann werde ich jetzt da rausgehen und meine Fake-Beziehung beenden.«

Diese ganze Woche scheint nur aus Gesprächen zu bestehen, die ich hätte führen sollen, für die mir aber der Mut gefehlt hat. Wenigstens mit Nolan wird es mir hoffentlich gelingen, die richtigen Worte zu finden.

»Okay«, sagt Sam und streicht mir die letzte verirrte Strähne hinters Ohr. Endlich lächelt er wieder. »Danke.«

»Wofür?«, frage ich.

»Dass du Nolan Andrews abservierst.«

Wir grinsen uns kurz an, wie es frisch verliebte Teenager wohl tun würden. Und ich versuche, mich von diesem Gedanken nicht verunsichern zu lassen.

»Immer gern«, sage ich und strecke mich ihm ein letztes Mal entgegen. Der Kuss ist sanft, so ganz anders als die anderen, die wir in diesem Raum miteinander geteilt haben.

Er verspricht nicht, dass man sich gleich die Kleider vom Leib reißen wird. Er verspricht etwas noch viel Intimeres.

Wenn Sams Lippen meine nur leicht streifen und seine Hand

meine Wange streichelt, muss ich an vertraute Gespräche, Frühstück im Bett und eine große Tasse Kaffee denken. Ich kann sie fast schon riechen.

Ich trete einen Schritt zurück und halte mich noch mal mit meinem Blick an ihm fest, weil meine Hände das jetzt nicht mehr dürfen, wenn ich es jemals schaffen soll, dieses Zimmer zu verlassen.

»Kann ich am Wochenende in deine WG kommen?«

Sams sanfter Blick gibt mir die Antwort auf diese Frage, bevor er sie ausgesprochen hat. »Du kannst immer kommen.«

Und mit einem fast schon schmerzhaft breiten Lächeln lasse ich ihn schließlich hinter mir.

☆

Ich finde Nolan im Eingangsbereich. Natürlich umgeben von vielen Menschen, die alle über seine Witze lachen. Vermutlich nicht, weil sie besonders gut sind, sondern weil seine Bad-Boy-Ausstrahlung sie blendet.

»Hey, Nolan«, sage ich. »Können wir kurz reden?« Ich möchte nicht erst Small Talk mit Leuten, die ich nicht kenne, führen müssen, bevor ich mit ihm sprechen kann.

Und gerade ist keine Kamera in der Nähe. Also haben wir tatsächlich die Chance, uns in eine Ecke zurückzuziehen, bevor uns wieder eine findet.

»Klar«, sagt Nolan. Er sieht mich an, wie man wohl eine Frau ansehen würde, die man angeblich datet. Und das tut er selbst dann, wenn niemand ihn aufzeichnet. Meine Mutter könnte ihm definitiv nicht vorwerfen, dass er die Aufgabe, die sie ihm übertragen hat, nicht ernst nimmt.

Ich laufe voraus in den Wohnbereich und dann auf ein Sofa zu, das zwischen zwei Wänden eingekeilt ist und deswegen nicht von allen Seiten einsehbar ist. Die Party hat sich in den Garten verlagert. Und dorthin ist auch Sam verschwunden.

»Soll ich ein Kamerateam holen?«, fragt Nolan, sobald wir außer Hörweite der Gruppe sind, die eben noch an seinen Lippen gehangen hat.

»Nein«, sage ich. »Ich will kurz was mit dir allein besprechen.«

Er zieht die Augenbrauen zusammen. Selbst so eine unscheinbare Geste hat bei ihm etwas Sexuelles. Macht er das mit Absicht, oder hat er sich all diese Gesichtsausdrücke über die Jahre so hart antrainiert, dass er sie nun einfach nicht mehr loswird? Alles, was er tut, selbst wenn er nicht beobachtet wird, passt zu dem Nolan Andrews, der er in den Medien ist. Aber ich kenne diese Welt zu gut, um mich dem Glauben hinzugeben, dass das, was man der Öffentlichkeit zeigt, alles ist, was ein Mensch zu bieten hat.

Ich bedeute Nolan, sich zu setzen. Er kommt meiner stummen Aufforderung nach. Ich lasse mich auch auf dem Sofa nieder. Mit so viel Abstand, dass ein weiterer Mensch zwischen uns Platz finden würde.

»Ich werde direkt zum Punkt kommen, weil man bei einer Carter-Party nie weiß, wann die nächste Kamera um die Ecke kommt«, meine ich. »Ich habe keine Lust, eine weitere Fake-Beziehung für die Show meiner Familie zu führen. Ich habe das oft genug mitgemacht. Es reicht mir. Und das hat sicherlich nichts mit dir zu tun. Ich will das einfach nicht mehr.«

Ich habe ihn wohl ein bisschen überfallen. Denn Nolan braucht einen Moment, um zu verstehen, was ich ihm gesagt habe. Und einen weiteren Moment, um auch darauf reagieren zu können.

»Okay«, setzt er an. »Deine Mutter wird nicht begeistert sein.«

»Sicher nicht«, erwidere ich. »Aber damit kann ich leben.«

»Ich weiß nicht, ob ich das überleben werde«, sagt Nolan scherzend. »Deine Mutter ist eine beängstigende Frau.«

»Dem kann ich nicht widersprechen.«

Nolan grinst mich an. Sein Grinsen verspricht mir guten Sex ohne Frühstück am nächsten Morgen. Aber inzwischen bin ich mir sicher, dass er das wirklich nicht mit Absicht macht. Diese Gesichtsausdrücke rutschen ihm raus wie unbedachte Aussagen. »Du bist wild entschlossen, was?«, fragt er und lehnt sich auf dem Sofa zurück. Wir sind im Haus. Es ist auch draußen nachts nicht kalt. Trotzdem trägt er eine Lederjacke. Ich kann mir ein Augenrollen nur knapp verkneifen. Natürlich trägt er eine Lederjacke.

»Bin ich«, sage ich. »Ich hoffe, das durchkreuzt deine Pläne nicht. Ich weiß, dass du dich nicht nur aus Spaß dazu bereit erklärt hast, eine Fake-Beziehung mit mir zu führen.«

»Wieso denkst du das?«, fragt er und lehnt sich mir ein bisschen entgegen. »Vielleicht habe ich das.«

Jetzt kann ich mir das Augenrollen nicht mehr verkneifen. »Hier sind keine Kameras. Du musst also keine Show abziehen.«

Er lehnt sich wieder zurück. »Macht der Gewohnheit«, meint er achselzuckend. »Und ich bin mir ehrlich gesagt nicht sicher, was ich mir von einer Fake-Beziehung mit dir erhofft habe.«

Ich ziehe fragend die Augenbrauen nach oben.

»Mein Agent hatte die Idee. Mehr Zeit im Fernsehen bedeutet mehr Werbung für meine Musik.«

»Deswegen ist dein ehemaliger Bandkollege Henry wohl auch zu *Celebrities in Love* gegangen«, stelle ich fest.

Nur kurz, für den Bruchteil einer Sekunde, verschwindet Nolans Fassade einfach. Für den Bruchteil einer Sekunde erhasche ich einen Blick auf die Person, die er wirklich ist. Und die Person, die er wirklich ist, scheint viel Bedauern mit sich herumzutragen.

Bevor ich mehr entdecken kann, ist das Bad-Boy-Grinsen zurückgekehrt. »Richtig«, sagt er schlicht. »Was er kann, kann ich schon lange.«

Das Aufflackern seines wahren Ichs hat mich neugierig gemacht. Deswegen kann ich mich nicht davon abhalten, die nächste Frage zu stellen, obwohl es mir gar nicht zusteht, die Antwort darauf zu kennen. »Hast du nicht auch genug davon, dich ständig zu verstellen und Gefühle zu heucheln? Willst du nicht auch mal etwas … Echtes?«

»Und du?«, stellt er die Gegenfrage. Sein Grinsen wird schiefer, als er mich wissend ansieht. »Oder hast du vielleicht sogar schon etwas Echtes gefunden?«

»Vielleicht«, sage ich ausweichend.

»Ah, deswegen willst du also mit mir Schluss machen.«

»Kann man Schluss machen, wenn man nie wirklich zusammen war?«, frage ich und grinse nun auch. Ich vermute, dass der Nolan Andrews, der hinter seiner Fassade liegt, so viel mehr zu bieten hat als die Version, die er der Welt zeigt.

»Fake-Schluss-Machen für eine Fake-Beziehung«, meint er. Wieder wird sein Blick auf eine Weise ernst, die nicht zu seinem verwegenen Grinsen passen will, das einfach nicht von seinem Gesicht weicht, obwohl es vermutlich längst weiß, dass es dort gar nicht hingehört.

»Hattest du nie etwas Echtes, für das du … ich weiß nicht … auch echt sein wolltest?«, hake ich nach. Ich muss mir eingestehen, dass ich seine Antwort nicht nur hören will, um mehr über ihn zu erfahren, sondern auch über mich selbst. Ich hoffe, dass ich einem Menschen gegenübersitze, der all meine Fragen versteht und mir versichern kann, dass echte Gefühle in unserer unechten Welt bestehen können. Ich will, dass er mir Hoffnung gibt.

Nolan reagiert sehr lange nicht. Irgendwann erinnert er mich an einen Computer, der in den Stand-by-Modus versetzt wurde. Ich überlege, ob ich ihn vielleicht anstupsen muss, wie ein Mousepad, um ihn aus seiner Starre zu reißen. In dem Moment räuspert er sich.

»Ich glaube, ich hatte mal etwas Echtes«, gibt er schließlich zu. »Aber ich habe es zu spät erkannt.«

»Was ist passiert?«, frage ich.

»Hen… Diese Person hat etwas Echteres gefunden.«

Ich würde ihn gern trösten. Aber wir kennen uns nicht gut genug. Ich weiß nicht, was er braucht, wenn er traurig ist.

»Aber ich freue mich ... für diese Person«, fährt er nach einem langen Zögern fort. »Ich weiß, dass ... diese Person etwas Besseres gefunden hat als mich. Ich freue mich für sein Glück. Ehrlich. Aber manchmal vermisse ich es, mit ihm zu reden. Ich will seine Beziehung nicht kaputt machen. Auf keinen Fall. Aber ich vermisse die Person, mit der ich über alles sprechen konnte.«

Er hat versucht, es nicht zu verraten. Aber ich habe es trotzdem gehört. Er hat den Namen halb ausgesprochen. Und mein Gehirn hat die fehlenden Buchstaben hinten angefügt.

Henry.

»Vielleicht«, setze ich getragen an, »kannst du diese Person einfach anrufen. Vielleicht könnt ihr über alles reden. Vielleicht wirst du dich dann besser fühlen.«

Nolan mustert mich mit zusammengekniffenen Augenbrauen. »Ist es so einfach?«

»Eigentlich musst du nur den Anrufbutton drücken.«

»Eigentlich«, wiederholt er getragen. Wir wissen beide, wie riesig, wie allumfassend ein *eigentlich* sein kann.

Nolan räuspert sich. »Ich werde deiner Mutter sagen, dass ich keine Zeit mehr habe, in der Show aufzutauchen. Dann musst du dich nicht mit ihr anlegen.«

»Aber du«, gebe ich zu bedenken.

»Wozu habe ich denn einen Agenten?«

»Er tut mir jetzt schon leid.«

Nolan grinst, aber es sieht nicht echt aus. Vermutlich sah kein Grinsen, das er mir geschenkt hat, seit ich ihn kenne, wirklich echt aus.

»Danke«, sage ich und greife einem Impuls folgend nach seiner Hand. Einen Moment sieht er erstaunt aus. Dann erwidert er die Geste. »Ich hoffe, du findest etwas Echtes.«

»Und ich hoffe, du behältst das Echte, das du gefunden hast«, entgegnet er.

Ich lasse seine Hand los und erhebe mich.

Er zieht sein Handy aus seiner Hosentasche und hält es hoch, als wisse er nicht, was er damit anfangen soll. »Nur einen Anrufbutton drücken?«, fragt er.

»Nur einen Anrufbutton drücken«, bestätige ich.

Dieses Gespräch wollte ich nur führen, um wieder ein Stück Kontrolle über mein Leben zurückzugewinnen. Nun, während ich Nolan ansehe, erkenne ich, dass ich ihm dabei helfen konnte, das Gleiche zu tun. Und wenn ich anderen helfen kann, bin ich vielleicht doch dazu in der Lage, all die schwierigen Gespräche zu führen, vor denen ich mich bisher gedrückt habe.

Nolan betrachtet sein Handy kurz unsicher. Aber dann verändert sich seine Haltung. Ein Ruck scheint einmal durch seinen ganzen Körper zu laufen. Und als der Ruck bei seinen Fingerspitzen ankommt, drückt er auf den Anrufbutton.

Ich verharre an der Stelle und beobachte ihn. Bis ich den ersten Satz höre. »Hey, Henry. Ich bin's. Nolan.«

Dann drehe ich mich endgültig um und lasse Nolan allein.

26. KAPITEL

Sam

Während Athena ihr Gespräch mit Nolan führt, mache ich einen Kontrollgang und schaue bei den Kamerateams vorbei, die sich überall in Demeters Haus verteilt haben. Mein Gang ist beschwingt.

Heute Morgen habe ich es fast nicht geschafft aufzustehen, weil ein Gewicht auf meiner Brust lag, das mich vehement in die Matratze meines Bettes gedrückt hat. Es hat mich den ganzen Tag lang begleitet. Doch jetzt – nachdem ich Athena gesehen, gesprochen und geküsst habe – fühle ich mich tatsächlich wieder leichter.

Der Dreh läuft ohne Probleme. Ich traue mich kaum, das zu denken. Denn bisher ist auf diesen Gedanken immer eine große Katastrophe gefolgt. Und als hätte das Universum nur auf sein Stichwort gewartet, höre ich erhobene Stimmen, die unter einer geschlossenen Tür hervordringen. Eine Kamera steht verlassen auf einem Stativ daneben.

Vermutlich hätte ich inzwischen lernen sollen, dass es Dinge gibt, die nicht für meine Ohren bestimmt sind. Trotzdem setze ich mich ganz von allein in Bewegung. Ich öffne die Tür einen Spaltbreit. Dahinter liegt eine riesige Küche, deren verchromte Oberflächen so gut geputzt wurden, dass mich das Licht der Deckenleute, das sich darin spiegelt, blendet. Und in der Mitte dieser fast schon übernatürlichen Sauberkeit stehen sich zwei Menschen gegenüber.

Levi und Hilary.

Athena hat mir erzählt, dass die beiden etwas miteinander angefangen haben. Aber gerade wirken sie nicht, als würden sie die Anwesenheit des anderen besonders genießen.

Hilary rückt ihr Kleid zurecht, Levi schließt die Schnalle seines Gürtels.

»Du willst mich doch verarschen, oder?«, kriegt Levi zwischen zusammengebissenen Zähnen hervor.

»Nein. Ich bin einfach nur ehrlich«, erwidert Hilary ungerührt, holt einen kleinen Spiegel aus ihrer Tasche und mustert ihr Gesicht darin.

»Nur ehrlich?«, stößt Levi aus. »Und was war das gerade? Ein Mitleidsfick?«

»Nenn es, wie du willst.« Noch immer klingt Hilary nicht so, als würde Levis gequälter Gesichtsausdruck irgendwas in ihr auslösen. Sie sieht ihn ja nicht einmal richtig an.

»Und das war's jetzt?«, fragt er.

»Ja«, sagt sie. »Ich habe es dir doch gerade erklärt. Das hier«, sie deutet abwechselnd auf sich und ihn, »hat keine Zukunft. Du bist nicht der richtige Partner für mich.«

»Weil ich nur ein Kameramann bin.« Levis Unterlippe zittert, bis er seine Zähne hineingräbt. »Weil ich nicht berühmt, reich oder sonst was bin.«

Ich sollte gehen. Aber irgendwas hindert mich daran, mich umzudrehen. Diese Szene ist mir vertraut, obwohl ich so was nie erlebt habe. Aber vielleicht sind uns nicht nur die Dinge vertraut, die uns passiert sind, sondern auch die, vor denen wir uns insgeheim fürchten.

»Wenn du es so ausdrücken willst«, setzt Hilary an und verstaut ihren Spiegel wieder.

»Wie soll ich es denn sonst ausdrücken? Du hast gesagt, dass ich nicht der richtige Partner für dich bin. Wie sieht denn dein richtiger Partner aus?«

Hilary verschränkt die Arme vor der Brust. »Ich hatte gehofft, du würdest das besser aufnehmen.«

»Wie soll ich es denn aufnehmen, wenn du mir verkündest,

dass das zwischen uns, was immer es ist, vorbei ist, während ich noch in dir bin?«

»Dieses Gespräch ist beendet«, sagt Hilary.

»Okay.« Levis Stimme ist fürchterlich leise. »Aber sag mir wenigstens die Wahrheit.«

»Die Wahrheit?«

»Sag mir, warum du es beendest. Den wahren Grund.«

Hilary seufzt und legt kurz ihren Kopf in den Nacken. »Okay, wenn du es unbedingt wissen willst«, beginnt sie. »Du hast recht. Ich kann keine richtige Beziehung mit dir führen, weil du nur ein Kameramann bist. Mein Leben findet vor der Kamera statt, und ich brauche jemanden, der dazu passt.« Sie atmet kurz durch. »Bist du jetzt zufrieden? Fühlst du dich besser, weil deine Vorurteile mir gegenüber bestätigt wurden?«

Mein Magen verkrampft sich so stark, dass er auf einmal steinhart ist. Ich möchte die Parallelen nicht sehen. Aber sie drängen sich mir geradezu auf. Die beiden haben sich zurückgezogen, um allein zu sein, weil sie ihre Beziehung nicht öffentlich machen wollen. Diesen Moment habe ich auch erlebt. Nur ist er anders ausgegangen.

Zumindest dieses Mal.

Levi rührt sich nicht. Ich glaube schon, dass er gar nicht mehr atmet, als ein Seufzen aus seiner erschöpft klingenden Lunge dringt. »Danke für deine Ehrlichkeit.« Mehr kriegt er nicht hervor.

Hilary verharrt noch einen Moment an der Stelle. Ihr Mund ist geöffnet, als wollte sie noch etwas sagen. Doch sie tut es nicht. Ihr Gesichtsausdruck, der kurz verletzlich gewirkt hat, wird wieder unlesbar. Sie streicht ihr Kleid glatt. Dann wendet sie sich von Levi ab.

Ich ziehe mich schnell zurück und hocke mich vor die Kamera, die Levi vor der Küche hat stehen lassen. Sobald Hilary aus der Küche tritt, tue ich so, als würde ich irgendwelche Einstellungen checken, und es fällt ihr nicht auf, dass ich das nur spiele. Sie bemerkt mich nicht einmal. Das sollte mich wohl nicht überraschen und sicherlich nicht stören. Aber auch das bringt die Zweifel, die ich gar nicht haben will, dazu, weiterzuwachsen.

Ich stelle mich hin und starre die Küchentür an, die nun wieder verschlossen ist. Levi ist noch dahinter. Wir sind keine Freunde. Es könnte mir egal sein, dass er gerade auf eine brutale Weise abserviert wurde. Aber es ist mir nicht egal. Er ist Athenas engster Freund. Und sie ist gerade nicht hier, um für ihn da zu sein, also sollte ich das für sie übernehmen.

Ich lasse mir keine Zeit zu zögern und trete in die Küche. Levi hat mir den Rücken zugewandt. Seine Hände hat er auf einer Anrichte abgestützt. Sein Kopf hängt herab.

»Hey«, sage ich unsicher. »Alles okay?«

Mir ist bewusst, dass das eine ziemlich überflüssige Frage ist. Aber Levi muss ja nicht gleich wissen, dass ich ihn gerade belauscht habe.

»Ja, alles super«, nuschelt er, ohne sich umzudrehen. »Ich brauche nur einen Moment.«

»Wenn du darüber reden willst …«, setze ich ungelenk an und lasse den Satz unbeendet.

Levi reagiert nicht sofort. Er atmet noch ein paarmal tief durch, bevor er sich von der Anrichte abstößt und mir zuwendet. Sein Gesichtsausdruck ist neutral. Aber er muss sich sehr fest in die Unterlippe gebissen haben. Aus einem kleinen Riss kommt Blut.

»Ich arbeite gleich weiter. Keine Sorge.«

»Deswegen bin ich nicht hier«, erwidere ich.

»Nicht? Willst du nicht wieder drohen, mich feuern zu lassen?«

»Nein. Athena und ich haben das geklärt«, sage ich und widerstehe dem Impuls, zurückzuweichen. Von Levi geht eine Energie aus, der ich mich entziehen will. Er unterdrückt alles, was er fühlt, damit es sich nicht in seinem Gesicht abzeichnet. Aber das sorgt nur dafür, dass er etwas abstrahlt, das sich unangenehm gegen meine Haut drückt.

»Ihr habt das geklärt?«, fragt er herausfordernd. »Mir hat sie nichts erzählt.«

Dieser Satz sollte nicht so schmerzen, wie er es tut. Aber die Tatsache, dass Athena ihrem engsten Freund nicht erzählt hat, was zwischen uns passiert ist, lässt die Zweifel größer und meine Luftröhre enger werden. Ich habe mit Mason darüber geredet. Ich bin davon ausgegangen, dass sie das Gleiche mit Levi tun würde.

»Du musst nicht um deinen Job fürchten«, sage ich, weil mir nichts Besseres einfällt.

»Dann bin ich aber erleichtert«, spuckt er förmlich aus. Dann läuft er auf mich zu, rammt mich im Vorbeigehen unsanft mit der Schulter und verlässt die Küche.

Auf einmal bin ich allein mit meinen Gedanken und erkenne, dass sie gerade nicht die beste Gesellschaft sind. Ich gehe hinaus und hoffe, dass ich sie zurücklassen kann, wenn ich nur schnell genug laufe. Ich komme erst zum Stehen, als ich den Vorgarten erreicht habe. Meine Atemzüge kommen hektisch, obwohl ich nur wenige Meter hinter mich gebracht habe.

»Samuel?«

Ich zucke heftig zusammen und fahre herum.

Im Schatten, neben der Eingangstür, lehnt mein Vater an der Wand. Ich kann sein Gesicht nicht sehen. Nur das Ende einer Zigarette, die jedes Mal glimmt, wenn er an ihr zieht. Mein Vater hat schon vor Jahren mit dem Rauchen aufgehört. Selbst zu seinen Stresskippen hat er nicht mehr gegriffen. Ich muss ihn nicht fragen, was ihn dazu gebracht hat, jetzt wieder anzufangen.

»Dad?«, gebe ich zurück.

Er stößt sich mit einem Fuß von der Wand ab und tritt aus dem Schatten hervor. Tiefe Ringe liegen unter seinen Augen. Die Kippe lässt er fallen.

»Ich musste mal kurz rausgehen«, sage ich, weil er weiter schweigt.

»Ich auch«, gibt er zu. Seine Stimme ist weniger bestimmt als sonst. »Hast du gestern ferngesehen?«

Ich hätte in hundert Jahren nicht mit dieser Frage gerechnet. Mein Vater und ich reden nicht über unsere Gefühle und schon gar nicht über die, die mit *ihr* zusammenhängen. Es ist, als hätten wir uns irgendwann abgesprochen, das Thema zu ignorieren, obwohl wir wissen, dass es in unseren Köpfen wohnt. Ich habe nicht daran geglaubt, dass sich das jemals ändern würde.

»Nein«, sage ich. »Aber ich weiß, was passiert ist.«

Mein Vater nickt und holt seine Zigarettenpackung hervor. Er sieht sie eine Weile an. Entscheidet sich dann aber doch dagegen, noch eine Zigarette herauszuholen. Unverrichteter Dinge steckt er die Schachtel wieder weg.

»Ich auch«, meint er schließlich. »Vielleicht sollten wir auf sie anstoßen.«

»Ich dachte, du kannst Sarkasmus nicht viel abgewinnen.«

»Gerade schon«, erwidert mein Dad.

Wir schweigen einen Moment. Gesprächsfetzen und der Beat irgendeines austauschbaren Songs werden zu uns herübergetragen. Trotzdem fühle ich mich, als wären wir meilenweit von der Party entfernt.

»Manchmal wünschte ich mir, ich könnte der ganzen Welt verraten, wer sie wirklich ist«, sagt mein Vater unvermittelt. »Ich will, dass alle sehen können, dass ihre Weste nicht so weiß ist, wie sie vorgibt.«

Ihre Weste ist nicht weiß wegen mir. Ich bin der riesige Fleck, den sie versucht, loszuwerden und zu verstecken.

»Bitte verrat es nicht«, kriege ich hervor. »Bitte nicht.«

Mein Vater sieht mich lange an. Dann macht er zwei Schritte auf mich zu. »Das würde ich niemals tun.« Seine Stimme hat noch mehr Nachdruck als die Hand, die er auf meine Schulter gelegt hat. »Ich würde niemals etwas tun, was dich verletzen könnte. Egal, wie wütend ich auf sie sein mag. Ich hoffe, das weißt du.«

Schlucken ist mir noch nie so schwergefallen. »Ja, das weiß ich.« Obwohl mich mein Dad in den letzten Tagen auch mal für meine Arbeit gelobt hat und mir klar war, dass mein Job wieder sicher war, stand seit dem Halloween-Dreh eine leichte Anspannung zwischen uns. In diesem Moment spüre ich, dass sie sich komplett aufgelöst hat.

»Gut.« Mein Vater drückt noch einmal meine Schulter und lässt mich dann los. »Liebe hat mich damals blind gemacht. Mach nicht die gleichen Fehler.« Wenn ich es nicht besser wüsste, würde ich sagen, dass man den Ausdruck meines Vaters sogar als sanft bezeichnen könnte. Doch nach einem Blinzeln ist er wieder fort und seine ernste, geschäftige Miene zurück. »Wir sollten wieder reingehen. Die Arbeit ruft.«

Ich nicke nur. Ich kann gerade nicht sprechen. Mein Vater und ich teilen selten offene Worte miteinander, und ich bin dankbar, dass wir es gerade getan haben. Aber das ist nicht der einzige Grund, warum meine Kehle auf einmal schmerzhaft rau ist.

Athena ist nicht Hilary. Athena ist auch nicht *sie*. Das weiß ich. Aber die Parallelen lassen mich immer noch nicht los, und ich kann nicht anders, als mich zu fragen, ob sie mir vielleicht etwas Wichtiges sagen wollen. Athena gehört zu denen, die die großen Sachen erleben. Ich gehöre zu denen, die die großen Sachen nur beobachten, aber nie wirklich ein Teil davon sein können.

Meine Zeit an diesem Set scheint mir genau das sagen zu wollen. Ständig bin ich irgendwo, wo ich eigentlich gar nicht hingehöre, beobachte Gespräche, die nicht für mich bestimmt waren, und greife doch nie ein. Ich bin ein stummer Beobachter. Das ist schließlich meine Aufgabe.

Gebe ich mich einer Illusion hin, wenn ich denke, ich könnte jemals … mehr sein? Wir könnten jemals mehr sein?

Bin ich ihr dreckiges Geheimnis? Hat sie ihrem engsten Freund nichts von uns erzählt, weil sie sich sogar schämt?

Ich weiß, wie beschissen es sich anfühlt, der Fleck auf der weißen Weste einer anderen Person zu sein. Diese Rolle werde ich nie wieder einnehmen.

27. KAPITEL

Athena

»Dies ist der Anrufbeantworter von Levi Nyberg. Hinterlassen Sie eine …«

Mir entfährt ein genervtes Stöhnen, als ich auf den roten Knopf drücke und das Handy wieder sinken lasse. Ich habe heute vermutlich eine längere Unterhaltung mit Levis Mailbox geführt als in der vergangenen Woche mit ihm.

Sam hat mir gesagt, was auf der Party zwischen Levi und Hilary passiert ist. Und seitdem versuche ich ihn zu erreichen. Er ignoriert mich schon seit Tagen. Er scheint vom Erdboden verschluckt worden zu sein. Denn am Set kann ich ihn auch nicht finden. Dabei arbeitet er heute. Ich habe gestern im Arbeitsplan nachgeguckt.

Nach zwei gescheiterten Anrufen konnte ich mir noch einreden, dass Levi sein Handy verlegt hat. Nach achtzehn gescheiterten Anrufen kann ich mir das nicht mehr einreden.

Hilary hat ihm das Herz gebrochen, und danach ist er einfach verschwunden. Das ist kein gutes Zeichen. Ganz und gar nicht. Und wenn ich nicht bald ein Lebenszeichen von ihm erhalte, werde ich noch aus der Haut fahren.

Sam ist heute bei einem Auswärtsdreh mit Demeter und Frederik und soll ihr letztes klärendes Gespräch aufnehmen. Auf seine Hilfe muss ich heute also leider verzichten, obwohl mich seine Anwesenheit vermutlich beruhigen könnte.

Ich lasse meinen Blick über das Set schweifen. Gerade ist Drehpause, und die meisten Crewmitglieder stehen auf dem

Parkplatz vor einem Zelt, wo Essen ausgeteilt wird. Zielstrebig steure ich auf die Schlange zu. Drei Personen unterhalten sich entspannt, bis ich vor ihnen zum Stehen komme. Dann verstummen sie schlagartig.

»Hey, hat einer von euch Levi gesehen?«, frage ich direkt.

Die drei fragen sich vermutlich, warum ich ausgerechnet sie und nicht irgendjemand anderen angesprochen habe. Ihre Gesichter sind angespannt, als sie unsichere Blicke miteinander tauschen.

»Hat einer von euch Levi heute gesehen?«, wiederhole ich meine Frage, weil keiner von ihnen Anstalten macht, mir zu antworten. Eine ungute Vorahnung kribbelt mir im Nacken. Ich hoffe, dass alles okay ist. Ich hoffe, dass er heute einfach nicht zur Arbeit gekommen ist, weil er sich so beschissen fühlt. Ich hoffe, dass das die ganze Geschichte ist.

Als die Tonfrau vor mir schließlich den Mund aufmacht, kann ich nicht mehr hoffen. »Levi wurde heute Morgen gefeuert«, sagt sie kleinlaut.

»Bitte *was*?«, entfährt es mir ein bisschen zu laut. Alle Crewmitglieder, die noch in der Schlange auf ihr Mittagessen warten, drehen abrupt die Köpfe. Doch das ist mir gerade scheißegal.

»Er wurde heute Morgen in das Büro deiner Mutter gerufen und dann gefeuert«, sagt der Kerl, den ich für einen Set-Runner halte.

Ich muss mehrmals trocken schlucken, bevor ich wieder sprechen kann. »Danke, dass ihr mir das mitgeteilt habt«, kriege ich irgendwie hervor. Auf eine Reaktion warte ich nicht. Ich drehe mich auf dem Absatz um und stürme ins Haus zurück. Sofort fröstle ich. Aber ich weiß nicht, ob es daran liegt, dass die Aircondition mal wieder zu hoch eingestellt ist, oder einfach, weil meine Vorahnung mir beweisen will, dass sie recht behalten hat.

Ich klopfe nicht. Ich warte keinen Moment, um mich zu beruhigen. Ich denke nicht über das nach, was ich als Nächstes tue. Mit Schwung stoße ich die Tür zum Büro meiner Mutter auf. Sie knallt gegen die Wand daneben. Ein Bild, das im Regal steht, kippt vornüber. Das war's aber auch schon. Zu meiner Stimmung hätte definitiv mehr Zerstörung gepasst. Vor allem in diesem Zimmer.

Meine Mutter sitzt wie immer an ihrem Schreibtisch, die Beine auf der Platte abgelegt, die Füße an den Knöcheln verschränkt. Ihre blutroten Sohlen werden mir perfekt präsentiert.

Ich suche in ihren Zügen nach einem Zeichen, dass unsere letzte Unterhaltung in diesem Raum und der Besuch im Tonstudio wirklich passiert sind.

Ich finde keins.

Nichts in ihrer gefassten Miene lässt darauf schließen, dass ich sie jemals traurig und betrunken hier vorgefunden habe und sie ihre Gedanken mit mir geteilt hat.

Ich habe noch kein Wort mit meiner Mutter gewechselt. Was ich meine, in ihrem Gesicht zu sehen, könnte ich mir auch einbilden und deswegen zu den falschen Schlüssen kommen. Trotzdem sinkt mein Herz, als wären meine Vermutungen schon längst bewiesene Tatsachen. Es beginnt, um einen Moment zu trauern, ohne sicher zu wissen, ob er wirklich verloren ist.

»Du hast Levi gefeuert?«, entfährt es mir mit ein paar Sekunden Verzögerung. Ich schließe die Tür hinter mir, lehne mich dagegen und warte auf eine Antwort.

Meine Mutter legt ihr Handy bedacht langsam auf den Schreibtisch und mustert mich, bevor sie sich räuspert. »Das habe ich«, sagt sie schlicht.

»Wieso?«

»Du weißt genau, wieso«, erwidert sie. Der Klang ihrer Stimme ist so hart. In diesem Moment glaube ich nicht mehr daran, dass ich sie jemals eine sanfte Melodie habe singen hören. Dabei ist das erst eine Woche her.

»Weiß ich das?«, frage ich herausfordernd. »Erklär es mir doch!«

Ihre Augen verengen sich. »Ich habe ihn gefeuert, weil es ihm wichtiger war, dir bei deinem persönlichen Rachefeldzug zu helfen, als seinen Job zu machen. So jemanden kann ich nicht gebrauchen.«

Mein Herz stürzt ab und landet irgendwo, wo ich es nie wiederfinden werde. Meine Gedanken rasen. Die Worte fliegen so hektisch durcheinander, dass ich vergesse, wie man einen richtigen Satz formuliert. »Wovon redest du?«, flüstere ich. Natürlich ist mir bewusst, dass das die lahmste Frage ist, die ich hätte stellen können. Aber etwas Besseres fällt mir nicht ein.

Meine Mutter lächelt ihr Halblächeln, das ich so hasse. Wenn man Angst vor Falten hat, sollte man gar nicht lächeln.

»Tu nicht so unschuldig, Athena«, ermahnt sie mich. »Ich weiß, dass du in die Show eingreifen wolltest, weil du anscheinend denkst, du könntest es besser machen als ich. Und ich weiß, dass dieser Levi dir geholfen hat.« Sie nimmt die Beine vom Tisch und stützt ihren Kopf auf ihren Händen ab. »Dass du dich gegen meine Pläne wehrst, war ja seit Drehbeginn kein Geheimnis. Du hast Poppy irgendwelche Flausen in den Kopf gesetzt und dich zu ihrer Retterin erklärt. Du hast dich nicht gestritten, wenn du es solltest. Und warst bei Drehs, wo du nicht hingehört hast. Ich habe das nicht gutgeheißen, aber ich habe es dir durchgehen lassen. Doch es gibt eine Grenze. Du hast dich nicht nur anders verhalten, als du eigentlich solltest. Du hast diese Show sabotiert. Du hast Dispos geklaut. Ich meine, wie alt bist du eigentlich?« Sie schüttelt den Kopf. »Das musste ein Ende haben. Levi hat dir geholfen. Deswegen musste er gehen.«

Meine Wut schabt über meinen Rachen und macht ihn rau. Aber ich kann doch nicht schreien. Weil gleichzeitig ein Kloß in meiner Kehle sitzt, der aus all den Tränen besteht, die ich mich nie getraut habe, vor den Augen meiner Mutter zu weinen. »Levi ist mein Freund«, beginne ich. »Es war alles meine Idee. Bestraf nicht ihn.«

»Es ging mir gar nicht darum, ihn zu bestrafen«, sagt meine Mutter. »Ich habe ihn gefeuert, weil ich dich bestrafen wollte.

Du musstest sehen, dass deine Aktionen sinnlos sind. Du musstest sehen, dass du damit aufhören musst. Oder wer soll als Nächstes die Konsequenzen für dein Fehlverhalten tragen?«

Ich fühle mich wie ein kleines Kind. Ganz allein auf dieser Welt. Denn obwohl so viele Kameras auf es gerichtet sind, kann es niemand wirklich hören oder sehen.

»Bitte stell ihn wieder ein.« Das erste Wort bleibt mir fast im Hals stecken, als wollte mir mein Körper sagen, dass sie nicht verdient hat, es zu hören. Aber mein Stolz spielt keine Rolle. Levi wurde bereits das Herz gebrochen. Ich kann nicht zulassen, dass er in der gleichen Woche auch noch seinen Job verliert.

»Nein«, sagt meine Mutter. Ihre Stimme ist so hart, dass jedes Flehen an ihr zerschellen wird wie eine Welle an einem zerklüfteten Felsen.

Trotzdem versuche ich es noch ein zweites Mal. »Ich werde nichts mehr tun, was du nicht willst. Bitte gib Levi einfach seinen Job zurück.«

Adrian und ich haben früher immer ein Spiel gespielt. Wir haben uns gefragt, ob wir das Positive in einer beschissenen Situation finden können. Das hat uns geholfen, die Drehs zu überstehen, die wir eigentlich gar nicht machen wollten. Er meinte immer, ich würde das Spiel viel besser beherrschen als er. Doch das stimmt nicht mehr. Denn mir will nichts einfallen. Ich suche nicht mal nach einem Lichtblick. Ich suche nur nach einem kleinen Lichtstrahl, der durch ein zerbrochenes, verdrecktes Fenster scheint.

Aber auch den finde ich nicht.

Und dann schüttelt meine Mutter entschlossen den Kopf. »Die Sache ist erledigt. Ich werde ihn nicht wieder einstellen, egal, was du sagst.«

Meine Beine zittern. Ich halte mich an der Klinke fest, aber das gibt mir auch nicht die Stabilität, die ich suche.

»Sieh mich nicht so an.« Ausgerechnet ihre Gleichgültigkeit ist es, die mir Tränen in die Augen treiben will. Ich blinzle sie fort.

»Wie sehe ich dich denn an?«, frage ich.

»Als hätte ich dir dein Lieblingsspielzeug geklaut.« Es ist wohl definitiv nicht ihr Ziel, mich zu trösten. Sie scheint das Brennen meiner Nase noch verstärken zu wollen. Die Tränen pressen nicht mehr nur von innen gegen meine Augen. Sie werfen sich mit ihrem ganzen Gewicht dagegen, damit die Tore endlich unter ihrem Druck nachgeben.

Doch noch wehre ich mich.

»Hier geht es um das Leben eines Menschen.« Meine Finger und meine Stimme beben um die Wette. »Levi braucht diesen Job. Er ist wichtig für ihn. Ihn zu feuern ist nicht witzig.«

»Ich halte es auch nicht für witzig«, sagt meine Mutter ernst. »Genauso wenig wie deine kindischen Sabotagen. Die finde ich auch nicht witzig. Deswegen werden sie auch aufhören. Du wirst ab jetzt machen, was von dir verlangt wird. Nolan Andrews ist vielleicht abgehauen, aber ich werde dir eine neue Fake-Beziehung organisieren. Du wirst wie geplant zu Talkshows gehen, damit du diesem Land erzählen kannst, warum diese Staffel die beste aller Zeiten ist. Und du wirst das so gut verkaufen, dass man dir glauben wird.« In einer geschmeidigen Bewegung steht sie von ihrem Stuhl auf und stützt sich mit beiden Händen auf dem Schreibtisch ab. »Und glaub nicht, dass du einfach so weitermachen kannst wie vorher. Ich habe schon einmal herausgefunden, was du getan hast. Ich werde es wieder erfahren.«

Mir war schon die ganze Zeit kalt. Aber jetzt gefriert mein Innerstes zu Eis. »Jemand hat dir von meinen Plänen erzählt, oder?«

»Ja«, sagt Mom knapp und lässt sich wieder auf ihren Stuhl sinken.

Abgesehen von Levi wussten nur zwei weitere Personen von meinen Plänen. Poppy würde mich niemals verraten. Ich habe ihr geholfen. Bliebe nur noch …

Meine Augen sind ein Staudamm, der gleich brechen wird.

Ich will es nicht glauben. Aber zu welcher Schlussfolgerung

soll ich sonst kommen? Er hat schon einmal damit gedroht, Levi feuern zu lassen, um genau das Gleiche zu erreichen, was meine Mutter jetzt tut.

Und das Opfer all dieser Lügen, Manipulationen und Intrigen bin nicht einmal ich. Es ist Levi. Mein engster Freund. Der Mensch, dem ich immer vertrauen konnte. Er hat seinen Job verloren, weil er mir helfen wollte. Er wurde von meiner Welt eingesaugt und am Ende einfach wieder auf die Straße gespuckt. Genauso achtlos wie ein benutztes Kaugummi.

Mir wird schlecht.

Sam kann mich nicht verraten haben. Er kann einfach nicht.

Aber weil ich Angst davor habe, was es mit mir machen würde, die bestätigenden Worte aus dem Mund meiner Mutter zu hören, traue ich mich nicht zu fragen.

»Ist es dir vollkommen egal, wie ich mich in diesem Moment fühle?«, frage ich stattdessen. »Ist es dir egal, dass mich dein Verhalten dazu treiben könnte, diese Show zu verlassen, genauso wie es Adrian und Aphrodite getan haben?«

Meine Mutter erstarrt, aber nur für den Bruchteil einer Sekunde. Dann wird ihr Lächeln noch schmallippiger. »Du kannst ruhig mit deinem Ausstieg drohen, wenn du dich dann besser fühlst. Aber wir wissen beide, dass du nicht gehen wirst. Wenn du das wirklich wollen würdest, hättest du es längst getan.«

Ich wünschte, ich könnte ihr das Gegenteil beweisen. Ich wünschte, ich könnte ihr zeigen, wie falsch sie liegt.

Doch ich kann es nicht.

Weil sie recht hat.

Mit jedem Wort.

Und in diesem Moment gestehe ich mir zum ersten Mal eine hässliche Wahrheit ein, die ich schon seit Monaten versuche zu leugnen: Ich bin nicht hier, weil ich die selbstlose Retterin dieser Familie sein will. Das ist nur eine Ausrede, um bleiben zu können, ohne meine Selbstachtung zu verlieren.

Ich bin hier, weil ich mich niemals trauen werde zu gehen.

Manchmal verabscheue ich meinen Nachnamen.

Aber was bin ich schon ohne ihn?

Meine Knochen sind steif, als ich mich von der Tür abstoße und die Klinke runterdrücke. Ich sage nichts mehr. Ich verlasse einfach das Büro meiner Mutter. Und sie hält mich nicht zurück, weil sie genauso gut weiß wie ich, dass sie längst das letzte Wort gesprochen hat. Es schon vor Jahren getan hat. Ich aber bis zu diesem Moment gebraucht habe, um es auch endlich einzusehen.

28. KAPITEL

Sam

Es ist bereits stockdunkel. Der Dreh des Tages ist längst vorbei. Niemand ist mehr auf dem Anwesen unterwegs. Deswegen fühle ich mich wie ein Eindringling, während ich an den eng stehenden Bäumen hinter der Carter-Villa vorbeischleiche. Würde mich jetzt jemand erwischen, wüsste ich wirklich nicht, wie ich erklären sollte, warum ich hier bin.

Athena hat mich nicht angerufen oder gebeten, zu ihr zu kommen. Ganz im Gegenteil. Seit mein Vater mir mitgeteilt hat, dass Levi gefeuert wurde, versuche ich schon, sie zu erreichen. Aber sie geht einfach nicht ans Handy. Und ich habe diesen endlos langen Tag nur überstanden, weil ich mir vehement eingeredet habe, dass diese Funkstille nichts zu bedeuten hat.

Doch langsam glaube ich mir selbst nicht mehr. Und als ich unter ihrem Fenster zum Stehen komme und die Leiter nicht wie sonst an der Dachschräge lehnt, sondern vor mir auf dem Boden liegt, wird es noch schwerer, mir vorzumachen, alles wäre in Ordnung.

Ich zögere einen Moment und überlege, ob es eine gute Idee war, hierherzufahren. Doch dann dringt ihre aufgelöste Stimme an mein Ohr und zieht mich auf das Haus zu. »Bitte, Levi, geh ans Handy. Wir müssen gar nicht lange reden. Bitte gib mir nur ein Lebenszeichen«, fleht sie. »Es tut mir so leid. Das ist alles meine Schuld. Es …« Sie stockt. »Bitte melde dich.« Sie verstummt.

Offensichtlich hat sie ihr Handy nicht verlegt, sondern bei sich. Bevor mich das so sehr verunsichern kann, dass ich nicht mehr in der Lage bin zu sprechen, geschweige denn zu laufen, stelle ich die Leiter auf und lehne sie wieder an die Dachschräge.

»Ich bin's«, rufe ich zu Athena hinauf, damit sie nicht denkt, ich wäre ein Einbrecher.

Ich bekomme keine Reaktion. Trotzdem setze ich den ersten Fuß auf die Leiter. Jedes Mal, wenn ich sie erklimme, scheinen meine Beine sich nicht mehr sicher zu sein, ob sie mich den ganzen Weg hinauftragen können. Die Aussicht, in Athenas Nähe zu sein, macht immer etwas mit meinem Körper. Doch heute sind meine Beine aus einem anderen Grund wackeliger als sonst. Irgendwas stimmt nicht. Und mein Körper hat das verstanden, bevor mein Kopf bereit ist, es einzusehen.

Ich habe die Dachschräge erreicht, verharre aber noch kurz auf der Leiter. Athena hockt viel zu nah an der Kante, wie sie es immer tut, die Arme hat sie um ihre angewinkelten Beine geschlungen. Ein unordentlicher Dutt sitzt schief auf ihrem Kopf. Der Wind spielt mit den Strähnen, die ihr ins Gesicht hängen.

Meine Finger wollen diese Aufgabe übernehmen. Doch ein Blick in Athenas Gesicht genügt, um zu wissen, dass sie das heute nicht zulassen wird. Ihre Lippen sind zu einer schmalen Linie zusammengepresst. Auf meinen Wunsch scheinen sie mir mit einem »Nie wieder« zu antworten.

Ich klammere mich noch verkrampfter an der Leiter fest, um beim Anblick ihres harten Gesichtsausdrucks nicht in die Tiefe zu stürzen.

»Eine Leiter umzustoßen wird dich nicht vor ungebetenen Gästen schützen.« Obwohl mir nicht nach Scherzen zumute ist, versuche ich diese Situation, die ich noch nicht ganz verstehe, mit einem Witz aufzulockern. Doch noch bevor ich es ausgesprochen habe, erkenne ich, dass es nichts bringen wird. »Du weißt schon, dass man sie einfach wieder aufstellen und trotzdem hochkommen kann?«

»Ich dachte, du würdest die Botschaft auch so verstehen«, erwidert sie kühl. »Ich könnte sie auch jetzt umschubsen, während du drauf bist. Dann würdest du die Botschaft hoffentlich endlich verstehen.«

Den ganzen Tag habe ich mir etwas vorgemacht. Jetzt kann ich das nicht mehr tun. Sie hat meine Anrufe ignoriert. Sie hat diese Leiter umgestoßen. Aus einem ganz simplen Grund, der doch zu komplex ist, um ihn wirklich begreifen zu können. Sie will mich nicht sehen.

»Gebrochene Knochen sagen mehr als tausend Worte. So geht das Sprichwort doch, oder?«, kriege ich hervor, damit irgendwas lauter ist als meine verletzten Gefühle.

»Haha«, macht Athena nur trocken. »Du hast deine Witze gemacht. Kannst du jetzt wieder gehen?«

Für einen kurzen Moment fühlt es sich so an, als würde ich den Halt verlieren. Aber dann erkenne ich, dass nicht mein Körper zu fallen droht, sondern etwas anderes, das tief in meinem Inneren vergraben lag. Etwas, das sich nach sehr langer Zeit wieder gewagt hat, aus der Ecke zu klettern, in die ich es verbannt hatte. Athena hat es herausgelockt. Und nun bringt sie es dazu, herabzustürzen, bis es wieder den Ort erreicht hat, von dem es kam. Ich glaube, dieses Etwas hat einen Namen. Aber ich habe mir nie gestattet, ihn auszusprechen.

»Du willst, dass ich gehe?«, frage ich, obwohl ich es eigentlich nicht ertragen könnte, den gleichen Satz noch mal aus ihrem Mund zu hören. »Erklärst du mir auch, wieso?«

»Als ob du das nicht wüsstest.«

»Ich weiß es nicht«, sage ich und versuche, ruhig zu bleiben, obwohl mir in meinem ganzen Leben wohl noch nie etwas schwerer gefallen ist. »Also erklär's mir.«

Ein Teil von mir will endlich auf das Dach klettern und Athena berühren, um sich zu versichern, dass nur sie real ist und nicht diese Situation, in der wir uns befinden. Ein anderer Teil von mir will die Leiter wieder runterklettern und so schnell wie möglich davonlaufen. Denn er weiß, dass eine Berührung diese Situation nicht weniger wahr, sondern nur noch greifbarer machen würde. Und das ist eigentlich das Letzte, was ich will.

»Levi wurde gefeuert«, sagt sie, als würden diese drei Worte reichen, um den Widerspruch zwischen dem, was ich jetzt in ihrem Gesicht sehe, und dem, was ich erst vor wenigen Tagen in ihrem Gesicht gesehen habe, zu erklären. Aber das tun sie nicht. Wieso ist dort, wo vorher einmal tiefe Zuneigung zu finden war, nur noch Wut?

»Das weiß ich. Deswegen versuche ich dich auch schon den ganzen Tag zu erreichen. Ich wollte wissen, wie es dir geht.«

»Du wolltest wissen, wie es mir geht?«, entfährt es ihr ungläubig. »Beschissen natürlich. Das hättest du dir aber auch selbst denken können.«

»Natürlich wusste ich, dass es dir damit nicht gut gehen würde. Aber ich wollte für dich da sein.« Ich versuche, beschwichtigend zu klingen. Aber das tue ich nicht nur für sie. Solange meine Stimme ruhig ist, kann ich all die Gedanken ignorieren, die mir durch den Kopf schwirren, seitdem ich gesehen habe, wie Hilary Levi abserviert hat. Mit meiner ruhigen Stimme kann ich die Ängste ruhigstellen, die mir einreden wollen, dass mir diese Szene in Demeters Küche einen Blick in meine eigene Zukunft offenbart hat. Als würde ich in eine Glaskugel sehen.

Aber ich spüre, dass meine Stimme nicht die erhoffte Wirkung hat.

»Du wolltest für mich da sein?« Athena betrachtet mich, als hätte noch nie ein Mensch auf dieser Welt etwas Abwegigeres gesagt. »Soll das ein Scherz sein? Denkst du wirklich, dass ich von dir getröstet werden will, nach dem, was du getan hast?«

Kurz schweigt mein Kopf genauso gewissenhaft wie ein geschlossener Mund. Dann trifft mich die Erkenntnis mit voller Wucht.

»Du denkst, es wäre meine Schuld, dass Levi gefeuert wurde?«, frage ich ungläubig.

»Levi wurde gefeuert, weil er mir geholfen hat«, sagt sie kühl. »Du bist die einzige Person, abgesehen von Poppy, die von den Plänen wusste. Und es ist ja nicht so, als wäre die Idee, Levi feuern zu lassen, neu für dich.«

Von einer Sekunde auf die andere wird mir übel. »Du denkst wirklich, dass ich dafür gesorgt habe, dass Levi seinen Job verliert?«, flüstere ich in die Nacht hinein, die auf einmal noch viel finsterer geworden ist.

Kurz flackert Unsicherheit in Athenas Miene auf. Doch sie verschwindet sofort wieder. »Wer soll es sonst gewesen sein?«

Mein Herz schlägt weiter, obwohl es schmerzt. »Hera«, flüstere ich.

»Hera?«, stößt Athena aus. »Sie wusste nichts von den Plänen.«

»Sie hat dich und Levi anscheinend belauscht«, presse ich zwischen zusammengebissenen Zähnen hervor. »Und sie hat verraten, dass du geholfen hast, ihre Geburtstagsparty umzuplanen.«

Athena schüttelt ungläubig den Kopf. »Hera? Aber ich habe ihr doch geholfen. Ich habe …« Sie bricht ab. Ihr entfährt ein bitteres Lachen. »Anscheinend wollte sie auch mal Tochter Nummer eins sein.«

Ihre Worte dringen kaum durch das Rauschen in meinen Ohren. »Ich fasse es nicht, dass du tatsächlich geglaubt hast, ich hätte dich verraten«, sage ich, weil in meinem Kopf nur noch diese Worte existieren.

»Ich …«, setzt Athena an. »Es tut mir leid. Ich dachte …«

»Du dachtest, ich könnte dich verraten. Nach allem, was zwischen uns passiert ist. Du dachtest, ich könnte in einem Moment mit dir schlafen und im nächsten zu meinem Vater rennen und dafür sorgen, dass dein bester Freund gefeuert wird.« Jetzt bin ich derjenige, der bitter auflacht. »Wenn du wirklich denkst, dass ich zu so etwas fähig bin, verstehe ich nicht, warum du mich jemals geküsst hast.«

Athena streckt ihre Hand nach mir aus, doch ich weiche automatisch zurück und steige eine Strebe hinunter. Sie lässt ihren ausgestreckten Arm sofort wieder sinken. Ihre Finger zittern leicht. »Es tut mir ehrlich leid, Sam. Ich hätte es nicht glauben dürfen. Ich habe mich mit meiner Mutter gestritten, und Levi geht nicht einmal ans Handy. Da ist mein Kopf sofort zur schlimmsten Möglichkeit gesprungen.«

Kurz schweigen wir beide. Ich kann ihr ansehen, dass ihre Entschuldigung aufrichtig ist. Aber ich spüre an dem Widerstand, den mein Herz gegen diese Worte leistet, dass ich nicht bereit bin, sie zu hören. »Ich sollte gehen«, sage ich mechanisch.

»Bitte geh nicht.« Athena versucht nicht, noch einmal nach mir zu greifen. Aber sie rückt näher an mich heran, bis sie direkt neben der Leiter hockt. »Bitte, lass uns darüber reden.«

Ich schlucke schwer. Der Impuls, einfach auf ihr Dach zu klettern, sie zu küssen und alles, was sie mir vorgeworfen hat, zu vergessen, ist da. Und er ist stark.

Aber meine Ängste – die, die seit so vielen Jahren in mir schlummern, dass sie längst ein Teil von mir geworden sind, und die, die Levi und Hilary in mir ausgelöst haben – sind zu schwer. Ich habe nicht genug Kraft, um sie mit mir auf dieses Dach zu heben.

Also bleibt mir nichts anderes übrig, als diese Leiter wieder hinabzuklettern. »Ich will jetzt allein sein«, meine ich und höre mich gar nicht an wie ich selbst. »Ich brauche ein bisschen Abstand. Ich melde mich, wenn ich bereit bin. Okay?«

Athena sieht einen Moment so aus, als wollte sie mich noch einmal bitten zu bleiben. Aber dann entscheidet sie sich anders. »Okay«, haucht sie nur und ringt sich ein Lächeln ab, das eigentlich keins ist, weil es zu gequält wirkt, um echt zu sein. Ihre Augen werden glasig.

Ich wende den Blick ab und klettere die Leiter hinunter, bevor ich erfahren kann, ob sie tatsächlich weint.

29. KAPITEL

Athena

Levi ist verschwunden. Er ist nicht mehr in L.A. Das Zimmer, in dem er zur Untermiete gewohnt hat, war längst leer geräumt, als ich dort aufgeschlagen bin. Und er geht immer noch nicht ans Handy. Ich bin sogar zu Hilary gefahren. Aber sie wusste natürlich auch nicht, wo er ist. Kurz sah sie besorgt aus. Doch dann hat sie mich wieder auf so eine lockere Weise angelächelt, die ich gerade einfach nicht ertragen kann. Sie hat mich gefragt, wann wir mal wieder zusammen feiern gehen. Ich habe ihr gesagt, dass wir das nie wieder tun werden. Dann bin ich gegangen.

Nun, da ich eingesehen habe, dass Levi nicht mehr in der Stadt ist und anscheinend auch nie wieder mit mir reden will, kann ich nichts mehr tun. Aber Stillstand kann ich gerade auch kaum ertragen.

Ich hocke auf meinem Bett, und die Wände meines Zimmers scheinen näher zu kommen, während mein Kopf mich zwingt, an all die Dinge zu denken, die ich eigentlich vergessen will. Sobald ich nicht mehr renne, sobald es um mich herum vollkommen still ist, hallen die letzten Worte, die Sam zu mir gesagt hat, in meinen Ohren nach. Ich hätte niemals annehmen dürfen, dass er mich verraten könnte. Mein Misstrauen hat ihn verletzt. Aber er hat nicht einmal geschrien. Es wäre mir lieber gewesen, wenn er geschrien hätte. Auf Wut kann man mit Wut reagieren. Auf Traurigkeit folgt nur mehr Traurigkeit.

Hektisch springe ich auf und laufe durchs Haus, einfach um in Bewegung zu bleiben. Und auf einmal stehe ich im Büro meiner Mutter. Ich fühle mich wie auf einer langen Autofahrt. In einem Moment ist man an einer Kreuzung, im nächsten zwanzig Meilen weiter und hat keine Ahnung, wie man dorthin gekommen ist.

Das Büro ist leer. Meine Mutter ist nicht hier. Schnell schließe ich die Tür wieder hinter mir. Ich habe mir zwar noch nicht überlegt, was ich hier eigentlich vorhabe, aber wenigstens weiß ich, dass ich dabei nicht erwischt werden will.

Ich eile auf die andere Seite des Schreibtischs, reiße alle Schubladen auf und durchwühle sie so verzweifelt, als würde ich hoffen, dort etwas zu finden, das mir hilft, mich besser zu fühlen.

Was will ich eigentlich erreichen? Will ich irgendwas finden, mit dem ich meine Mutter erpressen kann, damit ich mir etwas Kontrolle zurückerobern kann? Will ich einfach in ihre Privatsphäre eindringen, weil sie das ständig mit meiner tut? Will ich sie genauso verletzen, wie sie mich verletzt hat?

Vermutlich will ich all das und doch nichts davon. Denn obwohl ich weitersuche, als würde mein Leben davon abhängen, ist mir eigentlich längst bewusst, dass Rache mir nicht helfen wird.

Aber was ist die Alternative? Mich wehrlos meinen Gefühlen ausliefern? Das ist das Letzte, was ich gerade ertragen kann.

Ich fühle so viel Wut, Trauer und Schmerz, dass ich nicht weiß, wo eine Emotion endet und eine andere anfängt.

Levi ist weg.

Sam will mich nicht sehen.

Hera hat mich verraten.

Meine Mutter hat mir unmissverständlich klargemacht, dass sie ihre Kontrolle niemals aufgeben wird.

Mein Plan ist gescheitert.

Ich bin allein.

Meine Finger zittern. Ich will an nichts davon denken. Meine Bewegungen werden hektischer. Ich hole Papierkram aus den Schubladen, um besser erkennen zu können, was sich dort vor mir verbirgt. Doch meine Sicht wird nicht klarer. Also stopfe ich die Unterlagen zurück.

Ich will nur eine Sache finden, die meine Mutter nicht offenbaren will. Nur eine einzige. Ist das denn zu viel verlangt?

Frustriert knalle ich die Schubladen wieder zu. Nicht einmal die Hotelzimmerkarte und das alte Handy konnte ich entdecken. Ich stütze mich schwer atmend auf dem Tisch ab. Meine zitternden Finger bringen ihn fast zum Vibrieren. Am liebsten würde ich mich auf den Boden setzen und die Arme um meine angezogenen Beine schlingen. Das tue ich immer, wenn ich das Gefühl habe, sonst auseinanderzufallen. Diesmal jedoch nicht. Weil ich inzwischen eingesehen habe, dass es nichts mehr gibt, was das noch verhindern kann.

Ich lasse mich auf den Schreibtischstuhl meiner Mutter fallen und klappe ihren Terminkalender auf, obwohl ich eigentlich wissen sollte, dass mir das nichts bringen wird. Sie wird wohl kaum eine Liste über all die furchtbaren Dinge führen, die sie jeden Tag erledigen will.

Punkt eins: Vertrauen meiner Kinder missbrauchen!

Punkt zwei: Träume zertreten!

Punkt drei: Mindestens eine Person zum Weinen bringen!

Trotzdem blättere ich den Kalender durch. Und stocke.

Ich suche Hinweise, doch ich finde keine. Aber vielleicht kommt es nicht auf das an, was ich finde, sondern auf das, was ich nicht finde.

Das Handy und die Hotelkarte sind nicht hier. Und im Terminkalender meiner durchgeplanten Mutter klaffen immer wieder große Löcher. Einmal die Woche, manchmal auch zweimal die Woche steht neben gewissen Uhrzeiten nicht ein Buchstabe. Ich blättere weiter. Dieses Muster zieht sich durch den ganzen Kalender.

Das passt nicht zu meiner Mom. Sie trägt alles ein. Jeden beruflichen Termin und jeden privaten. Jede Feier, jeden Lunch, jede Maniküre. Jedes Telefonat mit einer alten Freundin, jedes verfickte Gespräch, das sie mit uns führt.

Doch an manchen Stellen lässt sie mehrere Zeilen frei. Ich blättere zum heutigen Tag. Auch dort finde ich eine Lücke. Ich blicke auf meine Uhr. Genau jetzt fehlt ein Eintrag.

Und das Handy und die Zimmerkarte sind weg. Ich verharre einen Moment auf dem Stuhl und versuche, mich an den Namen des Hotels zu erinnern. Dann flackert das Logo vor meinem inneren Auge auf. Zwei Sekunden später habe ich es gegoogelt und die Adresse auf meinem Handy geöffnet.

Ich springe auf und verlasse mit zügigen Schritten das Büro meiner Mom. Vor der Villa pralle ich mit meinem Dad zusammen, aber er wünscht mir nur einen schönen Tag. Ich winke und schiebe mich in ein Auto meiner Eltern.

Mir ist bewusst, dass ich nicht ewig vor meinen Gefühlen, Gedanken und all den Fehlern, die ich in den letzten Monaten gemacht habe, davonrennen kann. Aber noch bin ich nicht bereit, eingeholt zu werden.

Also starte ich den Motor.

☆

Ich fahre in ein Parkhaus, das sich hervorragend als Drehort für einen Horrorfilm eignen würde. Draußen scheint noch die Sonne, aber hier ist es schon dämmrig, weil es kaum Fenster gibt, durch die der Tag hereinfallen kann. Direkt über dem Parkplatz, auf dem ich das Auto abstelle, flackert das Licht. Ich versuche, mir einzureden, dass es mich an einen Club erinnert und nicht an einen Tatort, damit die Gänsehaut endlich meine Arme in Ruhe lässt.

Ich drehe den Schlüssel, und der Motor erstirbt. Meine Finger zittern immer noch. Ich hasse es, dass sich meine Emotionen immer so entladen. Das Zittern kann ich vor niemandem verstecken. Am wenigsten vor mir selbst. Ich wünschte, ich könnte zumindest mir selbst vormachen, mir würde das alles nichts ausmachen.

Ich schnaube, in der Hoffnung, meine Gedanken zu übertönen, und steige aus dem Auto. Das Parkhaus gehört zum Hotel, und wenn dessen Zustand einen Hinweis darauf gibt, wie es im Hotel aussehen wird, dann ist dies definitiv kein Ort, an dem ich meine Mutter vermuten würde.

Ich bin am Stadtrand. Ich hätte nicht gedacht, dass meine Mutter weiß, dass die Welt hinter Beverly Hills nicht einfach aufhört zu existieren.

Als ich auf den Ausgang des Parkhauses zulaufe, bin ich mir ziemlich sicher, dass ich mir das Logo der Hotelkarte falsch eingeprägt haben muss. Das ist die einzige logische Erklärung. Dieser Ort ist nicht Evelyn-Carter-tauglich.

Doch dann entdecke ich ein mir bekanntes Auto. Und bleibe wie angewurzelt stehen.

Es ist kein Auto aus unserem Fuhrpark. Dafür ist es zu schlicht. Aber es ist eines der Autos, die von der Crew genutzt werden. Ein schwarzes, nichtssagendes Auto. Doch ich erkenne es, weil es eine Delle in der Seite hat und ich mir ziemlich sicher bin, dass unser Regisseur sie hineingefahren hat. Erst vor ein paar Tagen habe ich mitbekommen, wie meine Mutter ein wütendes Gespräch mit der Versicherung geführt hat.

Sie ist hier. Sie ist tatsächlich hier.

Eigentlich braucht man nicht viel Fantasie, um sich zusammenzureimen, was jemand in einem heruntergekommenen Hotel am Stadtrand tut. Doch noch kommt die Erkenntnis nicht ganz bei mir an. Auch nicht, als ich ein weiteres Auto entdecke, das ich kenne. Ich weiß nicht, wem es gehört. Aber ich habe es schon mal auf dem Parkplatz vor unserem Haus gesehen.

Mein Herz schlägt lauter als ein Presslufthammer in meiner Brust. Es ist so laut, dass ich mir am liebsten die Hände auf die Ohren pressen würde, obwohl ich weiß, dass das absolut nicht helfen würde.

»Reiß dich zusammen«, ermahne ich mich. Vor Monaten, als ich es noch geschafft habe, ans Handy zu gehen, wenn meine Geschwister mich anriefen, hat Adrian mir erzählt, dass er auf seiner Reise irgendwann angefangen hat, mit sich selbst zu reden, um sich daran zu erinnern, dass er noch lebt. Ich dachte damals, es klingt seltsam. Nun verstehe ich es.

In den letzten Monaten hatte ich das Gefühl, ich würde mich auflösen. Der Prozess ist noch nicht abgeschlossen. Aber ich habe schon vieles von mir verloren, was ich nie zurückbekommen werde. Und meine Hände sind schon zu durchsichtig, um in der Lage zu sein, noch nach irgendwas zu greifen und es festzuhalten.

Irgendwie schaffe ich es weiterzugehen. Ich glaube, nicht mein Mut, sondern der unangenehme Geruch, der im Parkhaus in der Luft hängt, treibt mich voran. Eine Mischung aus Rauch, Schweiß, Autoabgasen und Urin setzt sich in meiner Nase fest. Und auch, als ich das Hotel betrete, werde ich ihn nicht direkt los, obwohl es hier ein wenig besser riecht. Der Boden ist mit einem alten, fleckigen Teppich ausgelegt. Und ich bin mir ziemlich sicher, dass er daran schuld ist, dass die Luft in diesem Gang so muffig ist.

Ich vergrabe meine Hände in den Taschen meines Hoodies und folge der Beschilderung bis zur Rezeption, obwohl ich keine Ahnung habe, was ich tun soll, sobald ich sie gefunden habe.

Die Autos haben mir zwar bewiesen, dass meine Mutter hier ist. Und da sie nicht in der Lage ist, zwei Autos gleichzeitig zu fahren, wird sie nicht allein hier sein, auch wenn ich noch nicht ganz bereit bin, mir das einzugestehen. Aber das heißt noch lange nicht, dass ich sie in diesem Gebäude finden werde.

Meine Mutter wird einen Grund haben, so eine lange Strecke zu fahren und in so einer heruntergekommenen Absteige einzuchecken. Sie will nicht erkannt werden. Damit sie das, was auch immer sie hier tut, machen kann, ohne es am nächsten Tag in irgendeiner Klatschzeitschrift nachlesen zu müssen. Also werde ich wohl nicht einfach so herausfinden können, in welchem Zimmer sie ist.

Mein Herzschlag nimmt an Geschwindigkeit zu, als die Rezeption in mein Sichtfeld kommt. Eine ältere Dame in einer rosa Bluse und mit einer Lesebrille auf der Nase sitzt dahinter, hat ein Buch aufgeschlagen und scheint vollkommen darin versunken zu sein. Meine Mutter hat viele Marktforschungen durchführen lassen, um herauszufinden, welche Zielgruppe *Catching up with the Carters* guckt. Frauen über sechzig gehören nicht dazu. Das dürfte auch erklären, warum diese Frau an der Rezeption nicht weiß, wen sie in diesem Hotel unterbringt. Und vielleicht wird sie deswegen auch nicht wissen, dass sie verschwiegen sein muss. Das ist das Einzige, worauf ich setzen kann.

Noch einmal atme ich durch, dann steuere ich direkt auf sie zu und setze mein freundlichstes Lächeln auf. »Guten Tag«, grüße ich.

Ihre Augen wandern weiter über die Seite, vermutlich, bis sie das Ende eines Satzes gefunden haben. Es scheint ihr schwerzufallen, sich von der Geschichte zu lösen. Doch schließlich blickt sie auf.

»Es tut mir leid, dass ich Sie störe. Mir ist nur gerade im Parkhaus aufgefallen, dass ein Auto ein anderes gerammt hat und einfach weggefahren ist. Ich wollte dem betroffenen Besitzer gern Bescheid geben«, sage ich mit meiner unschuldigsten Tonlage.

Die Frau legt das Buch zur Seite. »Fahrerflucht?«

Ich nicke.

»Unerhört«, entfährt es ihr. »Was ist nur los mit den Leuten?«

»Ich weiß es auch nicht«, erwidere ich.

In ihren Zügen suche ich nach einem Hinweis darauf, dass sie mich erkannt hat. Ich suche vergeblich. Die Marktforschung hat recht behalten. Frauen über sechzig wissen nicht, wer ich bin.

»Haben Sie sich das Nummernschild gemerkt?«, fragt sie mich.

»Habe ich«, setze ich an. »Aber ich will Ihnen keine Umstände machen. Ich kann auch direkt zum Autobesitzer gehen, wenn Sie mir dessen Zimmernummer sagen. Ich teile ihm mit, wer ihn angefahren hat, und er klärt das direkt mit der Polizei. Dann müssen Sie sich nicht mit denen rumschlagen.«

Die Frau scheint kurz mit sich zu ringen. Vermutlich kann sie es eigentlich nicht mit sich vereinbaren, mir die Zimmernummer eines Gastes zu nennen. Doch ihr Blick zuckt immer wieder sehnsüchtig zu ihrem Buch hinüber. Ich muss sie an einer extrem spannenden Stelle unterbrochen haben.

Dann schaut sie mich wieder an. Und ich versuche, so vertrauenswürdig zu gucken, wie mir möglich ist.

Schließlich nickt sie.

»Wissen Sie denn das Nummernschild des Autos, das gerammt wurde?«, fragt sie.

Ich nenne ihr das Nummernschild des Autos, von dem ich mir sicher bin, dass meine Mutter mit ihm hergefahren ist. Die Frau guckt im Computer nach, der nicht viel jünger als sie ist, und nennt mir die Zimmernummer.

»Vielen Dank. Ich wünsche Ihnen noch einen schönen Tag«, sage ich freundlich und laufe zum Treppenhaus.

Nummer 230.

Ich fühle mich, als würde ich auf ein Ziel zusteuern, das ich eigentlich gar nicht erreichen will. Stehen bleiben kann ich aber auch nicht.

Was erhoffe ich mir von dieser Aktion eigentlich? Kämpfe ich noch immer gegen den Stillstand, der mich früher oder später sowieso einholen wird? Lenke ich mich ab? Will ich mich ausnahmsweise mal überlegen fühlen?

Wieder lautet die Antwort: alles und doch nichts davon.

Ich laufe einen endlos langen Gang entlang. 225. 226. 227. 228. 229. Abrupt bleibe ich stehen und starre die Nummer 230 an, als würde sie mir den Sinn des Lebens verraten, wenn ich sie nur nicht aus den Augen lasse.

Dann dringt ein Laut durch die Tür. Und mein ganzer Körper verkrampft sich, bis ich nicht mehr in der Lage bin, auch nur einen Muskel zu rühren. Ein weiterer Laut folgt.

Ich brauche viel länger, als ich sollte, um zu verstehen, was ich höre. Und dann wird mir schlagartig übel.

Stöhnen. Ich höre Stöhnen durch die geschlossene Tür, hinter der sich meine Mutter verbirgt. Und da ich beim Aufbruch in meinen Vater gerannt bin, kann ich mir auch nicht einreden, er wäre mit ihr in diesem Zimmer.

Ich atme nicht mehr. Ich sauge Luft ein und stoße sie wieder aus. Dieser Prozess hat nichts mehr mit dem zu tun, den ich jeden Tag ganz automatisch tue, ohne darüber nachdenken zu müssen. Dieser Prozess ist schwierig und schmerzhaft und ganz und gar nicht selbstverständlich.

Ich verstehe nicht, warum ich so geschockt bin.

Eine Hotelkarte, ein altes Handy, ein heruntergekommenes Zimmer. All das hat doch eigentlich nur eine Schlussfolgerung zugelassen. Schon als ich beim Halloween-Drehtag ihr Büro durcheinandergebracht habe, hätte ich wissen müssen, dass sie eine Affäre hat. Deswegen ist sie damals so ausgerastet. Sie hatte Angst, dass ich etwas gefunden habe, was sie verrät.

Ich sollte gehen. Aber meine Muskeln sind immer noch verhärtet und unbeweglich.

Eigentlich weiß ich bereits mehr, als ich verkraften kann. Aber trotzdem will ich noch mehr erfahren. Das andere Auto stand schon mal vor unserer Villa. Das bedeutet, dass ich den Kerl womöglich kenne, mit dem sie schläft. Und ich kann nicht gehen, bevor ich herausgefunden habe, wer er ist, sonst würde mich diese Frage nie wieder loslassen.

Ich muss es wissen.

Bevor ich es mir anders überlegen kann, klopfe ich an die Tür. Dann sprinte ich den Gang entlang, biege um die Ecke und drücke mich da gegen die Wand. Meine Muskeln fühlen sich an, als hätte ich sie gerade zum allerersten Mal benutzt.

Ich warte. Jede Sekunde fühlt sich an wie eine kleine Ewigkeit. Und dann höre ich eine Tür knarzen.

»Hier ist niemand.« Es ist eine tiefe, männliche Stimme.

Mein Herz wird schon wieder zum Presslufthammer und droht mich zu verraten. Trotzdem zwinge ich mich, um die Ecke zu sehen. Jetzt bleibt mein Herz abrupt stehen. Meine Mutter lugt durch die offene Tür. Sie trägt einen Bademantel. Genauso wie der Mann, der auf dem Gang steht. Ich kenne ihn. *Fuck*. Ich kenne ihn.

Meine Hände zittern so stark, dass mir mein Handy fast aus der Hand fällt. Trotzdem schaffe ich es irgendwie, ein Foto von den beiden zu machen und mich wieder hinter meine Ecke zurückzuziehen, bevor sie in meine Richtung gucken.

»Komm. Das waren bestimmt nur irgendwelche Kinder, die sich einen Spaß erlaubt haben. Wir haben nicht mehr viel Zeit.« Meine Mutter spricht diese Worte nicht einfach aus. Sie säuselt.

Ich presse mich so fest gegen die Wand, als würde ich drohen, von der Realität selbst losgerissen zu werden. Und vielleicht ist es auch so.

Endlich höre ich, wie sich die Tür wieder schließt. Sofort weicht alle Spannung aus meinem Körper, und ich rutsche an der Wand hinunter, bis ich auf dem Boden sitze. Ich öffne mein Handy und starre auf das Foto, das ich gemacht habe.

Es ist der Beweis. Trotzdem kann ich es nicht ganz glauben.

Meine Mutter und ich scheinen mehr gemeinsam zu haben als unsere schwarzen Haare und dunklen Augen. Wir haben auch noch den gleichen Männergeschmack.

Oliver Henderson steht zusammen mit meiner Mutter auf dem Gang eines Hotels. Beide in Bademänteln. Obwohl sie sich nicht küssen, ist das Bild doch ziemlich eindeutig.

Mir entfährt ein schrilles Lachen, und ich presse mir energisch die Hand auf den Mund, damit nicht noch ein weiteres entweichen kann.

Meine Mutter hat eine Affäre mit Oliver Henderson. Mit Sams Vater. Das ist ein schlechter Scherz, oder? Das muss einfach ein schlechter Scherz sein. Doch je länger ich darüber nachdenke, desto weniger kann ich darüber lachen.

Als jetzt mein Fluchtinstinkt einsetzt, wehre ich mich nicht mehr gegen ihn. Ich springe so hektisch auf, als hätte ich mich an dem schmutzigen Teppich verbrannt, und renne los. Ich renne und renne. Ich werde erst langsamer, als ich das Parkhaus erreiche. Mein Herz jedoch nicht. Das schlägt hektisch weiter.

Ich habe die eine Sache gefunden, die meine Mutter versteckt hat. Die eine Sache, von der niemand erfahren darf. Und ich habe ein Beweisfoto gemacht. Ich kann es gegen sie verwenden. Ich habe etwas gegen sie in der Hand.

Ich fühle mich immer noch beschissen. Aber wenigstens fühle ich mich nicht mehr hilflos. Nicht mehr meinem Nachnamen und meiner Situation ausgeliefert. Jetzt kann ich etwas tun. Ich muss nicht zum Stillstand kommen.

Mein Gewissen will mir einreden, dass mich das zu einem schlechten Menschen machen würde. Aber warum sollte mich das kümmern? Meine Mutter würde eine solche Information gegen mich verwenden. Sie würde nicht eine Sekunde zögern. Wieso sollte ich?

Ich schaue das Bild noch einmal an. Und mir wird klar, dass es nicht nur mich betrifft. Ich muss Sam vorwarnen.

Er will mich nicht sehen. Ich habe das respektiert und ihm nicht geschrieben. Doch hier geht es nicht um uns. Hier geht es um seinen Dad. Also schicke ich ihm das Foto. Ohne Kommentar. Ohne Erklärung. Es ist sowieso selbsterklärend.

Nur wenige Sekunden später vibriert mein Handy. Sein Name taucht auf meinem Bildschirm auf. Er ruft mich an.

Seit er mich auf dem Dach zurückgelassen hat, habe ich ihn nicht mehr gesehen. Aber in mir toben so viele andere Gefühle, dass die, die ich für ihn empfinde, in diesem Moment wie verschüttet sind. Nur deswegen schaffe ich es ranzugehen.

Kurz herrscht Stille. Ich weiß, dass er am anderen Ende der Leitung ist. Aber keiner von uns sagt ein Wort. Schließlich räuspert er sich. »Was …«, entfährt es ihm. Über ein Wort kommt er jedoch nicht hinaus.

»Ja, ich weiß«, sage ich nur. Meine Stimme hat sich nie leerer angehört.

»Unsere Eltern …« Diesmal schafft er zwei Worte.

»Ja«, sage ich schlicht.

Dann wieder Schweigen.

»Ich werde es veröffentlichen.« Während Sam mit jedem Wort kämpft, preschen meine einfach vor. Ich hatte noch gar nicht entschieden, was genau ich mit dem Foto machen will, da war der Satz schon draußen.

»Was?«, entfährt es Sam erneut. Diesmal wesentlich lauter. »Das kannst du nicht tun.«

»Doch, das kann ich sehr wohl«, halte ich dagegen und lehne mich gegen die Fahrertür des Autos. »Und ich werde.«

»Athena, das kann nicht dein Ernst sein. Ich sage nicht, dass deine Mutter das nicht verdient hat. Aber wenn du das veröffentlichst, zerstörst du nicht nur das Leben deiner Mutter. Willst du, dass dein Vater in den Medien davon erfährt? Und was ist mit meinem Dad? Hast du darüber nachgedacht, was das für seine Zukunft bedeuten würde? Und folglich auch für meine Zukunft?«

Meine Gefühle für Sam, die unter einem riesigen Scherbenhaufen begraben liegen, versuchen, sich zu rühren. Doch all der Frust und all meine Ängste sind gerade zu schwer. Sie ersticken alles andere. Und deswegen höre ich gar nicht richtig, was er mir sagen will.

»Ich habe meine Entscheidung getroffen«, meine ich kühl.

»Dir ist völlig egal, was ich dazu sage?« Seine Stimme ist laut und wird mit jedem Wort lauter. »Warum hast du mir dieses Bild überhaupt geschickt, wenn du nicht vorhattest, mir wenigstens zuzuhören?« Nun schreit er. »Jetzt kannst du dir wirklich nicht mehr einreden, dass es jemals dein Ziel war, deine Familie zu retten«, fährt er fort. »Es geht dir um Rache. Wie damals, als du ihr Büro durcheinandergebracht hast. Du dringst in ihre Privatsphäre ein wie sie in deine. Du willst nur nicht mehr die Einzige sein, die sich scheiße fühlt.« Wir haben mal über hässliche Wahrheiten und schöne Lügen gesprochen. Jetzt schleudert er mir die hässlichste von allen entgegen. Doch meine negativen Gefühle unterdrücken nicht nur meine positiven. Sie sind auch ein Schutzschild. Die Worte prallen an mir ab und beschützen mich vor meinem schlechten Gewissen.

»Das kann sein«, erwidere ich. »Aber das ist vermutlich das bessere Ziel.«

»Wie kann das besser sein?« Sams Stimme ist wieder leiser geworden. Er klingt jetzt nicht mehr wütend, sondern verzweifelt. Aber auch das kann mich nicht richtig erreichen. Nichts scheint mich noch erreichen zu können. Und dafür bin ich dankbar.

»Ich habe mir etwas vorgemacht«, sage ich. »Wenn Hera mich verrät, nachdem ich ihr geholfen habe, war alles, was ich seit Drehbeginn getan habe, offensichtlich umsonst. Ich war naiv zu glauben, dass ich diese Familie jemals ändern könnte. Gute Taten werden mit Verrat belohnt. Das hätte ich doch eigentlich längst wissen müssen.«

»Also ist dir auf einmal alles egal?« Sams Stimme ist noch leiser geworden. Und ich spüre wieder, wie sich etwas in mir regt. Doch es ist zu schwach, um sich gegen all meinen Frust zu wehren, der sich verfestigt hat wie Beton.

»Ja«, sage ich nur.

Ich höre ihn schlucken und warte, dass er noch was sagt. Aber das tut er nicht. Und dann legt er einfach auf.

Ich lasse meine Hand sinken. Ich spüre nichts. Ich fühle mich dumpf, hohl und leer. Nur meine zitternden Finger lassen mich daran glauben, dass in mir vielleicht mehr vorgeht, als ich in diesem Moment in der Lage bin, wahrzunehmen.

Ich heiße die Taubheit willkommen und hoffe, dass sie niemals weichen wird. Obwohl ich in diesem Zustand vermutlich nicht Auto fahren sollte, steige ich ein und starte den Motor. Meine Mutter und Oliver Henderson könnten jede Sekunde in diesem Parkhaus auftauchen, und das Letzte, was ich gerade brauche, ist eine Konfrontation. Die wird kommen. Aber unter meinen Bedingungen.

Irgendwie schaffe ich es, nach Hause zu fahren. Der Motor und das Radio sind laut. Trotzdem wollen mir Sams Worte nicht aus dem Kopf gehen.

Vielleicht hat er recht.

Vermutlich sogar.

Doch das ist mir egal.

Denn was habe ich noch zu verlieren?

Mein Leben hält nicht mehr zusammen. Es ist in Einzelteile zerfallen, die ich nicht reparieren kann. Und wenn mir nur meine Rache geblieben ist, werde ich mich mit allem, was ich noch habe, daran festklammern.

30. KAPITEL

Sam

Ich kann meinem Vater nicht in die Augen sehen. Das ist ein Problem, denn er sitzt mir direkt gegenüber.

Alle paar Monate überkommt ihn kurzzeitig seine Väterlichkeit, und er lädt mich zum Essen in das gleiche Steakhaus ein, in das wir schon gehen, seit ich ein kleiner Junge war. Als er seinen ersten großen Job bekommen hat, sind wir hierhergekommen. Das war wohl das erste Mal in meinem Leben, dass ich in einem Restaurant gegessen habe. Vorher konnte mein Vater sich so was nicht leisten. Ich war acht Jahre alt, und trotzdem durfte ich mir ein eigenes Steak bestellen. Danach war mir übel. Aber ich war trotzdem glücklich.

Ich verbinde sehr schöne Erinnerungen mit diesem Ort. Trotzdem spüre ich in diesem Moment alles andere als Nostalgie. Das Bild, das Athena mir geschickt hat, scheint mein Handy heiß laufen zu lassen. Ich spüre es deutlich in meiner Hosentasche.

Mein Vater bestellt für uns das Gleiche, was wir immer hier essen. Ich übergebe der Kellnerin meine Speisekarte, in die ich gestarrt habe, ohne sie zu lesen, und bin den aufmerksamen Augen meines Vaters nun vollkommen ausgeliefert.

»Alles in Ordnung?«, fragt er und hebt sein Bier. Ich tue es ihm automatisch gleich. Gerade bin ich nicht in der Lage, über das, was ich tue, nachzudenken.

»Klar«, kriege ich irgendwie hervor.

Mein Vater zieht kritisch die Augenbrauen zusammen. Er durchschaut mich, doch er geht nicht direkt darauf ein. »Ich wollte mit dir auf unsere Arbeit am Set von *Catching up with the Carters* anstoßen.« Noch immer lässt sein bohrender Blick mich nicht los. Aber er wird sich die Rede, die er sich für diesen Moment zurechtgelegt hat, sicherlich nicht von meinem leidenden Gesichtsausdruck kaputt machen lassen. »Es war nicht immer leicht. Der Dreh ist holprig angelaufen, um es milde auszudrücken. Aber seitdem Athena unter Kontrolle gebracht wurde, läuft alles ohne Probleme. Und du hast dich trotz ihrer Sabotagen sehr gut angestellt. Also trinke ich jetzt auf unsere gemeinsame berufliche Zukunft.«

Er stößt mit seiner Flasche gegen meine, und ich lasse sie fast fallen, weil ich mit meinen Gedanken überall bin, nur nicht hier.

Ich weiß nicht, was meine Gedanken stärker beherrscht. Die Affäre meines Vaters oder Athena. Doch weil es wehtut, ihren Namen auch nur zu denken, schiebe ich all die Dinge, die er in mir auslöst, zur Seite. Damit muss ich mich irgendwann beschäftigen. Später. Wenn ich dazu bereit bin. Vielleicht auch niemals.

Aber das andere Thema kann ich nicht auf die Zukunft vertagen. Dieses Bild ruht nicht nur auf meinem Handy, sondern auch auf ihrem. Und sie wird es veröffentlichen. Bevor sie das tut, muss ich meinen Vater warnen.

Doch ich habe keine Ahnung, wie ich ihn darauf ansprechen soll. Ich kann immer noch nicht fassen, dass er eine Affäre mit Evelyn Carter hat. Wie soll ich das also in Worte fassen?

»Okay, Sam«, sagt mein Vater und reißt mich unsanft aus meinen Gedanken. »Sag mir, was los ist. Ich kann dir deutlich ansehen, dass dich etwas beschäftigt. Rück mit der Sprache raus.«

Ich trinke einen großen Schluck Bier, um mir Zeit zu verschaffen. Dann stelle ich die Flasche ein bisschen zu heftig auf dem Tisch ab und weiche den Augen meines Vaters nicht länger aus. Doch der direkte Blickkontakt scheint diese ganze Situation nur noch unerträglicher zu machen.

»Mich beschäftigt etwas«, gebe ich zu.

»Das sehe ich«, erwidert mein Vater. »Rede mit mir.«

Seine Stimme nimmt nie eine sanfte Tonlage an. Aber das habe ich nie gebraucht, um zu wissen, dass mein Vater immer für mich da ist. Er ist nicht besonders sensibel und manchmal zu hart. Aber er ist da, wenn es darauf ankommt. Ist das nicht viel wichtiger als der Rest?

Meine Gedanken geraten ins Stocken. Sie merken, dass ich seit Monaten, nein, seit Jahren Ausreden suche, damit ich mich nicht mit der Tatsache auseinandersetzen muss, dass mein Vater auch nicht perfekt ist.

»Ich weiß …«, setze ich an und breche doch ab. Wieso ist das so verdammt schwer? »Ich weiß von deiner Affäre mit Evelyn Carter.«

Obwohl wir in einem gut besuchten Restaurant sitzen und es eigentlich extrem laut ist, fühlt es sich an unserem Tisch auf einmal unnatürlich leise an. Mein Vater starrt mich an. Erst nach ein paar Schockmomenten kommt wieder Bewegung in ihn. Er greift zu seinem Bier und trinkt ein paar gierige Züge. Ich weiß nicht, ob er die gleiche Taktik nutzt wie ich noch vor wenigen Augenblicken oder ob er diese Unterhaltung nur angetrunken führen kann. Ich hinterfrage es nicht.

Schließlich setzt er das Bier ab. Nichts in seinem Gesicht lässt darauf schließen, dass ich ein unangenehmes Thema angesprochen habe. Er sieht mich an, wie er es immer tut. »Woher weißt du davon?«, fragt er schließlich. Er versucht nicht einmal, es abzustreiten. Und ich bin dankbar dafür. Das bedeutet, er nimmt mich ernst genug, um mich nicht anzulügen.

»Ist das wichtig?«, stelle ich die Gegenfrage.

»Vermutlich nicht«, meint er und reibt sich übers Gesicht. Ich habe ihn noch nie diese Geste machen sehen. Dass ich ihn darauf angesprochen habe, muss etwas in ihm auslösen. Seine Züge verraten aber immer noch nichts.

»Bist du …« Ich stocke wieder. Wieso ist Reden in letzter Zeit zu so einem unerträglichen Kraftakt geworden? »Bist du in sie verliebt?«

Meinem Vater entfährt ein Schnauben, das ich nur als zynisch beschreiben kann.

»Ist die Frage so abwegig?«, hake ich nach.

»Ja«, sagt mein Vater. »Ich bin nicht in Evelyn Carter verliebt.«

Komischerweise macht diese Aussage das Ganze noch schlimmer. Wenn er in sie verliebt wäre, könnte ich verstehen, dass er sich mit ihr in irgendwelchen Hotels trifft. Ich bin schließlich der Letzte, der ihn für die Geheimnistuerei verurteilen kann. Aber wenn er keine Gefühle für sie hat, wozu das alles?

Er scheint mir meine Frage an der Stirn ablesen zu können. Jetzt verändern sich seine Gesichtszüge. Doch noch immer kann ich nichts entdecken, was ich dort erwartet hätte. Keine Reue, kein schlechtes Gewissen. Da ist nur dieser belehrende Ausdruck, der mir das Gefühl gibt, mindestens zehn Jahre jünger zu sein. »Es hat nicht geschadet, sich gut mit ihr zu stellen.«

Ich starre meinen Vater entgeistert an. »Um sich gut mit ihr zu stellen, hättest du nicht gleich mit ihr ins Bett steigen müssen«, erwidere ich viel direkter, als ich wollte.

Mein Vater zuckt mit den Schultern, als wäre nichts dabei.

»Sie ist verheiratet«, sage ich, obwohl das ziemlich überflüssig ist. Mein Vater plant seit Monaten ihre zweite Hochzeit, bei der sie ihr Ehegelübde erneuern will. Ihm sollte inzwischen durchaus bewusst sein, dass sie verheiratet ist.

»Das weiß ich«, sagt er.

»Und du findest es völlig in Ordnung, mit ihr zu schlafen, obwohl sie verheiratet ist?«, frage ich. Dabei hat mir sein Gesichtsausdruck meine Antwort längst gegeben. Trotzdem kann ich das Thema nicht fallen lassen. »Wenn du in sie verliebt wärst, könnte ich das ja verstehen, aber …«

»Ehrlich?«, unterbricht mich mein Vater mit einem harten Unterton, der es mir unmöglich macht, etwas darauf zu erwidern. »Dann könntest du es verstehen?« Wieder schnaubt er. Und wieder macht mich der Klang wütend. »Ich habe dir schon, als du ein kleiner Junge warst, gesagt, dass Liebe blind macht. Und ich wollte nicht, dass du die gleichen Fehler begehst wie ich damals. Ich werde sie sicherlich nicht wiederholen. Ein enges Verhältnis mit Evelyn zu haben, bringt einfach viele Vorteile mit sich.«

Mein Mund ist extrem trocken. Aber ich weiß, dass es nichts bringen würde, das Bier auszutrinken. Die Flüssigkeit würde einfach in meinem ausgetrockneten Rachen verdunsten.

»Du hast etwas mit ihr angefangen, weil du dir davon berufliche Vorteile versprochen hast?«, frage ich ungläubig.

Der Blick meines Vaters will mir wohl so viel sagen wie: Gibt es einen besseren Grund?

Und vielleicht gab es mal eine Zeit, in der ich ihn nicht hinterfragt hätte. Aber diese Zeit ist vorbei. Ich weiß nicht genau, seit wann. Irgendwas in mir hat sich verändert, und ich habe es nicht einmal richtig mitbekommen. Und auf einmal sitze ich hier, meinem Vater gegenüber, und sehe ihn mit anderen Augen.

Ich wollte immer sein wie er. Aber nun erkenne ich, dass ich niemals so bitter und zynisch werden will.

Wenn er wüsste, dass ich mit Athena Carter geschlafen habe, würde er mir vielleicht sogar auf die Schulter klopfen. Wie der Vater, so der Sohn. Allein vom Gedanken daran wird mir übel.

Er ist zu allem bereit, um seine Karriere voranzubringen. Für ihn gibt es keine Grenzen. Und ich kann kaum fassen, dass ich so lange gebraucht habe, um zu begreifen, dass das nichts Erstrebenswertes ist.

Will ich um jeden Preis erfolgreich sein? Sollte es nicht immer Preise geben, die ich nie bereit bin zu zahlen?

Ich will noch etwas sagen. Weil das doch eigentlich nicht das Ende dieses Gesprächs sein kann. Doch dann kommt die Kellnerin, bringt uns unsere Steaks, und mein Vater fängt an zu essen, als wäre nie irgendwas gewesen.

Das sollte mich nicht schockieren, doch das tut es trotzdem.

»Bevor ich es vergesse«, sagt mein Vater, während er die Kräuterbutter auf seinem Steak verteilt, »die Carter-Geschwister werden in ein paar Talkshows zu Gast sein, um die neue Staffel zu bewerben. Athena ist als Erstes dran, und wir brauchen noch einen kleinen Zusammenschnitt aus dem neuen Filmmaterial, um einen Trailer zeigen zu können. Kümmerst du dich darum?«

Ist das sein Ernst?, schreit eine laute Stimme in meinem Kopf.

Doch aus meinem Mund kommt nur ein kleinlautes »Okay«.

Eigentlich hatte ich vor, ihn davor zu warnen, dass Athena ein Beweisfoto hat. Aber ich sage nichts mehr.

Wir essen schweigend. Und das erste Mal, seit ich vor fast sechzehn Jahren mein erstes Steak hier gegessen habe, schmeckt es trocken und fad.

☆

Ich habe beschissen geschlafen. Meine rechte Schläfe pocht. Und dass ich auf einen riesigen Bildschirm starre, macht es sicherlich auch nicht besser.

Trotzdem bin ich dankbar dafür, jetzt in diesem Schneideraum zu sitzen. Hier ist niemand von den vielen Menschen, denen ich aus dem Weg gehen will. Nur Greg. Aber Greg kommt mir wie ein umgänglicher und zum Glück nicht zu gesprächiger Typ vor. Und ich habe eine Ablenkung.

Ich soll das Filmmaterial sichten und Greg anleiten, damit er einen kleinen Trailer zusammenschneiden kann. Solange ich darüber nachdenke, muss ich über nichts anderes nachdenken.

Zumindest glaube ich das, bis wieder Athena auf dem riesigen Bildschirm auftaucht und mich anlächelt.

Diese Aufgabe ist doch nicht so eine gute Ablenkung, wie ich ursprünglich gehofft hatte.

»Sie ist richtig nett«, sagt Greg unvermittelt. Ich brauche einen Moment, um zu verstehen, dass wir gerade an die gleiche Frau denken. Das Bild ist eingefroren. Athena lächelt so wunderschön, wie sie es immer tut. Und Greg deutet auf sie.

»Also, ich meine, auch im echten Leben ist sie echt nett«, setzt Greg hinzu, der mir anscheinend ansehen kann, dass ich ihm nicht direkt folgen konnte.

»Du kennst sie persönlich?«, frage ich, weil meine Neugier nichts anderes zulässt.

»Nicht wirklich«, sagt er. »Ich habe einmal mit ihr geredet. Aber sie war so freundlich. Das hatte ich gar nicht erwartet. Sie hat meiner kleinen Schwester ein Video zum Geburtstag aufgenommen und ihr etwas geschenkt. Meine Schwester hat sich so gefreut, dass sie wochenlang nicht aufgehört hat zu grinsen.«

Der Kloß, der sich in meinem Hals bildet, ist so fest, als wäre er aus Zement gegossen worden. Es würde mich nicht wundern, wenn ich den Rest meines Lebens mit ihm herumlaufen müsste. »Das klingt nach ihr«, kriege ich mit Verzögerung über die Lippen.

»Man denkt ja immer, die Carters sind so abgehobene Stars. Und ein paar von ihnen sind das wohl auch. Aber sie nicht«, fährt Greg unbeirrt fort. Er scheint mir nicht angehört zu haben, dass ich an einem Zementkloß vorbeisprechen muss. Und dass er ihn mit jedem weiteren Wort über Athena weiter anschwellen lässt.

Ich wollte ihr entgehen. Ihr persönlich und meinen Gedanken an sie. Aber Greg lässt es nicht zu. Und vielleicht sollte ich ihm dafür sogar dankbar sein.

Sie hat mich verletzt, als sie dachte, ich hätte sie verraten. Sie hat mich verletzt, als sie bei unserem Telefonat keine Rücksicht auf mich nehmen wollte. Aber ich verstehe ihr Verhalten. An einem Tag hat sie Levi und die Kontrolle verloren, die sie sich erkämpft hatte. Und ich bin gegangen, weil ich sauer auf sie war.

Ich blicke hoch in ihr wunderschönes Gesicht. Die Aufnahme zeigt sie, wie sie neben Caesar an einem Hochhaus hängt und es gemeinsam mit ihm herunterläuft. Man sieht ihrem Bruder an, dass er gern überall wäre, nur nicht an der Seite eines Hochhauses. Aber Athena macht es erträglich. Sie halten sich an den Händen. Und die Freude in ihren Augen ist echt. Sie strahlt, wie sie es sonst nur tut, wenn sie sich nicht beobachtet fühlt. Die Auflösung der Kamera ist so gut, dass man die goldenen Glühwürmchen in ihrer Iris erkennen kann.

Ich muss schlucken und stelle fest, dass sich der Kloß, den ich für unzerstörbar gehalten habe, aufgelöst hat.

Dafür schlägt mein Herz extrem schnell, als ich einen Gedanken zulasse, gegen den ich mich schon sehr lange wehre.

Ich bin verliebt. Ich bin verliebt in Athena Carter.

Vermutlich habe ich so lange gebraucht, dieses Gefühl zu verstehen, weil ich es noch nie zuvor gefühlt habe. Und obwohl ich von der Liebe keine Ahnung habe, weiß ich doch, dass es das ist, was ich für sie empfinde. Es besteht kein Zweifel mehr. Ich kann mir nichts anderes mehr vormachen oder diese Tatsache ignorieren oder kleinreden.

Sie ist unumstößlich und steht direkt vor mir.

Erst rechne ich damit, dass Angst auf diese Erkenntnis folgen muss. Ich verharre in meinem Stuhl und warte. Doch sie kommt nicht. Die Wärme jedoch, die sich von meiner Brust ausgehend in meinem ganzen Körper ausbreitet, bleibt.

Ich bin in Athena Carter verliebt.

Und der ganze andere Mist spielt in Anbetracht dieser riesigen Erkenntnis auf einmal keine Rolle mehr.

Sie denkt, dass sie naiv war zu glauben, dass sie ihre Familie verändern kann. Ich werde ihr beweisen, dass das nicht stimmt.

Ich wende mich Greg zu.

»Ich weiß, welche Szenen wir zusammenschneiden sollten«, sage ich.

Und dann machen wir uns an die Arbeit.

31. KAPITEL

Athena

Ich stehe hinter einem Vorhang und warte darauf, dass ein Talkshow-Host mich vorstellt, damit ich mich für fünfzehn Minuten, die sich immer wie zwei Stunden anfühlen, neben ihn auf eine unbequeme Couch setzen und über eine Show schwärmen kann, die in den letzten Wochen nur Schmerz für mich bedeutet hat. Ein gespieltes Lächeln aufzusetzen, wird mir heute wirklich nicht leichtfallen.

»Lächeln«, fordert meine Mutter mich genervt auf, als hätte sie gerade meine Gedanken gelesen.

Ich komme dem Kommando viel zu selbstverständlich nach.

Normalerweise schickt sie uns zu solchen Promo-Veranstaltungen und macht sich nicht die Mühe, mitzukommen. Heute ist sie ausnahmsweise dabei. Aber ich glaube nicht, dass sie hier ist, um mich zu unterstützen, sondern um mich zu babysitten. Seit sie Levi gefeuert hat, liegen ihre Argusaugen ständig auf mir.

Die letzten Tage hat mich das genervt. Doch jetzt kommt es mir sogar entgegen. Ich werde in dieser Talkshow das Foto zeigen, auf dem sie mit ihrem Executive Producer zu sehen ist. Und wenn sie hier ist, verpasse ich nicht ihre Livereaktion.

Ich werde meine Rache bekommen. Daran halte ich mich verzweifelt fest, obwohl sich selbst diese Aussicht irgendwie hohl anfühlt. Aber besser ein hohles Gefühl als gar keins.

Ein Producer gibt mir ein Zeichen. Noch einmal sehe ich meine Mutter an. Sie ist perfekt gestylt. Ihre Hochsteckfrisur sitzt. Ich hoffe, dass die Kameras ihren Schock einfangen, sobald ich live im Fernsehen von ihrer Affäre erzähle. Ich schenke ihr ein schmallippiges Lächeln, dann trete ich vor den Vorhang.

Menschen, die hinter einer Lichtbarriere sitzen, klatschen für mich. Ich winke und laufe dann auf den Talkshow-Host Dylan Heart zu. Normalerweise filmt er in seinem Studio in New York. Doch wegen den Golden Globes- und Oscar-Verleihungen ist er nach Los Angeles gekommen. Was ein Glück …

Aphrodite hasst ihn mit Leidenschaft, und ich verstehe, wieso. Er hat etwas sehr Schmieriges an sich. Und auch wenn man ihn nur im Fernsehen sieht und nicht berührt, hat man doch das Gefühl, dass etwas davon an einem hängen bleibt.

Heute muss ich ihn berühren. Er streckt mir seine Hand entgegen, und ich muss sie schütteln. Aber sobald ich sie loslassen kann, ohne unhöflich zu wirken, tue ich es. Durch den Körperkontakt wird das Gefühl, etwas Klebriges an der Haut hängen zu haben, noch schlimmer.

»Athena Carter«, sagt er, sobald ich mich gesetzt habe. Ich habe noch nie verstanden, warum manche Menschen das Bedürfnis verspüren, meinen Namen auszusprechen, als hätte ich ihn noch nie gehört. »Wusstest du, dass du zur langweiligsten Carter gewählt wurdest?«

Er lässt wirklich keine Zeit verstreichen. Ich lächle einfach weiter. Lächeln ist auch nicht mehr, als die richtigen Muskelpartien anzuspannen. Man kann es genauso trainieren wie Situps und Push-ups.

»Das weiß ich«, sage ich. »Ich glaube, mir fehlen nur ein paar Scheidungen im Portfolio.«

Die Lautstärke seines Lachens will so gar nicht zur Qualität meines Witzes passen. Er war höchstens mittelmäßig. Aber Dylan Heart lacht so herzlich, als hätte ich den besten Scherz gemacht, den er jemals gehört hat.

»Das lässt sich doch ganz schnell ändern«, meint er und zwinkert mir vertraut zu, obwohl ihm Vertrautheit definitiv nicht zusteht. »Können wir uns in der neuesten Staffel auf Scheidungen freuen?«

»Das verrate ich nicht. Dafür musst du sie schon gucken.« Ich beeindrucke mich selbst. Wenn ich es nicht besser wüsste, würde ich denken, ich bin gern hier.

»Ich habe gehört, dass ein gewisses ehemaliges Boyband-Mitglied ein Auge auf dich geworfen hat«, forscht er nach.

»Vielleicht«, sage ich und grinse vielsagend.

»Ich sehe schon, du wirst es mir heute nicht leicht machen.« Dylan Hearts Lächeln wird mir wohl noch eine Weile Albträume bescheren. »Aber dann zeigen wir erst mal einen kurzen Zusammenschnitt des Filmmaterials, das du uns mitgebracht hast. Vielleicht verstecken sich dort Hinweise, über die ich dich dann ausfragen kann.«

»Du kannst es ja versuchen«, gebe ich zurück. Diese Entgegnungen gehen mir leicht über die Lippen. All die Jahre vor der Kamera haben mir einprogrammiert, auf welchen Spruch man welchen folgen lassen muss. Dieses Gespräch ist nicht natürlich. Es ist vorgeschrieben, obwohl es gar kein Skript dafür gibt.

Ich lege meine Hand über mein Handy, das in der Tasche meines Jumpsuits steckt. Ich warte nur auf den richtigen Moment, um das Foto zeigen zu können. Sobald der Zusammenschnitt abgespielt wurde, werde ich Dylan Heart sagen, dass in der Staffel etwas sehr Skandalöses passiert ist. Ich werde ihn ein bisschen betteln lassen, bevor ich mit der Sprache rausrücke. Und dann werde ich das Bild zeigen und von der Affäre erzählen.

Meine Hände zittern wieder leicht. Aber davon lasse ich mich nicht verunsichern. Meine Entscheidung ist gefallen.

Dylan und ich drehen unsere Köpfe, um auf den großen Bildschirm blicken zu können. Er gibt ein Zeichen, und die ersten Bilder erscheinen auf der zuvor weißen Leinwand.

Ich sehe mir selbst entgegen. Neben Caesar hänge ich an der Seite eines Hochhauses. Und mein Lächeln ist so viel aufrichtiger als das, was in diesem Moment auf meinen Lippen liegt. Caesar umklammert meine Hand, doch er stolpert nicht, während er hinunterläuft. Als wir am Boden ankommen, fällt er mir dankbar in die Arme, und wir lassen uns eine Weile nicht los.

Die Szene wechselt. Hera und ich stehen bei ihrer Geburtstagsparty nebeneinander. Unser Gespräch wird nicht aufgefangen. Aber man sieht uns lachen. Hera hält sich mit einer Hand an meinem Oberarm fest, so stark lacht sie.

Die nächste Szene. Octavian und ich spielen Bier-Pong. Ich reiße jedes Mal freudig die Arme in die Luft, wenn ich treffe, und mache mich über ihn lustig, wenn sein Wurf schon wieder danebengeht. Er kippt den Alkohol runter und beginnt zu tanzen, obwohl seine Bewegungen gar nicht zum Takt der Musik passen. Im Hintergrund werden Demeter und Caesar von der Kamera aufgefangen. Sie schließen eine Wette ab, und als das Spiel beendet ist, steckt Caesar Demeter Geld zu. Das hatte ich damals gar nicht mitbekommen.

Immer wieder wechselt die Szene. Octavian und ich jagen uns durchs Haus, nachdem ich ihm den Kuchen ins Gesicht geworfen habe, und ich schreie auf, als er mich packt und mir die Teigreste in den Nacken reibt. Demeter und Hera feuern ihn an. Poppy und ich hocken während irgendeines Drehs auf einer Bank und spielen Karten, ohne dass es irgendwer mitbekommt. Demeter und Caesar streiten sich für die Kameras, aber kneifen sich in die Schulter, nachdem sie damit fertig sind. Wir alle landen in Demeters blutrotem Pool und starten eine Wasserschlacht.

Und immer wieder sieht man mein Gesicht. Lächelnd. Wirklich lächelnd. Mit einem Leuchten in den Augen.

Ich weiß, wer diesen Zusammenschnitt gemacht hat. Die Gewissheit macht meine Brust warm, die sich seit Tagen immer kalt angefühlt hat.

Während ich auf den Bildschirm starre, höre ich die Worte, die Sam zu mir gesagt hat, als wir das erste Mal miteinander geschlafen haben. Sie legen sich wie ein Voiceover über die Szenen. *»Du siehst dich nie, wenn du voller Freude lachst. Du siehst dich nie, wenn du vollkommen aufrichtig ein Lächeln erwiderst. Denn in solchen Momenten schaut man nicht in den Spiegel. Wenn du dich in den Momenten sehen könntest, in denen du wirklich du selbst bist, wüsstest du, wie schön du bist.«*

Es ist, als wollte er mir mit diesem Zusammenschnitt die Wahrheit seiner Worte beweisen. Er zeigt mir, wie ich aussehe, wenn ich wirklich ich selbst bin. Und er zeigt mir noch mehr als das.

Nachdem mich Hera verraten hatte, dachte ich, dass ich nichts mehr zu verlieren habe und es nichts gibt, das es wert ist, gerettet zu werden. Doch hier sehe ich nicht nur mich, wenn ich ganz ich selbst bin. Ich sehe meine Geschwister, die ganz sie selbst sind.

Ich dachte, dass alles, was ich seit Drehbeginn der neuen Staffel getan habe, nichts ausrichten konnte. Aber Sam beweist mir das Gegenteil. Caesar umarmt mich dankbar, weil ich bei ihm war, als er sich seiner Höhenangst gestellt hat. Hera lacht gelöst an ihrem Geburtstag, weil ich ihr geholfen habe, ihn so zu feiern, wie sie es sich vorgestellt hat. Octavian und ich haben einfach Spaß, weil ich den ersten Schritt auf ihn zu gemacht habe. Selbst Demeter habe ich mit meinen Aktionen zum Lachen gebracht, obwohl sie es immer hinter einer vorgehaltenen Hand zu verbergen versucht.

Würde man das Filmmaterial der alten Staffeln sichten, würde man nicht so viel Freude und so viel Spaß finden. Der Begriff »Geschwister« wollte nie ganz zu uns passen. Aber das hat sich verändert. Ich habe etwas verändert. All die Dinge, die ich getan habe, waren nicht umsonst.

Ich starre auch noch auf den Bildschirm, als das Video zu Ende ist. Dort ist nichts mehr zu sehen, und doch kann ich meinen Blick nicht abwenden. Mein Herz schlägt auf einmal kräftiger in meiner Brust. Ich kann freier atmen. Bis zu diesem Moment wusste ich nicht, dass Frust meine Luftröhre blockiert hatte. Ich realisiere es erst, als er sich wieder zurückzieht.

»Athena?« Dylan Hearts Stimme reißt mich wieder in die Realität zurück. Langsam wende ich ihm den Kopf zu. »Der Zusammenschnitt hat dich wohl gerührt«, stellt er fest.

»Kann man so sagen«, erwidere ich. »Ich habe sehr viele schöne Momente mit meinen Geschwistern geteilt, wie man in den Aufnahmen sehen konnte.« Jetzt fällt es mir nicht einmal mehr schwer, Dylan Heart anzulächeln.

»Das hat man gesehen«, gibt er mir recht. »Aber auf welche Skandale können wir uns freuen? Das ist doch der Grund, warum wir einschalten.«

Er bietet mir die perfekte Vorlage, um meine Mutter bloßzustellen. Ich müsste nicht einmal selbst auf das Thema zu sprechen kommen. Ich müsste ihm einfach antworten. Mein Plan würde aufgehen. Und meine Mutter müsste erkennen, dass sie mich all die Jahre unterschätzt hat.

Aber möchte ich wirklich, dass sie mich in meiner Fähigkeit, anderen Menschen Schmerzen zuzufügen, unterschätzt hat? Gibt es nicht bessere Eigenschaften, in denen man viel lieber unterschätzt werden will?

Ich löse meine Hand von meinem Handy und überschlage die Beine. »Ich würde dir ja gern etwas verraten, Dylan«, setze ich an, »aber meine Mutter sitzt im Publikum. Wenn ich zu viel verrate, müssen wir uns beide mit ihrer Wut auseinandersetzen. Und glaub mir, das möchtest du nicht.«

Wieder lacht er viel zu laut, aber es stört mich nicht mehr. Auch seinen schmierigen Gesichtsausdruck kann ich ertragen. Und die nächsten zehn Minuten Talkshow fühlen sich tatsächlich wie zehn Minuten und nicht wie zwei Stunden an.

Denn mir ist etwas ganz Wichtiges klar geworden. Hätte ich die Affäre meiner Mutter öffentlich gemacht, hätte ich sie mit ihren eigenen Waffen geschlagen und wäre in dem Prozess zu ihr geworden.

Doch das möchte ich nicht. Ich will sie nicht mit ihren Waffen schlagen. Ich will es auf meine Weise tun. Weil sonst jeder Triumph zu teuer erkauft wäre, um noch ein richtiger Triumph zu sein.

☆

Ich sitze auf der Rückbank einer Limo und warte auf meine Mom, damit wir von Dylan Hearts Aufnahmestudio zurück zur Villa fahren können. Wieder werfe ich einen Blick auf die Uhr. Sie wurde angerufen, als wir gerade ins Auto steigen wollten, und ist noch mal ins Gebäude gegangen, um in Ruhe telefonieren zu können. Natürlich war mein erster Gedanke, dass der Anruf von Oliver Henderson stammt. Ihrem *Geliebten*.

Ich schüttle mich. Ich habe ihr Stöhnen durch die Tür gehört. Diese Erinnerung werde ich wohl nicht mehr los.

Ich hole wieder mein Handy aus meiner Tasche und rufe bestimmt schon zum tausendsten Mal Levi an. Alle paar Stunden wähle ich seine Nummer. Jeden Tag. Und obwohl das Ergebnis immer das gleiche ist und mich jeder gescheiterte Anruf mehr deprimiert als der davor, kann ich nicht aufhören. Vermutlich gehe ich ihm auf die Nerven. Oder er hat mich längst blockiert. Aber selbst wenn er nicht bereit ist, mit mir zu reden, will ich doch, dass er weiß, dass ich immer für ihn da bin.

»Ja?«

Ich zucke so heftig zusammen, dass mir das Handy fast aus der Hand fällt. Ich habe schon lange nicht mehr damit gerechnet, dass er abhebt.

»Levi«, hauche ich, weil meine Stimme auf einmal schwer von all den Tränen ist, die mir auf die Stimmbänder drücken. »Bist du's wirklich?«

»Wer denn sonst?«, fragt er zurück. Er klingt mechanisch, aber trotzdem immer noch wie Levi. »Wenn man hundertmal die gleiche Nummer anruft, sollte man doch wenigstens sichergehen, dass es auch die richtige ist.«

Mir entfährt ein ersticktes Lachen. »Es tut so verdammt gut, deine Stimme zu hören. Wirklich.«

»Deine auch«, gibt Levi zurück, ohne zu zögern. »Aber ich war vorher noch nicht bereit ranzugehen.«

»Das verstehe ich«, sage ich sofort. »Tut mir leid, dass ich dich nicht einfach in Ruhe gelassen habe.«

»Du wärst nicht die Athena, die ich kenne und liebe, wenn du es gekonnt hättest.«

Eine Träne rinnt meine Wange herunter, doch sie spricht nicht von Schmerz. Ihre Sprache ist die der Erleichterung. »Und mir tut auch alles andere leid. Es tut mir leid, dass ich dich in mein Drama hineingezogen habe und du deswegen deinen Job verloren hast. Es tut mir leid, dass du wegen mir Hilary kennengelernt hast. Es tut mir leid, dass du immer alles für mich tust und ich der Grund bin, dass du gefeuert wirst. Das hast du nicht verdient. Es tut mir so, so leid.«

»Das weiß ich«, erwidert Levi. Er klingt nicht wütend. Aber er klingt müde. Mein Herz zieht sich zusammen. »Und du hast mich zu nichts gezwungen. Ich habe die Entscheidung getroffen, dir zu helfen.«

»Weil du der Levi bist, den ich kenne und liebe«, sage ich. »Ich wusste, dass du mir helfen würdest. Deswegen hätte ich es niemals vorschlagen dürfen.«

»Red keinen Unsinn, Athena.« Levi klingt entschlossen und auch ein bisschen barscher als sonst. »Und für die ganze Sache mit Hilary kannst du überhaupt nichts. Du hast mich sogar gewarnt. Was hättest du denn sonst noch tun sollen? Mich einsperren?«

»Vielleicht. Das merke ich mir fürs nächste Mal.«

Levi lacht sogar leise auf. Doch sein Ton wird sofort wieder ernst. »Es wird wohl kein nächstes Mal geben.«

Ich schlucke trocken. »Ich werde dafür sorgen, dass du deinen Job zurückbekommst.«

»Du kannst dir die Mühe sparen, Athena«, unterbricht mich Levi, bevor ich weitersprechen kann. »Ich will nicht ans Set zurückkehren.«

Mein Rachen wird noch trockener. »Das verstehe ich«, kriege ich über die Lippen. Ich verstehe ihn wirklich. Aber ihn diese Worte sagen zu hören, tut trotzdem weh. Man kann selbst in Situationen Schmerzen fühlen, in denen sie einem nicht zustehen. Vermutlich gerade dann. »Aber was wirst du dann tun?«

»Ich habe einen neuen Job gefunden.«

»Das ist ja toll!«, entfährt es mir. »Wo?«

Levi zögert einen Moment. Und diese wenigen Sekunden gefüllt mit Stille reichen schon aus, dass ich unruhig auf dem teuren Leder des Sitzes herumrutsche.

»Bei *Ladies of Yorkshire.*«

»Das ist richtig toll. Du liebst historische Dramen! Das ist ...« Ich stocke. »Warte mal. Die drehen nicht in L.A., oder?«

Levi zögert wieder. Diesmal noch länger. »Nein.«

»Wo dann?«

»England.«

Ich muss mehrmals tief durchatmen, bis ich meine Emotionen genug unter Kontrolle habe, dass man sie mir nicht mehr anhören kann. »Das klingt auch toll«, sage ich schließlich.

»Du musst nicht lügen. Ich weiß, dass du gehofft hast, dass ich in L.A. bleiben würde. Und das war ja eigentlich auch mein Plan. Aber Pläne ändern sich nun mal. Und ich denke ...« Levi bricht ab, und ich frage mich, ob er genauso wie ich erst mal seine Stimme beruhigen muss, bevor er wieder das Wort ergreifen kann. »Und ich denke, dass das ein guter Neuanfang wird. Neues Land. Neues Set. Neue Menschen.«

Weit weg von mir und meiner Familie, die ihm nur Trauer und Schmerz gebracht haben, weil sie nichts anderes zu kennen scheinen.

Wir werden an uns selbst zugrunde gehen, wenn sich nichts ändert. Nie wieder sollen Menschen wie Levi in den Strudel aus unserem Drama gezerrt werden, obwohl sie das gar nicht verdient haben.

»Ich freue mich für dich. Ehrlich«, sage ich und meine es auch so. »Aber ich werde nicht so tun, als würde ich dich nicht vermissen, wenn du weg bist.«

Levi lacht auf. Und diesmal ist es aufrichtig. Einfach Levi. Ich versuche gar nicht mehr, mich gegen meine Tränen zu wehren. Es tut gut, sie zuzulassen.

»Ich werde dich auch vermissen.« Obwohl ich ihm die Spuren der letzten Wochen noch anhören kann, höre ich doch auch, dass er es ernst meint. »Und das ist kein *Leb wohl.* Das ist ein *Bis bald.* Ich brauche einen Neuanfang. Aber das bedeutet nicht, dass wir keine Freunde mehr sind. Du bist meine beste Freundin. Daran kann auch deine toxische Familie nichts ändern.«

Mir entfährt ein erleichterter Seufzer. »Wäre es zu viel verlangt gewesen, mir das schon vor ein paar Tagen zu sagen?«

Auch er hat Tränen in der Stimme, als er auflacht. »Ich darf es dir doch auch nicht zu leicht machen.«

Ich lächle breit. Heute Morgen hätte ich nicht damit gerechnet, dass ich zu dieser Geste so bald wieder fähig sein würde. »Ich hoffe, du wirst glücklich, Levi. Ich hoffe, du wirst so richtig glücklich. Auf eine alberne Weise.«

»Ich wünsche dir auch nichts Geringeres als albernes Glück«, entgegnet er. »Und wenn du versprichst, mich nicht mehr zwanzigmal pro Tag anzurufen, verspreche ich auch, ranzugehen.«

»Deal.«

»Deal«, wiederholt er. »Bis bald.«

»Bis bald«, flüstere ich. »Und, Levi?«, füge ich noch hinzu, bevor er auflegen kann.

»Ja, Athena?«

»Danke, dass ich deine beste Freundin sein darf.«

»Werd nicht kitschig«, ermahnt er mich. Ich grinse noch mal. Und dann legt er auf.

Langsam lasse ich mein Handy sinken, und obwohl meine Hand dabei leicht zittert, fühle ich mich doch so viel besser als vor dem Gespräch. Levi hat einen neuen Job gefunden. Er wird weit weg von all den Dingen, die ihm das Leben schwer gemacht haben, neu anfangen können. Und eines Tages wird er sich auch weniger beschissen fühlen. Das weiß ich. Auch wenn er es in diesem Moment vielleicht nicht weiß.

Ich reibe über meine Wangen, um die Tränen fortzuwischen, und atme ganz bewusst in meinen Bauch. Mein Herzschlag verlangsamt sich ein bisschen. Meine Schuldgefühle sind kleiner geworden, aber immer noch da. Doch ich denke, dass das etwas Gutes ist. Sie zeigen mir, was ich in der Vergangenheit falsch gemacht habe und in der Zukunft besser machen werde.

Ich habe mich noch nicht ganz von dem Telefonat erholt, als sich die Tür öffnet. Meine Mutter klettert auf die Sitzbank mir gegenüber und gibt dem Fahrer mit genervtem Unterton zu verstehen, dass er endlich losfahren soll. Sie tut so, als wäre es seine Schuld, dass wir jetzt erst aufbrechen, obwohl sie diejenige war, die noch dringend ein Telefonat führen musste.

Ich spüre Wut in mir aufsteigen. Aber ich spüre auch, dass sie mich nicht mehr kontrolliert, wie sie es vor ein paar Stunden noch getan hat.

»Dein Auftritt war nicht schlecht«, sagt sie, während sie auf ihr Handydisplay starrt und irgendwas eintippt. »Aber das nächste Mal brauchen wir wirklich einen anderen Zusammenschnitt. Die Leute gucken die Show wegen der Skandale und nicht, weil sie sehen wollen, wie lieb ihr euch alle habt.« Sie schaut mich nicht einmal an.

Doch auch davon lasse ich mich nicht aus der Ruhe bringen.

Wut vernebelt den Geist. Sie legt sich wie ein Filter über alles und jeden. Die richtigen Entscheidungen zu treffen wird unmöglich, weil man nicht mehr klar sehen kann.

Aber in diesem Moment erkenne ich meine Umgebung sehr deutlich.

Und in meinem Kopf setzen sich die Worte zusammen, die ich schon vor sehr langer Zeit hätte sagen sollen.

»Als du Levi gefeuert hast, hast du mich sehr enttäuscht«, setze ich getragen an. »Die Enttäuschung geht tief. Obwohl mich dein Verhalten vermutlich nicht mehr überraschen sollte.«

Meine Mutter löst langsam ihren Blick vom Bildschirm und trifft schließlich meinen. »Wie bitte?«, fragt sie. Sie hat jedes Wort gehört. Sie will mir nur die Chance geben, meine Worte doch noch zurückzunehmen. Diesmal ergreife ich sie nicht.

»Du hast mich verstanden«, erwidere ich ungerührt.

Verwirrung steht ihr ins Gesicht geschrieben, aber ich rede weiter, bevor sich ihre Verwirrung in Wut verwandeln kann.

»Nachdem wir den Tag im Tonstudio verbracht haben, dachte ich tatsächlich, unsere Beziehung könnte sich verbessern. Offensichtlich lag ich falsch. Aber ich habe nicht vor, weiterhin still zu sein und so zu tun, als würde mich dein Verhalten nicht verletzen«, fahre ich fort. Meine Mom ist wohl noch zu perplex, um mich zu unterbrechen. Und ich vergeude keine wertvolle Sekunde mit Zögern. »Du stehst für nichts«, sage ich und schaue ihr direkt in die Augen. »Du tust nur so, als würdest du für etwas stehen, wenn du damit Geld machen kannst. Du bist nur eine Feministin für die Kameras. Du hast nur Worte, wenn man sie auch gut vermarkten kann. Bei dir ist alles nur Show. Alles dient dem einen Zweck: deinem Ruhm. Aber wie kann der jemals etwas bedeuten, wenn du so viel von dir gewinnbringend verkauft hast, dass eigentlich nichts mehr von dir übrig bleibt?«

Ich lasse sie nicht einmal genug Luft holen, um zu antworten. »Ich wollte mich an dir rächen. Ich wollte, dass du dich genauso klein fühlst, wie du mich immer fühlen lässt. Du hättest es vermutlich verdient. Aber ich habe mich dagegen entschieden. Ich will nicht so sein wie du.« Ich ziehe mein Handy aus meiner Tasche und öffne das Bild, das ich von ihr und Oliver gemacht habe. Dann halte ich es ihr entgegen. Sofort weicht alle Farbe aus ihrem Gesicht. »Ich wollte das veröffentlichen, habe mich jedoch dagegen entschieden. Dabei habe ich eigentlich von dir gelernt, dass alle Skandale gut für uns sind, weil sie die Einschaltquoten pushen.«

Meine Mutter starrt das Foto an, ihre Unterlippe zittert. Sonst ist sie vollkommen regungslos.

»Aber vermutlich würdest du nicht mehr so argumentieren, wenn die Skandale dich betreffen«, füge ich hinzu und stecke mein Handy wieder in meine Tasche. »Ich werde das Bild löschen. Niemand wird es jemals sehen. Es zu veröffentlichen hätte dich nur verletzt und mir nicht geholfen.« Ich mache eine kurze Pause. »Aber ich will, dass du dir das merkst. Ich will, dass dir bewusst ist, was ich getan habe, obwohl du mir niemals so viel Mitgefühl gezeigt hättest.«

Meine Mutter ist nach wie vor sprachlos. Nun, da sie nicht mehr den Handybildschirm anstarren kann, ruhen ihre Augen auf mir. Als ich ihr die Speicherkarten vom Nacktshooting gegeben habe, habe ich das erste Mal Respekt in ihrem Blick gefunden. Heute tue ich das wieder. Aber da ist noch mehr. Sie sieht mich nicht mehr an, als wäre ich nur ein Mittel zum Zweck für sie. Sie sieht mich an, als wäre ich mehr als das.

Aber ich habe nicht vor zu warten, bis sie sich wieder gefangen hat. Ich habe alles gesagt, was ich sagen will. Und ihr habe ich in meinem Leben oft genug zugehört. Heute will ich mich nicht mit ihren Rechtfertigungen auseinandersetzen.

Ich klopfe gegen die Scheibe, die den Fahrer von uns trennt. Er fährt sie herunter, und ich bitte ihn, bei der nächsten Gelegenheit stehen zu bleiben und mich rauszulassen.

Als er das tut, hat meine Mutter immer noch nichts gesagt. Ich verabschiede mich nicht von ihr, steige aus der Limousine und rufe mir ein Taxi.

Ich habe heute schon zwei wichtige Gespräche geführt.

Doch das wichtigste steht mir noch bevor.

Und diesmal werde ich nicht davor zurückschrecken.

32. KAPITEL

Athena

Meine Hand zittert nicht, als ich sie hebe, um an Sams Wohnungstür zu klopfen. Sie ist ganz ruhig, obwohl mein Herz viel zu wild in meiner Brust schlägt. Ich muss nicht lange warten, bis die Tür aufgeht. Trotzdem fühlt es sich wie vier Ewigkeiten an. Mein Herz sackt ein paar Zentimeter ab, als ich nicht das Gesicht erblicke, wegen dem ich hergekommen bin.

»Hey«, sagt Mason und grinst mich breit an. Hotdog liegt verschlafen auf seinem Arm, blinzelt kurz und schließt wieder die Augen.

»Hey, Maze«, sage ich und muss mich zwingen, nicht an ihm vorbei in die Wohnung zu gucken. »Ist Sam da?«

»Du hast ihn gerade verpasst«, erwidert er und grinst noch breiter.

Ich versuche, mir meine Enttäuschung nicht so deutlich ansehen zu lassen. Aber obwohl ich gerade nicht in einen Spiegel schauen kann, bin ich mir sicher, dass ich scheitere.

»Ich weiß, wo du ihn finden kannst.« Mason streichelt Hotdog, die anfängt zu schnurren wie ein alter Traktor.

»Wo denn?«, frage ich und schaffe es irgendwie, die zwei Worte nicht hinauszuschreien. Ich platze gleich, und ich habe das Gefühl, dass Mason das weiß und mich ein bisschen ärgern will. Das ist definitiv nicht der richtige Moment für so was. Ganz und gar nicht.

»Vermutlich ist er inzwischen schon in deinem Zimmer.«

Ich sehe Mason verwirrt an.

»Wir haben die Talkshow angeguckt. Und sobald dein Interview durch war, ist Sam aufgesprungen und zu dir gefahren«, erklärt Mason.

Nun grinse ich auch. Mindestens so breit wie er. »Okay, dann fahre ich wohl nach Hause.«

»Mach das.«

Bevor ich mich umdrehen kann, legt Mason seine freie Hand auf meine. Ich bleibe stehen und erwidere seinen forschenden Blick.

»Ich weiß, dass du sofort zu ihm willst. Aber eine Sache muss ich dir noch sagen«, setzt er an. Sein Gesichtsausdruck ist ganz ernst geworden. Das will so gar nicht zu ihm passen. »Ich wollte dir danken.«

»Wofür?«, frage ich und erwidere ganz von allein den Druck, den er auf meine Hand ausübt.

»Für unser Gespräch über meinen Vater. Deine Worte sind mir nicht mehr aus dem Kopf gegangen, und ich habe erkannt, dass du recht hattest. Ich habe mich mit ihm ausgesprochen und fange jetzt eine Ausbildung zum Goldschmied bei ihm an.« Sein Finger streicht über den goldenen Ring, der immer an meinem Daumen ruht, seitdem er ihn mir geschenkt hat. »Also danke dafür, dass du mich in die richtige Richtung geschubst hast.«

Ich komme auf ihn zu und schließe ihn in eine Umarmung. Dabei passe ich auf, dass ich Hotdog nicht zerquetsche, die nicht einmal mitzubekommen scheint, dass sich ihr ein zweiter Mensch ohne ihre Erlaubnis genähert hat. »Ich bin sehr dankbar, dich kennengelernt zu haben«, sage ich, als ich ihn wieder loslasse.

Mason reibt sich über die Augen und weicht kurz meinem Blick aus. Er will wohl nicht zugeben, dass sich gerade eine Träne über seine Wangen davonstehlen wollte. »Okay, jetzt geh schon. Diese Worte solltest du dir doch eigentlich für jemand anderen aufheben«, meint er mit heiserer Stimme.

Ich nicke nur, streichle Hotdog und mache mich wieder auf den Weg. Mein Hals ist zu belegt, um mehr zu sagen. Aber das muss ich auch gar nicht. Das Wichtigste haben wir ausgesprochen.

Ich rufe mir das nächste Taxi und lasse mich nach Hause fahren. Die Straße rauscht noch schneller an mir vorbei als sonst. Alle Geräusche sind dumpfer. Meine Gedanken sind das Einzige, das ich gestochen scharf wahrnehme.

Mehrmals muss mir der Taxifahrer sagen, dass wir bei mir zu Hause angekommen sind, bevor ich es realisiere. Ich bezahle und steige aus. Meine Beine fühlen sich viel zu unsicher an, um schon mein ganzes Leben lang dafür zuständig zu sein, mich zu tragen.

Ich stolpere mehr, als dass ich gehe. Und ganz automatisch steuere ich die Bäume neben dem Haus statt der Eingangstür an. Ich folge dem Sog, der mich an den Blättern vorbeizerrt und schließlich zu der Dachschräge unter meinem Fenster führt.

Sam sitzt bereits darauf und starrt auf sein Handy. Sein Daumen schwebt über dem Bildschirm, und doch bringt er sich nicht dazu, ihn runterzudrücken.

Ich bleibe stehen und schaue zu ihm hinauf. Er hat mich noch nicht entdeckt, und ich mache nicht auf mich aufmerksam. Ich will ihn einfach nur ansehen.

Seine blonden Haare sind ein bisschen durcheinander. Er trägt eine schlichte Jeans und ein weißes Hemd. Ich grinse, während mir Tränen in die Augen steigen. Bei unserer ersten Begegnung hatte er dieses Hemd auch an. Mir kommt es so vor, als wäre das erst gestern gewesen, und gleichzeitig, als wäre es zwei Lebzeiten her.

Sam schafft es, den Daumen auf den Bildschirm zu senken. Wenige Sekunden später zucke ich zusammen, weil mein Handy in meiner Hosentasche anfängt zu klingeln.

Auch Sam erschreckt sich. Er lässt fast sein Smartphone fallen, als er sich umsieht und unsere Blicke einander treffen.

Dass wir uns jemals kennengelernt haben, kommt mir in diesem Augenblick unwirklich vor. Ich muss an all die Zufälle denken, die es braucht, damit sich zwei Menschen begegnen.

Hätte sein Vater nicht angefangen, für meine Mutter zu arbeiten, wäre Sam nie sein Assistent geworden, hätte ich Poppy nicht weinen sehen, hätte ich sie nicht aufmuntern wollen … Wenn all das und noch so vieles andere nicht passiert wäre, hätte ich ihn niemals getroffen.

Und das wäre so tragisch gewesen, dass ich geweint hätte, ohne jemals zu wissen, wem meine Tränen gewidmet sind.

»Ich war bei dir zu Hause«, sage ich schließlich, ohne meinen Blick von ihm zu lösen. »Wir hatten anscheinend beide den gleichen Gedanken.«

Sam antwortet nicht sofort. Er schaut mich an, als wäre ich ein Kunstwerk, das man erst mal auf sich wirken lassen muss, bevor man etwas dazu sagen kann. Dann räuspert er sich.

»Kommst du hoch?«, fragt er. Seine Stimme ist immer noch heiser und verursacht mir eine Gänsehaut.

Zur Antwort laufe ich auf die Leiter zu und klettere sie hinauf. Sobald ich oben ankomme, hält mir Sam schon seine Hand entgegen. Ich ergreife sie sofort und lasse mir von ihm aufs Dach helfen. Ich halte sie immer noch, da habe ich mich schon neben ihn gesetzt. Wir verschränken unsere Finger. Es sind Fäden, die miteinander verknotet werden.

»Es tut mir leid«, sage ich und zwinge mich, meinen Blick von unseren Händen zu lösen und ihm in die Augen zu sehen. Das Grün darin hat mich schon bei unserer ersten Begegnung an eine ruhige Landschaft erinnert. Aber erst jetzt verstehe ich, was mir dieser Gedanke eigentlich sagen wollte. Sam gibt mir Ruhe. Er erdet mich. Wenn ich bei ihm bin, kann ich so tief durchatmen, wie man es sonst nur umgeben von Natur tun kann.

»Es tut mir leid, dass ich gedacht habe, du hättest mich verraten. Und es tut mir leid, dass ich die Affäre unserer Eltern öffentlich machen wollte, obwohl du mich darum gebeten hast, es nicht zu tun. Es tut mir leid.«

Sams Daumen streichelt meine Hand. Und egal, wie sehr ich danach suche, ich kann keine Wut in seinem Gesicht finden.

»Du hast sie nicht öffentlich gemacht«, stellt er fest.

»Ich wollte es in der Talkshow machen«, gestehe ich.

»Aber du hast es nicht getan«, fügt er hinzu.

»Habe ich nicht«, bestätige ich. »Ich habe das Foto auf der Fahrt hierher gelöscht. Es existiert nur noch auf deinem Handy.«

»Ich habe es auch gelöscht«, erwidert Sam.

»Gut«, sage ich und meine es auch so.

»Gut«, wiederholt er. »Dann nehme ich deine Entschuldigung an.«

»Einfach so?«

»Einfach so.«

»Denkst du wirklich, dass ich deine Vergebung verdient habe?«

»Willst du meine Vergebung etwa nicht?«, scherzt er.

»Doch, natürlich«, sage ich ein bisschen heftiger, als ich wollte.

»Dann nimm sie auch an.« Seine Stimme ist so sanft, dass ich einen Moment die Augen schließe, um mich in ihre Weichheit sinken zu lassen.

»Okay«, kriege ich irgendwie hervor.

»Und, Athena?« Sam nimmt nun auch meine andere Hand in seine und verflicht unsere Finger miteinander. Diese Geste hat etwas Endgültiges an sich. Sie scheint viel mehr zu bedeuten, als ich zu hoffen wage.

»Ja?« Meine Stimme scheitert fast an diesen zwei Buchstaben.

»Du hast noch viel mehr verdient als nur meine Vergebung.«

Ich wehre mich nicht gegen die Tränen, die sich in meine Augenwinkel drängen.

»Danke für den Zusammenschnitt, den du gemacht hast«, flüstere ich.

»Woher weißt du, dass ich ihn gemacht habe?« Sam ist genauso atemlos wie ich, und ich liebe es, dass nicht nur unsere Finger miteinander verhakt sind, sondern auch unsere Stimmen sich aneinander festhalten.

»Ich weiß es einfach«, gebe ich zurück. »Ich liege doch richtig, oder?«

Sam nickt und rutscht noch ein bisschen näher an mich heran. Ich hocke vor ihm, seine Knie berühren jetzt meine. Wir küssen uns nicht. Wir sind nicht nackt. Und doch ist dieser Moment so viel intimer, als Sex jemals sein könnte. Das überrascht mich nicht. Ich habe längst eingesehen, dass es so viel schwerer ist, wahre Worte zu offenbaren, als nackte Haut.

»Danke, dass du mir gezeigt hast, was ich in dieser Staffel erreicht habe. Nachdem Levi gefeuert wurde, dachte ich, alles wäre umsonst gewesen.«

»Aber das war es nicht«, sagt er mit Nachdruck.

»Das weiß ich dank dir auch«, erwidere ich und lasse meine Fingerspitzen sanft über seinen Handrücken tanzen.

»Was wirst du jetzt tun?«, fragt er.

»Ich bin mir noch nicht ganz sicher«, gebe ich zu. »Aber ich werde bleiben.«

Sams Mundwinkel zuckt. »Hattest du überlegt zu gehen?«

»Das habe ich oft getan«, setze ich an. »Aber ich glaube, ich habe es nie ernst gemeint.«

»Wie meinst du das?«, fragt er.

»An dem Tag, als wir uns kennengelernt haben, wollte ich eigentlich gehen. Die Show und meine Familie verlassen. Bis ich Poppy gesehen habe. Für sie wollte ich bleiben.« Ich atme zittrig ein. »Aber ich glaube, das war nur die halbe Wahrheit.«

Sam hakt nicht nach. Er sieht mich einfach an und wartet darauf, dass ich den Mut finde, um weiterzusprechen.

»Ich glaube, ich wollte gar nicht gehen. Auch als ich mit einer gepackten Tasche mein Zimmer verlassen habe, wollte ich das Haus nicht verlassen. Zwei Treppen führen von der ersten Etage in das Erdgeschoss, und ich habe die genommen, die am Büro meiner Mutter vorbeiführt. Ich glaube, unterbewusst wollte ich erwischt werden. Auch wenn ich in dem Moment noch nicht bereit war, mir das einzugestehen.«

Ich seufze, und Sam drückt meine Hände sofort noch fester.

»Ich wollte nicht aus den richtigen Gründen bleiben. Ich wollte Poppy helfen, aber meine Motive waren auch egoistisch. Ich wollte gebraucht werden, um mich nicht mehr wertlos und allein zu fühlen. Und ich wollte eine Ausrede dafür haben, dass ich es schon wieder nicht geschafft habe zu gehen. Ich hatte so große Angst davor, ohne meine Familie zu sein. Hätte ich denn überhaupt einen Wert, wenn ich keine Carter mehr bin?«

Ich kann Sam ansehen, dass er mir vehement widersprechen will. Und dafür würde ich ihn am liebsten küssen. Doch ich schüttle nur den Kopf, und er bleibt stumm. Er hat verstanden, dass ich seine aufmunternden Worte noch nicht hören will. Erst muss ich all das rauslassen, was mich schon so lange beschäftigt.

»Aber es war gut, dass ich geblieben bin. Ich musste sehen, was ich zu bieten habe. Und ich musste endlich erkennen, dass das gar nicht so wenig ist, wie ich immer dachte. Dein Zusammenschnitt hat es mir vor Augen geführt.«

Diesmal ist es Sam, der sich nicht gegen die Tränen wehrt. Und er sieht wunderschön aus.

»Ich will bleiben. Aber nie wieder aus den falschen Gründen. Nicht aus Angst, nicht, weil ich denke, sonst nichts wert zu sein. Nicht, weil ich gebraucht werden will. Ich will bleiben, einfach, weil ich es will. Ich habe mir nie ausgesucht, Teil dieser Show zu sein, aber ich will mich jetzt bewusst dazu entscheiden. Aber zu meinen Bedingungen, und die werde ich einfordern.«

Als ich einen Moment still bleibe, räuspert sich Sam wieder.

»Darf ich jetzt was sagen?«, fragt er und klingt ein bisschen neckisch.

»Ja, darfst du«, erwidere ich.

»Ich bin froh, dass dir all das klar geworden ist. Besonders, weil ich selbst weiß, wie schwer es fallen kann, die Dinge zu hinterfragen, die unsere Eltern uns beigebracht und die wir angenommen haben, ohne richtig darüber nachzudenken. Und ich will mich auch bei dir bedanken. Du hast mir geholfen, das Gleiche zu tun.« Seine Worte lassen mich an eine Ewigkeit zu zweit denken.

Meine Brust ist zu eng, um zu atmen, und doch atme ich in vollen Zügen. Meine Augen brennen, und doch wurde das Feuer darin längst mit Tränen gelöscht. Meine Lippen zittern, als wollten sie Sams endlich küssen, dabei wollen meine Ohren doch hören, was er noch zu sagen hat.

Wieder kann ich eine endlose Liste mit all den Gegensätzen füllen, die Sam in mir auslöst. Stattdessen lächle ich ihn einfach an. Und lasse zu, dass ich alles fühle, ganz gleich, ob es Sinn ergibt oder nicht. Vermutlich muss man nicht alles verstehen, um erkennen zu können, wie wahr es ist.

»Hast du mit deinem Vater gesprochen?«, frage ich vorsichtig.

»Ja, ich habe ihn konfrontiert. Und er hat so getan, als wäre es keine große Sache. Das hätte mich wohl nicht überraschen sollen.«

Obwohl ich gern etwas Aufmunterndes sagen würde, schweige ich. Jetzt ist er derjenige, der sich Dinge von der Seele reden muss, damit dort wieder Platz ist, der neu beschrieben werden kann.

»Ich habe meinen Vater nie hinterfragt. Ich dachte, dass ich ihm blinde Loyalität schulde. Meine Mutter ist gegangen. Er ist geblieben. Und natürlich werde ich das nie vergessen. Aber nur, weil wir unseren Eltern viel zu verdanken haben, müssen sie nicht immer recht haben. Wir können anderer Meinung sein. Wir sind nicht zu ewiger Dankbarkeit verpflichtet. Sie sind auch nur Menschen. Sie machen auch Fehler. Und für die dürfen sie auch kritisiert werden, genauso wie wir.« Seine Augen streichen so sanft über mein Gesicht wie seine Fingerspitzen über meine Hände. »Ich habe so viel von ihm übernommen. Auch seine Vorurteile. Vor allem Frauen gegenüber, die ihn an meine Mutter erinnern.«

»Du redest nie über sie«, stelle ich fest, und mein Herz scheint mich mit seinem schnelleren Rhythmus darauf hinweisen zu wollen, dass Sam mir gleich etwas anvertrauen könnte, was er mir vorher nicht sagen konnte.

»Es tut weh, über sie zu reden«, gesteht er. »Aber ich glaube, es tut noch mehr weh, nicht über sie zu sprechen, obwohl mich die Gedanken an sie quälen.« Er schüttelt langsam den Kopf. »Ich habe so eine große Angst davor, ihr Raum in meinem Leben zu geben, dass ich es die meiste Zeit nicht einmal über mich bringe, Fernsehen zu gucken.«

»Was hat das eine mit dem anderen zu tun?«

»Sie ist Schauspielerin«, kriegt Sam hervor. »Ich weiß zwar, wo sie mitspielt, und meide diese Filme. Aber einmal habe ich sie in einer Werbung gesehen, und das hat mich vollkommen aus der Bahn geworfen. Seitdem befürchte ich, sie könnte mir irgendwo auflauern, sobald ich den Fernseher anmache. Mason weiß zwar von ihr, aber nicht einmal ihm habe ich ihren Namen gesagt. Ich konnte einfach nicht.«

Ich glaube schon, dass er es immer noch nicht kann. Da öffnet er wieder den Mund.

»Lorraine Matthews.« Er atmet schwer. »Lorraine Matthews ist meine Mutter.«

Meine Augenbrauen wandern in die Höhe, bevor ich sie daran hindern kann. »*Die* Lorraine Matthews? Die gerade …«

»… den Golden Globe gewonnen hat?«, beendet Sam meinen Satz für mich. »Richtig. Die.«

»Wow«, ist alles, was ich über die Lippen kriege.

»Ja, wow«, wiederholt Sam, und seine Stimme klingt bitter, aber nicht so bitter, wie ich erwartet hätte. »Mein Vater schafft es auch nicht, über sie zu reden. Von ihm wusste ich immer nur, dass sie aus einer reichen Familie stammt, eine berühmte Schauspielerin geworden ist und nicht bereit war, für mich da zu sein.« Er lächelt matt. »Manchmal frage ich mich, ob mein Vater in dieser Branche arbeitet, weil er dann die Kontrolle über Menschen hat, die ihn an meine Mutter erinnern.«

Als sein Blick diesmal auf meinen trifft, tut er das mit noch mehr Nachdruck als sonst. Und ich will zurückzucken und mich diesem Gefühl gleichzeitig entgegenlehnen.

»Auf dem Papier haben du und meine Mutter viel gemeinsam. Die Beziehung meiner Eltern hat mich verunsichert. Levi und Hilary zu sehen hatte die gleiche Wirkung. Das waren alles Beweise dafür, dass wir zum Scheitern verurteilt waren. Aber ich bin nicht wie mein Vater und du ganz sicher nicht wie meine Mutter. Du hattest damals recht. Der Schein blendet.«

Ich erinnere mich daran, dass ich das bei unserem ersten Gespräch zu ihm gesagt habe. Dass er meine Worte nicht vergessen hat, rührt mich.

»Ich dachte, ich hätte damit abgeschlossen. Aber das war eine Lüge, die ich mir selbst erzählt habe. Ich habe alles nur so tief in mir vergraben, bis ich es nicht mehr gesehen habe. Aber es war trotzdem noch da.« Sein Lächeln ist matt, aber gleichzeitig hoffnungsvoll. Und das ist es wohl, worauf es letztendlich ankommt. »Ich wollte nicht wieder verlassen werden. Deswegen hatte ich auch nie eine richtige Beziehung. Ich wollte mein Herz schützen. Ich habe so wenige Menschen an mich rangelassen.«

»Vielleicht wolltest du dein Herz schützen«, setze ich an. »Aber es war trotzdem sehr weit offen.«

Sams Mundwinkel biegen sich weiter nach oben, bis sich endlich das Grübchen blicken lässt. Wenn ich dann nicht seine Hand loslassen müsste, würde ich jetzt meinen Finger drauflegen.

»Das ist es«, bestätigt er. »Es hat dich reingelassen.«

Mein Herz pocht heftig, als wollte es seinem antworten, dass es das Gleiche getan hat.

Sam setzt sich aufrechter hin und kommt mir noch weiter entgegen. »Mein Vater hat immer gesagt, Liebe macht blind. Aber du hast mir geholfen, das erste Mal in meinem Leben wirklich klar zu sehen.«

Mein Herz bleibt vor Schock stehen. »Liebe?«, hauche ich.

»Ja, Liebe«, sagt Sam mit einem wild entschlossenen Ausdruck im Gesicht. »Ich liebe dich.«

Das, was ich für Sam fühle, habe ich zwar noch nie zuvor empfunden. Trotzdem weiß ich genau, was es bedeutet. »Du liebst mich?«, frage ich nach.

»Ja«, sagt Sam schlicht.

»Das klang gar nicht wie eine Frage.«

»Dann weißt du ja, wie sicher ich mir dessen bin.«

Ich mag es, dass Sam manche Dinge, die er sagt, wie Fragen klingen lässt. Aber gerade mag ich es noch mehr, dass er es jetzt nicht tut.

Ich löse meine Hände aus seinen, nur um sie eine Sekunde später um seinen Nacken zu schlingen. Ich rutsche ihm entgegen, bis ich auf seinem Schoß sitze. Er stützt mich und streicht mir zärtlich über die Wange. Ich berühre sein Grübchen. Dann fallen mir die nächsten Worte ganz leicht. »Ich liebe dich auch«, flüstere ich.

Sams Hand, die gerade noch durch meine Haare gefahren ist, hält inne. Sein Ausdruck wird ganz weich. Dann zieht er mich an sich und küsst mich. Ich falle ihm entgegen und höre auch nicht auf zu fallen, als unsere Lippen längst aufeinanderliegen. Wir klammern uns aneinander fest, nicht bereit, uns jemals wieder loszulassen. Sam küsst meine Lippen, meinen Mundwinkel, meinen Hals, die empfindliche Stelle, wo mein Puls schlägt.

»Wir sollten reingehen«, hauche ich.

»Gute Idee«, sagt Sam zwischen zwei Küssen, die er auf meinem Schlüsselbein verteilt. »Wenn wir nicht aufpassen, rutschen wir noch von der Dachschräge.«

»Und ein Aufenthalt im Krankenhaus ist das Letzte, was ich jetzt brauche«, füge ich hinzu, stehe auf und ziehe ihn zum Fenster. Wir stolpern in mein Zimmer, und ich schlinge sofort wieder meine Arme um seinen Hals.

Wir küssen uns wieder auf eine Weise, die mir den Atem raubt und meine Knie weich werden lässt. Ich knöpfe sein Hemd auf und löse meine Lippen kurz von seinen, um ihn anzugrinsen. »Dir steht das Hemd sehr gut. Das hätte ich dir gleich am Anfang sagen sollen.«

Sam erwidert das Grinsen. »Anstatt dich darüber lustig zu machen?«

»Mh«, mache ich und küsse seinen Hals.

Als ihm ein Stöhnen entfährt, fühle ich es bis in meine Zehenspitzen. Ich schiebe ihm das Hemd über die Schultern. Er will mich auch ausziehen, aber ich trage noch immer den Jumpsuit.

»Warte«, murmle ich und drehe ihm den Rücken zu. »Du musst erst den Reißverschluss öffnen.«

Sam tritt näher an mich heran, und ich spüre seinen Atem auf meiner Haut. Ganz sanft legt er seine Fingerspitzen in die Kuhle meines Nackens und fährt immer weiter nach unten. Meine Gänsehaut folgt seinen Fingern. Schließlich erreicht er den Reißverschluss. Während er ihn herunterzieht, liebkosen seine Hände immer noch meinen Rücken. Die Berührungen sind federleicht. Aber gerade deswegen lassen sie einen Schauer nach dem anderen durch meinen Körper fahren.

Quälend langsam schiebt er die Träger von meinen Schultern. Seine Lippen senken sich hinab, und er küsst die nun freigelegte Haut. Unwillkürlich lehne ich mich gegen seine Brust. Der Jumpsuit gleitet an mir herab und landet auf dem Boden, doch Sam macht keine Anstalten, mich wieder zu sich umzudrehen. Er küsst meinen Hals, bis er mein Ohrläppchen erreicht. Dann beißt er leicht hinein, was mir ein ersticktes Stöhnen entlockt.

Seine Finger gleiten über meine Schultern, mein Schlüsselbein, wandern zum Verschluss meines BHs. Er öffnet ihn, und seine Hände schließen sich um meine Brüste. Ich lasse meinen Kopf gegen ihn sinken, weil ich ihn nicht länger halten kann. Sam schließt einen Arm um meinen Bauch, als hätte er gespürt, dass ich mehr Halt brauche, weil meine Knie auf einmal so weich sind.

Die andere Hand massiert meine Brust, während seine Lippen immer noch über meinen Nacken fahren. Er schiebt meine Haare zur Seite, um noch mehr Haut freizulegen. Ich stöhne immer wieder auf und könnte damit auch nicht aufhören, wenn ich es wollte.

Jede seiner Berührungen lässt den Druck in meinem Inneren anschwellen. Aber auf eine sanfte und zärtliche Weise. Er will meinen Körper nicht besitzen. Er will ihn entdecken. Und wie so oft in Sams Nähe fühle ich mich nicht mehr unwohl in meiner Haut. Wenn seine Hand auf meinem Bauch liegt, ist es egal, dass er nicht ganz flach ist. Wenn er über meine Oberschenkel streicht, ist es egal, dass ich sie zu breit finde. Seine Berührungen können meine Unsicherheiten nicht auslöschen. Niemand kann mir das abnehmen. Aber seine Berührungen lassen sie verblassen, bis ich erkennen kann, dass ich mir diese negativen Gedanken gar nicht machen muss. Ich habe noch einen weiten Weg vor mir, bis ich mich so akzeptieren kann, wie ich bin. Aber Sam zeigt mir, dass ich stark genug bin, um diesen Weg zu gehen.

Die Hand, die gerade noch auf meinem Bauch geruht hat, setzt sich in Bewegung und wandert tiefer. Am Saum meines Slips hält sie inne.

»Du kannst weitermachen«, flüstere ich, weil ich seine stumme Frage verstanden habe.

Seine Finger schieben sich unter den Stoff, und noch bevor er meine empfindlichste Stelle erreicht hat, biege ich den Rücken durch und drücke mich so noch näher an Sam. Auch ihm entfährt ein Stöhnen, als seine Finger meine Mitte erreichen. Sie beginnen zu kreisen. Erst nur träge wie seine anderen Berührungen. Dann fester.

Meine Knie sind nicht mehr nur weich. Sie zittern richtig.

»Ich falle gleich um«, kriege ich zwischen zwei Seufzern hervor. Sam lacht, während seine Lippen an meinem Hals liegen. Ich erschauere.

Sanft, aber bestimmt schiebt mich Sam zum Bett. Kurz lässt er mich los, damit ich mich hinlegen und er seine Hose ausziehen kann. Dann liegt er hinter mir, zieht mich wieder an sich, bis mein Rücken an seiner Brust ruht, und macht mit seinen Fingern dort weiter, wo er gerade aufgehört hat.

Die andere Hand schließt sich wieder um eine Brust, massiert sie und wechselt zur anderen. Meine Augenlider flattern, weil ich sie weder ganz schließen noch ganz offen halten kann.

Obwohl meine Sinne mit seinen Händen und seinen Lippen beschäftigt sind, schaffe ich es irgendwie, die Schublade meines Nachtschranks zu öffnen und ein Kondom herauszuholen.

Ich reiche es ihm.

»Ich will dich.« Meine Worte gehen fast in einem Stöhnen unter, als er mit einem Finger in mich eindringt.

»Jetzt?«, fragt er direkt an meinem Ohr. Sein Atem an meiner empfindlichen Haut überfordert meine Sinne fast, die sich auf so viele Eindrücke gleichzeitig konzentrieren und doch nie genug bekommen können.

»Ja«, hauche ich.

Kurz muss Sam mich loslassen, und mein Körper beginnt zu kribbeln, weil er sich sofort nach der Wärme seines Körpers sehnt. Ich bleibe auf der Seite liegen, höre Plastik reißen, und kurz darauf schließen sich seine Arme wieder um meinen Körper.

Ich komme ihm entgegen, drücke meinen Rücken noch fester gegen seine Brust, und dann dringt er auch schon in mich ein.

Wir stöhnen beide auf.

»Ich liebe dich«, flüstert er mir ins Ohr.

»Ich liebe dich auch«, gebe ich zurück und komme seinen Bewegungen entgegen.

Er führt seine Hand wieder zu meiner Mitte, und während er sich aus mir zurückzieht und wieder in mich stößt, fahren seine Finger über meine empfindlichste Stelle.

Ich stöhne noch lauter und vergrabe meine Hände in meinem Laken, um mich irgendwo festzuhalten, bevor mich meine Gefühle vollkommen mit sich reißen.

Sam schlingt seinen freien Arm noch fester um mich und gibt mir Halt. Ich verliere mich vollkommen. Aber ich verliere mich in ihm. Deswegen weiß ich, dass ich immer wiedergefunden werden kann.

Unser Stöhnen wird immer abgehackter, Sams Stöße härter und der Druck seiner Finger fester.

»Ich komme gleich.« Meine Stimme ist so atemlos, dass man mich kaum noch verstehen kann.

»Ich auch«, gibt er zurück, und seine Stimmfarbe passt perfekt zu meiner.

Er hält mich noch bestimmter, und der Druck in meinem Inneren löst sich. Mir entfährt ein lautes Stöhnen, und ich schließe die Augen. Sams Finger bewegen sich immer noch und lassen meinen Höhenpunkt langsam abebben. Dass er auch kommt, spüre ich durch einen Schleier aus Erregung und Erlösung, die sich ständig miteinander abwechseln.

Wir schnappen beide nach Luft, als wären wir die ganze Zeit unter Wasser gewesen und erst jetzt an die Oberfläche gelangt. Sam drückt mich an sich und vergräbt sein Gesicht in meinen Haaren. Er atmet mich ein, und ich tue das Gleiche. Und irgendwie riecht er noch besser, wenn er nackt in meinem Bett liegt. Ich lächle, weil ich in seinen Armen liege und weiß, dass es der Ort ist, wo ich hingehöre.

33. KAPITEL

Sam

Ich erwische mich immer wieder dabei, wie ich auf Athenas Hand sehe, die in meiner ruht. Ihr Lachen lässt mich aufblicken. Ein breites Grinsen liegt auf ihren Lippen und verrät mir, dass sie mich auch dabei erwischt hat. Ich warte darauf, dass sie mich aufzieht. Doch das tut sie nicht. Sie stellt sich nur auf die Zehenspitzen und gibt mir einen Kuss, der viel zu schnell wieder vorbei ist.

Dann laufen wir auch schon weiter, immer noch Hand in Hand.

Der Weg vom Taxi bis zum Gebäude, in dem Katherine O'Connell aka Kat wohnt, ist nicht weit. Nur wenige Schritte liegen dazwischen. Und doch ist es ein großes Zeichen, dass Athena auf der Straße meine Hand nicht loslässt und mich sogar küsst. Die wenigen Sekunden, die wir im Freien sind, könnten reichen, um ein Foto von uns zu machen, das schon wenige Minuten später in den sozialen Medien kursieren könnte.

Dass uns das nicht kümmert, macht mich fast noch glücklicher als ihr Kuss. Aber nur fast.

Wir betreten das Gebäude, der Portier nickt Athena zu und begleitet uns in den Fahrstuhl. Er steckt einen Schlüssel ein und steigt wieder aus, bevor sich der Aufzug in Bewegung setzt.

»Bist du dir sicher, dass es okay ist, unangekündigt bei ihr aufzutauchen?«, frage ich nicht zum ersten Mal.

»Ich bin mir sicher«, bestätigt Athena geduldig. »Und wir brauchen Kat, wenn wir unseren Plan durchziehen wollen.«

»Du hast recht«, stimme ich zu und streiche ihr durch die langen Haare.

Wir haben über ihre Familie geredet und gemeinsam überlegt, was sie als Nächstes tun soll. Sie will nicht aufgeben. Natürlich nicht. Das passt nicht zu Athena, auch wenn sie das selbst nicht immer sehen kann. Aber sie will auch nicht so weitermachen wie bisher.

Ihre Mutter weiß nun, was sie getan hat. Das macht das Eingreifen in die Inhalte der Show schwieriger. Und dass Athena ihre Mutter nicht mit ihren eigenen Waffen besiegen will, hat sie bewiesen, als sie das Foto gelöscht hat.

Über all das haben wir gesprochen und sind schließlich auf eine neue Idee gekommen. Aber ohne Hilfe werden wir sie nicht umsetzen können.

Mit einem hellen *Pling* schieben sich die Türen des Aufzugs auf, und schon stehen wir im Wohnzimmer einer weltberühmten Countrysängerin. Das kommt mir zwar noch absurd vor, allerdings nicht mehr ganz so absurd wie vor ein paar Monaten.

»Kat!«, ruft Athena in das Loft-Apartment hinein.

Ich nehme ein Rumpeln wahr, aber ich bin mir nicht sicher, wo es herkommt. Wenige Augenblicke später öffnet sich eine Tür, und Katherine O'Connell tritt ins Wohnzimmer.

»Athena?«, fragt sie irritiert und schlingt ihren Morgenmantel etwas enger um ihren Oberkörper. Ihre Haare sind zerzaust. Wir haben sie wohl gerade aus dem Bett gescheucht.

Am liebsten würde ich mich stammelnd entschuldigen und rückwärts wieder aus der Wohnung verschwinden, aber Athena hat andere Pläne. Sie scheint nicht den gleichen Fluchtinstinkt zu verspüren wie ich und lässt meine Hand immer noch nicht los.

»Hey, Kat, ich hoffe, wir stören nicht«, sagt sie. »Das ist übrigens Sam. Ihr habt schon mal telefoniert.«

Ihr Blick huscht von Athena zu unseren verschlungenen Händen und schließlich zu meinem Gesicht. Ein Grinsen breitet sich auf ihren Lippen aus. »Sam, ich erinnere mich. Freut mich, dich auch mal persönlich zu treffen.«

»Ich freue mich auch …«, setze ich ein bisschen steif an, »… Kat.«

Sie grinst, als hätte sie geahnt, dass es mir nicht so leichtgefallen ist, sie bei ihrem Spitznamen zu nennen.

»Also, Athena«, sagt sie, »warum bist du hier?«

»Ich habe einen Plan. Für meine Familie. Um endlich mal etwas zu ändern. Aber ich brauche deine Hilfe. Und vermutlich auch Hiens.«

Kats Blick zuckt kurz zu der Tür, durch die sie gerade getreten ist. Und dann geht sie erneut auf. Eine junge Frau in Jogginghose und einem weiten Shirt tritt heraus.

»Hien?«, fragt Athena. Die ersten Buchstaben klingen überrascht. Die letzten erfreut. »Wie ich sehe, muss ich dich gar nicht mehr anrufen.«

»Wie du siehst«, gibt diese trocken zurück und fährt sich durch ihre schwarzen Haare.

»Hien kam gestern vorbei, weil sie gute Neuigkeiten hatte«, setzt Kat zu einer Erklärung an, obwohl ihre geröteten Wangen sehr eindeutig sind. Athena grinst so breit, dass es sie in den Mundwinkeln schmerzen muss. Aber sie verkneift sich all die Dinge, die sie vermutlich gern sagen würde.

»Ich habe eine Rolle in einer Serie bekommen«, erklärt Hien.

»Im Ernst?«, entfährt es Athena euphorisch.

»Ja, voller Ernst«, sagt Hien, und ihre Begeisterung ist unüberhörbar.

Jetzt lässt Athena meine Hand los. Aber ich kann es ihr nicht übel nehmen, weil sie auf Hien zustürmt und sie in die Arme schließt. »Ich freue mich so für dich«, sagt Athena. »Und ich freue mich auch über das, was wir gerade ziemlich frech unterbrochen haben.«

Kat verpasst ihr einen Schlag gegen den Oberarm, lässt sich dann aber auch noch von Athena in eine Umarmung ziehen.

»Über das freue ich mich auch«, meint Kat, als Athena sich wieder neben mich stellt und meine Hand in ihre nimmt.

»Danke«, sagt Athena schlicht.

»Okay, wir freuen uns alle ganz fürchterlich über alles«, setzt Hien an und sieht trotz der Jogginghose aus, als wäre sie bereit, die Welt zu erobern. »Warum bist du hier, und wobei brauchst du unsere Hilfe?«

»Heißt das, ihr seid dabei?«, fragt Athena nach.

»Was denkst du?«, zieht Kat sie auf und deutet auf ihre Sessel. »Und jetzt setzt euch. Diabolische Pläne lassen sich viel besser schmieden, wenn man nicht verlegen in der Gegend rumsteht.«

☆

Ich kann Athenas Nervosität fast noch deutlicher spüren als meine eigene. Sie sitzt neben mir, und jeder Muskel in ihrem Körper scheint angespannt zu sein.

»Es wird klappen«, versichere ich ihr, obwohl ich selbst Angst vor den hundert Dingen habe, die schiefgehen könnten. Aber ich weiß, dass sie aufmunternde Worte gerade dringend braucht.

»Ich hoffe«, murmelt sie in sich hinein und starrt weiter durch die Frontscheibe des Autos. Ich lenke es. Und nur, weil ich nicht möchte, dass unser Plan in einem Unfall endet, bevor er richtig losgehen konnte, schaue ich auf die Straße, anstatt ihr ängstlich verzogenes Gesicht zu betrachten.

Ich würde sie gern in den Arm nehmen. Aber das kann ich aus dem gleichen Grund nicht tun, und als bräuchte ich noch eine Erinnerung, umklammere ich das Lenkrad ein bisschen energischer. »Noch haben sie sich nicht beschwert«, sage ich, so locker ich kann.

Den Drehort für den heutigen Tag zu verändern, war ziemlich leicht. Dispos lassen sich ohne große Probleme austauschen. Und Athenas Geschwister und ihr Vater machen sich ohnehin nie die Mühe, sie zu lesen. Ihnen wird also nicht auffallen, dass sie zu einem anderen Ort gefahren werden, als geplant war. Evelyn Carter und mein Vater waren das größere Problem. Sie wissen immer, wie ein Dreh ablaufen soll. Also mussten wir ihren Transport zum Zielort selbst übernehmen.

Wir haben sie in das Auto mit den dunkelsten Scheiben gesetzt, durch die man kaum etwas sehen kann. Wir haben sie in das gleiche Auto gesetzt, damit sie sich mit Gesprächen ablenken können – und hoffentlich nicht mit etwas anderem. Und sollte ihnen auffallen, dass wir Beverly Hills schon längst hinter uns gelassen haben, werde ich nicht so leicht einknicken und anhalten, wie es ein gewöhnlicher Fahrer machen würde, der seinen Job nicht verlieren will.

Sobald die beiden im Auto waren, habe ich den Sichtschutz hochgefahren, und Athena ist unerkannt eingestiegen. Noch haben unsere Eltern den Sichtschutz nicht runtergefahren. Noch läuft also alles nach Plan.

»Denkst du, die beiden machen gerade …«, setzt Athena an und kann den Satz doch nicht zu Ende bringen.

»Ich hoffe, hoffe, hoffe nicht«, erwidere ich und entlocke ihr damit tatsächlich ein Lachen. Früher hat sie dabei immer den Kopf nach vorn fallen lassen und ihren Gesichtsausdruck hinter ihren Haaren verborgen. Jetzt tut sie es nicht mehr. Und ich kann das Strahlen in ihren Augen und ihre ehrlichen Lachfältchen sehen. Ich werde nie genug von diesem Anblick bekommen, dessen bin ich mir sehr sicher.

Die nächsten zehn Minuten fahren wir schweigend, und dann erscheint schon die verlassene Hütte auf einem Hügel vor uns.

»Wir sind tatsächlich angekommen«, sagt Athena, und ich kann ihr anhören, dass sie daran gezweifelt hat, dass wir es so weit schaffen würden. Ich verüble es ihr nicht. Auch in meinem Kopf hatte ich eine Liste mit allen Möglichkeiten angelegt, wie mein überaufmerksamer Vater uns einen Strich durch die Rechnung machen könnte. »Und das Schwierigste liegt noch vor uns.«

Ich nicke. Die ganze Carter-Familie zu entführen und an einen verlassenen Ort zu bringen, war tatsächlich noch die leichteste Aufgabe.

Die Autos, in denen die restlichen Carters hergefahren wurden, stehen bereits vor der kleinen und gemütlich aussehenden Ferienhütte, als ich neben ihnen parke. Athenas Geschwister sind schon ausgestiegen und sehen sich irritiert um. Vermutlich auf der Suche nach Kameras und Crewmitgliedern. Sie werden beides nicht finden.

»Auf geht's«, kriegt Athena hervor und sieht mich an, sobald ich den Motor des Autos ersterben lasse. Trotz der Anspannung ist ihr Blick ganz weich, als er auf meine Haut trifft. »Danke, dass du hier bist.«

Ich lächle, streichle ihre Wange und komme ihr entgegen. Wir küssen uns. Kurz, aber doch intensiv. Sich von ihr zu lösen, fühlt sich immer ein bisschen schmerzhaft an. Als würden meine Lippen dem Geschmack ihrer Lippen nachtrauern.

»Bedank dich nicht dafür«, sage ich. An ihrem Lächeln erkenne ich, dass sie sich an den Moment erinnern kann, als ich diese Worte das erste Mal zu ihr gesagt habe. Es war vor ihrem Nacktshooting. Der Moment kommt mir unendlich lange her vor. Damals waren wir noch gar nichts füreinander. Außer ein Problem vielleicht. Jetzt sind wir … irgendwie alles.

Athena atmet noch einmal tief durch. Dann steigt sie aus dem Auto. Ich folge ihr.

»Wo zur Hölle sind wir?«, donnert die Stimme ihrer Mutter über den ganzen Platz, sobald auch sie die Autotür mit sehr viel Schwung hinter sich zugeschlagen hat. »Das stand nicht in der Dispo.«

»Nicht in deiner zumindest«, meint Athena und läuft um das Auto herum. Nicht nur ihre Mutter, sondern auch ihre Geschwister blicken sich zu ihr um. Ihre Schultern verkrampfen sich. Aber abgesehen davon lässt sie sich ihre aufgewühlten Gefühle nicht anmerken. Unerschütterlich steht sie auf der trockenen Erde.

Alle warten auf die Reaktion von Evelyn Carter, die für ihre Launen berüchtigt ist. Doch der Ausbruch bleibt aus. Athena hat mir erzählt, dass sie ihrer Mutter das Foto gezeigt hat. Es scheint Wirkung hinterlassen zu haben.

»Was hast du vor, Athena?«, fragt ihre Mutter wesentlich beherrschter, als die meisten Anwesenden vermutlich erwartet haben. »Wieso sind wir hier? Und wo sind die Kameras?«

»Nicht hier«, gibt Athena ruhig zurück. »Heute wird nicht gedreht.«

»Wozu sind wir dann hier?«, fragt nun Demeter. »Ich habe auch Besseres zu tun, als Opfer deiner kindischen Streiche zu werden.«

»Das ist kein kindischer Streich«, sagt Poppy mit Nachdruck. Ihre feste Stimme macht ihre Mutter für einen Moment sprachlos.

»Athena, rede nicht so kryptisch«, ermahnt Evelyn sie. Man kann ihr ansehen, dass sie am liebsten explodieren würde, aber dass die Drohung eines problematischen Fotos sie davon abhält. Obwohl Athena ihr gesagt hat, dass sie es löschen würde, scheint ihre Mutter nicht zu glauben, dass es nicht mehr existiert. Vertrauen fällt wohl schwer, wenn man immer wieder das Vertrauen anderer missbraucht.

Bevor Athena sich erklären kann, fährt auch schon ein weiteres Auto vor. Athena sieht herüber, und ich meine, erkennen zu können, wie heftig ihr Herz in ihrer Brust schlägt.

Die Türen des Autos öffnen sich fast gleichzeitig. Und Aphrodite und Adrian, gefolgt von Garett und Alice, steigen aus. Hien sitzt auf dem Fahrersitz, Kat neben ihr, und beide strecken nur einen Daumen hoch.

»Was …«, beginnt Aphrodite und bricht ab, sobald sie ihre Mutter erblickt. Diese erwidert ihren Blick genauso entsetzt.

»Was zur Hölle?«, vollendet Adrian ihren Satz. »Ein gemütliches Wochenende habe ich mir anders vorgestellt, Athena.«

Sie zuckt unter dem Vorwurf in seiner Stimme zusammen, weicht aber noch immer nicht zurück. Ihr war klar gewesen, dass sie Aphrodite und Adrian nicht an den gleichen Ort wie den Rest der Familie bringen könnte, wenn sie ihnen verraten würde, was sie dort erwartet. Also hat sie mit der Hilfe einiger gemeinsamer Freunde gelogen.

»Ich weiß ja nicht, was du dir hierbei gedacht hast«, sagt Aphrodite mit einem leicht schrillen Tonfall und ballt ihre Hände zu Fäusten, »aber ich fahre sofort zurück.«

Sie und Adrian wollen wieder ins Auto steigen, doch Garett und Alice schlagen die Türen zu, bevor es so weit kommt. Dann ertönt ein Klicken. Hien hat das Auto von innen verriegelt.

Aphrodite starrt Garett an, als überlege sie, wie sie ihm einen besonders schmerzhaften Tod bereiten kann. »Was soll das?«

»Es hat einen guten Grund, dass ihr hier seid«, erklärt er mit ruhiger Stimme. »Also bleib wenigstens so lange, bis dir dieser Grund erklärt wurde.«

»Ihr wisst, was hier läuft?«, fragt Adrian an Alice gewandt.

Die läuft zwar ein bisschen rot an, zuckt dann aber fast unbeteiligt mit den Schultern. »Ja, das wissen wir. Hien und Kat haben uns angerufen und klargemacht, worum es geht und warum sie unsere Hilfe brauchen.«

Aphrodite und Adrian wechseln einen Blick und wirken, als wüssten sie nicht, ob sie lachen, weinen oder schreien sollen.

»Würdet ihr mir dann alle ins Haus folgen?«, fragt Athena mit betont ruhiger Stimme. »Je schneller ihr mitspielt, desto schneller könnt ihr wieder gehen.«

Poppy betritt die Hütte als Erste. Octavian, Caesar und Athenas Vater folgen ohne Murren. Hera läuft zögerlicher, wehrt sich aber auch nicht. Die anderen geben sich nicht so leicht geschlagen.

»Ich werde dich über die Schwelle tragen, wenn du nicht freiwillig gehst«, meint Garett trocken und ignoriert Aphrodites entrüsteten Blick. »Hör dir bitte an, was Athena zu sagen hat. Wenn du danach immer noch gehen willst, können wir sofort abhauen.«

»Ich kann leider nicht drohen, dich zu tragen. Aber ich kann mit anderen Dingen drohen«, meint Alice und sieht aus, als würde sie diese Situation sogar ein bisschen amüsieren.

Adrian ergibt sich zuerst. Alice hakt sich bei ihm unter und gibt ihm einen Kuss auf die Wange, der ihn wenigstens ein bisschen zu besänftigen scheint.

Aphrodite verschränkt die Arme vor der Brust, läuft aber los, als Garett sie noch einmal bittend anschaut.

Demeter scheint darauf zu warten, was ihre Mutter tun wird.

»Samuel, gib mir die Autoschlüssel«, fordert mein Vater, kommt mit eiligen Schritten auf mich zu und hält mir seine Hand unter die Nase. »Sofort.«

»Nein«, erwidere ich, obwohl ich deutlich in meinen Knochen spüren kann, dass die ersten vierundzwanzig Jahre meines Lebens verzweifelt Widerstand gegen dieses Wort leisten, das ich noch nie zu meinem Vater gesagt habe.

Er reißt die Augen auf. »Wie bitte?«

»Du hast Athena gehört. Ihre Familie soll ins Haus gehen. Vorher fährt niemand hier weg.« Ich fühle mich vielleicht nicht standfest, trotzdem trete ich nicht zur Seite. Diese Weigerung, zurückzuweichen, wirkt auf den ersten Blick wie keine große Leistung. Aber ich spüre, wie groß die Bedeutung ist, die dahinterliegt. Ich habe mich noch nie getraut, mich gegen meinen Vater zu behaupten. Und allein die Tatsache, dass ich es schaffe, den Autoschlüssel in meiner Faust ruhen zu lassen, statt ihn ihm zu geben, zeigt, wie stark ich mich in den letzten Monaten verändert habe. Mein Vater starrt mich noch einen Moment an. Dann macht er einen Schritt zurück. Er sieht ein, dass ich nicht nachgeben werde. Und er ist nicht bereit, sich mit mir um den Autoschlüssel zu prügeln. Das nehme ich mal als gutes Zeichen.

Die restlichen Carters haben sich noch nicht in Bewegung gesetzt. »Mom«, beginnt Athena, und das erste Mal, seitdem sie aus dem Auto gestiegen ist, zittert ihre Stimme. »Bitte.«

Einen Moment blicken sie sich wortlos an. Die Luft lädt sich auf. Schließlich nickt Evelyn Carter. Ein Zeichen dafür, dass sich in den vergangenen Monaten nicht nur Athena und ich verändert haben.

»Bringen wir es hinter uns«, sagt Evelyn Carter fast gelangweilt und betritt das Haus. Demeter folgt ihr. Mein Vater will das Gleiche tun, doch ich halte ihn am Arm zurück. Was auch immer in dieser Hütte passieren wird, es ist nicht unsere Angelegenheit. Athena wird mit ihrer Familie sprechen. Ich mit meinem Vater. Das war unser Plan. Bis zu diesem Punkt konnten wir einander helfen. Ab jetzt sind wir auf uns allein gestellt.

Athena wirft mir noch ein Lächeln zu, das mich ein paar Stunden warm halten wird, dann wendet sie sich ab und verschwindet in der Hütte. Mein Vater und ich bleiben auf dem Parkplatz zurück.

Die Fahrer haben sich versammelt und machen eine Raucherpause. Hien und Kat sitzen immer noch in dem Auto, und die Musik, die sie hören, dringt gedämpft an meine Ohren.

Doch mein Blick ruht auf meinem Vater.

»Wir müssen reden«, setze ich an und bin mir durchaus bewusst, wie klischeehaft dieser erste Satz ist. Aber ein besserer will mir einfach nicht einfallen, während mein Körper von Nervosität zerfressen wird.

»Was soll der ganze Mist?«, stößt mein Dad aus. »Du hilfst Athena Carter bei ihren Plänen, bringst den Dreh durcheinander. Das ist wohl genau das Gegenteil von deiner Aufgabe.«

Sein harter Ton geht nicht spurlos an mir vorbei. Das wird er wohl nie. Aber darum geht es gar nicht. Es geht darum, dass ich mich trotz meiner verkrampften Schultern nicht von meinen Entscheidungen abbringen lasse.

»Ich habe ihr gern geholfen«, sage ich schlicht. »Wir sind zusammen.«

Mein Vater starrt mich an, als hätte ich ihm verkündet, ich hätte Kontakt mit meiner Mutter aufgenommen. »Das ist ein Scherz, oder?«

»Ist es nicht«, beharre ich. »Und sie muss sich mit ihrer Familie aussprechen. Also bin ich für sie da.«

Meinem Vater entfährt ein verächtliches Schnauben. Das ist genau die Reaktion, mit der ich gerechnet habe. »Sei nicht so naiv. Sie benutzt dich nur. So sind diese Frauen aus reichem Hause. Sie holen sich, was sie wollen, und lassen Männer wie uns einfach wieder fallen.«

»Sie ist nicht wie meine Mutter.«

Ich habe sie vor meinem Vater noch nie meine Mutter genannt, weil ich immer Angst hatte, ihn damit zu verletzen. Und vermutlich auch mich selbst. Aber das ist sie nun mal. Sie nicht bei dem Wort zu nennen, wird auch nichts daran ändern, dass sie mich verlassen hat, bevor ich laufen konnte, und nie zurückgeblickt hat. Das musste ich erkennen. Und mein Vater muss es auch.

Die Erwähnung hat schon gereicht, um ihn sprachlos zu machen und die ganze Farbe aus seinem Gesicht weichen zu lassen. Trotzdem – oder vielleicht gerade deswegen – fahre ich fort.

»Athena ist nicht wie meine Mutter«, betone ich erneut. »Sie ist auch nicht wie ihre eigene Mutter. Sie ist ein guter Mensch. Sie ist hilfsbereit, loyal und manchmal vermutlich zu selbstlos. Ich liebe sie. Ich möchte nicht, dass mich irgendwelche alten Ängste davon abhalten, glücklich zu sein. Und ich will auch nicht, dass du den Rest deines Lebens so bitter bist. Ich weiß, dass es dich verletzt hat, dass meine Mutter gegangen ist. Aber nur weil sie dich enttäuscht hat, wird das nicht jeder andere Mensch auch tun. Gefühle zuzulassen ist kein Fehler. Manche Menschen haben sie vielleicht nicht verdient. Aber die Gefühle sind trotzdem nie ein Fehler.«

Mein Vater hält mir Vorträge, nicht andersherum. Aber ich fühle mich verdammt gut, all das endlich auszusprechen. Ich frage mich, ob mein Vater mich überhaupt richtig kennt. Mein ganzes Leben habe ich immer nur das getan, was er von mir wollte, und nicht einmal darüber nachgedacht, was ich selbst will. Ich glaube, eine lange Zeit wusste ich nicht einmal, wer ich bin. Das soll sich nun ändern.

»Vielleicht werden wir irgendwann Partner«, fahre ich fort. »Aber erst mal muss ich meine eigenen Erfahrungen sammeln. Ich möchte als Producer arbeiten, nicht als dein Assistent. Und zwar bei Drehs, mit denen du überhaupt nichts zu tun hast. Ich kann nur meinen eigenen Weg gehen, wenn du nicht die ganze Zeit neben mir stehst und mich bewertest.«

Mein Vater reagiert nicht sofort auf diese Flut an Informationen, die gerade über ihm hereingebrochen ist. Er greift in die Tasche seiner Jacke und zieht die Packung Zigaretten hervor. Dann zündet er sich eine an und atmet den Rauch tief ein. Ich warte. Er nimmt noch einige Züge. Schließlich lässt er die Kippe sinken.

»Du bist mit Athena Carter zusammen?«, fragt er. Sein Tonfall ist unlesbar. Ich finde keine Missbilligung, mit der ich gerechnet hatte. Aber auch keine andere Emotion.

»Ja«, sage ich schlicht.

»Du willst als Producer bei einer Show arbeiten, die ich nicht produziere?«

»Ja.«

Er nickt. Aber in dieser Situation weiß ich nicht, was er mir mit dieser Geste sagen will, die doch sonst eigentlich sehr eindeutig ist.

»Okay«, meint er nach einer langen Stille.

»Okay?«, entfährt es mir.

»Okay«, bestätigt er.

»Das ist alles, was du zu alldem zu sagen hast?«

Er schnaubt. Und dass es ein bisschen belustigt klingt, überfordert mich noch mehr als das nonchalante Okay. »Ich werde nicht so tun, als wäre ich begeistert, dass du mit Athena Carter zusammen bist. Das kann dir nur um die Ohren fliegen.«

»Ich bin anderer Meinung«, beharre ich.

»Das ist mir auch schon aufgefallen.« Er schüttelt leicht den Kopf. »Aber deine Idee, mal an einem anderen Set zu arbeiten, finde ich gut.«

»Du findest sie gut?«

Ich habe darüber nachgedacht, wie dieses Gespräch ablaufen könnte. Inzwischen muss ich einsehen, dass meine Vorstellung nichts mit der Realität gemeinsam hat.

»Ja, du hast recht. Wenn ich immer danebenstehe, wirst du nie deine eigenen Erfahrungen machen. Es könnte gut für deine Karriere sein. Du kannst Kontakte knüpfen, dich weiterentwickeln. Es hat viele Vorteile.«

Jetzt ist es an mir, den Kopf zu schütteln.

»Wollen wir deine Optionen durchgehen? Welche Shows hast du dir vorgestellt?«

Ich starre ihn immer noch verwirrt an.

»Sieh mich nicht so an, Samuel«, ermahnt er mich. »Ich rede nicht gern über meine Gefühle, deine Mutter, Beziehungen und so was. Ich kann nicht leugnen, dass viel Wahres in deinen Worten gesteckt hat. Aber müssen wir das wirklich ausdiskutieren? Können wir nicht über etwas reden, mit dem ich mich auskenne?«

Obwohl mein Vater mir nur gesagt hat, dass er über diese Dinge nicht gern redet, hat er mir gerade mehr Verletzlichkeit gezeigt als in den ersten vierundzwanzig Jahren meines Lebens zusammen. Und ein bisschen dankbar bin ich auch, dass er nicht mehr hinzufügt. Würde er jetzt anfangen, mir sein Herz auszuschütten, wäre ich heillos überfordert.

Also lächle ich nur verhalten und nicke. »Ja, wir können über etwas reden, mit dem du dich auskennst.«

34. KAPITEL

Athena

Mir ist ein bisschen übel, als ich das geräumige Wohnzimmer betrete, in dem sich meine Familie widerwillig eingefunden hat. Ein paar haben sich auf die Sofas gesetzt, ein paar stehen noch im Raum herum, als wollten sie direkt wieder gehen.

Da eine sehr laute Stimme in meinem Kopf davon überzeugt war, dass ich es nicht einmal bis hierher schaffen würde, bin ich nun von den nächsten Schritten überfordert. Ich habe mir überlegt, was ich sagen will. Aber sobald ich in die genervten, abweisenden und missbilligenden Gesichter meiner Familie schaue, kommen mir alle Worte, die ich mir zurechtgelegt habe, irgendwie nicht mehr stark genug vor.

So viele Dinge stehen zwischen uns. So viel missbrauchtes Vertrauen, Geheimnisse, Lügen, Manipulationen versperren uns den Weg zueinander, dass wir uns kaum noch sehen können. Eine Rede, so gut sie auch sein mag, wird das nicht ändern können.

»Willst du dann endlich zum Punkt kommen?«, meint Demeter und schnalzt mit der Zunge. »Ich dachte, es gibt einen Grund dafür, dass wir hier sind.«

Ich räuspere mich umständlich und finde in diesem Raum einfach keinen Blick, dem ich standhalten kann. Jede hochgezogene Augenbraue und jede gerümpfte Nase scheint mir beweisen zu wollen, dass meine Mühen umsonst sein werden. Und dass die Menschen in diesem Raum meine Energie vielleicht gar nicht verdient haben.

Doch sobald ich diesen Gedanken gefasst habe, lasse ich ihn auch schon wieder los. Wenn ich das wirklich glauben würde, hätte ich schon vor langer Zeit aufgegeben.

»Unsere Familie bricht auseinander, und ich will nicht tatenlos dabei zusehen. Wir brauchen ein klärendes Gespräch, ein richtiges. Ohne Kameras. Eines, bei dem Einschaltquoten keine Rolle spielen.«

»Rede keinen Unsinn«, erwidert Demeter und macht eine wegwerfende Handbewegung.

»Ach, du denkst, das ist Unsinn?«, frage ich und fühle mich mit jedem Wort, das ich sage, ein bisschen stärker als zuvor. »Wann hast du das letzte Mal Aphrodite und Adrian gesehen? Sie waren nicht einmal an Weihnachten zu Hause. Ich denke nicht, dass das ein Zeichen dafür ist, dass unsere Familie zusammenhält.«

Aphrodite sitzt neben Garett auf einem Sofa und hat die Arme vor der Brust verschränkt. Bis zu diesem Moment hat sie einfach auf den beigen Teppich gestarrt. Nun hebt sie ihren Kopf und begegnet meinem Blick. Er ist sanfter, als ich erwartet hätte. Er zeigt mir, dass irgendetwas, das ich gesagt habe, einen Nerv tief in ihr getroffen hat.

»Wie viele von uns müssen dieser Familie noch den Rücken zukehren, bevor wir verstehen, dass wir etwas ändern müssen?«, fahre ich fort. »Ich will nicht gehen und dieses Leben hinter mir lassen. Aber mir wird keine andere Wahl bleiben, wenn alles so weiterläuft wie bisher.«

»Niemand hält dich auf«, sagt Demeter. »Geh doch, wenn es dir nicht passt.«

Ich stelle mich noch ein bisschen gerader hin, um über die Tatsache hinwegzutäuschen, dass mein erster Impuls war, beim Klang ihrer harschen Stimme in mich zusammenzusinken.

»Wie lange wird *Catching up with the Carters* noch laufen, wenn keine Carters mehr übrig sind, um sich vor die Kamera zu stellen?« Ich warte darauf, dass Demeter mir den nächsten abschätzigen Kommentar an den Kopf wirft. Überraschenderweise bleibt er aus. »Die Edwards haben Garetts Ausstieg nicht überlebt. Wie viele Ausstiege überleben die Carters noch?«

»Willst du mir drohen? Ist das deine Strategie?«, fragt meine Mom. Sie lehnt an der gegenüberliegenden Wand und hat ihre Füße an den Knöcheln überschlagen.

»Nein«, sage ich ungerührt. »Mir geht es auch gar nicht darum, die Show zu retten. Die sollte an zweiter Stelle stehen, oder nicht? Unsere Familie kann ein Business sein. Aber sollte sie nicht in erster Linie eine Familie bleiben?«

»Das klingt ja alles sehr romantisch«, setzt Caesar an. »Aber wie genau stellst du dir das vor? Wir bilden einen Stuhlkreis, reden über unsere Probleme und machen auf einmal alles so viel besser als vorher? Ich glaube nicht, dass es so einfach ist.«

»Aber du gibst zu, dass es Probleme gibt, die man ansprechen sollte?«, hake ich nach.

Caesar versteift sich kurz. Ich erwarte, dass er zurückrudert. Doch das tut er nicht. »Ja, die gibt es. Viele.« Er räuspert sich. »Deswegen glaube ich nicht, dass man sie lösen kann.«

»Aber würde es schaden, es zu versuchen?« Er erwidert mein schüchternes Lächeln. »Wir haben einander wehgetan. Mehr als einmal. Mit Absicht. Nicht mit Absicht.« Meine Augen huschen zu Hera herüber, die ihr Sprachvermögen vollkommen verloren zu haben scheint. »Aber heißt das wirklich, dass sich in Zukunft nichts ändern kann?«

»Ich habe genug gehört«, sagt Demeter genervt. »Auf eine pseudopsychologische Märchenstunde habe ich nun wirklich keine Lust. Ich werde jetzt gehen. Wer auch keinen Bock auf diesen Mist hat, kann ja mitkommen.« Sie steuert auf mich zu und geht an mir vorbei zur Tür. Dort dreht sie sich noch einmal um. Doch niemand macht Anstalten, ihr zu folgen. »Ihr wollt mich doch verarschen«, sagt sie.

»Bitte, bleib hier, Mom«, kommt es ein bisschen kleinlaut, aber doch bestimmt, von Poppy. Sie will ihre Worte wohl direkt wieder zurücknehmen. Ich kann es ihr vermutlich so genau ansehen, weil ich diesen Drang auch nie ganz unterdrücken kann. Aber sie gibt ihm nicht nach. Sie steht in der Mitte des Raums, mit durchgedrückten Schultern, und hält ihrer Mutter auffordernd die Hand hin. »Ich will doch nur, dass du Athena zuhörst. Ich will doch nur, dass du *mir* zuhörst.« Ihre Stimme bebt von dem Druck ihrer unterdrückten Tränen.

Demeter erstarrt im Türrahmen. Ist das Beben von Poppys Stimme endlich in ihrem Körper angekommen? Hat sie endlich erkannt, dass sie der Grund dafür ist, dass ihre Tochter weinen will und es doch nicht kann?

Mein Blick zuckt zu meiner Mom. Sie lehnt immer noch an der Wand. Ihr Ausdruck ist unlesbar. Aber eine Sache erkenne ich. Sie ist nicht mehr ganz die Frau, die sie immer vorgibt zu sein. Unser Gespräch nach der Talkshow ist nicht spurlos an ihr vorbeigegangen. Und vielleicht auch nicht unser Tag im Tonstudio. Zumindest kann ich diese Hoffnung, auch nach allem, was danach passiert ist, noch nicht loslassen.

»Ich weiß, dass du Angst vor Kontrollverlust hast«, sage ich jetzt nur an meine Mutter gerichtet. Diese Worte habe ich mir nicht zurechtgelegt. Diese Worte kommen mir erst jetzt in den Sinn. Aber sie fühlen sich richtig an, also folge ich dem Weg, den sie vorgeben. »Das verstehe ich. Aber die Mitglieder dieser Familie sind mehr als Spielfiguren auf deinem Schachbrett, das du dir gebaut hast, um dich sicherer fühlen zu können. Und nur weil ich verstehe, warum du tust, was du tust, heißt das nicht, dass ich mich weiterhin so behandeln lassen werde.«

Es ist unnatürlich still in diesem Raum geworden, in dem doch so viele Menschen atmen. Ich schaue zu Adrian herüber. Er stützt sich auf die Lehne eines Sessels, auf dem Alice hockt. Erst ist sein Ausdruck leer. Doch dann legt sich ein Lächeln auf seine Lippen, und er formt ein großes A mit seinen Fingern.

Das haben wir schon als Kinder gemacht, um uns während eines Drehs Mut zuzusprechen, wenn wir wegen der laufenden Kameras keine aufmunternden Worte sagen konnten.

Ich kämpfe mit den Tränen. Er ist gegangen. Verlassen hat er mich aber nie. Ich weiß nicht, warum ich so lange gebraucht habe, um das zu verstehen.

»Ich …«, setzt meine Mutter an, und ich wende mich wieder ihr zu. »Ich …«

Die Stimmung im Raum verändert sich schlagartig. Unserer Mutter mag vieles fehlen. Verständnis, Geduld. Aber doch niemals die Worte.

Doch jetzt schafft sie es nicht, einen ganzen Satz zu formulieren.

Meine Geschwister starren sie aus großen Augen an. Und warten auf die zurechtweisenden Sätze, die sie sonst immer griffbereit hat. Allerdings bleiben sie aus.

»Du hast mir eine andere Seite von dir gezeigt. Und ich glaube, die anderen sollten sie auch sehen«, meine ich, als mir klar wird, dass meine Mutter nicht in der Lage ist, etwas zu erwidern. Ich hole mein Handy aus meiner Hosentasche, entsperre es und durchsuche meine Galerie.

»Bitte nicht.« Furcht liegt in den Augen meiner Mutter. Ich brauche einen Moment, um zu verstehen, wovor sie so große Angst hat, dass sie sich nicht einmal mehr die Mühe macht, es vor mir zu verstecken. Sie denkt, dass ich das Foto von ihr und Oliver Henderson zeigen werde. Vermutlich, weil sie nie daran geglaubt hat, dass ich etwas löschen würde, was mir ihr gegenüber einen Vorteil verschafft.

Aber ich bin nicht wie sie. Und das wird sie auch gleich erkennen.

Ich öffne ein Video und drücke auf Play. Dann dringt die Stimme meiner Mutter aus den Lautsprechern und erfüllt den Raum. Die Aufnahme ist natürlich nicht perfekt. Poppy hat meine Mom mit ihrem Handy aufgenommen und nicht mit professionellem Equipment. Obwohl ihre Stimme dumpfer klingt als in echt, verliert sie doch nicht ihre Kraft.

Erst versteift sich meine Mutter, dann entspannt sie sich langsam wieder. Sie drückt sich von der Wand hinter ihr ab und kommt mit bedächtigen Schritten auf mich zu. Ich mustere sie einfach und warte darauf, dass sie mich erreicht. Als sie es tut, streckt sie ihre Hand aus.

Ich reiche ihr mein Handy, und sie starrt auf den Bildschirm, als hätte sie sich noch nie singen sehen. Während ich sie betrachte, könnte ich fast denken, sie wäre an diesem Nachmittag gar nicht dabei gewesen. Und vielleicht war sie das auch nicht. Zumindest nicht die Version meiner Mutter, die mich all meine Unsicherheiten und Ängste auf einmal fühlen lässt. Aber eine jüngere Version von ihr. Im Tonstudio habe ich die Person kennengelernt, die meine Mutter war, bevor sie meine Mutter wurde. Und nun scheint es ihr genauso zu gehen, als sie sich dabei zusieht, wie sie das tut, was sie liebt.

Wieder muss ich an Sams Worte denken und verstehe, warum meine Mutter den Bildschirm so ungläubig betrachtet.

Wir sehen uns nie in den Momenten, in denen wir wirklich wir selbst sind. Und vielleicht kommt es uns deswegen ein bisschen wie Magie vor, wenn ein Video uns gestattet, es doch zu tun.

Obwohl wir in unserer eigenen Haut leben, kennen wir uns vielleicht nie wirklich, wenn wir nicht auch mal die Perspektive der Menschen um uns herum einnehmen. Die von außen. Die, die nicht von unseren eigenen Gedanken und unserem Selbstbild verfärbt wird.

»Uns zu kontrollieren wird dir niemals das zurückgeben, was du damals verloren hast«, sage ich leise und bedächtig. »Aber wenn du diese Kontrolle endlich loslässt, schaffst du es vielleicht doch, glücklich zu werden.«

Meine Mom gibt mir das Handy zurück, sobald ihr Gesang verstummt.

»Du hast eine wunderschöne Stimme, Mom«, flüstert Hera, die bisher noch gar nicht gesprochen hat.

»Ich werde Vater«, bricht es auf einmal ohne Vorwarnung aus Octavian heraus. Ich kann meinen Geschwistern ansehen, dass ich nicht die Einzige bin, die Probleme hat, diesem abrupten Themenwechsel zu folgen.

»Du wirst Vater?«, entfährt es Caesar. Octavian nickt.

Caesar öffnet und schließt den Mund und bringt doch kein Wort heraus. Schließlich gibt er auf und nimmt Octavian einfach in die Arme.

»Ich wusste nicht einmal, dass du dich mit jemandem triffst«, sagt Hera immer noch ein bisschen kleinlaut und umarmt Octavian ebenfalls.

»Ich wollte es niemandem erzählen.« Er grinst mich verschwörerisch an. »Ich wollte nicht, dass meine Beziehung in der Show vorkommt. Ich wollte nicht, dass auch in Annies Privatsphäre eingegriffen wird.« Octavian hat mir gegenüber nie zugegeben, dass er die Show oder unsere Familie als Belastung empfindet. Niemand von uns hat so was je laut ausgesprochen. Aber ich kann seiner harten Stimme anhören, dass er es vermutlich schon vor Jahren hätte tun sollen.

Unsere Mom wendet sich von mir ab und Octavian zu. Das erste Mal in meinem Leben hat sie nicht die Kontrolle über die Situation, in der sie steckt. Nicht die Kontrolle über uns. Nicht einmal die Kontrolle über ihre eigenen Emotionen. Das überfordert sie. Sichtlich. Doch sie knickt nicht ein. Sie wird nicht wütend oder schreit herum, um den rohen Ausdruck in ihrem Gesicht hinter lauten Worten zu verstecken. Sie lässt ihre Gefühle zu. Und ich glaube nicht, dass ich mich meiner Mutter jemals näher gefühlt habe.

Sie geht mit langen Schritten auf Octavian zu, bleibt direkt vor ihm stehen und umarmt ihn.

Octavian hat Tränen in den Augen, als er die Geste erwidert.

»Du wirst bestimmen, wie und ob dein Kind in der Show vorkommen wird«, sagt sie. »Aber es würde mich freuen, wenn ich dein Kind und die Mutter deines Kindes kennenlernen dürfte.«

Octavian entfährt ein Schluchzer, doch gleichzeitig lächelt er. »Das würde mich auch freuen«, erwidert er und lässt unsere Mutter immer noch nicht los. »Es ist ein Mädchen. Das wissen wir seit ein paar Tagen«, kriegt er hervor. »Wir wollen sie Julie nennen.« Er sieht mich direkt an. »Es würde mich freuen, wenn du ihre Patentante werden würdest.«

Nun kann ich die Tränen auch nicht mehr zurückhalten, gehe auf meinen Bruder zu und umarme ihn, sobald er unsere Mutter loslässt.

Auf einmal ist es, als wäre die Anspannung gewichen, die uns daran gehindert hat, aufeinander zuzugehen. Alle kommen zu Octavian, um ihn zu beglückwünschen. Auch Aphrodite erhebt sich von dem Sessel, obwohl sie eine Sekunde vorher noch so gewirkt hat, als würde sie sich nie wieder bewegen.

»Es tut mir leid«, sagt Hera unvermittelt. Ich habe nicht einmal gemerkt, dass sie an mich herangetreten ist, weil ich unseren Dad angesehen habe, wie er stolz die Ultraschallaufnahmen seines nächsten Enkelkindes bewundert hat.

»Was genau?«, frage ich ein bisschen herausfordernd, weil ich es einfach nicht lassen kann.

»Es tut mir leid, dass ich dich verpetzt habe und dein Kumpel seinen Job verloren hat«, fügt sie hinzu. »Es war falsch. Ich wollte nur …«

»… einmal auch die Lieblingstochter sein«, vervollständige ich ihren Satz für sie. »Ich kenne das Gefühl.« Erst jetzt drehe ich meinen Kopf in ihre Richtung. »Hat es sich wenigstens gelohnt?«

»Nein«, sagt Hera, ohne zu zögern. »Der Titel Lieblingstochter ist auch nicht das, was er sein sollte.«

Ich grinse. »Ich nehme deine Entschuldigung an, wenn du versprichst, so was nicht noch mal zu tun.«

Natürlich kann Hera es sich nicht ganz verkneifen, ihre Augen zu verdrehen. Aber weil sie dabei lächelt, lasse ich es ihr durchgehen. »In Ordnung«, meint sie. Wie immer versucht sie, gelangweilt zu klingen, doch gerade gelingt es ihr nicht. In dieser Hütte blättern nicht nur die alten Tapeten von den Wänden, sondern auch die Masken, die jedes Mitglied der Carter-Familie trägt. Und das, was dahinter zum Vorschein kommt, gefällt mir wesentlich besser.

»Athena.« Meine Mutter hat meinen Namen schon unendlich viele Male ausgesprochen. Aber noch nie auf diese Weise.

»Ja?«

Kurz ist es wieder still in diesem Haus. Wir alle wissen, dass das, was als Nächstes passieren wird, entscheidend sein wird. Für uns alle.

»Ich würde gern hören, was du ändern willst.«

Mein Herz schlägt schneller.

»Okay«, sage ich nur, weil mein Hals zu eng ist für mehr.

»Okay«, wiederholt meine Mutter. Und dann lächelt sie. Nicht so halbherzig, wie sie es immer tut, sondern richtig, als hätte sie auf einmal gar keine Angst mehr vor Falten.

Und wenn sie keine Angst mehr vor Falten hat, brauche ich vielleicht auch keine Angst mehr vor der Zukunft zu haben.

☆

Ich strecke mein Gesicht der Sonne entgegen und lehne mich noch ein bisschen mehr in Sams Umarmung hinein. Er steht hinter mir, mein Rücken ruht an seiner Brust. Seine Arme hat er so fest um meinen Körper geschlungen, wie er es immer tut.

»Willst du mich eigentlich noch daran hindern, auseinanderzufallen, oder willst du verhindern, dass ich weglaufe?«, frage ich neckisch.

»Sollte ich denn befürchten, dass du wegläufst?«, stellt er die Gegenfrage. Ich spüre seinen Atem in meinem Nacken, und mein Körper antwortet mit einer Gänsehaut.

»Nein«, sage ich nach einer dramatischen Pause.

»Und du musst keine Angst haben, dass du auseinanderfällst«, flüstert er. Seine Nasenspitze berührt meinen Nacken, und ich erschauere.

»Weil du mich festhältst«, sage ich.

»Nein«, erwidert er. »Du hast mich nie gebraucht, um nicht auseinanderzufallen.«

Ich grinse in mich hinein, und obwohl er hinter mir steht und es nicht sehen kann, glaube ich doch, dass er es spürt. »Aber ein bisschen Hilfe hat nicht geschadet.«

»Die schadet nie«, meint er und zieht mich näher an sich, bis ich meinen Kopf gegen seine Schulter sinken lasse.

»Ich werde gleich wieder reingehen«, murmle ich, obwohl ich mich nie aus seinen Armen lösen will. Hier zu stehen fühlt sich so richtig an, dass jeder Schritt von ihm weg nur ein Fehler sein kann. »Wir reden gleich weiter.«

Mehrere Stunden haben wir bereits im Wohnzimmer dieser Hütte, die eigentlich viel zu klein für so viele riesige Egos ist, verbracht. Zu reden hat gutgetan, aber jeder von uns hat irgendwann auch eine Pause gebraucht. Und Nahrung. Wir warten gerade auf die Pizzen, die wir bestellt haben, und jeder vertritt sich vor der Hütte die Beine.

Und inzwischen befürchte ich nicht mehr, dass einer meiner Geschwister einen Fahrer besticht, um ihn zurück nach Beverly Hills zu bringen. Sie bleiben freiwillig hier.

Demeter und Poppy haben sich ein bisschen abseits auf eine alte Bank gesetzt. Aus dieser Entfernung kann ich nicht verstehen, worüber sie miteinander reden. Aber ich bin unendlich dankbar dafür, *dass* sie miteinander reden. Poppys Lippen bewegen sich. Und ihre Mutter sieht sie an und hört zu.

Mein Grinsen wird breiter. Und noch ein bisschen breiter, als Sam mich in den Nacken küsst. Es kitzelt, also kann ich ein kleines Glucksen nicht unterdrücken.

Meine Mutter hat mir einen irritierten Blick zugeworfen, als ich aus dem Haus und direkt in Sams Arme getreten bin. Aber nachdem ihr erster Schock überwunden war, habe ich sie dabei erwischt, wie sie verstohlen zu uns herübergesehen hat. Mit einem zurückhaltenden, aber dennoch ehrlichen Lächeln auf den Lippen.

Auch meine Geschwister haben nicht kommentiert, dass Sam hier ist oder dass wir uns küssen. Sams Dad wirkt ein bisschen unglücklich, während er etwas abseits und allein neben einem Auto steht, weil Sam ihm noch immer nicht die Schlüssel ausgehändigt hat. Aber ich weiß nicht, ob er sein Gesicht verzieht, als hätte er saure Milch getrunken, weil er Sam und mich beobachten kann oder meine Eltern.

»Wird deine Mutter deinem Dad sagen, dass sie ihn betrogen hat?«, fragt Sam, der meinem Blick gefolgt ist.

»Ich denke schon«, erwidere ich. »Aber nicht hier, wenn wir alle dabei sind.«

»Und die zweite Hochzeit, die geplant war?«

»Die wird dann vermutlich ausfallen«, murmle ich. »Was, denkst du, geht deinem Vater gerade durch den Kopf?«

»Was eine gruselige Frage«, meint Sam und entlockt mir mit seinem trockenen Tonfall ein Lachen. »Ich glaube, das will ich gar nicht wissen.«

»Ich schon«, gebe ich zu. »Ich wüsste gern, ob ihm alles so egal ist, wie er immer tut.«

»Bestimmt nicht«, überlegt Sam. »Jeder Mensch hat Gefühle. Auch Oliver Henderson. Obwohl er sie besser verstecken kann als die meisten anderen.«

Ich nicke zustimmend und lasse meinen Blick weiter über den Platz vor der Hütte schweifen. Hera betrachtet gerade die Ultraschallfotos von Julie, meinem zukünftigen Patenkind. Octavian und Caesar unterhalten sich und lachen immer wieder laut genug, dass das Echo zu uns herüberschallt.

Gerade haben Aphrodite und Adrian noch bei Garett, Alice, Kat und Hien gestanden. Jetzt kommen sie auf uns zu.

»Ich lass euch mal allein«, meint Sam und löst die Arme von meinem Körper, bevor ich mich darüber beschweren kann. Ich will Widerworte erheben, aber da küsst er mich auch schon auf den Mund und nimmt all meine Bedenken mit sich, als er zu den anderen herübergeht. Er stellt sich Garett und Alice vor. Irgendwie finde ich die Szene seltsam und wunderschön zugleich.

»Hey«, sagt Aphrodite, sobald sie vor mir zum Stehen kommt. Sie nuschelt ein bisschen, was so gar nicht zu ihr passen will.

»Hey«, gebe ich zurück. Adrian vergräbt die Hände in seinen Hosentaschen und sieht von einer zur anderen.

»Wirst du uns noch vorstellen?«, fragt Aphrodite und deutet auf Sam, der sich gerade angeregt mit Garett unterhält.

»Wenn ihr das wollt.«

»Natürlich«, sagt Adrian mit Nachdruck.

»Und natürlich wollen wir die ganze Geschichte hören«, fügt Aphrodite hinzu.

»Na ja, vielleicht nicht die ganze«, meint Adrian.

»Sprich für dich selbst. Ich will alles wissen.« Aphrodite wackelt mit ihren Augenbrauen.

»Ich kann euch gern vorstellen.«

Die beiden nicken zufrieden.

Dann herrscht wieder Stille.

»Es tut mir leid, was ich bei der Premiere gesagt habe. Und dass ich einfach abgehauen bin«, entfährt es mir. »In dem Moment wollte ich, dass ihr euch für euer Glück schlecht fühlt. Und das ist furchtbar.«

Aphrodite winkt ab. »Ich verstehe, dass du sauer auf uns warst. Wir sind gegangen, haben uns nicht richtig darum gekümmert, dass es dir gut geht, und dann haben wir noch erwartet, dass du dich uneingeschränkt für uns freust. Wer würde da nicht sauer werden?«

»Wenn du es so formulierst ...«, setze ich scherzend an.

»Dann klingt es so, als wären wir ziemlich schlechte Geschwister gewesen.« Adrian ist nicht auf meinen Versuch, die Stimmung aufzulockern, eingegangen. Seine Miene ist so ernst, dass meine Brust eng wird.

»Ihr seid keine schlechten Geschwister«, widerspreche ich. »Ihr wolltet glücklich werden. Das kann euch keiner zum Vorwurf machen.«

»Das vielleicht nicht«, sagt Aphrodite. »Aber wir hätten dich nicht im Stich lassen dürfen.«

»Ihr habt versucht, in Kontakt zu bleiben«, gebe ich zu bedenken. »Ich war diejenige, die nie rangegangen ist.«

»Auch wieder wahr. Wenn ich es mir recht überlege, sind wir vollkommen unschuldig«, sagt Aphrodite trocken und bekommt sofort Adrians Ellbogen in die Seite. »Aua«, schauspielert sie.

Ich lache auf. Die beiden stimmen ein. Und auf einmal fühlt es sich leichter an als vorher, die beiden anzusehen.

»Wollen wir uns einfach darauf einigen, dass wir in Zukunft alle bessere Geschwister sein werden?«, schlage ich vor.

»Deal«, sagen beide.

»Aber geh an dein Handy, wenn ich anrufe«, fordert Aphrodite in einer Tonlage, die keine Widerworte erlaubt.

»Versprochen.« Ich lächle verhalten. »Und es tut mir leid, dass ich euch unter Vorspiegelung falscher Tatsachen hergelockt habe.«

»Wer wird nicht gern von seinem Freund und seinen Freunden belogen?«, fragt Aphrodite, lächelt aber versöhnlich zurück. »Ich verstehe, warum du es gemacht hast. Und ich …« Sie stockt. »… ich bin froh, dass ich hier bin.«

»Ehrlich?«

»Ja«, gibt sie widerwillig zu. »Ich werde nie wieder Teil der Show sein, und ich werde nicht ständig zu Hause vorbeischauen. Aber sollte sich wirklich etwas ändern – und wir wissen alle, dass noch ein weiter Weg vor dieser Familie liegt –, werde ich an Weihnachten da sein.«

»Und an Geburtstagen«, fügt Adrian hinzu.

»Den runden zumindest«, murmelt Aphrodite in sich hinein, kann sich ein Grinsen aber nicht ganz verkneifen.

»Das klingt gut«, kriege ich heraus. »Ich habe euch vermisst. Und es wäre schön, wenn ich euch in Zukunft nicht ganz so oft vermissen müsste.«

»Bring mich bitte nicht zum Heulen«, sagt Aphrodite vorwurfsvoll, schließt mich dann aber in ihre Arme. Adrian kommt eine Sekunde später auch dazu.

»Gruppenkuscheln, ist das jetzt unser Ding?«, frage ich, während ich von meinen Geschwistern zerdrückt werde.

»Halt einfach die Klappe und genieß es«, ermahnt mich Aphrodite und drückt mich noch ein bisschen fester an sich.

Wir stehen genauso da, bis schließlich die Pizzen ankommen und unser Hunger uns dazu bringt, einander loszulassen.

Ein paar Tränen haben sich während der Umarmung aus unseren Augenwinkeln gelöst, doch keiner von uns ist bereit zuzugeben, dass es seine waren.

Aber wir lächeln, ohne etwas zurückzuhalten. Und ich habe in den letzten Monaten erkannt, dass ein offenes Lächeln so viel mehr bedeutet als versteckte Tränen.

EPILOG

Athena

»Soll ich die Topfpflanze hierhin stellen oder lieber dorthin?«, frage ich und verschiebe sie schon zum hundertsten Mal an diesem Tag.

Und zum hundertsten Mal an diesem Tag zuckt Sam überfordert mit den Schultern. »Ich habe keine Ahnung von so was. Als Maze sie dir vorbeigebracht hat, hätte er dir eigentlich direkt sagen müssen, wo du sie hinstellen sollst.«

Da hat er vermutlich recht.

Mason hat es sich nicht nehmen lassen, mir ungefragt Dekogegenstände vorbeizubringen. Aber jetzt weiß ich nicht, was ich mit dieser Pflanze machen soll, die so groß ist, dass man sie eigentlich fast als Baum bezeichnen kann.

»Und wo stelle ich die Couch am besten hin?«, frage ich, weil mir einfach keine Lösung für die Pflanze einfallen will.

»Heißt das, wir müssen sie schon wieder verschieben?«, fragt Sam und versucht, ein gequältes Stöhnen zu unterdrücken.

»Willst du mir damit sagen, dass du mir nicht mehr helfen wirst?«, frage ich herausfordernd zurück.

»Natürlich nicht«, sagt er und grinst, weil er erkennt, dass ich ihn nur aufziehen will. »Aber deine Wohnung sieht schon so toll aus, dass du meine Hilfe gar nicht mehr brauchst.«

»Netter Versuch«, meine ich und lehne mich ihm entgegen, als er mich von hinten umarmt.

Meine Wohnung ist noch ein heilloses Chaos. Umzugskartons stapeln sich in jeder Ecke, die Möbel stehen ein bisschen hilflos dazwischen, und ich habe keine Ahnung, wo ich was finden soll. Trotzdem fühle ich mich jetzt schon wohl. Das sind meine vier Wände. Sie gehören nur mir.

Sam wird nicht einziehen. Zumindest nicht direkt. Ich habe noch nie allein gewohnt. Und ich glaube, dass es wichtig für mich ist, diese Erfahrung zu machen und mir den Raum zu geben, mich selbst besser kennenzulernen.

Sam ist der gleichen Meinung. Er wird sowieso viel Zeit hier verbringen. Aber jeder von uns wird trotzdem noch seinen eigenen Rückzugsort haben. Das fühlt sich alles verdammt richtig an.

Mein Blick fällt auf das Geschenk, das meine Mutter mir zum Auszug gemacht hat. Eine Waage. Unsere Beziehung hat sich verbessert, aber diese Waage ist wohl der Beweis dafür, dass wir noch einen weiten Weg vor uns haben. Aber das ist in Ordnung. Wir haben uns beide dazu entschieden, auf den anderen zuzugehen, und darauf kommt es an.

Ich löse mich von Sam, um die Waage auf den Stapel mit dem Müll zu werfen, den ich später noch entsorgen muss. Er kommentiert es nicht, aber er nickt zustimmend.

Sam war in den schwierigen Momenten für mich da. Er hat mich unterstützt und mir mit meinen Plänen geholfen. Das ist toll, weil man gewisse Dinge nun mal nicht allein schafft. Aber den Rest muss ich selbst hinkriegen. Und das weiß er auch. Er kann mir meine Unsicherheiten nicht nehmen, und das sollte ich auch gar nicht von ihm verlangen.

Andere Menschen können einem helfen, aber heilen muss man sich selbst.

Deswegen wohne ich allein, deswegen bestimme ich jetzt, was ich vor der Kamera tue und für welche Produkte ich Werbung mache. Und deswegen werde ich nächste Woche eine Therapie beginnen.

Meine Selbstliebe ist noch immer zerbrechlich, vor allem, wenn ich im Bad stehe und in den Spiegel schaue. Manchmal kann ich sie nicht in mir finden, aber ich habe inzwischen erkannt, dass das nicht bedeutet, dass sie für immer fort ist. Es bedeutet, dass ich noch lernen muss, sie an den richtigen Stellen zu suchen.

Ich gehe zurück zu Sam und stelle mich auf die Zehenspitzen, um mir einen Kuss zu stehlen. Er lässt es nicht auf der kurzen Berührung unserer Lippen beruhen und hält mich fest. Wir hören nicht auf, uns zu küssen, bis wir schwer atmen.

»Wie viel Zeit haben wir noch, bis deine Geschwister hier auftauchen?«, fragt er, während eine seiner Hände unter den Saum meines Shirts wandert.

»Leider nicht genug.« Ich lehne meinen Kopf gegen seine Brust. »Aber vielleicht können wir sie schnell wieder rausschmeißen«, schlage ich vor.

»Das klingt nach einem Plan«, meint Sam und bringt mich zum Lachen.

Ich gehe inzwischen ran, wenn Aphrodite und Adrian mich anrufen. Aber deswegen habe ich sie auch dazu verdonnert, mir beim Auspacken dieser Kartons zu helfen. Und weil sie bessere Geschwister sein wollen, haben sie sich widerwillig dazu bereit erklärt. Alice und Garett werden mir ebenfalls helfen. Vermutlich wurden sie dazu gezwungen. Aber mir soll es recht sein.

»Dann kann ich Garett und Aphrodite noch ein bisschen ausquetschen«, sagt Sam, während er durch mein Haar streicht.

»Als wüsstest du nicht schon alles, was es zu wissen gibt«, ziehe ich ihn auf.

»Es gibt immer noch mehr zu wissen«, erwidert er ganz ernst.

Ich grinse in mich hinein. Ich wusste, dass er genau das sagen würde. Sam bereitet sich auf seine Arbeit nicht nur gewissenhaft, sondern fast fanatisch vor.

In einem Monat wird er als Producer ans Set von *Celebrities in Love* gehen. Ein Gespräch mit Garett hat ihn auf die Idee gebracht. Aphrodite hat ihn zwar vor seinem zukünftigen Chef Logan West gewarnt, aber er hat nur mit den Schultern gezuckt und gemeint, dass er im Vergleich zu seinem Dad vermutlich richtig handzahm ist. Und ich kann ihm da nicht widersprechen. Außerdem hat er am Set bereits einen Verbündeten. Er hat sich schon mit Thomas getroffen und sich von ihm erklären lassen, was auf ihn zukommt. Die beiden sehen sich regelmäßig und haben sich gut angefreundet. Er ist also nicht auf sich allein gestellt.

Natürlich freut es mich nicht, dass er ein paar Monate weg sein wird, aber die werden auch vorbeigehen. Wir müssen beide unseren eigenen Weg finden und uns gegenseitig unterstützen, auch wenn das bedeutet, dass wir für einige Zeit getrennt sind.

Ich werde meine ganze Energie in *Catching up with the Carters* stecken. Die nächste Staffel wird später gedreht werden als sonst. Mom und Dad wollen sich erst in Ruhe mit ihren Problemen auseinandersetzen. Ob sie zusammenbleiben werden, ist noch nicht ganz klar. Die Zeit bis zum nächsten Dreh nutzen Mom und ich, um uns ein neues Konzept für die Show zu überlegen. Wir werden noch viele Gespräche führen müssen, um uns auf einen neuen Ablauf zu einigen. Aber unsere hitzigen Diskussionen machen mir sogar Spaß. Mom gibt es zwar nicht zu, doch ich bin davon überzeugt, dass es ihr genauso geht.

Wenn ich an meine Zukunft denke, spüre ich Aufregung. Aber keine Angst mehr.

Die Klingel reißt mich aus meinen Gedanken, und widerwillig löse ich mich von Sam.

»Sie sind da«, stelle ich überflüssigerweise fest.

»Wir lassen sie helfen und schmeißen sie dann so schnell wie möglich wieder raus?«, fragt Sam. Sein Grübchen bohrt sich in seine linke Wange, und ich lege meinen Finger darauf.

»Das klingt nach einem perfekten Plan.«

Wir grinsen uns an, weil wir inzwischen erkannt haben, dass kein Plan schiefgehen kann, wenn wir ihn uns gemeinsam überlegen.

DANKSAGUNG

Die Carter-Reihe ist beendet … Es fühlt sich seltsam an, diese Worte zu schreiben. Jetzt muss ich die Carters wirklich loslassen. Und es gibt einige Menschen, denen ich danken will, dass sie mich auf diesem Weg begleitet haben.

Als Erstes gilt mein Dank wie immer meiner Agentin Luisa. Und diesmal kann ich gleich zwei Lektorinnen danken, mit denen ich gern an diesem Buch gearbeitet habe. Danke an Mareike und Lara. Ihr habt mir wirklich sehr geholfen, meine Zweifel an dieser Geschichte auszuräumen!

Auch dieses Buch hatte wundervolle Testleserinnen und Bloggerinnen, die die ganze Reihe und mich begleitet haben. Danke an Marie, Jenny, Roxy, Franny, Thorina, Lena, Marie, Alexandra, Steffi und Laura für euren Input und eure bestärkenden Worte!

Ohne meine Schreibfreundinnen würde ich nicht klarkommen. Ihr helft bei Plotproblemen, Ängsten, bei einfach allem. Ihr seid nicht nur Kolleginnen, ihr seid wahre Freundinnen, und dafür bin ich unendlich dankbar! Danke an Marie, Merit, Anne, Freddy, Rebekka und Marlene. Ich habe euch sehr lieb.

Und dann wären da noch meine Freunde und Familie. Danke an Nora, Lea und Agneya für mein zweites Zuhause! Danke an Sophie und Medea, die bei meiner ersten Lesung waren und bewiesen haben, dass Schulfreunde auch sieben Jahre nach Ende der Schulzeit noch die besten sind! Danke an Caro und

Pauli, die sofort zur Stelle waren, als es mir schlecht ging, und immer wissen, was mir hilft. Danke an meine Eltern, die mich immer unterstützen.

Danke, dass ich so viele tolle Menschen in meinem Leben habe!